KB245916

데프트 톤커 혁명 1

옮긴이 **천태화**
고려대학교 독어독문학과를 졸업하고, 프리랜서 번역가로 활동하고 있다.

데스스토커 혁명 1

초판 1쇄 발행 2012년 9월 17일

지은이 사이먼 R. 그린
옮긴이 천태화
펴낸이 김철식
펴낸곳 모요사
출판등록 2009년 3월 11일(제410-2008-000077호)

주소 411-762 경기도 고양시 일산서구 가좌3로 45, 203동 1801호
전화 031-915-6777
팩스 031-915-6775
이메일 mojosa7@gmail.com

ISBN 978-89-97066-13-1 04840
978-89-97066-12-4 (전2권)

* 책값은 뒤표지에 표시되어 있습니다.
* 잘못 만들어진 책은 구입처에서 바꿔드립니다.

데스스토커 혁명 1

Deathstalker

사이먼 R. 그린 지음 | 천태화 옮김

문요사

차례

프롤로그

제국의 초창기에는 모든 것이 순조로웠다. 사람들은 신천지를 찾아 고향을 떠나 광대무변의 우주로 향하는 위대한 모험을 감행했다. 영웅들의 영웅적인 행적에 힘입어 인류는 지칠 줄 모르고 변경을 넓혀갔다. 수천의 세계에 수천의 문명을 꽃피우며 어둠을 몰아냈다. 그리하여 위대한 제국은 탄생하였다.

4백 년이 지나자 부패가 시작되었다.

의회는 부정부패로 물들었고, 식민지 약탈로 얻은 부를 기반으로 한 영주단의 세력은 지나치게 비대해졌으며, 황제는 철권통치의 달콤함에 빠져들었다. 과학기술의 발달로 클론과 에스퍼라는 신인류가 출현했지만 그들의 인권은 부정되었고 노예제가 자리 잡았다. 제국은 여전히 건재했지만, 그것은 이제 부자와 귀족과 연줄을 가진 사람들만을 위한 제국이었다. 그 외의 사람들은 고개 숙이고 열심히 일만

하는 순종의 미덕을 익혀야만 했다.

그렇게 9백 년이 흘러갔다.

오언 데스스토커의 시대가 되자 제국에는 혁명의 기운이 무르익었다. 오언은 영웅이 되고자 한 적이 없다. 전사 집안에서 태어났지만 언제나 전사보다는 학자이기를 원했다. 하지만 여제 라이언스톤 14세가 현상수배 명령을 내려 자기 부하들에게 쫓기는 신세가 되자 목숨을 부지하기 위해 도망치면서 어쩔 수 없이 자신의 운명을 받아들이게 된 것이다. 같은 수배자 처지인 전직 해적이자 인육상인 헤이즐 다르크와 우연히 동행해 반란행성인 미스트월드로 향했고, 그곳에서 전설적인 직업적 혁명가 잭 랜덤, 여성 현상금사냥꾼 루비 저니, 잃어버린 헤이든 행성에서 온 개조인간 토비아스 문과 조우했다. 그들은 함께 끝없는 살생으로 들끓는 정글행성 산드라코로 날아가 데스스토커 가문의 라스트스탠딩에 도착했다. 그곳에서 제국 최초의 워리어 프라임이자 가공할 다크보이드 장치의 개발자인 원조 데스스토커 자일스를 만났다. 자일스는 그들을 데리고 울프링월드로 갔고, 그곳에서 유전공학적으로 창조된 울프링족의 마지막 생존자를 만났다. 그리고 그들 모두 광기의 미로를 통과해 인간의 한계를 뛰어넘는 새로운 존재로 재탄생했다.

이제 그들은 제국이 여태까지 겪어보지 못한 대규모 혁명을 일으키려 한다.

골고다 행성의 지하 깊숙한 곳, 거대한 철제 벙커 안에 위치한 철과 황동의 궁전에는 여제 라이언스톤 14세가 있다. 그녀의 한마디는 곧 법이었고, 그녀의 변덕에 의해 피가 강물 되어 흐르고 사람들이 처참하게 살해되었다. 워리어 프라임이자 과부제조기라 불리는 드랙 사령관이 그녀를 옆에서 보좌했고, 돈틀러스 호의 함장 사일런스와 수색관 프로스트 같은 사람들이 그녀의 명을 충실히 따랐다. 그녀의 발밑에서는 가문들이 그녀의 총애를 얻기 위해 서로 다투고 음모를 꾸미기에 바빴으며 여제의 적들을 무자비하게 사냥했다. 라이언스톤은 강력한 힘을 지닌데다 계략에도 치밀해 결코 만만한 인물이 아니었다.

그리고 한 발 물러나 바람의 방향을 살피며 그때그때 처신을 달리하는 무리가 있었다. 엄청난 양의 마약을 복용하는 멋쟁이이자 여제의 총애를 한 몸에 받는, 가장 강력한 가문인 울프 가의 수장인 밸런타인, 미소 짓는 살인자 키드 데스라고 불리는 키트 서머아일, 그리고 전사예수교회의 떠오르는 샛별인 광신적 주교 제임스 카사가 그들이었다.

어둠 속에서 클론과 에스퍼들은 자유를 꿈꾸며 치열한 싸움을 벌이고 있었다. 그들은 스스로 사람이기를 포기한 컴퓨터 해커인 사이버생쥐들과 가문의 상속권 순위에서 밀려난 귀족자제들을 동맹자로 삼았다. 그리고 가끔 영웅적인 인물들이 그들에게 합류하기도 했는데, 한때 검투장에서 패배를 모르는 가면의 검투사로 알려진 핀레이 캠벨이나 가늠할 수 없는 신비의 힘을 지닌, 모든 영혼의 어머니인 초에스퍼 메이터 문디가 그런 사람들이었다.

모든 사람들이 자기 자리를 잡았고 무대는 완성되었다. 이제 필요한 것은 누군가가 먼저 행동을 개시하는 것이다. 어쩔 수 없이 지도자가 된 오언 데스스토커는 헤이즐 다르크와 함께 한때 인류의 적으로 알려진 개조인간들의 이상한 황금 배를 타고 골고다 행성으로 향하는 중이다. 오언은 필시 '왜 하필 나야?'라는 생각을 하고 있을 것이다.

골고다, 개전의 서막

'왜 하필 나야?' 오언은 또다시 화장실로 향하면서 생각했다. 막상 화장실에 가봐야 할 일이 없다는 것을 잘 알고 있었지만 그의 방광은 생각이 좀 다른 듯했다. 이런 일이 처음은 아니었다. 생각할 것이 많고 중압감에 시달릴 때는 늘 이런 식이었다. 한번은 제국역사학회에서 중요한 연설을 하기로 되어 있었는데 화장실에서 너무 오래 시간을 끄는 바람에 그가 괜찮은지 확인하려고 주최 측에서 사람을 보낸 적도 있었다.

그는 투덜거리며 배에 설치된 단 하나의 화장실로 들어가 문을 잠갔다. 화장실은 초라했다. 반짝이는 철제 변기가 비치된 작은 철제 상자에 불과했다. 오언은 지퍼를 내리고 조심스럽게 겨냥했다. 이토록 불안해하는 것을 다른 사람이 눈치 채는 것이 싫었다. 그는 기다림이 초조했다. 하지만 막상 싸움이 시작되면 불안감은 온 데 간 데 없이 사라지곤 한다. 일단 작전이 개시되면 살아남기 위해 숨 가쁘게 움직여야 하기 때문에 걱정하는 데 허비할 시간이 없는 것이다. 하지만 그 직전까지 그의 상상력은 항상 모든 것이 잘못되는 쪽으로만 생각을 몰고 갔다. 한때 인류의 적으로 알려진 비인간적 존재들의 황금 배를 타고 철통같이 삼엄한 경비를 펼치고 있는 골고다 행성에 침투한다는 이 작전은 애당초 제정신을 가진 사람이라면 도무지 내놓을 수 없는 아이디어라는 생각이 들었다.

비록 그 아이디어를 낸 장본인이 오언 그 자신이기는 했지만 말이다.

헤이든맨의 배를 이용하는 것은 그들 처지에서 어쩔 수 없는 선택이었다. 제국에서 가장 빠른 오언의 배 선스트라이더 호는 산드라코 행성의 정글에 처박혀버렸다. 그리고 그의 선조 자일스의 배인 라스트스탠딩은 처음부터 고려 대상이 되지 못했다. 스타드라이브를 내장한 거대한 돌 성채가 분명 대단하기는 하지만 결코 침투용일 수는 없었다. 반면 헤이든맨의 미끈한 황금 배는 반란자들의 요구조건에 딱 맞아떨어졌다. 강력한 화력을 지녔으며 제국의 센서가 포착할 수 없는 은폐 기능도 갖췄다. 비록 이론적으로 그럴 뿐이지만 말이다. 헤이든맨들이 최근 실전을 치러본 경험이 없기 때문에 확인된 것은 없었던 것이다.

그 배가 결여한 한 가지 기능이 바로 화장실이었다. 개조인간들에게는 화장실이 필요 없었다. 오언은 그 이유를 더 이상 묻지 않았다. 알고 싶지도 않았다. 이번 작전에 오언 자신과 헤이즐이 혁명군의 대표로 천거되었을 때, 그는 오랫동안 목소리를 높여 반박했다. 하지만 말을 꺼내기 전부터 이미 자신이 이길 수 없는 논쟁을 하고 있다는 것을 알고 있었으며, 결국 예상대로 흘러가자 자신은 화장실도 없는 헤이든맨의 배를 타고는 절대로 어느 곳에도 갈 수 없다고 잘라 말했다. 헤이든맨의 배가 상상을 초월할 만큼 강력하고 빠른 것은 사실이지만 골고다 행성까지는 여전히 먼 길이었고 그동안 자신의 예민한 신경이 어떤 심술을 부릴지 너무나도 잘 알고 있었기 때문이다.

그래서 헤이든맨들이 그의 예민한 신경을 위해 이 비좁은 상자를 화장실이라고 설치해준 것이다. 세면대는 물론이고 바닥에 깔개도 없었으며 변기덮개도 없었다. 심지어 화장지도 없었지만 오언은 그것에 대해서 아예 미련을 갖지 않는 것이 좋겠다고 생각했다. 그는 철판 벽에 비친 자신의 모습을 바라보았다. 검은 머리에 더 검은 눈동자를 가진 이십대 중반의 키 크고 날렵한 사내. 그렇게 세련되지는 않았지만 그렇다고 어두운 밤 뒷골목에서 마주쳤을 때 두려움을 줄 만한 인상도 아니었다. 오언은 깊은 한숨을 내쉬며 하던 일을 그만두고 지퍼를 올린 후 최대한 품위를 유지하면서 화장실을 나섰다.

지극히 간소했지만 화장실은 헤이든맨 배의 내부구조와 잘 어울렸다. 배는 인간의 감각이나 논리에 따른 편의성과는 거리가 멀었다. 직접적으로 신경을 거슬리게 하는 것들도 있었다. 오언은 헤이즐에게 돌아가면서 그녀 외에는 아무것도 쳐다보지 않으려 애썼다. 그녀는 수수께끼 같은 헤이든맨의 기계들이 돌출된 곳 중간의 바닥에 가부좌를 틀고 앉아 있었다. 탄환총을 해체해 열심히 닦고 있다가 그가 다가오는 것을 보고는 잠시 안됐다는 듯 쳐다보았다. 헤이즐은 신경증 따위는 없었다. 그녀는 가지고 놀 만한 파괴적인 무언가만 있다면 거름간의 돼지처럼 행복했다. 오언은 아무것도 건드리지 않으려고 조심하며 그녀 옆에 자리 잡고 앉았다.

배에 의자나 휴게실 따위는 없다. 그 대신 앞에서부터 뒤쪽 끝까지 낯선 기계장치들이 실내를 가득 채우고 있었고, 여기저기 필요한 곳에 헤이든맨들이 부속처럼 결합되어 있었다. 개조인간들은 말 그대로 배의 일부, 또는 배가 그들의 일부였고 그들의 생각에 의해 배가 조종되고 있었다. 오언과 헤이즐은 적당한 곳에 자리를 잡고 이해할 수 없는 기계장치들을 가급적이면 똑바로 쳐다보지 않으려 애썼다. 눈이 아파서였다. 불빛이 수시로 들어왔다가 사라지곤 했으며 색조도 이상했다. 게다가 거대한 형체들이 만들어내는 각도는 마치 인간의 눈이 따라갈 수 없고 가고 싶지도 않은 곳으로 억지로 끌고 가려는 듯 기묘했다. 오언은 딱딱한 철판 바닥에 무릎을 가슴 쪽으로 끌어안고 앉아 어떻게든 편안한 자세를 만들어보려 애썼다. 배는 무척 불편했고 그는 그 사실을 억지로 감추려 하지도 않았다. 그는 헤이즐을 쳐다보았지만 그녀는 하고 있는 일에 완전히 몰입해 있는 것 같았다.

이십대 중반의 날씬한 근육질의 여인인 헤이즐은 언제라도 행동에 돌입할 것처럼 항상 준비된 모습이었다. 대충 늘어뜨린 긴 빨강머리 아래의 녹색 눈은 세상을 도전적으로 쏘아보았고, 간혹 머금는 미소는 잠깐 스쳐지나갈 뿐이어서 사람들이 알아채지 못하는 경우가 다반사였다.

평상시에도 그녀는 완전무장하고 있었다. 오른쪽 허리에 찬 반질반질하게 닳은 총집에는 에너지크리스털만 고갈되지 않는다면 언제라도 사용할 수 있는 광선총이 잘 간수되어 있었다. 그것은 철판도 간단히 날려버릴 만큼 강력한 무기였지만 한 번 발사하면 2분간의 충전시간이 지나야 다시 발사할 수 있다는 단점이 있었다. 그리고 왼쪽 허리에 찬 양각무늬의 검집은 갑판에 닿아 늘어져 있었다. 검은 표준

규격으로서 다루기에 알맞은 길이였고 적당한 무게도 갖춰서 타력을 제대로 실을 수 있었다. 그녀 앞에는 탄환총의 부품들이 널려 있었다. 오언은 탄환총이 그렇게 복잡한 구조인 줄은 몰랐다. 부품을 다 합치면 여러 자루의 총을 족히 만들고도 남을 것 같았다.

그는 선조 자일스가 그들에게 제공한 탄환총에 대해 다소 모호한 입장을 가지고 있었다. 탄환총은 화력이나 정확도 면에서 광선총에 비할 바가 못 되었다. 하지만 자동으로 놓고 분당 수백 발의 탄환을 쏟아내기 시작하면 굳이 화력이나 정확성은 따질 필요가 없었다. 그리고 한 번 쏘고 2분을 대기해야 하는 바보스런 짓도 그 물건에는 필요치 않았다. 헤이즐은 그 새로운(더 정확히 말하면 아주 낡은) 무기에 홀딱 반해서 기회가 있을 때마다 칭찬을 늘어놓았다. 그녀는 주머니란 주머니는 모두 불룩해질 정도로 총과 탄환을 잔뜩 가져왔다.

오언은 아직 그 물건에 대해 확신할 수 없었다. 하지만 그도 광선총과 함께 탄환총도 가져왔으며 총격전이 연이어 벌어진다면 그때 그것이 얼마나 유용할지 지켜보겠다는 유보적인 입장이었다. 그는 헤이즐이 새로운 장난감에 푹 빠진 이유는 단지 그것을 조각조각 분해해 가지고 놀 수 있기 때문일 뿐이라고 생각했다.

그리고 싸움이 확대되면 결국 믿을 것은 차가운 쇠붙이밖에 없다고 확신했다. 검은 고장 날 일도 없고 탄환도 필요치 않으며 2분간 기다릴 필요도 없다.

"그렇게 비틀어 짜다가는 물기라곤 하나도 안 남겠어요." 헤이즐이 혀를 차며 말했다. "세상에 화장실을 그렇게 자주 가는 사람은 처음 봤어요. 차라리 총을 손질해봐요. 안정이 될 거예요."

"그렇지 않소." 오언이 대답했다. "이렇게 이상한 배 안에서 마음을 안정시켜줄 수 있는 것은 없소. 당신을 포함해서 말이오."

"정말 끊임없이 나를 놀라게 하는군요, 귀족양반. 제국 최고의 전사가문 출신인데다가, 어떤 때는 나라면 절대로 하지 않을 이길 수 없는 싸움에 무모하게 돌진하기도 하면서 조금이라도 기다려야 할 때는 꼭 결혼상담소에 온 수녀처럼 안절부절못하니 말이죠."

"나는 전사가 아니오." 오언은 그녀를 외면한 채 강하게 말했다. "강압에 못 이겨 잠시 혁명군의 돌격대원으로 일하고 있는 역사가란 말이오. 속히 혁명이 끝나서 다시 무명의 학자로 돌아가 가끔 심포지엄에나 참석하는 것 말고는 어떤 의무도 없이 나 혼자 조용히 지낼 수 있게 되기를 바랄 뿐이오. 아직도 내가 왜 이 작전을 떠맡게 됐는지 모르겠소."

"애초에 당신 생각이었잖아요." 헤이즐이 말했다. "똑똑하게 군 대가를 치러야지요. 정작 여기 있어서는 안 될 사람은 바로 나라고요. 나는 아직도 이게 과연 가능한 일인지 의문이에요."

"그럼 왜 여기까지 온 거요?"

"누군가 당신을 돌봐줘야 하고, 그저 거기 처박혀 있는 것이 지겨워졌던 거예요. 인간적인 즐거움이라고는 하나도 없고 할 일도 없고 말은 또 왜 그렇게들 많은지. 나는 뭔가를 하지 않으면 미칠 것 같았어요."

"내가 보기에도 그런 것 같았소." 오언이 말했다. "날 믿어요. 이 작전은 잘 될 수밖에 없소. 이미 모든 가능성을 살피며 면밀한 검토를 마쳤소. 헤이든맨들조차도 좋다고 평하지 않았소. 이 작전으로 우리는 혁명의 화려한 서막을 열 수 있을 거요. 제국이 앗 뜨거 하며 모두가 우리를 주목하게 될 거란 말이오."

"물론이죠. 모든 사람들이 우리의 엉덩이가 걷어차이는 꼴을 생중계로 구경하게 될 테니까. 황금시간대에 재방송될지도 모르죠. 충분히 감상할 수 있도록 슬로모션까지 삽입해서요."

"지금 불안한 사람은 나 하나뿐인 줄 알았는데?"

"맞아요. 나는 그냥 현실적인 것뿐이에요."

"나도 그렇소. 그렇기 때문에 이 작전이 혁명의 시작을 알리는 가장 좋은 방법이라고 말하는 거요. 우리는 정면으로 싸워서는 승산이 없소. 인력이나 장비 면에서 절대로 상대가 안 되지. 그렇기 때문에 상대의 급소를 찌르는 기습작전을 펼쳐야 하는 거요. 헤이든맨들의 도움으로 골고다 행성의 감시망을 뚫고 제국세무본청에 잠입해 경제테러를 가하고, 누구도 우리가 그곳에 갔었다는 사실을 알아채지 못할 때 유유히 빠져나오는 거지. 생각만 해도 멋지지 않소? 우리 계좌로 거액을 이체시키고 모든 기록을 삭제하고 뒤섞어버리는 거요.

그렇게 하면 제국과 교회에 심각한 타격을 줄 뿐만 아니라 혁명자금에도 막대한 기여를 하게 될 것이고, 제국이 다시 자료를 모아 정리할 때까지는 과세도 할 수 없을 테니 많은 사람들이 우리를 우호적으로 보게 될 것 아니겠소? 자료를 복구하려면 아마 족히 몇 년은 걸릴 거요. 헤이즐, 내가 말하는 것을 최소한 이해하려고 노력하고 관심 있는 척이라도 해주면 안 되겠소? 당신은 작전회의 때마다 교묘히 빠져나갔지만 이제는 우리가 무슨 일을 하게 될지 정도는 알아야 할 것 아니오."

"그럴 필요 없어요. 그냥 표적을 지시해주고 날 가만 놔두면 돼요. 제국경비대로 보이는 것들은 내가 싹 쓸어버릴 테니까. 나는 미로에 들어가기 전에도 싸움에 소질이 있었는데 이제는 나날이 발전하고 있어요. 전에는 듣도 보도 못한 능력들이 생겼고 빨리 써먹어보고 싶어 미칠 지경이에요."

오언은 나지막이 한숨을 쉬었다. "우리는 이제 단순한 싸움꾼이 아니오, 헤이즐. 좋건 싫건 혁명군의 중심인물이 됐소. 이 일을 성공시킨다면 우리는 영웅, 아니 전설이 되는 거요. 사람들은 우리가 제국에 저항해 싸우는 것을 보고 감명 받고 구름처럼 혁명에 합류할 거요. 골고다의 지하동맹도 우리를 믿는다는 이유 하나로 많은 지원을 아끼지 않고 있소. 제국의 집요한 추격전에도 불구하고 살아남았다는 것만으로도 우리는 자유를 갈망하는 많은 사람들에게 희망이 되었소."

"만약 우리가 그 사람들에게 유일한 희망이라면 그들은 정말로 큰일 난 거네요."

"그럴지도." 오언이 말했다. "하지만 사태의 진실이 무엇이든 우리는 이제 책임이 생겼소. 우리가 이번 일을 성사시킨다면 이 혁명이 진정 현실적으로 가능하다는 것을 보여주게 되는 것이오. 사람들도 우리를 믿게 될 거요. 그리고 혁명은 정말로 돈이 많이 드는 사업이라는 냉엄한 현실도 절대 잊어서는 안 되오. 우주선이나 혁명군 기지는 싸구려가 없거든. 잭 랜덤이 자금을 모으기 위해 이상한 사람들에게 이상한 약속을 하며 타협해야 했다고 말한 것 기억나시오? 전설적인 혁명가임에도 불구하고 타협을 해야 했단 말이오. 하지만 이번 일만 성공하면 우리는 그럴 필요가 없어지는 거요."

"좋아요." 헤이즐이 말했다. "그럼 논의의 편의상 우리가 끔찍한 죽임을 당하지 않고 이 일을 성공했다고 쳐요. 그다음은 뭘 할 건데요? 해적이 돼서 행성을 오가는 제국의 배를 털까요? 요즘 듣기로는 제국이 해적질에 대해 정말로 엄중하게 처벌한다고 하던데."

"한때 당신은 해적이었잖소."

"그때는 다른 선택의 여지가 없었으니까요. 자, 계획이 뭐죠, 데스스토커? 그냥 닥치는 대로 하는 건가요?"

"이건 아주 훌륭한 계획이오. 당신이 꾀부리지 않고 작전회의에 제대로 참석하기만 했어도 잘 이해했을 텐데."

"그놈의 잔소리는 집어치우고 묻는 말에나 대답해보세요."

"처음엔 작게 이길 수 있는 싸움만 골라 하면서 차곡차곡 성공을 쌓아야 하오. 그래서 우리가 제국이 감히 무시 못 할 세력으로 성장하면 그때는 라이언스톤에 대항하는 총궐기를 호소하는 거요. 사람들은 여태까지 그럴 용기를 내지 못했소. 이해할 만하오. 보복이 두려웠으니까. 게다가 자기들의 쥐꼬리만 한 기득권을 과대평가하고 있기도 하고. 잃을 게 많다고 여기는 거지. 그리고 자기가 막상 당하지 않으면 그런 안락함이 누구의 희생에 기반하고 있는지에 대해서는 생각조차 하지 않으려 하지. 우리가 해야 할 일은 사람들의 그런 사고방식을 바꾸는 것이오. 또 그들이 제국을 바라보는 방식도 바꾸어야 하고. 먼저 그들을 교육시켜 봉기하도록 고무한 후 스스로를 해방하도록 돕는 거요. 고전적인 전략이지. 역사 속에서 이런 교훈을 얻을 수 있다는 것을 만약 제국이 안다면 아예 역사 연구를 금지시켜버릴지도 모르오."

"진심이군요, 데스스토커. 세상이 자기를 그냥 내버려두기를 원하던 아마추어 역사가에서 참 많이도 변했어요."

오언은 씩 웃었다. "세상이 날 가만히 두지 않는구려. 나는 더 이상 예전의 나로 돌아갈 수 없고 그러고 싶은 마음도 별로 없소. 너무 많은 것을 보았고 너무 많은 일들을 겪었지. 하지만 나를 전사나 영웅 뭐 그런 걸로 보지는 말아주시오. 내가 혁명에서 어떤 역할을 할 수도 있겠지만, 그게 내 전부는 아니오. 나는 필요할 때는 싸우겠지만 단지 그뿐이오. 그리고 모든 것이 끝나고 더 이상 싸울 필요가 없어진다면 아주 홀가분한 마음으로 상아탑에 기어오른 다음 사다리를 아예 걷어차버릴 생각이오. 나는 가문이 기대하는 전사보다는 내가 원하는 학자가 되기 위해 인생의 대부분을 보낸 사람이오. 환경이 나를 영웅이 되라고 한다면 그래야겠지요. 하지만 환경은 바뀌기 마련이고, 필요 없어졌을 때 내가 얼마나 빨리 다시 학자의 자리로 돌아가는지 한번 지켜보시오."

헤이즐은 노련한 손놀림으로 조용히 총을 다시 조립하면서 냉소적으로 말했다. "세상을 바꾸는 자는 전사이지 몽상가가 아니에요."

"당신이 뭘 원하는지 알고 있소." 오언이 말했다. "미로를 통과한 우리 모두가 능력을 발휘해 골고다의 제국으로 바로 쳐들어가서 여제와 맞붙는 것이겠지. 하지만 그 생각은 머릿속에서 지워버리는 게 좋을 거요. 만약 우리가 그렇게 공개적으로 나선다면 여제는 자기 군대의 반을 동원해서라도 우리를 박살내려 할 거요. 우리는 신이나 슈퍼맨이 아니오. 약간의 능력을 얻은 것뿐이오. 유용한 능력이기는 하지만 적당할 때 적당한 방법으로 사용해야만 진정한 가치를 발휘할 수 있을 거요."

"당신은 재미없어요." 헤이즐이 말했다. "다른 사람들 생각은 어떤가요? 그들도 모두 도둑고양이처럼 살금살금 걷고 싶대요?"

오언은 인상을 찡그렸다. "자일스는 라이언스톤의 주의를 끌기보다는 앞으로 몇 년간 외딴 곳에서 자료를 모으고 제국 곳곳에 은밀히 기지를 건설하고 싶어 하오. 그의 생각을 따른다면 우리는 20광년은 떨어진 곳에서 뭉그적거리며 언제 때가 되는지나 살피고 있어야겠지. 그는 드램을 죽이고 나서 좀 이상하게 변했소. 패기는 간 데 없고 굉장히 소심해졌소. 랜덤은 전에 하던 식으로 자기 이름으로 군대를 일으켜 행성을 하나씩 점령해나가고 싶어 하오. 그의 방식이 과거에도 통하지 않았듯이 현재에도 통하지 않을 거라고 억지로 이해시켰소. 루비는 빨리 누군가를 죽이고 싶어 안달이고, 울프는…… 아예 빠지고 싶어 하오. 그래서 최근 대부분의 결정을 내가 내려야 했소. 다른 사람들은 모두 토라지느라고 바빠서."

"내가 좀 더 적극적으로 참여했어야 했군요." 헤이즐이 말했다.

"여러 차례 당신을 불렀소. 하지만 당신은 알고 싶어 하지도 않았지. 항상 어디 다른 데서 무슨 일인지 모르지만 무척 바빴소. 그 장난감으로 사격연습을 했는지, 헤이든맨을 꼬시고 있었는지 알 길은 없지만."

"미로에서 얻은 능력을 실험해보느라고 그랬어요." 헤이즐이 신경질적으로 대답했다. "당신은 변화를 두려워할지 모르지만 나는 그렇지 않아요. 우리는 전보다 훨씬 빠르고 강해졌어요. 그뿐이 아니에요. 우리는 이제 서로 연결돼 있어요. 아주 깊은 원초적 수준에서의 정신적 연결이지요. 하지만 ESP는 아니에요. 내가 당신이나 다른 사람의 마음을 읽을 수는 없어요. 우리는…… 아주 원초적인 새로운 방식으로 함께하고 있어요. 몸과 몸, 마음과 마음, 영혼과 영혼으로요. 당신이 할 수 있는 것은 나도 할 수 있고 그 반대이기도 해요. 예를 들면 나도 이제 당신처럼 부스트를 할 수 있어요."

오언은 깜짝 놀라 그녀를 쳐다보았다. 부스트는 데스스토커 가문의 축복이자 저주다. 부스트로 잠시 동안은 초인적인 힘을 얻을 수 있다. 인간의 한계를 뛰어넘는 스피드와 힘을 갖게 되고 손에 무기가 있다면 가히 천하무적이 된다. 정신적인 훈련과 내분비선의 조작, 그리고 몸속 깊숙한 곳에 감춰진 화학물질 저장소의 복합적 작용으로 만들어지는 부스트는 데스스토커 가문에서 대대로 전수되고 있는 비기다. 하지만 부스트는 어떤 마약보다도 중독성이 강하다. 그래서 오언은 그것의 사용을 자제하는 방법도 함께 익혔다. 두 배로 밝게 타는 초는 타오르는 시간이 절반으로 줄어드는 법이다. 부스트를 너무 자주 사용하게 되면 말 그대로 자신을 태우게 되는 것이다. 헤이즐은 그것에 대해 어렴풋이 알기는 했지만 정확한 지식을 가진 것은 아니었다. 오언은 목소리를 낮춰 차분하게 이해시키려고 노력했다.

"헤이즐, 당신이 잘못 알았을 거요. 부스트는 에스퍼 같은 현상이 아니오. 유전적 형질과 체내의 물리적 변화, 그리고 혹독한 훈련을 거쳐야 얻을 수 있는 거요."

"그런데 정말로 그것을 얻었다니까요." 헤이즐이 의기양양하게 말했다. "그걸 연습하고 있었어요. 그토록 기분이 끝내준다는 걸 왜 진작 말해주지 않았죠, 오언? 육체적 변화까지도 필요하다는 것은 몰랐어요. 당신 말이 맞겠죠. 하지만 그래서 어쨌다고요? 내 몸이 필요한 만큼 변했나보죠. 재밌죠? 나는 그저 생각하는 것만으로 또 어떤 변화를 만들 수 있을지 궁금해요."

오언은 허리를 숙여 그녀의 눈을 정면으로 응시하며 말했다.

"당신은 위험한 장난을 하고 있는 거요, 헤이즐. 그렇게 마구잡이식으로 실험하는 것이 우리에게 어떤 영향을 미칠지 아직 잘 모르지 않소. 바닥이 보이지도 않는 절벽 위에서 뛰놀고 있는 것과 마찬가지요. 우리는 아주 조심스럽게 준비된 환경 하에서 한 번에 한 발씩만 내디뎌야 하오."

"당신은 가능성 앞에서 겁먹고 있는 것뿐이에요."

"맞소, 나는 그렇소! 그러니까 당신도 좀 그래 보라고! 미로는 고대의 외계구조물이오, 기억하지요? 외계인들이 자신들의 마음을 위해 설계한 거란 말이오. 그곳을 지났던 가장 최근의 사람들이 헤이든맨들을 만들었소. 당신이 그렇게 무턱대고 실험을 해대는 것은 당신의 인간성 또한 위험에 빠뜨리는 것이란 말이오. 우리는 이걸 정말로 조심스럽게 천천히 다룰 필요가 있소."

"시간이 없어요! 혁명은 지금 우리를 원한다고요. 우리에게 의무가 있다고 말한 사람이 바로 당신 아니던가요? 이 작전이 그렇게 중요하다고 입에 거품을 문 사람이 누구냐고요! 이 작전에서 살아남고 앞으로도 계속 그러기 위해서는 우리는 활용할 수 있는 모든 능력을 최대한 끌어 모아야 해요. 당신이 준비되지 않았다면 제발 열심히 하려는 사람을 방해하지나 말아줬으면 좋겠어요. 걱정 말아요, 귀족양반. 내가 잠재력을 모두 계발해 당신이 두려워하는 초인이 되고 나면 아예 내가 혁명을 떠맡고 당신은 돌아가서 책이나 파고들 수 있도록 해드릴 테니까 말예요. 진정한 전사가 되기에 당신은 너무 물러 터졌어요, 데스스토커. 항상 그랬죠. 당신은 아직도 미스트월드에서 만난 불구계집아이의 악몽에 시달리고 있어요, 그렇죠? 그만 잊어요. 아차 하는 사이에 그 아이가 당신을 죽일 수도 있었다고요."

"그렇지 않소." 오언은 그녀의 시선을 정면으로 받으며 말했다. "그저 어린아이였을 뿐이오. 그리고 나는 싸움에 도취돼 아무 생각 없이, 아무 거리낌도 없이 그 아이를 베어버린 거고. 다시는 그러지 않을 거요. 내가 꼭 전사가 돼야 한다면 나의 가문이나 당신이 바라는 종류의 전사가 아니라, 내가 되고 싶은 종류의 전사가 될 거요. 그리고 상황논리로 내 인간성에 눈 감는 짓은 하지 않을 거요.

나는 과거의 전쟁과 반란을 연구하면서 어떻게 승리했고 어떻게 실패했는지 잘 알고 있기 때문에 이번 혁명에서도 중요한 결정을 내릴 수 있는 사람이오. 우리는 쟁의와 기습으로 제국과 싸우면서 사람들의 가슴속에서 승리를 거둬야 하오. 다시는 우리 손에 의해 무고한 사람이 희생되는 일은 없어야 한단 말이오. 사람들이 기괴한 초인적 지도자의 주변에 몰려들 거라고 생각한다면 오산이오. 오히려 사람들은 당신에게 겁을 집어먹고 비명을 지르며 제국에게 당신을 처치해달라고 애원할 거요. 우리는 계획대로 제국세무본청을 습격할 거요. 이것은 새로운 종류의 전쟁이고, 새로운 종류의 반란이며, 누구도 허무하게 죽을 필요가 없는 것이오."

"말한 대로 역시 당신은 물러 터졌어요. 게다가 사람을 너무 가르치려고 드는 것도 문제고요. 미로가 그런 증상을 좀 고쳐주었기를 바랐는데 그다지 효과가 없었군요."

"그럼 당신은 왜 여기까지 따라온 거요, 헤이즐?"

"젠장, 내가 어떻게 알겠어요? 약간의 스릴을 기대했는데 잘못 생각했나봐요. 상관없어요. 어쨌든 이게 혁명을 시작하는 첫 번째 작전이라니까 참가해보고 싶어요. 그리고 만약 당신의 그 치밀한 계획이 잘못됐을 경우에 내가 초인적인 힘으로 당신의 엉덩이를 구해도 상관없겠죠? 자, 이제 공정한가요?"

"당신은 잘못 생각하고 있소. 내가 두려워하는 것은 그 능력이 아니오. 그것을 추구하면서 우리가 치러야 할지도 모를 대가가 두려운 거요."

헤이즐은 그를 무표정하게 쳐다보았다. "그런 말 할 자격이 없는 것 같은데요. 당신은 헤이든맨이 만들어준 금속 손을 기꺼이 받았어요. 그들이 그 안에 무슨 짓을 해놓았는지 알 게 뭐예요? 작동시키기 전까지는 어떤 속임수가 있는지 그 존재조차도 모를 텐데."

오언은 자신의 번쩍이는 황금색 왼손을 내려다보았다. 울프링월드에서 제국이 보낸 괴물과 싸우다가 잃은 손을 대신한 것이었다. 새로운 손은 원래의 것처럼 모든 면에서 완벽했다. 약간 차갑다는 느낌만 빼면. 그는 헤이즐을 다시 바라보며 멋쩍게 어깨를 으쓱했다.

"어쩔 수 없었소. 새로운 손이 필요했지만 재생기계는 더 이상 믿을 수가 없었소. 교활한 AI가 당신과 내게 제어단어를 심어놓은 후부터 말이오."

"오지맨디어스는 죽었어요. 당신이 파괴했잖아요, 오언."

"그래도 마찬가지지요. 우리가 몸을 맡긴 제국의 기계에 어떤 속임수가 또 숨겨져 있을지 알 게 뭐요. 그렇다고 내가 헤이든맨을 완전히 신뢰하는 것은 아니오. 그 정도로 바보는 아니지. 하지만 그들은 두 개의 악 중에서 그나마 덜한 축에 속하오. 그들이 기껏 해봐야 내 손목을 건드릴 뿐이지 내 마음까지는 어쩔 수 없소. 게다가 그들은 정말로 이 손을 잘 만들었소. 완벽한 인공센서를 지녔고 원래의 것보다 훨씬 강력하오. 또 더 이상 손톱을 깎아야 하는 불편도 없고 말이오."

"그래도 그 물건은 헤이든맨의 연구실에서 나온 거예요." 헤이즐이 말했다. "그들이 만든 물건은 콩으로 메주를 쑨다 해도 믿지 않아요. 제국을 침략했을 때 그들은 유전공학종교의 신 같았어요. 헤이든맨이 되든가 소멸하든가, 기억해요? 당신의 소중한 책 속에서 모두 읽어봤을 것 아녜요. 그들이 다시 소생한 거라고요. 정중하고 합리적이고 도움을 주는 것 같지만 속에 어떤 꿍꿍이를 지녔는지 알 수 없지요. 나는 그들이 다가올 때마다 살갗을 뚫고 튀어오를 만큼 놀라곤 해요. 뭔가 좋지 않은 일이 일어날 것 같은 불길한 예감이 든다고요."

오언은 고개를 끄덕였다. 그녀의 말에 일리가 있었다. 두 사람은 황금 배를 조종하고 있는 헤이든맨들을 물끄러미 쳐다보았다. 선내에는 스무 명 남짓의 헤이든맨이 있었다. 두껍고 긴 케이블로 이상한 기계와 연결된 자도 있었고, 물 같은 것에 반쯤 몸을 담그고 인간의 마음으로는 도무지 이해 불가능한 기술로 자신의 비인간적인 마음을 기계와 직접 교신하고 있는 자도 있었다. 헤이든맨 모두가 적재적소에 배치되어 완벽하게 자기역할을 수행하고 있었다. 그들은 싫증이나 피로를 느끼지도 않았다. 적어도 일하는 동안은. 근무가 끝나면 그들도 즐길지 모른다. 하지만 오언은 그 또한 의심스러웠다. 울프링월드의 얼어붙은 지표면 아래에서 그들이 이상한 도시를 조용히 재건하고 있을 때 오언은 개조인간들에게서 논리적이고 기능적인 면모 외에는 어떠한 특징도 발견할 수 없었다.

오언과 헤이즐이 잘 알던 유일한 헤이든맨은 한동안 같이 여행한 토비아스 문이었다. 하지만 그는 인간세상에서 너무 오래 살아서 표면적으로는 적어도 인간 비슷한 것이 되어 있었다. 그는 세월이 흐르면서 에너지크리스털이 대부분 닳아 없어졌기 때문에 능력도 마찬가지로 사라졌고, 그 자신도 단지 원래의 헤이든맨의 자취만 희미하게 남은 약한 존재일 뿐이라고 스스럼없이 인정하곤 했다. 그럼에도 불구하고 그것이 그가 사람을 아주 당혹스럽게 만드는 개자식이었다는 사실을 부정케 하는 것은 아니었다. 하지만 뻔쩍이는 눈과 윙윙거리는 목소리는 어쩔 수 없다손 치더라도 그의 마음에는 뭔가 다른 것이 있었다. 토비아스 문은 스스로는 인정하지 않으려 했지만 헤이든맨들과는 다른 방식으로 생각했다.

오언이 오랜 잠에서 깨워서 마침내 무덤 속에서 걸어 나온 개조인간들은 마치 살아 있는 신처럼 움직였다. 그들의 눈동자는 태양처럼 빛났고 움직임은 우아하고 완벽했다. 오언은 지난 몇 달간 꽤 적응했음에도 불구하고 여전히 헤이든맨을 보면 어쩔 수 없이 두려움을 느끼게 되는 자신을 발견하곤 했다. 그들은 오언을 구원자라고 부르며 항상 깍듯이 대했지만 그런 것에 우쭐하며 경계를 늦출 만큼 그가 어리숙하지는 않았다. 그는 오래전에 그들이 인류를 공격하던 당시의 기록들을 살펴보았다. 미끈한 황금 배가 인간의 느리고 조악한 배를 희롱하듯 맴돌다가 완벽하게 조준된 무기로 박살내는 것도 보았다. 큰 키에 수려한 용모의 헤이든맨들이 불타는 도시를 누비며 살아 있는 모든 것들을 닥치는 대로 살해하는 장면도 보았다. 유전공학종교의 교의 아래 산 자와 죽은 자에 대해 행한 실험의 결과도 보았다. 인간의 감정이나 윤리를 더 이상 존중하지 않는다면 못할 짓이 없었다. 헤이든맨들은 그런 짓들을 거리낌 없이 해치웠다. 그들은 항상 기계와 인간의 완벽한 결합을 꿈꾸며 온갖 혐오스러운 것들을 만들어냈다.

인간의 수가 조금만 적었고 그들의 수가 조금만 많았다면 필경 그들이 승리했을 것이다. 어쨌든 결국 그들은 패배했고 그들의 황금 배는 포위공격에 박살났으며 몇몇 생존자들은 제국의 림을 건너 암흑성운의 끝없는 밤 속으로 탈주해 그들의 무덤 속에서 안전을 찾았다. 하지만 그들은 거의 인류를 말살하고 끔찍한 것으로 대체하는 데 성공할 뻔했다. 오언은 기록에서 본 것들을 되새기며, 아무리 공손한 태도를 보여도 그들이 과거에 했던 짓, 그리고 언제 또 하게 될지도 모를 짓을 잊지 않으려 애썼다.

하지만 지금은 그것이 문제가 아니었다. 그는 그들이 필요했다. 혁명은 그들을 필요로 했다. 그리고 제국에 대항한 전면전을 벌이게 될 경우 라이언스톤의 군대에 맞설 훈련된 전투부대가 필요할 때가 있을 것이다. 헤이든맨들이 유용해질 때가 그때이다. 물론 그들이 통제되고 최소한 명령을 따를 것이라는 가정 하에서 말이다. 오언은 자신이 풀어놓은 위험에 대해 잘 알고 있었다. 여건만 조성된다면 헤이든맨들은 라이언스톤보다 훨씬 더 악랄한 위협이 될 수도 있다. 오언은 당분간 그런 생각은 접어두기로 했다. 그런 걱정을 하기에는 당면한 걱정거리가 너무 많았다.

"우리 좀 더 유쾌한 얘기를 해봅시다." 그가 헤이즐에게 말했다. "헤이든맨들이 장담한 대로 우리가 골고다의 방어망을 쉽게 뚫고 들어간다면 최초로 지하동맹과 접촉하는 기회를 갖게 되는 거요. 그들은 제국 내에서 실질적으로 활동하고 있는 유일한 반란 집단이오. 내가 알기로는 대부분 클론과 에스퍼들이지만 그 외에도 여러 관계자들이 있고 그중 몇몇은 아주 강력한 영향력을 지니고 있소. 그들을 우리 편으로 끌어들여야 하오. 세무본청 작전을 성공적으로 마무리하고 나면 그들도 우리에게서 강한 인상을 받을 것이고 우리를 무시할 수 없는 세력으로 대접하게 될 거요. 잭 랜덤의 이름도 어느 정도는 도움이 될 테고. 그가 몇몇 이름을 추천해줬고 믿어도 좋다고 호언장담했지만 솔직히 그들은 이미 한물 간 사람들이지. 이미 죽은 사람도 있고. 그리고 그는 제국의 심문실에서 마인드테크에게 당해서 많은 사람들을 배신한 전력이 있소. 그렇기 때문에 어떤 곳에서는 그다지 인기가 없소. 그의 이름이 우리에게 도움이 되는 만큼 해가 될 수도 있단 말이오. 내 선조인 원조 데스스토커 자일스에 대해 말하자면 전설을 우리 편에 두고 있는 것이 사람들을 모으는 데는 도움이 되겠지만 전설의 완벽함에 미치지 못하는 실제 인물을 보게 된다면 사람들이 실망할 가능성도 배제할 수 없소."

"그가 정말로 원조 데스스토커라는 가정 하에 말이지요." 헤이즐이 말했다.

"그런 문제도 있지. 맞소." 오언은 착잡한 표정으로 말했다. "그는 지난 9백 년간 정지장에 있었던 사람치고는 현재 벌어지고 있는 일들에 대해 지나치게 상세히 알고 있는 것이 사실이오."

"그가 만약 가짜라면 정체가 뭘까요? 제국의 첩자? 클론? 과대망상증 환자?"

"다 가능성이 있소." 오언이 말했다. "하지만 더 불쾌한 가능성도 있지. 퓨리일 가능성도 완전히 배제할 수 없소."

헤이즐은 그 말에 충격을 받은 듯 할 말을 잃고 잠시 멍한 표정으로 그를 바라보았다. '퓨리(Fury)'는 셔브의 반란AI들이 인간세상에서 스파이로 이용하려고 만든 테러무기다. 살아 있는 금속에 복제된 인간의 껍데기를 덧씌운 존재. 겉으로 보기에는 인간과 완전히 똑같지만 자신이 일단 발각되면 엄청난 파괴와 살상을 일삼는 괴물로 돌변한다. 무적의 살인마이고 무자비한 적이다. 다행히 최근 몇 년간 제국에 그것의 출현빈도가 줄었다. 에스퍼가 퓨리를 쉽게 발견할 수 있고 그것이 아무리 강해도 광선총을 당해내지는 못하기 때문이다. 하지만 아직도 얼마나 많은 퓨리들이 여전히 인간처럼 살며 셔브로 정보를 빼돌리고 있는지, 언제라도 내부에서 인간 사회를 혼란에 빠뜨릴 행동을 개시할 지령을 기다리고 있는지는 아무도 모르는 일이다.

"자일스가 퓨리일지도 모른다고 생각한 이유라도 있어요?" 이윽고 헤이즐이 물었다.

"특별한 건 없소. 단지 여러 당파들이 다양한 경로로 반란에 참여하고 있는데 셔브만이 아직 아무런 움직임이 없다는 것이 좀 이상해서 그렇게 생각했소. 그들이 참여하겠다고 해도 일언지하에 거절하겠지만, 만약 내가 그들 입장이라면 제국궁정과 지하동맹 양편에 각각 스파이를 심어놓겠소. 셔브는 언제 제국이 약해지는지 몹시 알고 싶어 하니까."

"당신 말이 맞아요." 헤이즐이 말했다. "어쨌든 아주 이상한 생각이군요. 그런 생각들이 혹시 더 있더라도 혼자만 간직하도록 하세요. 나는 지금 현실 자체만으로도 충분히 머리가 복잡하니까요. 그런데 그렇게 걱정된다면 왜 예전에는 한마디도 안 했죠?"

"증거가 없으니까. 그리고 누가 귀담아 들어줄지도 모르겠고, 누구를 믿어야 할지도 알 수 없고. 하지만 개인적으로 자일스는 믿을 만하다고 생각하오."

"왜 그렇죠?"

"왜냐하면 누군가는 믿어야 하니까."

"그래요." 헤이즐이 말했다. "그게 나를 괴롭히는 생각이죠."

오언은 한숨을 내쉬었다. "전에는 이렇게 삶이 복잡하지 않았는데. 하루 중 내가 가장 하기 어려운 결정이 식사 중에 어떤 와인을 마실지 정하는 일이었던 적도 있었다오."

헤이즐이 갑자기 웃었다. "그래서 이런 짜릿함을 다 버리고 먼지 쌓인 책 속으로 다시 돌아가고 싶다고요?"

"바로 그거요. 예전으로 돌아가고 싶소. 다른 사람들에게는 하등 중요할 게 없는 역사가라는 존재로 사는 것에 나는 완전히 만족하고 있었소. 최상의 와인에, 일류 정찬에, 하고 싶은 것 다 하고 밤이나 낮이나 극진한 시중을 받고. 전사일 필요도 없고, 다른 사람을 대신 보낼 수 없는 의무 같은 것도 없고, 갑자기 무참히 살해될 위험도 없고…… 할 수만 있다면 예전으로 쏜살같이 달려가고 싶소."

"동료들은 다 버려두고요? 나는 어쩔 셈인가요?" 헤이즐이 교태를 부리며 그를 바라보았다. 오언은 질겁했다.

"그런 거 다시는 하지 마시오. 당신한테는 너무 부자연스러워 보여. 내가 당신이나 다른 사람들을 버릴 거라고 걱정할 필요는 없소. 나는 제국이 가하는 악덕과 고통을 이미 너무 많이 봤기 때문에 더 이상 모른 척할 수 없소. 나 같은 귀족들의 안락한 삶을 위해 수백만의 사람들이 피 흘리고 죽어가며 노예로 살고 있다는 것을 알고 있소. 나는 내 피와 명예를 걸고 그것을 종식시킬 것을 맹세했으며 죽을지언정 그 과업을 중간에 포기할 생각은 추호도 없소. 나 자신에 대해 헛된 망상을 품지는 않소. 나는 누구의 영웅도 아니오, 헤이즐. 단지 궁지에 몰린 또 하나의 불쌍한 영혼일 뿐이오. 화제를 바꿉시다. 우리가 미스트월드를 떠난 후 뭐 새로운 소식 없소?"

"별로 도움 될 만한 것은 없어요. 몇몇 쓸 만한 인물을 내가 알고 있고 잭 랜덤도 몇 사람 더 추가하기는 했지만 아직 그들은 우리를 의혹의 눈초리로 보고 있어요. 지난번 방문 때 우리가 친구를 사귀지 못했고, 그들은 오랜 경험으로 자신들 이외에는 거의 믿지 않는 버릇을 가지고 있지요. 그들은 우리가 먼저 뭔가를 보여주기를 바라고 있어요. 용감무쌍하고 대담한 어떤 일을 벌이고 성공하는 것, 즉 믿을 만한 징표를 보여달라는 거죠."

"당연히 그러겠지." 오언이 말했다. "골고다 행성에 대한 이 첫 기습이 그들을 감명시킬 거요. 모든 것이 착오 없이 돌아가고 우리가 실수하지 않는다면 말이오. 기회는 단 한 번뿐이오. 그리고 우리는 연습을 해보지도 못했소. 잘못될 가능성에 대해서는 이제 생각하지 않으려고 노력하고 있소. 그래봐야 머리 아프고 방광만 자극할 뿐이니까. 내 아버지가 그렇게 원했어도 나는 결국 전사가 못 되는 것 같소."

헤이즐은 오언을 잠시 바라보았다. "오언, 당신은 아버지를 너무 의식하는군요. 당신은 그분이 음모와 은밀한 의도로 당신의 삶을 좌지우지하려 한다고 누차 말했어요. 하지만 그분은 이미 돌아가셨어요. 모두 끝났다고요. 잊어버려요. 당신 삶은 이제 온전히 당신 거라고요."

"그런가. 아버지는 여전히 나를 조종하고 있소. 무덤 속에서도! 지금 내가 하고 있는 행동이 바로 그분이 항상 바라마지 않던 장엄한 영웅적인 행위란 말이오! 그분이 항상 원했던, 하지만 나는 결코 되고 싶지 않았던 종류의 인간이 이미 돼버린 거요. 검을 차고 으스대는 인간."

헤이즐은 안타까웠다. 그들이 얼마나 많이 화제를 바꿔야만 비로소 안심하고 편안하게 대화할 수 있는 주제를 찾을 수 있을지 알 수 없었다. 뭔가 있을 것이다. "우리가 현장에서 만날 사람이 스티비 블루군요. 그 사람에 대해 뭐 아는 바 있어요?"

"당신이나 나나 똑같은 보고서를 읽었소. 그가 에스퍼-클론이고 골고다의 지하동맹에서 꽤 높은 위치에 있는 것만은 분명한 것 같소. 우리가 성공한다는 가정 하에 그는 우리와 함께 돌아가 전략회의에서 지하동맹을 대변하게 될 거요. 보고서상으로는 그가 좀 무정부주의적인 성향을 지니고 있다는 인상이 들었소. 뭐 제국에는 다양한 종류의 사람들이 있으니 반란 진영에도 마찬가지겠지."

"우리가 결국 승리하고 모든 것이 끝나면 어떤 세상이 될 거라고 생각해요?" 헤이즐이 불쑥 물었다. "우리는 아직 이 문제에 대해 한 번도 토론한 적이 없잖아요. 라이언스톤을 권좌에서 끌어내리는 것에 대해서는 지겹도록 토론해놓고 정작 그녀를 대체할 것에 대해서는 한마디도 논의해본 적이 없다고요."

"아직 논의할 단계가 아니기 때문이오." 오언이 대답했다. "그동안 이기는 것은 고사하고 일단은 살아남는 것 자체가 문제였소. 어쨌든 우리가 그녀를 처리하고 나면…… 글쎄, 내 생각에는 의회와 영주단이 적당한 후보를 천거하고 그중 새로운 인물을 황제로 선출해 개혁을 추진하는 것이 되지 않을까 싶소. 부패를 일소하고, 여기저기서 민주적인 개혁을 이끌어내고, 물론 모든 반란자들에 대한 사면도 따라야겠지. 그러면 우리도 각자의 위치로 돌아가서 다시 정상적인 삶을 살게 되겠지."

"참으로 어처구니가 없군요!" 헤이즐이 흥분해 소리쳤다. "구악은 그대로 놔둔 채 화장만 살짝 고치자고 이 짓을 하고 있는 거라고요? 꼭대기부터 바닥까지 모든 시스템이 썩어버렸기 때문에 정의를 세우는 진정한 길은 그 모든 것을 몽땅 들어내버리고 완전히 새롭게 시작하는 것뿐이에요. 황제나 영주도 없고, 모든 클론과 에스퍼가 자유를 얻고, 모든 사람이 완전한 민주주의와 자유를 만끽하는 그런 세상 말예요."

"모든 사람?" 오언이 반문했다. "클론, 외계인, 에스퍼…… 모든 사람들?"

"당연하죠. 모든 사람이 포함되어야죠. 그래야 진정한 자유 아닌가요?"

"좀 무정부주의적인 발상같이 들리는데. 완벽한 혼란이라고나 할까…… 만약 아무도 자기 자리를 지킬 필요가 없다면 어떻게 사회가 돌아가겠소?"

"자리를 지키는 것과 자유는 별개의 문제예요. 기회가 주어진다면 사람들이 얼마나 자기 일을 잘해나가는지 보고 놀랄걸요."

오언은 그녀를 유심히 쳐다보았다. "헤이즐 다르크. 다르크 가문도 한때 귀족이었소. 그렇게 오래전 일도 아니지. 당신은 좀 과민반응을 보이는 것 같소. 자신의 귀족적 뿌리를 부끄럽게 여기는 거요? 황권에 대해 약간이라도 충성심을 보여야 하는 것 아니오?"

"전혀요. 내가 귀족들에 대해 혹시라도 부드러운 면을 가지고 있다면 그건 그들을 단숨에 집어삼키기 위한 모래지옥 같은 걸 거예요. 난 귀족이 아니에요. 다르크 가문의 후손이 아니란 말예요. 그 이름은 내가 도망 다닐 때 서류를 급조하다가 얻게 된 거예요. 발음이 마음에 들어서 그 후로도 계속 사용하고 있을 뿐이죠. 그리고 가족들이 나를 찾지 못하기를 원했고 혹시 내가 체포되더라도 가족에게 보내지는 것이 싫었던 거예요."

"그러고 보니 당신은 가족 얘기를 한 번도 한 적이 없군." 오언이 말했다. "가족이 그립지 않소?"

"눈곱만큼도." 헤이즐이 단호하게 대답했다. "그들 소식은 듣고 싶지도 않아요."

오언은 신중하게 단어를 고르며 말했다. "가족에게서…… 어떤 식으로 학대당했소?"

"오, 아니에요. 그런 것과는 전혀 상관없어요. 내 가족이 너무 평범하고 따분한 사람들이어서 견딜 수 없었던 것뿐이에요. 그들이 가장 격렬하게 논다고 하는 게 고작 와인에 치즈를 맛보는 것 정도였죠. 아마 당신이라면 바로 뱉어낼 만한 와인 말예요. 나는 우주를 보고 싶었어요. 그들처럼 늙어 반백이 되기 전에 인생의 의미를 느끼고 싶었다고요. 그게 뭔지 알죠?"

"물론" 오언이 말했다. "알 것 같소. 하지만 나는 가족을 떠날 기회가 없었소. 너무 많은 의무들이 있었소. 결국은 그들이 하나씩 날 떠나버렸지. 내가 아무것도 하지 못하고 그저 쳐다보기만 하는 동안 하나씩 죽어갔소. 내가 할 수 있는 일은 아무것도 없었소. 그렇지만 뭔가 했어야 했다는 생각을 지울 수가 없었소.

그들은 어릴 때 부스트로 많이들 죽었소. 한 세대에서 부스트의 첫 번째 고비를 넘기는 사람은 많지 않소. 그렇기 때문에 내가 아버지의 유일한 후손이 된 거요. 거의 가문의 유일한 후계자이기도 하지. 방계에서 우리 가문을 이을 사람이 나오기는 하겠지만 직계후손으로는 내가 마지막이오. 내가 죽으면 우리 가문은 나와 함께 소멸하는 거요. 그게 좋은 일인지 나쁜 일인지는 아직 잘 모르겠소. 우리 가문이 누대에 걸쳐 내려오면서 좋은 일도 많이 했지만 패악도 많이 저질렀소. 하기야 모든 가문들이 마찬가지지. 그리고 무엇보다도 내 아버지는 당신의 음모와 계략을 위해서 나와 다른 많은 사람들을 희생시켰소…… 어린아이 때부터 내 인생이라고는 전혀 없었소. 이 작전이 그나마 아버지가 만들어놓은 길에서 조금이나마 벗어나 내 스스로 해보는 일일 거요. 그래서 아주…… 해방감을 느끼고 있소."

그는 갑자기 미소 지었다. "당신 말이 맞소. 나는 연설하기를 정말 좋아하지, 그렇지 않소? 하지만 이건 사회적으로 용인되는 학자들의 습관인 것 같소. 그런데 우리가 무슨 얘기를 하고 있었소? 아, 맞아. 인권이 없는 사람들에게까지 보통선거권을 주는 것. 나는 당신이 이 문제에 대해 철저히 숙고해보지는 않았을 거라고 생각하오, 헤이즐. 만약 모든 클론과 에스퍼까지 해방되고 참정권이 주어진다면 제국은 붕괴되고 말 거요. 제국의 경제 전체가 클론과 에스퍼의 노동에 의존하고 있소. 이 시스템은 사회를 떠받치는 근간이오. 그들 없이는 모든 것이 작동을 멈출 거요. 식량과 동력 공급이 중단될 테고, 경제활동은 완전한 혼란에 빠지겠지…… 문명의 존립 자체가 위협당할 수도 있소. 수십억의 무고한 사람들이 고통받을 거요."

"자신의 안락한 삶을 위해 다른 사람의 희생을 요구한다면 누구도 무고할 수 없어요. 만약 문제를 바로잡기 위해 문명을 찢어발겨야 한다면 그렇게 해야지요. 미스트월드에서 사는 사람들의 모습을 보고 얼마나 충격을 받았는지 벌써 잊었나요? 그 끔찍한 환경과 짐승 같은 삶을요? 에스퍼와 클론의 삶이 얼마나 끔찍했으면 그런 미스트월드로 도망치기 위해서 자기 목숨까지 걸까요? 그들은 이등시민도 아니고 노예도 못 되지요. 그냥 재물일 뿐이에요. 죽을 때까지 일하고 그다음은 다른 자들로 대체되고. 내가 그 모든 것을 박살내야 한다고 말하는 것은 절대 그냥 해보는 소리가 아니에요. 어떤 것도 현 상태보다 더 나쁠 수는 없어요."

"할 말이 없군." 오언이 말했다. "나는 평생 동안 원치 않는 것은 보지 않으면서 살았소. 앞으로는 그러지 않겠소. 하지만 외계인에 대한 문제가 여전히 남아 있소. 광기의 미로를 만든 자들을 빼더라도 어딘가에 두 개의 외계종족이 있고 그들의 과학기술은 최소한 우리보다 못하지 않소. 제국을 너무 약화시키면 언제라도 그들이 도발할 수 있소."

헤이즐은 어깨를 으쓱했다. "우리가 그런 가능성까지 고려할 여유는 없어요. 그러면 미쳐버릴 거예요. 항상 어떤 일이건 미뤄야 하는 핑계거리는 얼마든지 찾을 수 있어요. 사람들이 자유로워지고 우리가 안전하게 살기 위해서는 라이언스톤을 타도해야 해요. 외계인에 관해서는 그들의 실체가 드러난 후에 걱정해도 늦지 않아요. 그들이 꼭 적이어야 할 이유도 없잖아요? 그리고 어쨌든 당신은 헤이든맨을 무덤에서 깨운 당사자가 아니던가요? 헤이든맨이 아직 공식적인 인류의 적이 아닌 이유는 셔브의 반란AI들보다 그나마 덜 나쁘기 때문일 뿐이라고 당신이 말하지 않았나요? 당신이 다음번에는 셔브와도 손잡자고 말할 걸로 예상되는군요."

"그랬다간 녹슨 톱으로 내 머리를 썰어내버리겠소." 오언이 단호히 말했다. "헤이든맨은 예측 가능한 위험이오. 하지만 셔브는 인류의 멸종 말고는 아무 관심이 없는 족속이오. 내가 경솔할지는 몰라도 바보는 아니오."

그때 개조인간 하나가 접근하자 그들은 놀라서 돌아보았다. 헤이즐은 조립을 마친 탄환총을 슬쩍 돌려 헤이든맨을 겨누었다. 오언도 표정은 태연한 척했으나 손은 광선총 근처에 두었다. 개조인간이 그들 앞에 섰을 때 그의 자세는 우아하기 그지없었고 눈부셔서 제대로 쳐다볼 수도 없었다. 그의 얼굴에서 인간적인 감정을 비치는 표정은 찾아볼 수 없었으며 그가 입을 여는 순간 거칠고 기괴하게 울리는 목소리가 튀어나왔다.

"지금 초공간을 벗어나 골고다의 궤도에 진입했소. 배의 컴퓨터가 궤도위성에 접속해 우리가 전혀 위협이 되지 않는다고 알리고 있는 중이오. 하강하는 동안 은폐장치가 지나다니는 배나 지상의 감지센서로부터 우리를 숨겨줄 거요. 어려운 일이 아니지요. 이제 하선할 준비를 하시오."

"고맙소." 오언이 정중히 대답했지만 헤이든맨은 이미 뒤돌아가는 중이었다. 헤이든맨들은 불필요한 말은 거의 하지 않았다. 헤이즐은 멀어져가는 헤이든맨의 등을 향해 인상을 쓰고 오언을 돌아보았다.

"자, 이제 내려갈 준비가 됐나요, 아니면 또 한 번 화장실에 다녀올래요?"

"당신이 사이펀으로 쥐어짠다 해도 내 몸에서 단 한 방울도 뽑아내지 못할 것 같소. 화물칸으로 이동합시다. 쇼를 시작할 시간인 것 같소."

"멋지군요." 헤이즐이 말했다.

그들은 이상하게 생긴 커다란 기계를 지나치고 길이 안 보일 때는 기계들을 조심스럽게 타넘으면서 배의 뒤편으로 이동했다. 반짝이는 금속은 몹시 차가웠고 어떤 것들은 금세 사라질 것처럼 이글거리기도 했다. 오언과 헤이즐은 가급적 기계들을 멀리하면서 손은 몸에 바싹 붙이고 한 층 한 층 내려가 마침내 텅 빈 화물칸에 도착했다. 넓은 철제 동굴 같은 화물칸 내벽은 서로 꼬이고 얽혀서 눈을 어지럽게 만드는 전선가닥들로 뒤덮여 있었다. 넓은 공간에 적재된 짐이라고는 평범한 반중력 썰매 두 대와 세무본청의 컴퓨터에 먹일 작은 디스크가 전부였다. 오언과 헤이즐은 썰매를 꼼꼼히 살피고 대기했다. 이제 얼마 남지 않았다.

썰매의 외형은 관 뚜껑처럼 생긴 널판에 지나지 않았다. 하지만 반중력 모터, 제어판, 광선포 두 대, 그리고 바람으로부터 탑승자를 보호해줄 차단장발생기까지 갖추었다. 단순한 구조였지만 필요한 것은 다 구비했다.

오언은 손으로 디스크의 무게를 가늠해보았다. 작지만 엄청난 파괴력을 지닌 물건이다. 마치 헤이즐처럼. 그 생각에 미소 지으며 헤이즐을 쳐다보았다. 그녀는 검을 빼들어 더러운 천 조각으로 닦고 있었다. 오언은 그녀에 대한 자신의 감정이 도대체 무엇인지 확실했던 적이 한 번도 없는 것 같았다. 물론 그녀를 존경한다. 무기를 다루는 솜씨에도 탄복한다…… 그녀는 함께한 사람들 중 최고의 전사다. 그리고 그녀가 자유와 정의를 부르짖을 때 그 목소리에 담긴 열정에 감복한다. 그녀의 해법에 항상 동의하는 것은 아니지만. 그녀는 마치 한 마리 야생마처럼 그의 인생에 거칠게 난입했고, 죽어가던 그를 구해놓은 후 쥐고 흔들어 그가 믿고 있던 모든 것에 대해 회의를 품게 만들었다. 그런 와중에 그는 자신의 의지를 배반하며 그녀를 사랑하게 된 것이다.

오언은 그녀에게 말하지 않았고, 앞으로 말하게 될지도 알 수 없었다. 그는 그녀가 경멸해 마지않는 존재의 표상이었다. 똑똑하기보다는 조상 잘 만난 덕에 호강하는 어리숙한 귀족. 그녀가 자신을 전사로서 존중해준다고 생각하면 기분이 좋았다. 하지만 그녀가 자신에 대해 그 이상의 어떤 감정을 가졌는지에 대해서는 전혀 알 길이 없었다. 게다가 그는 데스스토커다. 지위에 걸맞은 배우자를 골라야 할 의무가 있다. 하지만 더 이상 귀족이 아니라면…… 라이언스톤이 공개적으로 그를 수배했고 그의 작위와 모든 특권을 몰수해버렸다. 그러므로 이제 그는 원하는 대로 하는 데 아무런 거리낌이 없다. 헤이즐은 용감하고 진솔하며 아름다운 미소를 지녔고 빠져죽어도 원이 없을 듯한 눈을 가졌다. 머리카락은 좀…… 그녀는 총명하고, 자기의지가 강해 누구에게도 주눅 드는 일이 없었다. 오언에게는 말할 나위도 없고.

그는 그녀를 사랑한다. 자신이 그런 식으로 누군가를 사랑해본 적이 한 번도 없었다는 것을 깨달았다. 캐시가 수년간 그의 사랑을 받았지만 그녀는 정부(情婦)일 뿐, 본질적으로는 노예와 다를 바 없었다. 그녀는 제국정부의 스파이여서 그가 수배되자마자 그를 살해하려 들었다. 그는 조금의 주저함도 없이 그녀를 죽일 수 있었다. 그는 가족에게서도 별로 사랑을 느끼지 못했다. 특히 아버지한테는 그랬다. 아버지는 항상 바쁜 일로 외출 중이었기 때문에 그는 사랑 없이 사는 법을 배워야 했다. 그런데 헤이즐이 갑자기 그의 인생에 끼어들면서 모든 것이 변했다. 가끔 그녀를 볼 때 숨결이 가빠지는 것을 느꼈고 그녀가 말을 걸 때는 심장이 두근거렸다. 흔치 않은 그녀의 미소를 보기라도 하면 몇 시간이고 흐뭇한 기분이 들곤 했다.

솔직히 말하면 그는 사랑 없이 사는 게 나을 뻔했다. 그런 감정은 그들의 관계만 복잡하게 만들 뿐이며 더 중요한 일에서 그의 신경을 분산시키기 때문이다. 하지만 그는 자신도 모르게 빨려들고 있음을 발견하곤 했다. 그는 그녀를 사랑한다. 그녀의 모든 결점에도 불구하고. 아니 어쩌면 그 결점 때문에 사랑하는 것인지도 모른다. 하지만 그녀에게 고백하지는 못할 것이다. 고백한다면 기껏해야 그녀는 그를 비웃으며 지옥에나 꺼져버리라고 말할 것이다. 정말 최악의 경우로는 친절하게 이해하는 태도를 보이며 싫다고 말할지도 모른다. 그러면 그는 견딜 수 없을 것이다. 그는 사랑이나 연인에 대해 조금도 아는 바가 없지만, 그래도 희망이 상실의 고통보다는 나을 것이라는 점은 잘 알고 있었다.

그의 통신임플란트를 통해 경고음이 조용히 들려왔고 헤이즐도 같은 소리를 듣고 고개를 들었다. 그녀는 검을 간수하고 썰매에 올라타 평소와 다름없는 준비태세를 갖추었다. 오언은 컴퓨터디스크를 주머니에 넣고 지퍼를 채운 다음 썰매의 시동을 걸었다. 그의 임플란트를 통해 배의 센서가 아래 착륙장의 모습을 보여주었다. 그곳에는 여러 종류의 배들이 여기저기 흩어져 있었는데 헤이든맨의 배가 하강할수록 점점 모습이 확대되었다. 헤이든맨의 배가 내려앉을 자리는 없었지만 상관없었다. 착륙할 계획이 아니기 때문이다. 오언은 씩 웃었다. 이제 헤이든맨의 배가 은폐막을 걷을 시간이다. 아주 재미있는 일이 벌어질 것이다.

은폐장치를 껐을 때 그들은 거의 스타포트의 관제탑 위에 걸쳐 있었다. 공항 사람들은 관제탑의 센서를 믿기지 않는다는 듯 바라보다가 자신들 바로 위에 거대하고 미끈한 황금 배가 떠 있는 것을 확인하고는 혼비백산했다. 관제탑은 비명과 고함소리로 요란했고 여기저기 뛰어다니는 사람들로 순식간에 북새통이 되었다. 오언은 그런 반응이 당연하다고 여겼다. 골고다에 헤이든맨의 배가 이렇게 바싹 접근한 경우는 그들이 인류의 적으로서 골고다를 쓸어버리려 했던 때가 마지막이었기 때문이다.

곧 영상이 끊어졌고 오언은 헤이즐에게 미소를 보냈다. 헤이즐도 미소로 되받았다. 그런 급박한 혼란 속에서 작은 썰매 두 대를 눈여겨볼 사람은 없을 것이다. 오언은 썰매의 손잡이를 단단히 쥐었다. 이제 잠시 후면 불안감을 느낄 틈조차 없을 것이다. 그는 헤이즐이 표정만큼 자신감도 넘치기를 바랐다. 한 사람만이라도 그렇다면 도움이 될 것이다. 그들 귀에 다시 한 번 짧게 경고음이 울렸고 화물칸의 문이 삐걱거리며 열렸다. 실내온도가 급격히 떨어졌고 벌어진 문틈으로 밝은 햇살이 스며들었다. 오언은 썰매를 바닥에서 살짝 띄웠다. 헤이즐도 썰매를 띄운 후 그의 곁으로 다가왔다. 화물칸의 문틈이 더 벌어져서 이제 아래쪽 착륙장의 모습이 아스라이 눈앞에 펼쳐졌다. 오언은 숨을 깊이 들이쉰 후 썰매를 열린 문 쪽으로 향했다. 헤이즐도 뒤에 바싹 붙어 그가 하는 대로 따라했다. 그리고 두 사람은 거대한 황금 배의 뱃속에서 뛰쳐나와 착륙장을 향해 쏜살같이 돌진했다.

그들 뒤로 화물칸이 닫히고 헤이든맨의 배가 어느새 멀리 사라지고 있었다. 이미 여섯 척의 제국공격함이 탑재한 모든 무기를 쏘아대며 황금 배를 추격하기 시작했다. 황금 배의 보호막 이곳저곳이 에너지빔에 맞아 번쩍거렸지만 약해지는 기미는 보이지 않았다. 그리고 두 사람이 조용히 지상으로 내려앉은 것을 아무도 보지 못했다. 그들은 항구의 센서에 걸리기에는 너무 작았고 사람의 눈에 띄기에는 너무 빨랐다. 계획은 아주 단순했다. 헤이든맨의 배가 주의를 끌면서 버티는 동안 헤이즐과 오언이 임무를 수행하는 것이다. 스타포트에서 황금 배를 위협할 만한 무언가를 준비할 때까지는 꽤 시간이 소요될 것이다. 그전에 임무는 끝날 것이고 황금 배는 다시 오언과 헤이즐을 태우러 내려오기만 하면 된다. 그리고 제국이 제대로 된 공격을 퍼붓기 전에 신속하게 초공간으로 뛰어드는 것이다.

아주 간단한 계획이었다. 오언은 단순한 계획을 좋아했다. 계획은 복잡할수록 잘못될 가능성도 많아진다. 그는 헤이든맨의 배가 잘못

될 가능성에 대해서는 별로 걱정하지 않았다. 헤이든맨 함정의 방어막은 이미 강력하기로 명성을 떨쳤으며, 오언 자신이 무엇인지 감조차 잡을 수 없는 무기들이 배에 가득한 것을 목격했기 때문이다. 그는 헤이든맨들로부터 방어를 위해 꼭 필요한 경우가 아니라면 무기 사용을 자제하겠다는 다짐을 받아냈다. 혁명의 시작을 헤이든맨들이 자행하는 피의 학살로 물들일 수는 없기 때문이었다. 만약 그렇게 된다면 가장 중요한 첫인상을 완전히 망쳐버릴 것이다. 개조인간들은 정중하지만 필요한 대목에서는 동의 아니면 거부로 자신들의 의사를 분명히 밝혔다. 오언은 간절한 마음으로 일이 잘되기를 기원했다.

그가 돌덩이처럼 하강을 시작하자 썰매의 보호막이 자동으로 작동해 몰아치는 바람을 막아주었다. 그와 헤이즐은 사람들 눈에 띄기 전에 스타포트를 벗어나 도시의 번잡함 속으로 스며들기 위해 속도를 최고로 올렸다. 그리고 곧 파스텔 색조를 띤 도심의 타워들이 눈에 들어오자 약간 속도를 줄였다. 그다음 동력을 아끼기 위해 보호막을 내렸다. 옆으로 차가운 강풍이 몰아치며 얼굴을 때려 눈에서 눈물이 흘렀다. 오언은 실눈을 뜨고 사전에 암기한 지도를 머릿속에 떠올렸다. 거리로는 그다지 멀지 않았지만 경로가 다소 복잡했다. 일상적인 교통로를 피해야 하기 때문이었다. 오언은 붉은 신호등을 지나치면서 앞에 다가오는 관광버스를 피하기 위해 잔뜩 몸을 웅크렸다. 버스의 창문으로 놀라서 입이 떡 벌어진 사람들의 얼굴이 스쳐지나갔고, 그는 다시 탁 트인 공간으로 빠져나왔다. 그는 웃으며 통신임플란트의 암호화된 채널을 열었다.

"따라오고 있소, 헤이즐?"

"바로 뒤에 있어요. 나를 따돌리려면 좀 더 분발해야 할걸요."

"당신은 반중력 썰매를 별로 몰아본 적이 없다고 말했던 것 같은데."

"맞아요. 그때는 꼭 추락하는 엘리베이터를 탄 기분이었죠. 하지만 당신 정도는 충분히 쫓아갈 수 있어요, 데스스토커."

"믿어 의심치 않소. 이제 거의 도착했소. 내 뒤를 잘 지켜주기 바라오. 그리고 명심하시오. 이 썰매는 속도 위주로 튜닝되었기 때문에 보호막은 의지할 만한 게 못 되오. 광선총 한 방만으로도 보호막이 뒷골목의 창녀들처럼 온데간데없이 사라질 테니 아무도 우리를 쏘지 못하도록 해야 하오. 당신만 믿소. 그리고 또한 명심할 것은 우리는 여기 착한 사람으로 왔다는 거요. 제국경비대 말고는 아무도 죽이지 않도록 신중합시다. 좋은 인상을 심어주는 것이 최우선이오."

"그놈의 지긋지긋한 잔소리!" 헤이즐이 짜증스럽게 외쳤다. "지도에만 신경 쓰고 싸움은 나한테 맡겨요. 그러면 우리는 진짜 잘 어울리는 한 쌍이 될 거예요."

오언은 뭐라고 대꾸하고 싶었지만 애써 억눌렀다. 쉽지 않겠지만 헤이즐에게 정중하고 매력적으로 보이는 방법을 익혀야 한다. 그는 타워들을 가로지르고 갑작스런 상승기류와 싸우며 도심을 누볐다. 도시는 아침햇살을 받으며 이제 막 깨어나고 있었다. 하늘은 핏빛처럼 붉었고 파스텔 톤의 타워들은 진홍색 그림자로 물들어 있었다. 곧 태양이 떠오르고 하루 일과가 시작되면 거리에는 교통량이 폭증할 것이다. 헤이즐과 오언은 세무본청에 잠입해 서둘러 일을 마치고 거리가 여전히 한산할 때 퇴각해야 한다. 오언은 속도를 높이면서 다시 보호막을 올려 지친 눈과 얼굴에 약간의 휴식을 주었다. 착륙해 지하동맹과 접선할 때까지는 모든 것을 스스로 알아서 해야 한다. 그렇기 때문에 그때까지는 고립된 채 위험에 무방비로 노출된 상태였다.

그는 헤이즐이 바싹 뒤따르는 것을 뒤돌아보지 않고도 느낄 수 있었다. 광기의 미로를 통과한 사람들은 이제 원초적 차원에서 서로 연결되어 있다. 그것이 무엇인지 정확히 아는 사람은 없지만 그 존재를 의심하는 사람도 없다. 다른 사람이 어디에 있는지를 항상 알 수 있는 일종의 ESP 같은 것이다. 하지만 서로의 생각까지 알 수는 없다. 오언은 그것을 다행스럽게 여겼다. 하지만 이미 헤이즐에게서 증명되었듯이 그들은 서로의 재능을 공유했다. 한 사람이 어떤 특출한 능력을 지녔다면 다른 사람들도 마치 원래부터 그랬던 것처럼 그 능력을 이용할 수 있었다. 오언은 등 뒤로 헤이즐의 존재를 느꼈다. 그리고 안심이 되었다. 그가 손으로 창문을 만질 수 있을 정도로 아슬아슬하게 타워에 바싹 붙어 급회전하자 예상대로 정면에 세무본청이 나타났다. 세무본청은 초지로 타워 안에 있다. 오언은 만족스런 웃음을 띠며 다시 보안통신 채널을 열었다.

"도착했소. 각오 단단히 하시오. 그리고 헤이즐, 꼭 필요할 때가 아니면 절대로 부스트를 쓰지 마시오. 당신이 아직 모르는 것들이 있으니까. 그걸 너무 자주 사용하다보면……"

"좁쌀영감처럼 왜 그래요. 늘 잔소리나 해대고."

오언은 그 말에 대답하지 않는 것이 좋겠다고 생각했다. 대신 눈앞에 우뚝 솟은 초지로 타워에 신경을 집중했다. 썰매는 정지했지만 여전히 보호막을 올리고 있는 상태였다. 썰매에 내장된 은폐장치가 타워의 센서로부터 그들을 숨겨줄 것이다. 그럼에도 불구하고 목표물에 이렇게 근접한 상태에서 불안감이 드는 것은 어쩔 수 없었다. 초지로 타워는 주변의 타워들 중에서 가장 거대하고 흉물스러웠다. 철과 유리로 뒤덮인 번쩍거리는 높은 탑에는 가문을 상징하는 색깔과 문장(紋章)이 선명히 그려져 있었다. 타워에 각종 무기와 예상치 못한 불쾌한 것들을 감추고 있을 것이라는 점은 의심의 여지가 없었다. 헤이든맨들은 썰매가 타워의 방어망을 쉽게 통과할 수 있도록 세심하게 조율되어 있다고 여러 차례 말했다. 하지만 당연하게도 테스트해 볼 기회는 없었다.

오언은 이판사판이라고 생각했다. 걱정하기에는 이미 늦었다. 장치가 잘 작동하든가 아니면 그와 헤이즐이 스크린의 파리처럼 타워의 에너지장에 철썩 붙어버리든가 둘 중 하나였다. 만약 후자라면 혁명은 나중에 다른 곳에서 다시 시작되어야 할 것이다. 이상하게도 오언은 불안하지 않았다. 어쨌든 헤이든맨들은 자기들이 만든 장치가 잘 작동할 것이라고 장담했고 오언이 그들을 신뢰하지 않을 이유가 없었다. 적어도 이 문제에 관해서는. 그는 손잡이를 단단히 잡고 몸을 잔뜩 긴장한 채 썰매를 타워의 꼭대기 층으로 몰았다. 창문들이 무서운 속도로 그를 향해 돌진해왔다. 오언은 타워의 강화유리를 마치 비눗방울인 양 뚫고 들어간 후 비로소 자신이 타워의 보호막을 무사히 통과했음을 깨달았다.

썰매는 박살난 창문을 6미터나 지나서야 멈췄다. 오언은 보호막을 거둔 다음 꽉 잡은 손잡이를 놓고 약간 비틀거리며 썰매에서 내렸다. 그리고 재빨리 주변을 살폈다. 초지로 타워의 꼭대기 층은 예상대로 버려져 있었다. 두꺼운 카펫 위 여기저기에 낡은 가구들이 흩어져 있었고 벽에는 자그만 그림 몇 개가 걸려 있었다. 초지로 가문은 무엇이든 최소화하는 것을 좋아하는 것으로 유명했다. 오언은 그들의 방식이 내부경비시스템에도 그대로 적용되었으면 좋겠다고 생각했다.

하지만 그럴 리는 만무했다. 그들의 침입으로 지금쯤 모든 경보시스템이 작동했을 것이며, 외부보호막과 내부방어시스템이 그들을 물리치는 데 실패했으므로 이제 중무장한 많은 경비대원들이 그 이유를 확인하기 위해 이곳으로 몰려올 것이다. 하지만 그들은 바닥부터 시작해 한 층씩 확인하며 올라올 것이다. 그러면 시간이 좀 걸릴 터이다. 그사이 오언과 헤이즐은 컴퓨터를 조작하고 떠나면 된다. 이론적으로는 그렇다. 오언은 광선총을 손에 쥐고 손목의 보호막을 작동시켰다. 즉시 팔에서 이글거리는 타원형의 차단장이 발생하며 귀에 익은 윙윙대는 소리가 울리자 왠지 안심이 되었다. 헤이즐이 양손에 총을 들고 옆에 섰다.

"세무본청은 4층 아래에 있지요? 계단으로 갈까요, 엘리베이터를 탈까요?"

"물론 계단이오. 엘리베이터는 타워의 중앙컴퓨터가 간섭할 수 있소. 브리핑에서 들었잖소."

"중요한 결정은 모두 당신한테 맡길게요. 그저 표적이나 일러줘요. 그러면 난 더없이 행복할 테니까."

오언은 대답해봐야 별로 득 될 게 없다고 판단하고 빈방을 가로질러 계단 쪽으로 갔다. 예상대로 정확한 위치에 계단이 표시되어 있는 것을 확인하자 한층 기운이 솟았다. 적어도 정보원들의 보고는 정확했다. 계단은 밝지만 좁았고 페인트칠한 지가 거의 한 세기는 되어 보였다. 사실 비상사태가 아니라면 누가 계단을 이용하겠는가? 오언과 헤이즐이 철제 계단을 밟는 소리를 제외하고는 무덤 속처럼 조용했다. 타워의 방어시스템이 일제히 경보를 발동했을 테지만 전용보안채널을 이용하고 있을 것이고 날마다 수시로 변하는 채널을 오언이

군이 탐색해볼 여유는 없었다. 경비대는 매일 채널을 바꿀 것이 틀림없다. 오언 자신이라도 그렇게 했을 것이다. 헤이즐은 계단 아래에서 자물쇠를 살펴보았다. 간단한 구조였다. 그녀는 비웃듯이 말했다.

"미스트월드에서라면 열 살짜리 꼬맹이도 딸 수 있겠네요. 몇 분 만에 열어 보일게요."

"아니," 오언이 말했다. "내가 하겠소." 그는 자물쇠를 쳐다보더니 몇 개의 일련번호를 입력했다. 그러자 자물쇠가 딸깍 소리를 내며 열렸다. 오언은 허리를 펴고 헤이즐을 쳐다보았다. "당신이 내게서 부스트를 가져갔듯이 나는 당신에게서 침입기술을 가져왔소. 그리고 미로가 그 기술을 좀 더 향상시켜놓은 것 같고. 놀랍소. 우리가 아직 모르는 게 또 뭐가 있을까?"

"이거 참 으스스하네요." 헤이즐이 말했다. "이러다가 우리가 헤이든맨보다 더한 개조인간이 돼버리는 건 아닐까요?"

"그거 참 끔직한 생각이군. 하지만 그 문제는 잠시 접어둡시다. 일단 문을 열면 저쪽에 있는 모두가 표적이오. 포로로 잡을 여유가 없소."

"내가 하고 싶은 말이 그 말이에요." 헤이즐이 말했다. "난 원래 세무원들을 좋아하지 않거든요."

오언이 육중한 철문을 어깨로 밀치자 의외로 쉽게 열렸다. 다섯 명의 기술자가 깜짝 놀라 뒤돌아보며 막 비명을 지르기 위해 숨을 들이쉬려는 찰나에 헤이즐의 탄환총이 순식간에 그들 모두를 처치해버렸다. 그리고 오언이 재빨리 문을 닫자 컴퓨터실은 다시 조용해졌다. 오언은 헤이즐 덕에 광선총을 사용할 필요가 없었다는 사실이 기뻤다. 섬세한 장비들로 가득 찬 밀폐된 공간에서 함부로 광선총을 쏜다는 것은 좋은 생각이 아니었다. 그는 총을 다시 허리에 차고 확실히 죽었는지 확인하기 위해 가장 가까이 쓰러져 있는 사람에게로 다가갔다. 그리고 자기도 모르게 얼굴을 찡그렸다. 탄환총이 일처리는 확실했지만 남긴 모습은 끔찍했다. 바닥에 피가 흥건했고 시신에는 주먹을 집어넣을 수 있을 정도의 큰 구멍이 뚫려 있었다. 반면 광선총은 더 깨끗하게 절단하고 상처를 열로 지지기 때문에 출혈도 적었다.

"끝내주는 무기군요." 자신이 만든 시신의 상처를 살피며 헤이즐이 말했다. "사랑스럽지 않나요?"

"저들이 모두 죽었는지나 잘 확인하시오." 오언이 애써 무심한 태도로 말했다. "우리가 일하고 있는 동안 놀라고 싶지는 않으니까."

"물론이죠." 헤이즐이 말했다. "기계랑 놀아보세요. 난 당신 뒤를 맡을게요. 난 컴퓨터를 재프로그래밍하는 것에는 손톱만치도 아는 바가 없으니까."

"그렇게 복잡하지 않을 거요." 오언은 앞의 단말기를 살펴보며 희망적으로 말했다. "잭 랜덤과 헤이든맨이 이 프로그램을 만들었소. 내가 할 일이라고는 디스크를 넣고 실행시키는 것뿐이오. 혹시 이 순간 잘 되기를 기원하고 싶다면 편안한 마음으로 그렇게 해도 좋소."

그는 앞의 벽면을 가득 채우고 있는 거대한 컴퓨터 앞에 의자를 끌어당기고 앉았다. 방 안 여기저기를 채우고 있는 다른 컴퓨터들과 함께 제국 전체의 조세를 매기고 거두는 작업을 처리하는 컴퓨터였다. 매일 수조의 돈이 이 컴퓨터들을 들락거렸다. 여기서 내려진 결정에 대해서 여제 이외에는 아무도 감히 의문을 제기할 수 없었다. 이 시대에 가장 과격한 종교인 전사예수교회도 이 기계들의 효율성과 안정성을 신뢰해 십일조 징수를 이곳에 일임했다. 이곳에서는 가장 하층민부터 고위층 귀족에 이르기까지 제국의 모든 부가 분배되고 있었다. 가문들도 사업상의 이익을 얻으면 세금을 납부했다. 제국을 운영하고 라이언스톤의 사치스러운 생활을 유지하기 위해서는 많은 돈이 필요했다. 그리고 모두들 컴퓨터를 맹신했다. 하지만 그들은 헤이든맨의 기술에 대해서는 방비하지 못했다. 아직까지 당해본 적이 없었기 때문이다. 오언은 득의만만한 미소를 지었다. 제국의 모든 재무적인 기초가 이 방 안에서 처리되고 있는데 한낱 수배자로 멸시받는 그가 이제 그 모든 것을 폐허로 만들려 하는 것이다.

그는 필요한 암호를 입력한 후 주머니에서 디스크를 꺼내 제자리에 넣었다. 그 순간을 음미하기 위해 잠시 멈췄다가 마침내 마지막 작동단추를 눌렀다. 눈에 띄는 변화는 없었다. 기계는 그저 낮은 울림 소리를 내며 계속 돌아갈 뿐이었다. 하지만 데이터베이스 깊숙한 곳에서는 엄청난 변화가 일어나고 있었다. 먼저 막대한 금액이 제국의 금고에서 미리 준비해둔 혁명군의 계좌로 이체되었다. 그리고 잠시 동안만 살아 있는 도피계좌들에 연속적으로 이체되면서 돈의 흐름을 추적할 수 있는 가능성을 차단했다. 오언은 제국을 청산하는 데 소요되는 자금은 제국 자신이 부담해야 지극히 공평하고 정당한 일이라고 생각했다.

그리고 일단 간단한 이체 작업이 마무리되자 프로그램은 컴퓨터의 모든 자료들을 삭제하거나 데이터의 최종단위까지 뒤죽박죽 뒤섞어놓기 시작했다. 누가 언제 얼마를 납부했는지 아무런 자료도 남지 않게 된다. 한마디로 완벽한 혼란인 것이다. 보안상의 이유로 자료를 다른 곳에 복사해놓지도 않았다. 라이언스톤은 무엇이든 집중되어 있는 것을 좋아했다. 모든 것을 한 군데 모아놓는 것이 통제하기에 좋기 때문이었다. 그리고 막강한 초지로 가문의 철통같은 경비가 헤이든맨들의 지원을 받아 반중력 썰매를 타고 온 고작 두 사람에 의해 간단히 뚫려버리리라고 누가 상상인들 했겠는가?

그리고 소문이 퍼져나가면(결국 날 수밖에 없다) 제국이 무슨 수를 쓰더라도 엄청나게 많은 사람들이 혁명군 덕에 그전보다 많이 풍요로워졌다는 것을 실감하게 될 것이다. 반면에 제국은 갑자기 재정이 바닥나는 것은 말할 것도 없고 그들이 얼마나 심각한 상태에 놓였는지 평가하는 데만도 많은 돈과 인력을 쏟아 부어야 할 것이다. 라이언스톤이 다시 세금을 거둘 수 있기까지는 몇 년이 걸릴 것이다. 그리고 제국이 그것 때문에 경황이 없을 때 혁명군은 좀 더 심각한 작업을 준비할 수 있을 것이다.

"얼마나 걸릴 것 같아요?" 헤이즐이 물었다.

오언은 그녀를 쳐다보며 어깨를 으쓱했다. "모르겠소. 나도 물어봤지만 아무도 해본 사람이 없으니 아는 사람도 없더군. 내가 아는 건 컴퓨터가 디스크를 내뱉을 때까지 기다려야 한다는 거요. 그렇게 오래 걸리지 않기를 기도합시다. 우리가 말하고 있는 지금 이 순간도 초지로 가문의 경비대가 매뉴얼에 따라 각 층을 살피며 올라오고 있을 거요. 각 층마다 확인해야 하니 시간이 걸리겠지만 여기 문을 박차고 들어올 때도 이제 멀지 않았소. 그전에 디스크가 나오고 스티비 블루라는 지하동맹 대표를 만날 수 있다면 좋겠지만, 그렇지 않다면 상당히 곤란한 일이 발생할 수도 있겠지."

"그렇게 기술적으로 말할 때 당신은 참 마음에 들어요." 헤이즐이 말했다. 그녀는 잠시 멈칫하더니 갑자기 얼굴을 찌푸렸다. "스티비 블루를 만났을 때 암구호가 뭐였죠? 갑자기 생각이 안 나네요."

오언이 조용히 인상을 쓰며 기억을 더듬었다. "나도 당신이 묻기 전까지는 분명히 알고 있었는데. 도대체 뭐지? 음, 나중에 생각나겠지."

그때 둘은 갑자기 말을 멈추고 닫혀 있는 철문 쪽을 날카롭게 쏘아보았다. 아무 소리도 들리지 않았지만 무언가를 느낄 수 있었다. 광기의 미로가 준 또 다른 재능이었다. 오언은 재빨리 문 쪽으로 가서 문을 살짝 열고 귀를 기울였다. 멀리서 여러 명이 철제 계단을 밟는 발소리가 점점 가까워지고 있었다. 오언은 문을 조용히 닫고 뒤로 물러났다.

"여럿이 몰려오고 있소." 그는 헤이즐을 쳐다보지 않고 단조롭게 말했다. "많소. 모든 층을 살피며 올라오는 게 아닌 것 같소. 아니면 우리가 생각한 것보다 그들의 수가 훨씬 많거나."

"어쩐지 일이 너무 쉽게 풀린다 했어요." 헤이즐이 말했다. "뭐 오라고 해요. 좀 놀라게 해주지요."

"또 중요한 점을 잊고 있군." 오언이 말했다. "경비대가 벌써 이렇게 가까이 왔다면 스티비 블루와 어떻게 접선할 수 있겠소?"

"꼬이는군요." 헤이즐이 동의했다. "그냥 경비대만 처치하면 될 줄 알았는데."

오언은 그녀를 쳐다보며 말했다. "미로를 지나온 후 당신은 너무 우쭐해진 것 같소. 예전보다 훨씬 강해진 건 사실이지만 그렇다고 우리가 무적은 아니오."

"그건 당신 생각이고요, 데스스토커. 우리는 어떤 경비대보다 강하고 빨라요. 그들을 충분히 감당할 수 있다고요. 숫자는 문제가 안 돼요, 오언. 당신은 너무 걱정이 많은 게 탈이에요."

그는 안타까운 듯 고개를 저었다. "너무 자신만만하군. 하지만 불행히도 우리가 아직 떠날 시간이 안 됐으니 여기서 그들을 맞이하는 수밖에 달리 방법이 없을 것 같소. 죽지 않도록 조심하시오, 헤이즐. 다른 파트너와 새로 훈련해야 하는 상황은 싫으니까."

헤이즐이 눈을 부라렸다. "첫째, 우리는 파트너가 아니고, 둘째, 훈련을 하게 될 사람이 있다면 그건 바로 나라는 점을 기억해요. 내가 아니었다면 당신은 골백번도 더 죽었을 거예요. 싸움은 나한테 맡기고 디스크가 튀어나오는지나 잘 살펴요. 그게 나오면 바로 출발해요."

"스티비 블루는?"

"알아서 탈출하라고 해요. 늦었으면 대가를 치러야지요."

이제 발소리가 아주 가깝게 들렸다. 헤이즐은 총 두 자루를 든 채 닫힌 문을 바라보고 섰다. 오언은 만약의 경우 헤이즐과 그가 움직일 수 있는 공간을 확보하기 위해 기술자들의 시체를 한쪽으로 치웠다. 그리고 손과 소매에 묻은 피를 재킷에 잘 문질러 닦았다. 검을 사용하게 될 경우 손이 미끄러워서는 안 된다. 바깥에서 급박한 발소리가 울리더니 세 명의 경비대원이 문을 어깨로 밀치고 들이닥쳤다. 그들이 오언과 헤이즐을 발견하고 바닥의 피를 보며 잠시 멍한 표정을 짓는 동안 오언의 광선총이 불을 뿜었다. 에너지빔이 제일 앞의 경비대원 가슴을 관통해 그 뒤에 서 있던 자까지 처치했다. 나머지 한 명은 헤이즐의 광선총에 의해 몸통으로부터 머리가 깨끗이 분리되었다. 바깥의 다른 경비대원들은 이제 적의 에너지무기가 다음 2분 동안 쓸모없다는 것을 확인하고 물밀듯이 방 안으로 쏟아져 들어오기 시작했다. 오언과 헤이즐은 개인 보호막에 몸을 숨겼고 에너지빔이 방 안 사방으로 튀었다. 여러 장비들이 에너지빔에 맞아 폭발하며 불길에 휩싸였다. 그리고 경비대는 총을 치운 후 검을 빼들고 앞으로 다가왔다. 그때 헤이즐이 보호막을 걷고 탄환총을 난사했다.

난데없는 총탄 세례를 받은 경비대원들은 시체가 되어 쓰러졌다. 밀폐된 공간에서 총성은 고막을 찢는 듯했으며 공기 중에 피가 안개처럼 자욱했다. 출입문은 한꺼번에 네댓 명만 통과할 수 있는 크기였기 때문에 탄환총만으로도 진입하는 모든 경비대원을 능히 감당할 수 있었다. 문이 애당초 그렇게 설계된 이유는 집단공격에 효과적으로 대처하기 위해서였다. 경비대는 보호막이 없었다. 너무 비싸서였다. 그들은 인해전술에 의지했다. 그리고 마침내 헤이즐의 총도 탄환이 바닥났다. 헤이즐은 짧은 욕설을 내뱉으며 총을 집어넣었다. 경비대가 다시 쇄도해왔고 오언과 헤이즐은 손에 쥔 차가운 쇠붙이만으로 그들을 맞이하기 위해 앞으로 돌진했다.

검끼리 부딪치는 소리가 경쾌하게 울렸다. 경비대는 수적으로 그들보다 열 배는 많았지만 그들의 상대가 되지 못했다. 경비대는 이미 너무 많은 대원들이 죽었기 때문에 당황해 사기가 땅에 떨어진 반면, 오언과 헤이즐은 둘 다 부스트까지 하고 있었다. 오언은 피가 혈관에서 요동치고 머릿속에서 울리자 저승사자처럼 잔인한 미소를 지었다. 적들이 슬로모션으로 움직였기 때문에 그들을 베어 넘기는 것은 식은 죽 먹기보다 쉬웠다. 부스트를 하면 원래 몸이 빨라지는데, 이제 미로의 힘까지 더해지니 도저히 인간이라고 믿을 수 없을 정도로 빠르게 움직일 수 있었다. 경비대는 마치 도살장의 가축처럼 손 한 번 제대로 써보지 못하고 금세 몰살되어버렸다. 순식간에 적은 사라지고 움직임 없는 시체들만이 피가 흥건한 바닥에 널브러져 있었다.

오언은 방 안에 시체밖에 없고 문 밖의 복도도 텅 빈 것을 확인한 후 부스트에서 빠져나왔다. 그리고 후유증으로 잠시 부르르 몸을 떨었다. 잠깐 동안이나마 거의 신적인 존재였다가 이제 다시 인간이 되자 그 대가를 치르는 것이다. 혹사당한 근육에 통증이 밀려왔고 움직임은 견디기 힘들 정도로 느리고 맥이 없었다. 그가 숨을 깊이 들이마시고 수련한 대로 정신을 집중하자 다시 감각이 살아 돌아오는 것이 느껴졌다. 데스스토커 가문은 부스트의 속도와 강도를 완성하기 위해 누대에 걸친 노력을 쏟아 부었지만, 인간이 견딜 수 있는 데는 여전히 한계가 있었다. 부스트는 신경시스템을 게걸스러운 식성으로 불태워버렸기 때문에 항상 혹독한 대가를 치러야 했다. 그리고 더욱 위험한 것은 부스트가 어떤 마약보다 강한 자극을 주고 중독성을 지닌다는 점이었다. 부스트는 데스스토커 가문의 자부심이지만 다른 한편으로 저주이기도 했다. 그런데 헤이즐은 부스트에 사로잡혀 너무 밝게 타오르고 있었다.

그녀는 땀으로 번들거리는 얼굴로 숨이 막힐 것처럼 킬킬대며 이미 죽은 몸뚱이를 향해 무자비한 칼질을 해댔다. 눈에서는 광기가 번뜩였다. 오언이 그녀를 소리쳐 불러도 듣지 못하는 것 같았다. 그가 다가가자 그녀는 검을 치켜들고 섬뜩한 미소를 지으며 돌아섰다. 그는 검을 칼집에 집어넣고 보호막을 끈 후 손을 내보여 빈손임을 확인시켜주었다. 그리고 부드럽게 말을 건넸지만 그녀는 머리를 한쪽으로 갸웃거릴 뿐이었다. 그가 한 걸음 더 다가가자 그녀는 검으로 그의 복부를 노리며 달려들었다. 오언은 아주 잠시만 부스트의 힘을 끌어올리며 몸을 옆으로 살짝 피했다. 검은 오언의 옆구리를 아슬아슬하게 스쳐지나갔다. 그는 팔꿈치로 허리 옆의 검을 강하게 누르면서 헤이즐을 와락 껴안았다. 그녀는 벗어나려고 몸부림쳤고 오언도 그 자세로 오래 있을 수 없다는 것을 알고 있었다.

그는 그녀의 이글거리는 눈에 시선을 고정하고 미로가 선사한 무의식의 정신적 연결을 통해 그녀에게로 다가갔다. 말이나 이성으로는 지금 그녀와 접촉할 수 없다. 그가 누구이고 무엇인지, 그가 그녀를 어떻게 느끼는지와 같은 단순한 진실만이 통한다. 헤이즐의 마음은 과도하게 밝게 타오르며 위험할 정도로 예민했다.

오언이 접근하자 그녀는 조용히 조금씩 반응했다. 그녀의 눈이 서서히 맑아졌다. 마침내 부스트에서 빠져나오며 그녀가 정신적 연결을 끊기 직전에 오언은 그들 사이에 놓인 장벽 앞에서 헤이즐의 감정이 미약하게 흔들리는 것을 느꼈다. 헤이즐은 휘청거리며 거의 쓰러질 뻔했으나 오언이 그녀의 후들거리는 몸을 꽉 껴안았다. 그녀는 잠시 후 기운을 차리고 멋쩍게 그를 밀쳐냈다. 그러고는 몸서리를 치며 깊은 숨을 들이마신 후 그에게 퉁명스럽게 고개를 끄덕였다. 그들이 잠시나마 공유했던 순간과 감정에 대해 그녀 나름의 방식으로 호의를 표시하는 것이라는 것을 오언은 모르지 않았다. 헤이즐은 검을 닦는 데 쓰던 천 조각으로 얼굴의 땀을 닦아냈다. 그녀의 손은 이제 안정을 되찾았다.

"좀…… 이상한 경험이었어요." 마침내 그녀가 말문을 열었다. "여러 가지 경험을 해봤지만 이런 느낌은 처음이에요. 뭐든지 다 할 수 있을 것 같았어요. 당신이 나를 말리지 않았다면 당신을 죽였을지도 몰라요. 원래 부스트가 이런 건가요?"

"대체로 그렇소." 오언이 대답했다. "절대 적응될 수 없지. 그래서 나도 꼭 필요할 때가 아니면 사용을 자제하는 거요. 잠시 쉬어요. 부스트가 태워버린 에너지를 당신 몸이 다시 보충할 때까지는 시간이 좀 필요할 거요."

"이런 경험을 당신은 평생 하면서 살아왔다고요?" 헤이즐은 과거에 없던 존경심을 담아 오언을 쳐다보았다. "당신 보기보다 강한 사람이군요, 데스스토커. 나는 한때 왐피르의 피에 중독된 플라즈마 베이비였어요. 그런데 부스트는 그것보다도 강력한 것 같아요. 어떻게 견디는 거죠?"

"꼭 필요할 때만 사용하는 걸로." 오언이 말했다. "게다가 나는 당신이 하지 않은 훈련을 거쳤소. 곧 나아질 거요. 하지만 크게 달라지지는 않지. 그래서 당신한테 경고해주려 했잖소."

"네, 그랬죠." 헤이즐은 돌아서서 방 여기저기 널브러져 있는 시체들을 바라보았다. 바닥은 피로 물들어 있었다. 그녀는 잠깐 몸을 떨더니 다시 침착해졌다. "저들이 전부일까요?"

"그렇지는 않을 거요. 아마 상황을 파악하려고 파견된 선발대겠지. 시체들을 보시오. 저들 모두 근거리 센서를 착용하고 있소. 저들의 상사가 여기서 일어난 일들을 낱낱이 보고 있었소. 그러니까 이제 우리에게는 더 이상 기습할 수 있는 기회가 없을 것이고, 중무장한 더 많은 부대가 곧 몰려올 거라고 생각하는 게 옳소. 더 노련한 자들이 오겠지. 더 재밌어지겠는걸."

그들은 대화를 멈추고 동시에 닫혀 있는 문 쪽을 바라보았다. 누군가 오고 있었다. 느낄 수 있었다. 오언은 문을 열고 복도 쪽으로 총을 들고 나갔다. 그의 뒤에서 헤이즐은 탄환총을 재장전했다. 오언은 천천히 계단 쪽으로 이동했다. 누군가 계단을 올라오는 소리가 들렸다. 적막한 가운데 서두르지 않는 발소리만 크게 울려 퍼졌다. 헤이즐이 오언 옆으로 와서 팔꿈치로 찌르며 말했다. "한 명?" 오언은 어깨를 으쓱했다. 두 사람은 계단을 내려다보려고 좀 더 앞으로 움직였다. 그 자는 마지막 계단까지 다 올라와 모퉁이에 서서 헤이즐과 오언을 발견하고 무덤덤한 얼굴로 쳐다보았다. 키가 크고 덩치가 좋은 근육질의 사내였다. 검은색 피부에 얼굴은 침울해 보였으며 머리에 착 달라붙은 흰색 머리칼에 녹색의 눈매가 서늘한 느낌을 주었다. 그는 갑옷 대신에 용무늬로 장식된 초지로 가문의 기다란 녹색 기모노를 입고 있었으며 양손에는 만곡도를 들고 있었다.

"맙소사!" 오언이 외쳤다.

헤이즐이 그를 쳐다보며 물었다. "아는 자예요?"

"불행히도 그렇소. 저자는 전직 수색관인 레이저요. 캠벨 가를 위해 일했지만 캠벨 가는 이미 망했고 복장을 보니 이제는 초지로 가문을 위해 일하는 것 같소. 혹시 종교가 있다면 지금이야말로 기도라는 것을 해야 할 시간이오."

"총도 없는 것 같은데 그냥 쏴버리죠."

"저자는 분명 보호막이 있을 거고, 괜히 자극하기만 할 뿐이오."

헤이즐은 총을 집어넣고 검을 빼들었다. "그러면 또 손에 피를 묻혀야 하나요?"

"헤이즐, 수색관들은 살인기계요. 당신이 알고 있는 어떤 무기보다도 뛰어날 거요."

"그래서 어쩌자는 건데요?"

"다른 사람에게라면 항복하자고 하겠지만, 수색관들은 보통 포로도 거두지 않소. 그러니 싸우는 수밖에, 이런 젠장."

"엄살 좀 그만 피워요! 고작 한 명이라고요. 내가 먼저 본때를 보여주겠어요."

"안 돼, 내가 하겠소. 당신은 아직 부스트에서 회복 중이란 말이오."

"내가 그를 처치할 수 있다니까요. 정말로!"

"이봐." 수색관이 말을 걸었다.

"조용히 해." 오언이 말했다. "곧 갈 테니까. 헤이즐, 내가 먼저 나가겠소. 더 이상 말하지 마시오."

"언제부터 내 상관이 됐죠? 내가 원한다면 하는 거예요!"

"헤이즐, 그건 정말 좋은 생각이 아니오!"

"이것 봐." 수색관이 강한 어조로 다시 한 번 말했다.

"입 닥쳐!" 오언과 헤이즐이 동시에 대꾸하며 서로를 노려보았다.

수색관은 어깨를 으쓱하더니 마지막 계단 몇 개를 무서운 속도로 뛰어올라왔다. 그의 칼은 희미한 잔영만 보였다. 오언과 헤이즐은 그 자리에 서서 검을 든 채 부스트로 진입했다. 머리로 피가 치솟고 팔에는 살아 있는 불꽃같은 힘이 넘실거렸다. 레이저는 천둥처럼 그들을 덮쳐왔고 그의 칼은 번개 같았다. 쇠와 쇠가 맞부딪치는 소리가 쉴 새 없이 울렸고 오언과 헤이즐은 레이저의 질풍 같은 공격을 버텨내지 못하고 한 발짝씩 후퇴하기 시작했다.

레이저는 이미 계단에서 벗어나 오언과 헤이즐에게 무자비한 공격을 퍼부으면서 복도의 벽 쪽으로 몰아붙였다. 오언과 헤이즐은 더 이상 물러설 곳이 없자 옆으로 갈라져 양쪽에서 레이저를 협공했다. 레이저는 자리에 우뚝 선 채 칼날을 눈에 보이지 않을 정도로 빠르게 휘둘러 두 사람을 막아냈다. 오언이 가까스로 몸을 숙였을 때 그의 머리가 있던 자리 뒷벽에 깊숙한 홈이 파였다. 헤이즐이 잠깐이나마 레이저를 흩으려놓기 위해 돌진하다가 기다리고 있던 칼날이 그녀를 향하는 것을 발견하고 소스라치게 놀라 몸을 옆으로 던졌다. 그녀는 바닥을 구른 후 다시 일어나 가쁜 숨을 몰아쉬었다. 이미 왼쪽 소매가 피로 물들어 있었다. 하지만 부스트 덕택으로 무시할 수 있었다.

오언은 자신들만의 힘으로는 레이저를 물리칠 수 없음을 직감했다. 수색관은 모든 살인기술에 통달했으나 오언에게는 그 정도의 기술이 없었다. 헤이즐도 마찬가지였다. 하지만 그들은 부스트가 있고 미로가 부여한 능력이 있다. 그는 무의식의 정신적 연결을 통해 헤이즐에게 접근했고 그들의 마음은 서로 감응했다. 그들은 완벽하게 동조되었고, 그 결과 하나의 의지로 결합된 두 개의 검이 레이저를 공격하기 시작했다. 레이저는 한 걸음, 그리고 또 한 걸음 물러났다. 하지만 그 이상은 용납하지 않았다. 오언과 헤이즐은 서로 결합되었음에도 불구하고 여전히 레이저의 상대가 되지 못했다.

그 상태가 계속된다면 싸움의 결말이 어떻게 될지 알 수 없었다. 그때 레이저의 기모노에서 갑자기 불꽃이 일었다. 그는 한쪽으로 몸을 던져 카펫 위로 뒹굴면서 불을 끄려 했다. 하지만 불꽃은 더욱 거세질 뿐이었다. 그가 다시 일어서서 복도를 뛰어갈 때는 불꽃이 얼굴 주변에까지 일렁이고 있었다. 하지만 그는 신음소리 한 번 내지 않았다. 그는 불길에 휩싸인 채 모퉁이를 돌아갔고 다시 돌아오지 않았다. 오언과 헤이즐에게는 그의 멀어지는 발소리만 들릴 뿐이었다.

오언과 헤이즐은 부스트에서 빠져나오며 정신적 연결도 해제했다. 그리고 후유증이 사라질 때까지 서로를 의지한 채 서 있었다. 헤이즐의 팔에 입은 부상은 크지 않았고 이미 아물기 시작했다. 경련이 가라앉고 호흡이 정상으로 돌아오기까지는 다소 시간이 걸렸다. 그들은 마침내 서로 떨어져 주변을 살펴보다가 계단 꼭대기에 서서 조롱하듯 웃으며 바라보는 똑같은 얼굴의 세 여인을 발견했다.

세 여인은 한결같이 번쩍번쩍 광을 낸 체인을 두른 낡은 가죽옷을 입고 'Born to Burn'이라는 글귀가 새겨진 티셔츠를 입고 있었다. 이십대 중반으로 보였지만 얼굴은 고생을 해서 그런지 다소 늙어 보였다. 모두 땅딸막한 체구에 근육질 팔을 드러내고 있었으며 긴 머리에는 다채로운 색깔의 리본을 가득 매고 있었다. 얼굴에는 분칠을 했는데 아마 그들이 얼마나 예쁜지 드러내지 않으려고 한 것 같았다. 차가운 눈과 꽉 다문 입만 아니었다면 어쩌면 정말 예뻐 보였을지도 몰랐다.

"뭐 도와 드릴까요?" 오언이 검을 내리지 않은 채 공손히 물었다.

"오늘밤은 갈매기가 낮게 난다." 가운데 있던 여인이 의미심장하게 말했다.

오언은 그녀를 바라보다가 고개를 돌려 헤이즐을 쳐다보았으나 헤이즐도 그를 멀뚱히 바라볼 뿐이었다.

"오늘밤은 갈매기가 낮게 난다." 가운데 여인이 다시 또박또박 말했다.

"미안하지만" 오언이 말했다. "잘 못 들었는데 갈매기가 뭐라고?"

"잠시만요." 헤이즐이 말했다. "갈매기는 접선암호의 일부예요, 그렇죠?"

"빨리 대답하지 않으면 당신들을 쏴버릴 수밖에 없어." 왼쪽의 여인이 말했다.

"천사!" 오언이 다급하게 말했다. "천사에 관한 것이었소!"

"달빛 속의 천사, 뭐 그런 거였어요." 헤이즐이 말했다. "내 생각에는요."

"젠장." 가운데 여인이 말했다. "그 정도면 됐어요. 하마터면 하루 종일 여기 이러고 있을 뻔했네."

"우리가 당신들 접선자예요." 왼쪽의 여인이 말했다. "늦게 와서 미안해요. 하지만 경비대가 너무 많아서요. 몽땅 다 죽이고 올 수는 없잖아요? 너무 시끄러워질 테니까."

"이해해요." 헤이즐이 말했다. "그런데 스티비 블루는 어떻게 된 거죠?"

"여기 우리가 왔잖아요." 가운데 여인이 말했다.

"맞아요." 오른쪽 여인이 맞장구쳤다.

"당신들 모두요?" 오언이 말했다.

"한 번만 말할 테니 잘 들어요." 왼쪽의 스티비 블루가 말했다. "나는 스티비 원, 여기는 투, 그리고 얘가 스리에요. 헷갈리지 말아요. 우리는 그걸 아주 싫어하니까."

"내 생각에 당신들은 에스퍼이기도 한 것 같은데." 오언이 검을 거두면서 말했다. 헤이즐도 머뭇거리다가 검을 칼집에 넣었다. 하지만 손은 총 근처에 두었다. 오언은 스티비 블루들에게 자신이 할 수 있는 가장 예의바른 미소를 지어 보이며 속으로는 그녀들에 대해 잘못된 정보를 전달한 자에게 욕설을 퍼부었다. "수색관은 훌륭하게 해치워주었소. 내 생각에 그자는 다른 것에 대해서는 다 대비했는데 갑작스런 화공만은 예비하지 못한 것 같소. 다음번에는 꺼리지 말고 그를 잿더미로 만들어주기 바라오. 좋소, 일 얘기를 하도록 합시다. 지금 컴퓨터에 프로그램을 돌리는 중이오. 우리가 할 일은 그게 끝날 때까지 적들이 손대지 못하도록 여기를 지키는 것이오. 그다음에는 떠날 수 있소. 배가 우리를 데리러 올 거요. 헤이든맨의 배지만 그렇게 놀랄 것은 없소. 그들은 매우 합리적인 자들이니까."

세 명의 스티비 블루가 동시에 웃었다. "누구든 우리를 화나게 하는 자가 있으면 그냥 구워버릴 거예요." 스티비 원이 말했다. "우리는 염화능력자예요. 엘프, 즉 에스퍼해방전선 소속이죠. 우리는 아무도 못 말려요."

"그런데도 지하동맹이 당신들을 대표자로 보냈군요." 헤이즐이 말했다. "전략회의에서 당신들은 인기를 끌 것 같네요. 나도 이제 회의에 다시 참석해야겠어요."

"사이버생쥐들이 지금 교란작전을 펼쳐서 이 타워를 고립시켰어요." 스티비 투가 말했다. "일이 다 끝나기 전까지 바깥에서는 여기서 무슨 일이 일어나고 있는지 알 수 없을 거예요."

오언이 얼굴을 찌푸렸다. "컴퓨터 해커들이 약속을 제대로 지키는 경우는 별로 없는데."

"이자들은 믿어도 돼요." 스티비 원이 말했다. "왜냐하면 일을 망치면 우리가 엉덩이를 걷어찰 거거든요."

"맞아요." 스티비 스리가 맞장구쳤다.

그때 오언과 헤이즐이 갑자기 돌아서서 계단 쪽을 유심히 살폈다. 헤이즐은 총을 꺼냈고 오언은 클론들에게 고개를 돌렸다.

"방문자들이 오고 있소."

"당신들도 에스퍼인가요?" 스티비 원이 물었다.

"비슷하오." 오언이 대답했다. "수색관이 수고스럽게도 자기 사람들에게 알린 것 같소. 금방 경비대가 들이닥칠 거요."

"그뿐이 아니에요." 스티비 투가 말했다. "그들이 ESP차단기도 가지고 와요. 내 힘이 사라지는 것이 느껴져요."

"대단하군요." 헤이즐이 말했다. "뭐 또 나빠질 거 있나요?"

"아주 많소, 우리가 여기서 그들을 기다린다면." 오언이 말했다.

"컴퓨터실로 들어갑시다."

"너무 늦었어요." 스티비 스리가 말했다. "이미 그들이 왔어요."

세 명의 클론은 똑같이 능숙한 자세로 검을 빼들고 계단을 막기 위해 움직였다. 오언과 헤이즐이 총을 들고 그들 옆에 섰을 때 아래쪽 계단의 모퉁이에 키 큰 사내 하나가 나타났다. 전투갑옷 위에 칠흑 같은 가운을 걸치고 준수하지만 현란하지는 않은 용모를 지닌 삼십대 초반의 남자였다. 그의 검은 눈동자와 보일 듯 말 듯한 미소는 서늘한 기운을 뿌렸다. 그는 빈손으로 서 있었지만 조용하고 자신만만했으며 아주 위협적으로 보였다. 스티비 투가 가볍게 휘파람을 불었다.

"드램 사령관이 몸소 납시었네. 영광인걸. 멀리 숨어서만 에스퍼를 상대하는 줄 알았는데."

"이번에는 타워가 그냥 불타도록 놔둘 수 없었겠지." 스티비 원이 말했다. "세무본청이 박살나고 있는데 수수방관한다면 여제가 저자의 불알을 뭉개버릴걸."

오언과 헤이즐은 서로 의아한 듯 쳐다보았다. "저자는 분명히 죽었는데." 오언이 말했다. "시체까지 확인했잖아."

"그런데 저자는 누구죠?" 헤이즐이 말했다. "클론? 궁정 사람들이 저자가 클론인 걸 알까요? 아니면 우리가 죽는 걸 본 자가 클론이었을까요?"

"우리한테 뭐 해줄 말 없나요?" 스티비 원이 물었다.

"나중에 설명하겠소." 오언이 대답했다. "당분간은 일이 좀 복잡해졌다는 것만 알아두시오. 과부제조기는 제국이 힘을 결집시킬 수 있는 구심점이고 이건 우리가 예상치 못한 일이오. 이 정보를 혁명군 본부에 알려야 하오."

"더 좋은 생각이 있어요." 헤이즐이 말했다. 그러고는 탄환총을 들어 드램을 정통으로 겨누었다. 총알이 철벽을 때리면서 비상계단 통로를 우레와 같은 소리로 가득 채웠지만 드램은 여전히 웃으며 서 있었다. 그의 홀로그램 영상이 약간 이글거리기는 했지만 손상되지는 않았다.

"나같이 귀하신 분이 반란자 쓰레기들을 상대하려고 친히 거기까지 갔으리라고 진짜 기대한 건 아니겠지?" 드램이 차분히 말했다. "이 타워의 아래층은 우리 편이 완전히 차단했다. 너희들은 독 안에 든 쥐야. 항복하라. 적어도 재판은 받게 해주겠다."

스티비 블루들은 잡아먹을 듯이 그를 노려보았다. 스티비 원은 바닥에 침을 뱉었다. "우리가 너같이 교활한 녀석을 믿으리라고 생각하는 근거가 뭔데? 너는 후드로 변장해 우리한테 왔고, 우리는 널 믿었는데 우릴 제국군에 넘겼잖아. 그날 수많은 사람들이 에스퍼나 클론이라는 이유만으로 살해됐어. 너 같은 녀석에게 항복하느니 차라리 죽는 길을 택하겠어."

"좋을 대로." 드램이 말했다. 그의 홀로그램은 비눗방울처럼 꺼져버렸다. 그리고 대부대가 한꺼번에 몰려오면서 철제 계단이 흔들렸다. 오언은 계단 아래로 광선총을 발사했지만 에너지빔은 보호막에 맞고 튕겨났다. 에스퍼들이 정신을 집중하자 활활 타는 불꽃이 계단을 가득 메웠다. 하지만 보호막이 불꽃을 밀어내며 계속 전진해왔고 ESP차단기가 가까워지면서 불꽃도 사그라지기 시작했다. 스티비 블루들은 오언과 헤이즐을 쳐다보았다.

"쳐다보지 말아요." 헤이즐이 말했다. "나는 아무 생각도 없으니까. 프로그램이 끝나려면 얼마나 더 걸릴까요, 오언?"

"이제 얼마 안 남았을 거요. 고작 몇 분이겠지. 하지만 이 상태에서 컴퓨터실로 밀려서는 안 되오."

"이대로는 몇 분도 버틸 수 없어요. 어쨌든 바리케이드라도 쳐보는 것이 어떨까요?"

"나쁠 것 없지." 오언이 동의했다. "보시오, 필요하니까 아이디어가 샘솟는군요. 스티비, 좀 도와주겠소?"

그들은 컴퓨터실로 달려가 커다란 물체 중 벽에 달라붙어 있지 않은 것들을 모두 복도로 들고 나왔다. 그리고 하나하나 쌓아올린 다음 계단 아래쪽으로 밀었다. 길이 막히자 적들은 전진을 멈췄다. 보호막은 에너지빔이나 총탄을 막는 데는 훌륭하지만 수백 킬로그램의 삐쭉삐쭉한 사무용품을 헤치는 데는 무력했다. 경비대가 멈춰서 대책을 논의하는 동안 드램이 밑에서 고래고래 고함을 질러댔다. 오언과 헤이즐은 에스퍼-클론들에게 득의의 미소를 지었다. 그때 뒤에서 뜻밖의 소리가 들리자 그들은 일제히 돌아섰다. 엘리베이터가 다가오고 있음을 알리는 벨소리였다.

"불가능한 일이야." 스티비 원이 말했다. "사이버생쥐들이 엘리베이터를 끊어버렸을 텐데."

"그래서 컴퓨터와 사랑에 빠지는 미친 작자들을 믿어서는 안 된다니까." 스티비 투가 말했다.

"맞아." 스티비 스리가 맞장구쳤다.

그들은 총과 검을 들고 엘리베이터 출구를 둘러쌌다. 오언은 손에 땀이 흥건한 것을 느끼며 땀이 마를 시간이 좀 있었으면 좋겠다고 생각했다. 엘리베이터의 벨소리가 다시 한 번 울리고 문이 열리면서 중키에 말쑥한 복장을 하고 잘 다듬어진 백발에 주름진 얼굴을 가진 인물이 모습을 드러냈다. 그가 모두를 향해 매력적인 웃음을 지어 보이자 스티비 블루들은 안도의 한숨을 내쉬며 무기를 내렸다.

"누군가 했네요." 스티비 투가 말했다. "득실거리는 경비대를 뚫고 여기까지 유유히 걸어 들어올 수 있는 사람이 있다면 당신 말고 또 누가 있겠어요."

"뭐 어려운 일도 아니지." 새로 나타난 자가 중후하게 울리는 목소리로 대꾸했다. "난 원래 극적인 등장을 즐기거든. 이제 자네 친구들과 소개 좀 시켜주겠나? 총을 겨눈 모습을 보니 불안해서 말이야."

"이 늙은 괴짜는 알렉산더 스톰이에요." 스티비 원이 말했다. "노회한 반란자, 모험가, 그리고 확실한 잔소리꾼이죠. 반란의 영웅이고 직업적 한량이자 아주 성가신 존재랍니다. 제국군을 골려주는 데 탁월한 재능만 없었더라면 벌써 쫓겨났을 거예요."

"맞아요." 스티비 스리가 맞장구쳤다.

"내 스스로 해도 그보다 더 정확히 나를 소개하지는 못할 거야." 알렉산더 스톰이 말했다. 그는 엘리베이터에서 걸어 나와 오언의 어깨를 꽉 잡았다. "나는 잭 랜덤의 오랜 친구이자 동지일세. 그동안 반은퇴생활을 해왔지. 그게 뭔지 알지? 하지만 잭이 현업에 복귀했다는 소식을 듣고 나도 합류해야겠다고 생각했네. 다시 옛날처럼 어깨를 맞대고 싸울 때가 온 거야. 콜드록 이후로는 그 친구를 만나지 못했네. 그때는 별로 상황이 좋지 못했어. 아직도 그때 일이 마음에 걸려. 어쨌든 지하동맹과 접촉해 좀 수소문하다보니 여기까지 오게 됐네. 스티비 블루들은 에스퍼와 클론을 대변할 거고 나는 지하동맹의 다른 사람들을 대표하네. 드디어 데스스토커 자네를 만나게 되다니 기쁘기 한량없군. 자네의 무용담이 이미 쫙 퍼졌지. 혁명 진영의 모든 사람들이 자네가 선친의 뜻을 받드는 것을 보고 감격하고 있다네. 그는 자네를 무척 자랑스럽게 여길 거야. 데스스토커는 언제나 명예로운 이름이었어. 자네에게 거는 기대가 크네. 자네는 인류의 희망이야."

오언은 옆에서 위험스럽게 부글부글 끓고 있는 존재를 의식했다. "이 사람은 헤이즐 다르크입니다." 그가 재빨리 말했다. "이미 소문을 들어 알고 계시리라 믿습니다."

스톰은 그녀에게 눈부신 미소를 보냈다. "물론이지. 혁명군에게는 언제나 훌륭한 전사가 필요해. 오언, 말해보게. 요즘 잭 랜덤은 어떻게 지내나? 마지막으로 들은 소식은 그가 제국의 손아귀에서 엄청나게 당했다는 거였는데."

"그분은…… 많이 좋아지셨습니다." 오언은 조심스럽게 말했다. "그분을 만나시거든 너무 놀라는 내색은 하지 마십시오. 많은 일을 겪었거든요."

"여기 늘어서서 하루 종일 수다를 떨 건가요?" 헤이즐이 언짢은 표정으로 말했다. "아니면 누가 가서 프로그램이 종료됐는지 좀 확인해 볼래요?"

계단의 천장까지 채운 바리케이드가 들썩였다. 누군가 밑에서 바리케이드를 제거하려고 움직여본 것이다. 하지만 가구들이 더 안정되게 맞물리며 바리케이드가 단단히 고정될 뿐이었다. 그러다가 잠시 후 에너지빔이 가구 더미를 관통했다. 녹아내린 쇳물이 공기 중에 튀었다. 반란자들은 뒤로 물러서면서 팔로 머리를 감쌌다. 경비대는 바리케이드의 잔해들을 제거하기 시작했다.

"우리 공식적인 상견례는 나중으로 미루도록 하죠." 오언이 다급하게 말했다. "내가 프로그램을 확인하겠소. 여러분은 내가 돌아올 때까지 움직이는 것은 아무거나 쏘면서 기다리시오."

그는 복도를 달음박질쳐 컴퓨터실로 들어갔고 디스크가 일을 다 마치고 튀어나와 있는 것을 보자 안도했다. 그리고 디스크의 내장된 자폭장치를 눌러 디스크가 연기로 사라지는 것을 만족스럽게 지켜보았다. 그는 냄새 때문에 코를 씰룩이고는 불타는 디스크를 바닥에 떨어뜨렸다. 이제 그 자신, 또는 다른 어떤 반란자가 체포되더라도 제국이 그 프로그램이 해놓은 일을 되돌릴 수 있는 방법은 없어졌다. 그는 다시 계단 쪽으로 달려갔다. 헤이즐이 사라져가는 바리케이드를 향해 총을 난사했지만 별다른 효과는 없는 것 같았다.

"퇴각할 시간이오." 오언이 유쾌하게 말했다. "프로그램이 할 일을 마쳤고 여기는 우리를 그다지 환영하지 않는 것 같소. 필요한 것들을 챙겨서 지붕으로 갑시다. 그곳에 반중력 썰매가 대기하고 있소."

"엘리베이터를 이용하세." 스톰이 말했다. "사이버생쥐들이 통제하고 있으니."

"계단을 이용해야 해요." 헤이즐이 말했다. "사이버생쥐들의 명령은 언제라도 차단될 수 있어요. 중도에 갇혀버리는 것만큼 바보스러운 일도 없지요."

그녀는 다른 사람들이 따라오는지 확인하지도 않고 곧장 계단으로 향했다. 스톰은 오언이 지휘하지 않는다는 사실에 놀란 듯 눈썹을 치켜세우고 그를 쳐다보았다. 그는 인류의 희망이지 않은가? 오언은 난처한 듯 어깨를 으쓱하고 서둘러 헤이즐을 뒤쫓았다. 스톰과 스티비들도 뒤따랐다. 오언은 만약을 대비해 총을 앞으로 겨누고 있었지만 계단에는 아무도 없었고 그들은 꼭대기 층까지 무사히 도착할 수 있었다. 썰매는 그들이 내렸던 곳에 그대로 있었다. 오언은 새삼 감사한 마음이 들었다. 지금은 집까지 걸어가기에는 좋은 시간이 아니다. 헤이즐은 벌써 썰매에 올라타 시동을 걸고 있었다. 오언이 스톰을 뒤에 태웠지만 세 명의 스티비는 한사코 헤이즐의 썰매에 다 같이 타겠다고 고집을 부렸다.

두 대의 썰매는 들어올 때 깨뜨렸던 창문을 통과해 날아올랐다. 그때 드램과 그의 부하들이 막 꼭대기 층에 도착해 썰매를 향해 광선총을 난사했다. 오언과 헤이즐은 썰매를 타워들 사이로 전속력으로 몰며 불규칙적으로 흔들어 경비대의 사격을 피했다. 썰매에 보호막이 있었지만 보호막을 올리면 동력을 많이 잡아먹어서 속도를 떨어뜨리게 될 것이다. 스티비 블루들은 요동치는 썰매를 단단히 붙잡고 공격자들에게 반격을 퍼부었다. 다른 타워의 창문에서도 경비대가 나타나 사격을 가하기 시작했다. 드램이 배치한 것이었다. 오언과 헤이즐은 상승기류와 싸우고 갑작스런 장애물을 피하면서 타워들 사이를 곡예하듯이 질주했다. 사방에서 에너지빔이 그들을 향해 날아들었다.

에너지빔이 오언의 썰매 앞쪽을 빗겨 때리자 순간 썰매가 중심을 잃었다. 오언이 다시 중심을 잡으려고 애쓰는 동안 백열하는 금속들이 그의 망토를 덮치며 불꽃을 일으켰다. 스톰이 오언의 어깨에서 망토를 벗겨 뒤로 던져버렸다. 망토는 활활 타오르며 아래로 떨어지다가 사라졌다. 오언이 간신히 썰매를 다시 제어할 수 있었지만 속도는 이미 반으로 줄어버렸다. 헤이즐이 그와 보조를 맞추기 위해 속도를 늦추었다. 오언은 그녀에게 먼저 가라고 손짓했지만 그녀는 완고하게 고개를 가로저었다. 오언이 통신임플란트를 작동시켰다.

"헤이즐, 제발 빨리 여기서 빠져나가시오. 드램이 곧 썰매를 타고 쫓아올 거요."

"바로 그거예요." 헤이즐이 조용히 대답했다. "그렇기 때문에 뒤를 봐줄 사람이 있어야 한다고요. 당신을 죽게 내버려둘 수는 없어요. 당신은 인류의 희망이에요, 기억하죠?"

그가 뭔가 더 말하려 했으나 타워 하나를 돌아나가자 다음 타워의 꼭대기에 무장경비대가 줄지어 서서 그들을 기다리고 있는 것을 발견하고 입을 다물었다. 오언과 헤이즐은 동시에 욕설을 내뱉고 급히 썰매를 아래로 몰았다. 에너지빔이 공간을 찢으며 그들 옆을 지나쳤고 그중 하나가 스티비 투의 등에 정통으로 명중했다. 그 충격으로 그녀의 몸은 썰매 밖으로 나가떨어졌다. 불타는 몸이 까마득한 바닥을 향해 떨어지자 두 명의 스티비는 동시에 비명을 질렀다. 오언은 급강하하면서 그녀를 쫓았다. 엔진이 불평하듯 신음소리를 토해냈지만 무시하고 계속 내달았다가 다시 상승하면서 그녀의 몸을 받았다. 불타는 몸이 썰매의 갑판을 세차게 때렸고 스톰은 얼른 자신의 망토를 벗어 그녀를 감싸 불길을 잡았다. 그때 썰매의 제어판에 붉은 경고등이 점멸하자 오언은 욕설을 퍼부었다. 그는 제국의 독수로부터 생명을 구해야 했고 지금 이 순간 중요한 것은 오직 그것뿐이었다.

헤이즐의 썰매가 그의 곁으로 접근해왔다. 스티비 원과 스리가 헤이즐의 탄환총을 난사해 경비대가 엄폐물 뒤로 납작 엎드리도록 만들었다. 헤이즐이 어깨 뒤쪽으로 손짓하는 것을 보고 오언은 슬쩍 뒤돌아보았다. 제국군의 썰매들이 추격하며 빠른 속도로 거리를 좁히고 있었다. 에너지빔이 반란자들의 앞뒤에서 번쩍였다. 그들이 사정권 내에 있음을 보여주기 위한 경고사격이었다. 오언이 헤이즐을 향해 위쪽을 가리켰다. 그녀가 고개를 끄덕이자 두 대의 썰매는 타워를 뒤로하고 수직상승했다. 오언이 다시 통신임플란트를 열었다.

"여기는 혁명 하나다. 골든보이는 응답하라. 우리는 그쪽으로 갈 수 없다. 이곳으로 마중 나오기 바란다. 이 신호를 추적해 신속히 여기로 와주기 바란다."

대답이 없었다. 오언도 기대한 것은 아니었다. 두 명의 스티비 블루는 추격하는 제국군의 썰매에 연신 사격을 퍼부었다. 차갑게 굳은 그들의 얼굴에는 쓰러진 자매를 위한 눈물이 흐르고 있었다. 탄환이 떨어지자 에스퍼들은 총을 던지고 헤이즐의 벨트에서 두 자루를 더 꺼내 들었다. 그들이 다시 발포하자 추격하던 썰매 중 하나가 갑자기 불길이 일며 불타는 나뭇잎처럼 나선형으로 회전하면서 타워 쪽으로 추락했다. 오언과 헤이즐은 타워들을 굽이굽이 돌며 썰매를 몰았다. 광기의 미로 덕에 강화된 스피드와 반사 신경으로 추격자들이 도저히 흉내 낼 수 없는 곡예비행을 했지만, 제국의 썰매는 우월한 속력에 힘 입어 지속적으로 거리를 좁혀왔다.

그 순간 돌연 헤이든맨의 거대한 황금 배가 은폐막을 내리며 그들 앞에 위용을 드러냈다. 하늘을 가득 메운 배는 태양보다 밝았다. 추격하던 썰매들은 기겁을 하고 멈춰 섰다. 일부는 거대한 배에 무의미한 발포를 해보기도 했지만 나머지는 그냥 멈춘 채 공중에 떠 있었다. 오언이 뒤돌아보자 스톰이 입을 떡 벌리고 배를 올려다보는 모습이 눈에 들어왔다. 스티비 블루들조차 추격자들에게 총질하는 것을 멈췄다. 오언은 득의의 미소를 지으며 배의 화물칸으로 진입했고 헤이즐도 바로 그 뒤를 따랐다.

"당장 여기를 빠져나갑시다!" 오언이 소리쳤다. "자, 출발!"

화물칸의 문이 닫히고 오언과 헤이즐은 썰매를 착륙시켰다. 오언은 기진맥진해 제어판 위에 꼬꾸라졌지만 스티비 원과 스리가 썰매로 달려오는 것을 보고 기운을 차려 뒤돌아섰다. 스톰은 움직임 없는 스티비 투를 들여다보고 있었다. 그리고 에스퍼-클론들이 다가오자 그들을 올려다보며 슬픈 표정으로 고개를 가로저었다.

"유감이네. 총에 맞았을 때 즉사한 것 같아."

오언도 뭔가 말하고 싶었지만 무슨 말을 해야 할지 몰랐다. 스티비 원이 그를 쳐다보며 고개를 끄덕였다. "당신은 내 자매를 구하기 위해 목숨을 걸었어요. 클론인데도 말예요. 스티비 투가 죽은 것은 당신 탓이 아니에요. 우리는 당신이 한 일을 잊지 않을 거예요, 데스스토커. 당신이 이끄는 곳이라면 어디든지 따르겠어요."

"이제 우리 둘뿐이네." 스티비 스리가 조용히 말했다.

스티비 원이 그녀에게 팔을 두르고 단단히 껴안았다. 잠시 후 서로 떨어진 두 명의 스티비 블루는 조용한 곳으로 걸어가 둘만의 시간을 가졌다. 헤이즐이 오언과 스톰에게 다가왔다.

"멋진 비행이었어요, 데스스토커. 정말로 당신은 인류의 희망인 것 같군요."

"계속 나한테 상기시켜줄 작정이군, 그렇지요?" 오언이 말했다.

"잘 들어요, 귀족양반." 헤이즐이 말했다. "당신이 겸손해지기 위해서라도 내가 필요해요. 만약 당신이 인류의 희망이라면 우리 모두는 정말로 큰일 난 거라고 생각해요. 헤이든맨! 우리한테 바깥구경 좀 시켜줄 수 있나요?"

그들 앞 허공에 스크린이 나타났다. 행성이 그들 아래로 멀어지고 있었지만 여러 대의 순양함이 쫓아오고 있는 모습이 보였다. 오언이 처음 보는 아주 큰 배들이었다. 그는 스톰을 쳐다보았고 스톰은 아랫입술을 지그시 깨물며 인상을 썼다.

"제국의 새로운 함대일세." 그는 조용히 말했다. "E클래스지. 모두 신형 스타드라이브를 장착하고 있어. 소문에 따르면 전설적인 헤이든맨의 배보다도 더 빠르다고 하더군. 이제 곧 사실인지 아닌지 확인할 수 있겠지."

제국의 배들이 발포를 시작했다. 광선포를 순차적으로 발사함으로써 순양함은 끊임없는 포격을 가할 수 있었다. 황금 배도 반격했다. 제국의 배가 거리를 좁혀왔다. 오언은 헤이든맨의 보호막이 여전히 견디고 있다고 생각했다. 그렇지 않다면 지금쯤 진공 속에서 호흡하고 있어야 했기 때문이다. 그때 배의 엔진이 굉음을 냈고 헤이든맨의 배가 초공간으로 도약하면서 스크린도 사라졌다. 오언이 천천히 긴 안도의 한숨을 내쉬고 있을 때 헤이즐이 그의 등을 두드렸다.

"잘 될 거라고 말했잖아요, 귀족양반. 나는 전혀 걱정하지 않았어요. 단 한순간도 말예요."

"그렇다면 걱정했어야 하오." 오언이 대답했다. "저 새로운 배들이 정말로 E클래스라면 우리는 아주 큰일 난 거요. 과거의 내 선스트라이더 호같이 빠른 함대를 생각해보시오. 우리는 헤이든맨의 배에 기대를 걸고 있는데 이제 그게 더 이상 이점이 아니게 되는 거지. 제국과 전면전을 벌이게 될 경우 우리도 신형 스타드라이브를 가진 배가 있어야 한단 말이오."

"제기랄." 헤이즐이 말했다. "그런 걱정은 나중에 해도 돼요. 작전은 성공했어요. 세무본청 컴퓨터는 바싹 구워졌고 접선자들도 무사히 데리고 왔어요."

"한 사람을 잃었지." 오언이 말했다.

"자네 잘못이 아니네." 스톰이 말했다. "자네는 노력했지만 일이 그렇게 돼버린 거야. 내가 가서 스티비 원과 스리와 애기 좀 나누겠네. 위로하고 슬픔을 나눠야지."

그는 형식적인 인사를 하고 사라졌다. 헤이즐은 그가 걸어가는 모습을 보며 말했다. "일이 그렇게 돼버린 거야! 참내, 어지간히도 위로가 되겠다."

"내 생각에는 한잔하고 휴식을 좀 취하는 것이 좋을 것 같소." 오언이 말했다. "같이 하겠소, 헤이즐? 식사라도 같이 하든지. 어떻소?"

"별로요, 싫어요." 헤이즐이 대답했다. "기분 상하게 하려는 건 아니지만, 데스스토커, 우리 관계는 일적인 것으로 제한하자고요. 알겠죠?"

그녀는 그에게 잠시 미소 짓고 스톰과 두 명의 에스퍼-클론에게로 다가가 따라오라고 손짓했다. 오언은 그들이 사라지는 것을 지켜보았다. 그는 과거에는 이런 일쯤이야 사소한 것으로 웃어넘긴 적이 있었다고 생각했다. 하지만 그 과거가 언제인지 생각하면 새삼 열불이 치솟았다. 그때는 이런 일이 일어날 수도 없었다. 그는 영주였기 때문이다. 물론 지금도 그는 인류의 희망이기는 하다.

"그래도 훌륭한 시도였어요." AI 오지맨디어스가 그의 통신임플란트를 통해 말했다.

"닥쳐, 오즈." 오언이 말했다. "넌 죽었잖아."

게헤나로, 그리고 골고다로

제국순양함 돈틀러스 호의 함장 존 사일런스는 불을 보듯 뻔한 죽음을 향해 고향 행성으로 향하고 있지만 의연하려고 노력했다. 임무는 실패했고 부하 대부분을 잃었다. 그는 가득 찬 술잔을 손에 들고 침울한 표정을 지었다. 지속적으로 과음을 하다보면 곧 혀가 무엇을 마시는지조차 못 느끼게 된다. 그가 목구멍에 다량으로 쏟아 부어넣고 있는 것은 질이 형편없지는 않았다. 음식합성기가 알코올과 향료를 만들어냈고 두 가지를 조합해 와인 비슷한 것을 제공해주었다. 색소 때문에 치아가 분홍색으로 물들기는 했지만 그래도 십 분 숙성한 와인치고는 나쁘지 않았다. 그리고 사실 품질은 중요하지 않았다. 어쨌거나 마실 테니까.

그는 머리가 아프고 손이 떨렸으며 움직일 때마다 위장에 경련이 일었다. 먹고 자기 위해 꼭 필요한 시간을 제외하고는 연속 사흘간

쉬지 않고 술을 마셨다. 원래 술을 그다지 즐기지 않았기 때문에 술에 취한 상태를 유지하는 것이 애초 예상한 것보다 훨씬 어려웠다. 하지만 술 마시기를 멈추지 않았다. 달리 할 일이 없었다. 그는 실패자였고 고향에 돌아가 여제에게 실패를 실토한 후 죽임을 당할 것이다.

'부하들이 모두 죽었어……'

지금 그는 안 좋은 소식만 잔뜩 싸 짊어지고 골고다로 향하고 있다. 여제가 한 번의 실패는 용서했지만 두 번째는 참지 않을 것이다. 그는 분명한 임무를 띠고 울프링월드로 파견됐다. 잘 훈련된 개조인간 왐피르 부대와 여제의 연인이자 오른팔인 드랩 사령관도 동행했다. 악명 높은 반역자 오언 데스스토커를 체포해 처형하고 그의 수급과 전설적인 울프링월드의 비밀을 회수해 골고다로 복귀하라는 명령에 따라서였다. 단 하나뿐인 길들여진 그렌델의 외계괴물까지 제공되었다. 상상을 초월하는 가공할 무기인 외계괴물. 임무는 식은 죽 먹기처럼 보였다.

하지만 지금 화물칸에는 드랩의 송장이 있고 불가능한 일로 여겨졌던 그렌델 외계괴물의 죽음을 목격했으며, 왐피르들은 반란자들과 싸우다가 대부분 전사하고 그중 세 명은 다시 출현한 헤이든맨들에게 포로로 사로잡히는 치욕적인 일이 벌어졌다. 사일런스는 더 이상 생각하고 싶지 않았다. 그는 술을 한 모금 더 마셨다. 헤이든맨. 한때 인류의 적. 오래전 치열한 전쟁에서 패퇴한 후 그들은 멸종되었거나 숨겨진 헤이든맨의 무덤에서 끝없는 잠을 자고 있어야 했다. 그런데 오언이 그들을 찾아서 깨웠고 이제 그들은 반란에 가담했다. '신이시여, 제국을 보우하소서.' 울타리가 무너지고 늑대들이 양떼 사이를 헤집고 다니기 시작한 것이다.

그는 또 한 잔 그리고 또다시 한 잔을 더 마셨다. 울프링월드가 사실은 헤이든 행성, 즉 헤이든맨의 고향이라는 사실을 어떻게 설명해야 할지 난감했다. 이제 반란자들은 전설적인 헤이든의 연구실을 접수하고 그곳에서 만들어낸 가공할 만한 발명품들을 모두 이용할 수 있게 되었다. 상상을 초월하는 과학과 대적 불가능한 무기가 이제 제국의 목덜미를 겨누고 있다. 그는 임무를 망쳐버림으로써 문명과 인류의 생존에 내려진 사형집행장에 사인해버린 꼴이 되고 말았다.

그로서는 여제에게 나쁜 소식 외에는 제출할 것이 없고 그 때문에 여제는 그를 처형할 것이다. 부하들이 먼저 그를 죽일지도 모른다. 그가 울프링월드의 얼어붙은 지표면 아래의 깊은 동굴로 끌고 간 부하들 모두 그곳에서 죽었다. 그들이 전혀 예상치 못한 무기와 공포에 속수무책으로 노출된 채 말이다. 그들을 위한 복수를 하기는커녕 사일런스는 배를 챙겨 서둘러 도망치고 있다. 함정의 부하들은 그 아래에서 무슨 일이 있었는지 모른다. 제국에 다가올 위협에 대해 미리 경고하기 위해 모든 것을 내팽개치고 급히 퇴각할 수밖에 없었던 이유를 그들은 알지 못한다.

부하들은 그를 경멸하고 있다. 많은 사람이 그를 증오한다. 프로스트 수색관이 그의 옆을 지키며 그에게 해코지하는 녀석에게는 개인적으로 보복하겠다고 못 박지 않았다면 그는 라이언스톤을 만날 걱정을 할 필요도 없었을지 모른다. 애석하지만 갑작스런 사고로 그가 죽음을 맞는 것은 어려운 일이 아니었다. 오히려 그것이 그 자신에게도 자비로운 죽음이 될지 모른다. 하지만 수색관이 그런 것을 이해하리라 기대하는 것은 난망한 일이다. 수색관은 어렸을 때부터 외계인을 사냥하고 죽이는 방법만 훈련받아왔기 때문에 섬세한 인간사에 대해서는 무지하다. 그래서 사일런스는 함정의 지휘를 부관에게 맡기고 선실에 처박혀 술만 퍼마셔대고 있는 것이다. 시간을 보내고, 그 밖에 다른 것들도 흘려보내기 위해.

노크 소리가 울리자 그는 흐릿한 눈으로 올려다보았다. 누가 왔는지 이미 알고 있었다. 요즘 그를 찾아오는 사람은 한 명뿐이다. 그는 일어나 문을 열어줄까 하다가 그만두었다. 자신의 다리를 믿을 수 없었다. 그는 꼬부라진 혀로 어눌하게 외쳤다. "문, 개방." 문이 열리고 수색관이 방 안으로 들어섰다. 그녀는 사일런스에게 인사하고 뒤로 문이 닫히는 동안 서두르지 않고 방 안을 둘러보았다. 사일런스는 그녀를 쳐다보지 않았다. 그도 방 안 꼴이 말이 아니라는 것을 알고 있었다. 그가 그다지 깔끔한 성격은 아니지만 보통은 당번병이 알아서 방을 관리해주었다. 하지만 당번병이 닷새째 찾아오지 않았다. 기내 분위기가 얼마나 안 좋은지 보여주는 증거였다. 물론 크게 신경 쓸 일은 아니지만 말이다.

그는 맞은편 벽거울에 비친 자신의 모습을 흘끔 보고 얼굴을 찡그렸다. 키 크고 마른 사십대 후반의 사내가 얽게 주름지고 많이 벗겨진 이마에 면도하지 않아 초췌한 얼굴로 그를 쳐다보고 있었다. 그는 자신이 걸터앉아 있는 정돈되지 않은 침대처럼 구겨진 채 엉망으로 보였다. 제복도 비참하긴 마찬가지였다. 그는 두 번 토했고 왼쪽 소매에 그 흔적이 그대로 남아 있었다.

반면에 수색관은 마치 열병장에라도 나가는 듯 칼날처럼 빳빳하게 풀 먹인 제복을 입었고 단추도 금방 광을 낸 듯 번쩍거렸다. 그녀는 이십대 후반으로 키가 크고 날렵한 근육질의 몸매였다. 하지만 눈은 좀 더 노숙해 보였다. 파란 두 눈은 창백하고 표정 없는 얼굴에서 차갑게 빛났으며 암갈색 머리카락은 머리에 착 달라붙어 있었다. 그녀는 함정 내의 규칙에 개의치 않고 허리에 총을 차고 등에 장검을 맸다. 편안한 자세로 서 있는 것만으로도 한 부대쯤은 너끈히 상대할 정도의 기백을 뿌리고 있었다. 예쁘다기보다는 멋있어 보였다. 그녀의 호의를 분명하게 확인하지 않은 상태에서 만약 그녀에게 미소를 보낼 수 있는 사내가 있다면 그는 매우 용감한 사람일 것이다. 프로스트는 무엇인가를 죽일 때만 미소를 보였다. 그녀는 의자를 끌어당겨 그 위의 지저분한 셔츠를 엄지와 검지로 들어 던져버리고 사일런스를 마주 보며 앉았다. 그는 그녀의 의외의 행동에 놀라 쳐다보았다. 프로스트는 사적인 자리에서도 항상 절도 있게 격식을 차렸기 때문이다.

"여기는 왜 왔나, 수색관?" 그는 지친 목소리로 물었다. 발음은 어눌했지만 목소리가 떨리지 않아 다행이라고 여겼다.

프로스트는 혀를 찼다. "제 기억으로는 함장님이 술을 그만 마시겠다고 약속했던 것 같은데요."

"자네가 강요하니까 입씨름하기 싫어서 그랬을 뿐이네."

"이런 건 도움이 안 됩니다, 함장님."

"그렇다고 더 나빠질 것도 없지." 사일런스가 말했다. "모든 것이 이미 최악이 돼버렸어."

"상황이야 언제 어떻게 달라질지 아무도 모릅니다. 우리는 항상 대비하고 있어야 합니다, 함장님. 그래야 기회가 왔을 때 놓치지 않지요."

"자네나 기회를 잡게, 수색관. 나는 너무 지쳤어. 그리고 이제 상관하고 싶지도 않아. 천지가 개벽하는 일이 있어도 우리가 작전을 망쳤다는 사실에는 변함이 없어. 문명은 위기에 처했고 내 부하들은 죄다 죽었지. 훌륭한 군인들이었는데 말이야. 그들은 내 명령에 따라 광기의 미로에 들어갔을 뿐이야. 내가 별일 없을 거라고 말했기 때문에. 그뿐만이 아니지. 나는 생존자들을 헤이든맨에게 포로로 넘겨줬어. 차라리 그들을 쏴 죽여주는 것이 더 자비로운 일이었을 거야. 하지만 그러지 못했지." 그는 다시 죄책감과 마음의 고통이 엄습하자 한숨을 내쉬었다. 전에도 부하들을 많이 잃은 경험이 있었다. 하지만 이런 식은 아니었다. 실패도 해봤다. 하지만 이번은 경우가 달랐다. "이제 괜찮다면 수색관, 나는 한 잔 더 해야겠어."

그는 그녀가 조용히 물러갈 시간을 주기 위해 잔을 지긋이 내려다보았다. 하지만 다시 고개를 들었을 때 그녀는 미동도 않고 그를 차갑게 쏘아보고 있었다.

"당신의 고통을 느낄 수 있어요." 그녀는 차분히 말했다. "제가 어디에 있건 말이죠. 언실리의 유령 같은 곳에서 같이한 이후로 우리는…… 어떤 이상한 방식으로 서로 연결됐어요. 텔레파시는 아니지만 그 비슷한 거예요. 저는 당신이 하듯이 그것을 무시해버리려고 했지요. 우리가 에스퍼로 오인되는 것을 원치 않았으니까요. 하지만 울프링월드의 광기의 미로에 들어갔을 때 그 연결이 더욱 강력해졌어요. 이제 피할 수 없어요. 제가 집중하기만 하면 당신의 감정을 느끼고 당신의 생각까지도 알 수 있어요. 그리고 가끔은 집중하지 않아도 부지불식간에 떠오르지요. 아주 성가신 일입니다. 제국의 장교로서 당신의 마음은 극도로 피폐해 있어요. 당신의 감정도 생각과 마찬가지로 중구난방이지요. 제 입은 지금 당신이 마시고 있는 그 쓰레기의 맛으로 가득해요. 그러니 제발 좀 그만 마셔요."

"나는 자네를 느낄 수 없네." 사일런스가 대답했다. "내가 원래 느껴야 하는 건가, 그런가? 자네는 수색관이야. 자네는 아무런 감정이 없지."

"제 마음은 절제되어 있습니다." 프로스트가 조용히 말했다. "당신과 다르지요. 그게 당신이 술독에 빠지고 싶어 안달이 난 이유인가요?"

사일런스는 그녀를 노려보며 외쳤다. "수색관 자네가 혹시 모를까 봐 얘기해주겠는데, 돈틀러스 호가 지금 우리를 여제에게 데려가는 이유는, 우리의 작전이 완벽한 실패로 돌아갔고, 그녀의 애인이자 워리어 프라임이었던 사람이 지금은 죽어서 싸늘한 시체가 돼버렸으며, 그뿐만 아니라 반란자들이 다시 부활한 개조인간들과 합세해 코앞에 닥쳤다는 것을 보고하기 위해서야. 여제는 결코 기뻐하지 않을 거야. 기쁠 리가 없지. 우리에게 운이 따른다면 그녀가 우리를 즉시 죽일 거네. 하지만 우리는 아직까지 그렇게 운이 좋은 편이 아니었지, 그렇지 않은가?"

"그럼 돌아가지 않으면 되겠군요." 프로스트가 불쑥 말했다.

그 말은 공기 중에 떠다니며 무시할 수 없도록 집요하게 사일런스를 물고 늘어졌다. 그는 술잔을 바라보았지만 그 속에 답이 있을 턱이 없었다. 그는 무겁게 한숨을 쉬고 고개를 들어 수색관의 차고 푸른 눈을 응시했다.

"내겐 의무가 있어. 인생의 모든 것을 엉망으로 만들어버렸을지 몰라도 나는 여전히 의무가 뭔지 알지. 여제에게 경고를 전해야 해. 나는 마지막 피 한 방울까지 제국을 지키고 봉사하는 데 바치겠다고 명예를 걸고 맹세했고 그 마음은 여전히 변함없어. 권좌에 누가 앉아 있건 상관없이 말이야. 제국은 많은 결함이 있지만 여전히 보전할 가치가 있어. 다른 대안은 더 나쁘거든. 제국이 붕괴된다면 수천 개의 행성에 야만과 굶주림이 밀어닥칠 거야. 여제의 권위를 대신하려는 잡다한 독재자들이 출현할 거고 말이야. 반란은 문명에 대한 도전이야. 나는 반란자들 때문에 제국이 정신없는 겨를을 틈타 셔브의 반란 AI들이 도발하는 경우는 상상하기도 싫어. 외계인들은 또 어떻고? 자네도 언실리에서 반은 살아 있는 배를 보았잖은가. 라이언스톤에게 사태의 위급함을 알려 대비하도록 해야 해. 그녀가 날 믿지 않을지도 모르지. 하지만 마음검사를 받으면 그녀도 믿게 될 거야. 좋건 싫건 말이야. 그러니까 난 돌아가야 하는 거야. 하지만 수색관 자네는 그럴 필요가 없어."

그는 길게 한 모금 마셨다. 목이 말랐다. 프로스트가 고개를 저었다. "저도 돌아가야 합니다. 제국이 저를 수색관으로 훈련시켰고 저는 다른 것은 할 줄 모릅니다. 할 수 있다고 하더라도 그렇게 하고 싶지도 않고요. 저는 지금 이대로가 좋습니다. 아주 단순명쾌하지요. 하지만 그건 제국이 수색관을 필요로 할 때만 그렇겠지요. 저도 돌아갑니다. 그리고 그 길에 뭔가 우리가 궁지에서 탈출할 수 있는 일이 생겼으면 좋겠습니다."

"만약 아무 일도 없다면?" 사일런스가 물었다. "내가 그래서 도망친다면…… 자네는 나를 따를 텐가, 프로스트?"

"아뇨, 그럴 수 없습니다. 저는 할 일이 있습니다." 그녀는 한참 동안 그를 쳐다보았다. "제가 여제에게 경고를 전할 수 있습니다. 우리 둘 다 갈 필요는 없지요. 그리고 두 사람 다 죽는다는 것은 아주 멍청한 일일 겁니다."

"그럴 수는 없지, 프로스트. 자네 혼자 태풍에 맞서라고 남겨둘 수는 없어."

"저라면 떠나겠습니다."

"나도 알아." 사일런스는 그녀에게 미소를 보냈고 그녀가 반응이 없는 것에 대해 개의치 않았다. 그녀는 수색관이다. 그리고 그녀가 차갑고 계산적인 살육기계에 불과할지라도 사일런스는 자신이 그녀를 이해하고 있다고 생각했다. 그녀가 말하지 않거나 할 수 없는 것조차도. 그는 그런 것을 위해 굳이 정신적 연결 같은 것은 필요치 않았다.

"밸리언트 스텔마는 어떻게 지내나?" 마침내 그가 다시 입을 열었다. 화제를 바꾸기에는 좋은 소재였다. 프로스트는 코웃음을 쳤다.

"여전히 부루퉁합니다. 울프링월드에서 가장 아끼는 애완동물을 잃었기 때문이지요. 그는 우연히 그렌델의 외계괴물을 통제하는 방법을 알아냈지만 다른 개체에도 그 방법이 통할지 확신이 없는 거예요. 그가 이미 모든 책임을 우리에게 떠넘기는 말을 다 꾸며냈을 것이라고 확신합니다."

"의심할 여지가 없지." 사일런스가 말했다. "나는 그가 사람들보다 그 애완동물과 더 친했다고 생각하네. 생각해보게. 내가 만약 '용맹한(Valiant)'이라는 이름을 가졌는데 보안장교가 되기까지 했다면 적응하기 쉽지 않았을 걸세. 그가 어떤 보고서를 제출하든 주요 내용은 우리를 등 뒤에서 찌르는 것이 될 게야."

"물론이지요. 그게 보안장교가 원래 하는 일 아닙니까."

"그래서 말인데 그는 라이언스톤에게 반란의 위험을 충분히 알리는 것보다는 자신의 이익에 더 집중할 걸세. 그게 또 내가 꼭 돌아가야 하는 이유 중 하나야. 제기랄."

"그를 죽여버리면 간단하지요." 프로스트가 말했다. "관 속에서는 다른 사람 등을 찌르기가 무척 힘들 겁니다."

사일런스는 그 가능성에 대해 생각해보았다. "안 돼. 문제를 복잡하게 만들 뿐이야. 그는 우리를 정말로 곤란하게 만들 만큼 많은 것을 알고 있는 것은 아니야. 그는 정신적 연결에 대해서도 몰라."

그들은 아무에게도 말한 적이 없었다. 정신적 연결은 그들이 알고 있는 한 ESP와는 달랐다. 하지만 소문이 난다면 그들이 에스퍼로 오인받기 딱 좋았다. 에스퍼는 클론보다 별반 나을 게 없는 하층민이다. 함장과 수색관으로서의 경력도 한순간에 끝장나는 것이다. 그들은 실험실의 동물이 되어 격리되고 연구관찰 대상이 되어 생체해부를 당할지도 모른다. 그러므로 아무에게도 발설할 수 없다.

"최근에 따님에게서 소식은 들으셨나요?" 프로스트가 물었다.

사일런스는 고개를 가로저었다. 그의 딸 다이애나는 에스퍼다. 그녀는 언실리 행성에서 어려운 시기를 함께하며 많은 고난을 겪었다. 보통사람 같으면 견디지 못했을 고통을. 그녀는 그런 면에서 그의 딸다웠다. 다이애나는 그 경험을 통해 더욱 강해졌다. 그래서 그들이 마침내 골고다 행성으로 돌아갔을 때 딸은 배에서 내리자마자 클론-에스퍼 지하동맹으로 훌쩍 사라져버리고 말았다. 그 이후로 사일런스는 딸을 다시 만나거나 소식조차 듣지 못했다. 그는 차라리 잘된 일이라고 여겼다. 그러지 않았으면 어쩔 수 없이 딸을 에스퍼로 신고해야만 했을 것이다. 다이애나는 외동딸이고 그는 딸을 무척 사랑했다. 하지만 그는 자신의 의무를 망각하지 않는 사람이다. 아마 그렇기 때문에 딸이 그와 완전히 연락을 끊어버린 것인지도 모른다.

그는 딸이 무사하고 행복하기만 빌었다.

"선원들 동향은 어떤가?" 그는 다시 화제를 바꾸고 싶었다. "자네에게 시비 거는 자는 없나?"

"감히 그렇게는 못하지요." 프로스트가 말했다. "몇몇은 대놓고 저를 무시하려고 하지만 그럴 때마다 제가 살짝 귀싸대기를 때려서 버릇을 가르쳐주곤 합니다. 그들은 의무실에서 나오면 아무 이상 없을 겁니다. 그래서 제가 있을 때는 모두 예의 바르고 명령에 잘 따릅니다. 그들이 뒤로 불평하는 것까지야 어쩔 수 없지요. 우리는 몇몇 부하를 잃었고, 그건 일에서 어쩔 수 없는 부분이니까요."

"우리는 모든 지상팀을 잃었네." 사일런스가 말했다. "그리고 왐피르도 모두."

"제 말 들으세요, 함장님. 아무도 왐피르에 대해서는 신경 쓰지 않습니다."

"하지만 그들은 제국에 남은 마지막 전투 개조인간들이었어."

"그 말은 그들이 마지막 바퀴벌레였다는 말과 같습니다. 이 배의 모든 사람들이 그들이 없어져서 다행이라고 여기고 있어요."

"그들도 내 부하일세." 사일런스가 말했다. "나에겐 그들에 대한 책임이 있어. 그런데도 난 헤이든맨들이 그들을 붙잡아가는 것을 구경만 하고 있었어."

"함장님이 할 수 있는 일이 어차피 없었어요. 수적으로 상대가 안 됐잖아요."

"그들은 지금쯤 아마 죽었을 거야. 생체해부를 당했겠지. 헤이든맨의 연구실에서 몸이 조각난 채 꼬리표가 달린 병 속에 담겼을 거야."

"그들에게 가장 알맞은 장소군요." 프로스트가 말했다. "저는 그들을 한 번도 믿어본 적이 없습니다."

"그들은 우리 편에서 싸웠고" 사일런스가 말했다. "그들 대부분은 싸우다가 전사했어. 그게 자네에게는 아무런 의미도 없다는 말인가? 그래, 그럴 테지. 내가 잊었군. 자네는 수색관이지. 자네가 항상 중요하게 여기는 것은 오직 외계인을 죽이는 것밖에 없지. 나도 자네 같을 수만 있다면 좋겠네."

그가 다시 술잔을 들었으나 이미 비어 있었다. 술병을 집으려 하자 프로스트의 손이 그의 팔을 붙잡았다.

"제발 이러지 마세요."

그들은 한동안 서로를 그 상태로 바라보기만 했다. 그때 그들의 귀에 벨소리가 울렸다. 사일런스는 눈썹을 치켜세웠다. 한동안 아무도 그의 지휘채널로 연락을 해오지 않았기 때문이다. 그는 통신임플란트를 열고 자신의 목소리가 안정될 때까지 잠시 기다렸다.

"함장이다."

"함교의 통신관입니다, 함장님. 함장님과 수색관이 즉시 함교로 와주셔야겠습니다."

사일런스는 얼굴을 찌푸렸다. 통신관의 목소리에서 불길함이 느껴졌기 때문이다. 걱정거리 이상의 것. "무슨 문젠가?"

"이상한 신호를 포착했습니다. 직접 들어보시는 것이 좋겠습니다."

목소리에 분명히 뭔가 있다. 무언가가 통신장교를 잔뜩 겁먹게 만들었다. 그가 새삼 함장을 찾는 이유도 그 때문일 것이다. 사일런스는 씁쓸하게 웃었다. "알겠다. 곧 가겠다. 황색경보를 발하고 전투준비를 갖추어라. 이상이다." 그는 연락을 끊고 유심히 수색관을 바라보았다. "우리 둘 다 빨리 오라는 것을 보니 아주 이상하거나 위험한 것임에 틀림없어. 외계인일지도 모르겠군."

프로스트도 일어서서 제복 여기저기를 잡아당기며 옷매무새를 가

다듬었다. "제가 뭔 일이 일어날 거라고 말했지요. 항상 일은 일어납니다."

"그게 바로 걱정되는 점이야." 사일런스가 말했다. "여태까지 나한테 벌어진 일들을 보면 이번에는 한층 더 나쁜 일이겠지."

"좋아요, 어쨌든 뭔가 일어났잖아요." 프로스트가 말했다. "제가 뭔가 죽일 수 있는 기회를 잡을지도 모르겠네요."

이십 분쯤 후 사일런스 함장과 수색관은 돈틀러스 호의 함교로 걸어 들어가 통신파트로 곧장 향했다. 사일런스는 비상해독제를 먹었기 때문에 정신이 아주 맑았다. 마음은 마라톤이라도 뛸 수 있을 것 같았다. 하지만 다리는 여전히 후들거렸고 떨리는 손을 감추기 위해 주먹을 꽉 쥐고 있어야 했다. 깨끗이 면도하고 제복도 새것으로 갈아입었지만 아직 몸 상태가 좋지 않았다. 그는 통신대 앞에서 허리를 숙여 상황판을 주시했다. 특별히 잘못된 것은 없어 보였다. 통신장교가 등 뒤로 얼굴을 가까이 하자 사일런스는 자신의 숨결에서 술 냄새가 날까봐 걱정했다. 어쨌든 그는 통신장교가 하는 말을 경청했다.

"우리는 초공간에서 림 바로 안쪽으로 빠져나왔습니다. 그래서 제국과 통신을 재개할 수 있었습니다. 암흑성운에서는 신호를 보낼 수 없었거든요. 이론적으로 통신신호는 원래 초공간을 통하기 때문에 어떤 것도 그것을 방해할 수 없지만 암흑성운에서는 예외지요. 어쨌든 우리가 정상공간으로 나온 직후에 기기들이 정상작동하기 시작했습니다. 그리고 우리가 수신한 최초의 신호가 구조신호였습니다. 영상은 없고 목소리뿐입니다. 게헤나 행성의 기지에서 전송된 것입니다. 조사해보니 그 행성은 제국의 끝에 위치한 정착민이 없는 세상이었습니다. 모든 면에서 아주 혹독한 곳이더군요. 과학탐사기지가 유일한 거주지고 107명의 인력이 근무하고 있습니다. 그들이 구조요청을 하는 겁니다. 그들이 보낸 긴급코드는 최고등급이었습니다. 공식적으로는 작전의 결과에 대해 직접 보고하기 위해 골고다로 직행한다는 명령이 여전히 유효하다는 것은 알지만 혹시 이걸 들어보시고 명령을 번복하시게 될지도 모른다고 판단해서 연락드렸습니다."

"그렇군." 사일런스가 말했다. "어디 신호를 들어보자고."

그는 통신장비에서 흘러나오는 소곤대는 듯한 목소리를 귀 기울여 들었다. 통신장교가 신호를 증폭하기 위해 할 수 있는 일을 다 해보았지만 소리는 들릴락 말락 했다. 사일런스는 프로스트를 쳐다보았다. 그녀는 인상을 쓰고 생각에 잠겼다가 천천히 고개를 저었다. 사일런스는 통신장교를 돌아보았다. "컴퓨터는 이걸 뭐라고 하던가?"

"별다른 게 없습니다, 함장님. 이것은 녹음된 메시지가 비컨*에서 계속 반복되고 있는 겁니다. 식별할 수 있는 부분은 신호의 발신지와 도와달라는 소리뿐입니다. 그래서 기지에 직접 연락을 취해보았지만 아무런 응답이 없었습니다."

"이게 비컨에서 나왔다면 얼마나 오래된 건가?" 프로스트가 물었다. "그리고 왜 이 신호를 들은 다른 함정은 없는 거지?"

"알 수 없습니다, 수색관님. 하지만 신호가 아주 미약하고 여기는 림 아닙니까. 여기서는 이상한 일들이 종종 일어나곤 하지요. 우리가 금방 림에 들어왔기 때문에 이 신호를 포착할 수 있었을지도 모릅니다. 어떻게 할까요, 함장님?"

* beacon, 전자기파를 이용해 항공기나 선박의 위치, 방향 따위를 확인하는 장치.

사일런스가 다시 프로스트를 쳐다보았다. "이 신호를 무시해. 골고다로 직행해야지. 비컨이 메시지를 전송하기 시작한 지 몇 년이 흘렀을 수도 있어. 게헤나에서 무슨 일이 일어났건 이미 모두 끝나버렸을 확률이 높아."

"물론입니다, 함장님." 프로스트가 진지하게 말했다. "그렇지만 이 사람들은 여전히 도움이 필요할지도 모르고, 우리가 이 지역에 있는 유일한 배입니다."

"옳은 지적이군." 사일런스가 말했다. "우리의 의무는 명백하다. 헬스만, 게헤나로 항로를 설정하라. 수색관, 우리 둘이서 좀 더 상세한 논의를 해보세. 부관, 그곳에 도착하면 알려주게. 그 일 말고는 방해하지 말았으면 좋겠네."

그런데 부관이 그에게 들릴 정도로 콧방귀를 뀌었다. 다분히 경멸의 의도가 깔려 있었다. 프로스트가 그를 향해 돌아서며 손을 검으로 가져갔지만 사일런스가 그녀의 팔을 잡고 말렸다. 그는 지휘석으로 성큼성큼 걸어가 한 손으로 부관의 멱살을 잡고 힘들이지 않고 의자에서 그를 번쩍 들어 올렸다. 부관의 눈이 부풀어 오르고 입에서 혀가 튀어나왔다. 그는 양손으로 사일런스의 손목을 붙잡고 비틀어보았으나 꿈쩍도 하지 않았다. 그가 광선총을 꺼내자 사일런스가 손으로 쳐냈다. 총은 프로스트가 밟을 때까지 바닥을 미끄러져 갔다. 함교의 모든 승무원들은 그녀의 엄혹한 표정을 보고 모두 제자리에서 숨을 죽였다. 사일런스가 멱살을 놓자 부관은 지휘석으로 털썩 떨어져 내리며 숨을 헐떡였다. 사일런스는 허리를 숙여 얼굴을 부관의 얼굴에 들이밀고 시선을 고정했다.

"한 번만 더 내 지위를 모독하면 자네를 속옷 바람으로 어뢰발사관에 집어넣어 우주로 쏘아버리겠어. 자, 이제 할 일이나 해. 나도 내 일을 하게. 알겠나? 좋아. 약간의 대화시간을 가질 수 있어서 기뻤네. 더 설명이 필요한 사항이 있으면 언제라도 찾아오길 바라네."

그는 돌아서서 함교를 떠났다. 프로스트도 뒤따라갔다. 통신파트를 지날 때 통신관이 낮게 중얼거렸다. "돌아오셔서 기쁩니다, 함장님." 사일런스는 미소를 감춰야 했다. 그리고 뒤에서 문이 닫히는 소리를 듣자마자 긴 한숨을 내쉬었다. 그는 복도의 칸막이벽에 몸을 기댔다. 머리가 깨질 듯이 아팠고 손이 다시 떨리기 시작했다.

"한잔해야겠어." 그는 지친 듯 말했다.

"안 됩니다." 프로스트가 말했다. "부관을 혼자서 의자에서 끌어올리다니 대단하던데요. 그것도 한 손으로. 아주 인상적이었습니다."

"나도 놀랐어." 사일런스가 말했다. 그는 벽에서 몸을 떼고 복도를 성큼성큼 걸어갔고 프로스트도 뒤를 따랐다. 그들은 함장실에 도착할 때까지 아무 말도 하지 않았다. 보안장교가 배의 이물에서 고물까지 도청하고 있다는 것은 공공연한 비밀이었다. 사일런스는 주기적으로 자신의 방에 도청방지장치를 재설치했다. 아직 스텔마보다 조금 앞선 기술을 사용할 수 있었기 때문에 효과가 있는 것 같았다. 사일런스는 제일 좋아하는 의자에 몸을 파묻었고 프로스트는 의자를 당겨 그와 마주 앉았다. 사일런스는 반쯤 빈 와인 병을 잠시 바라보다가 고개를 돌렸다. 나중에 마셔도 된다.

"광기의 미로에 잠깐만 있었는데도 우린 생각보다 많이 변했군. 아까 부관의 무게가 전혀 안 느껴졌어. 그를 맨손으로 찢어버릴 수도 있겠더군. 마음속 한구석에서는 그걸 원하기도 했고."

"저도 더 강해졌는지 모르겠군요." 프로스트가 말했다. "제게 어떤 특별한 능력이 생겼을지도 모르지요. 우리가 미로를 완전히 통과했더라면 무엇이 됐을지……"

"만약 반란자들과 다시 대결할 기회가 생긴다면 그때 그들에게 물어보게."

"어쨌든 제 생각에는 이걸 철저히 우리 둘만의 비밀로 간직해야 할 것 같습니다, 함장님."

"동감일세, 수색관. 이제 좀 더 안전한 얘기를 해보세. 게헤나에서 무슨 일이 있었을 것 같나? 단서라고는 비컨에서 재생되는 구조요청뿐인데. 보통은 그들이 일반채널로 요청하기만 해도 몇 시간 내에 제국순양함이 그곳에 도착할 수 있었을 텐데 말이야. 제국 어디에 있건 그게 상식이지. 물론 우리가 림에 있기는 하지만 그래도…… 반란군의 첫 공격이 아닐까?"

"그럴 것 같지는 않습니다, 함장님. 첫째, 그들은 아직 대규모 공격을 감행할 만한 조직력이 없어 보였습니다. 둘째, 그럴만한 자원도 준비되지 않았습니다. 셋째, ……예감이 아주 안 좋습니다. 비컨을 작동시키는 것밖에 할 수 없을 정도로 행성기지를 순식간에 철저히 공격할 수 있는 파괴력이라면 엄청난 파워의 무기가 사용되었을 겁니다. 반란군은 물론이고 제국이 동원할 수 있는 것보다 더 강한 힘일지 모릅니다."

"그게 도대체 뭔가? 헤이든맨? 셔브?"

"모두 가능하지요. 하지만 우리가 지난번에 언실리에서 목격한 조용한 기지의 모습이 자꾸 떠오르는군요."

"우리의 과학기술보다 훨씬 앞선 미지의 외계인 우주선이 불시착한 곳 말이야? 기지에는 죽은 사람들로 가득했었지." 사일런스는 인상을 쓰며 생각에 잠겼다. "그 외계인들이 다시 나타났다고 추측하는 건가?"

"가능성이 있습니다." 프로스트는 가볍게 웃었다. "지금 당장 외계인의 엉덩이를 걷어차고 싶습니다."

"자네가 수색관이 아니라면 어떤 모습일지 전혀 상상이 안 가는군. 나도 골고다 귀환을 늦출 수 있는 이유가 생겨서 기쁘네. 외계인의 공격은 그럴만한 충분한 구실이 되지. 하지만 또 다른 행성기지를 잃는다는 건 달갑지 않다는 것을 분명히 해두고 싶네. 그건 우리가 여러 가지에 취약해진다는 것을 의미해. 그리고 또 한 가지는 이것이 배를 유인하기 위한 술책일 가능성도 배제할 수 없다는 점이야."

"그렇다면 우리가 가장 먼저 도착하는 것이 좋겠군요." 프로스트가 말했다. "우리는 결국 소모품이니까요."

"그건 자네 생각이고." 사일런스가 말했다.

돈틀러스 호는 초공간을 빠져나와 영원한 불의 세상인 게헤나 행성의 궤도에 안착했다. 행성은 어둠 속에서 이글거리는 석탄처럼 빨갛게 타오르고 있었다. 대륙 전체가 일렁거리는 불길 속에 휩싸여 있었다. 오래전 무언가가 행성의 지표면에 불을 붙여서 연쇄반응으로 불길이 온 세상을 채울 때까지 확산된 것이다. 극지방의 얼음도 녹아내리고 바다마저 증발해버려 오직 남은 것은 불꽃뿐이었다. 지표면이 천천히 그러나 가차 없이 스스로를 태워 없애고 있었다.

게헤나에는 한때 외계문명이 존재했다고 알려져 있지만 외계인이나 그들이 만들어놓은 구조물의 흔적은 거의 찾아볼 수 없다. 다만 불길이 닿지 않는 기반암 깊숙이에 박힌 기묘하게 생긴 석조 궤만 몇

개 발견될 뿐이다. 그리고 그 궤들이 어떤 비밀을 간직하고 있는지는 여전히 수수께끼다. 외계인의 문명에 어떤 일이 일어났는지는 아무도 모른다. 외부의 힘에 의해 멸망했을 수도 있고 자멸했을 수도 있다. 그리고 화재가 먼저 발생했는지, 아니면 모든 종을 절멸시켜서 그들이 누구였는지 추측조차 할 수 없게 만든 어떤 사건의 결과로 화재가 일어난 것인지도 알 길이 없다.

제국은 당연히 행성 전체를 불길에 휩싸이게 한 그 무엇에 관심이 많았다. 아주 훌륭한 무기가 될 수 있기에 라이언스톤은 그것을 무척 원했다. 그래서 불길 한가운데에 기지를 짓도록 명하고 제국의 과학자들이 만들어낼 수 있는 가장 강력한 보호막으로 기지를 둘러치도록 했다. 돈틀러스 호의 기록에 따르면 과학자들이 그곳에 주둔한 지 이미 9년이 흘렀지만 아직도 전혀 답을 얻지 못하고 있었다.

사일런스가 직접 지상팀을 지휘하기로 했다. 만약 기지가 오염되었다면 그가 현장에서 즉각적인 결정을 내려야 한다는 것이 부분적인 이유였다. 하지만 더 중요한 이유는 바로 그 자신이 가고 싶지 않다고 느꼈다는 점이었다. 그는 여전히 의기소침했고 그를 몰래 흘깃거리는 부하들의 시선을 느낄 수 있었다. 사람들의 생명이 걸린 문제에 대해 자기가 결정을 내릴 수 있을지도 자신이 없었다. 그렇기 때문에 결국 그는 가야 했다. 만약 가지 않는다면 함장 직함을 내놓는 것이 옳았고 아직 그럴 준비는 되지 않았다. 그래서 그는 지상팀을 인솔하기로 했다. 그리고 자신이 잘해내기를 기도했다. 프로스트도 물론 함선의 수색관으로서 동행할 것이다. 그런데 놀라운 것은 보안장교 스텔마도 꼭 같이 가겠다고 나선 것이다. 아마도 두 사람이 감시에서 벗어나는 것을 원치 않는 것 같았다. 나머지는 제비뽑기로 선발된 여섯 명의 해병과 통신장교 이든 크로스였다. 통신장교는 2년 전에 잠시 게헤나 기지에서 근무한 경험이 있었다. 그는 그곳을 다시 방문하는 것이 그다지 기쁘지 않은 듯했다.

크로스는 검은 피부의 보통 체격을 지닌 인물로 항상 입을 굳게 다물고 있었다. 사일런스를 드러나게 경원시하는 병사는 아니었다. 원래부터 자신의 임무 외에는 거의 말을 하지 않았다. 하지만 지상팀에 자신이 낄 수 없거나 끼어서는 안 되는 이유를 찾으려 애쓸 때는 정말 말이 많았다. 사일런스는 그 점을 나쁘게 보지 않았다. 위험한 상황에서도 맹목적인 충성을 보이는 사람보다 겁먹고 스스로 몸을 사리는 사람이 더 낫다고 생각했다. 결국 살아남는 사람은 그런 사람들인 것이다. 재미있는 사실은 크로스가 통신장교가 된 지 그리 오래되지 않았다는 점이었다. 그는 스스로 요청해 여러 보직을 옮겨 다녔다. 무엇을 하건 시간이 좀 지나면 싫증을 느꼈다. 한 우물만 파도 성공하기 어려운 곳에서 그는 다방면에 탁월한 재능을 보였다. 삼십대가 되기 전에 함장이 되거나 아니면 그전에 볼 장 다 본 군을 스스로 떠날 게 분명했다. 그래서 사일런스는 그를 게헤나의 지표면으로 그들을 인도할 함재정의 조종사로 임명했다. 크로스는 그들을 무사히 데려다주기 위해 최선을 다할 것이다. 그게 그의 성격이다.

함재정이 돌덩이처럼 아래의 행성으로 떨어지자 사일런스는 의자의 팔걸이를 단단히 붙잡았다. 함재정에 접속된 통신임플란트가 온도계의 숫자가 치솟는 모습을 보여주었다. 그는 갑작스럽게 믿을 수 없는 수치로 치닫는 온도를 멍하니 지켜보았다. 그러다가 온도계를 지워버렸다. 괜히 불안하기만 할 뿐이었다. 길고 가느다란 배는 과열된 대기와 충돌하며 요동쳤다. 함재정은 그렇게 끝없이 타오르는 지표면에서 수 킬로미터씩 뻗쳐오르는 불꽃을 헤치며 지상으로 향했다. 사일런스는 팔걸이를 잡은 손을 놓았다. 함재정의 외부동체는 어떤 온도도 견딜 수 있었고 보호막도 있었다. 게헤나의 자연이 함재정을 위험에 빠뜨릴 수는 없었다.

이론적으로는.

하지만 사일런스는 수긍할 수 없었다. 게헤나에 관해서는 답이 없는 의문점이 너무 많았다. 비상 비컨도 그중 하나였다. 그는 자리가 불편해 몸을 뒤척이려 했으나 강화복 때문에 그럴 수 없었다. 함재정에 오르기 전에 그는 다른 사람들처럼 보호장비를 미리 착용했다. 함재정이 착륙하기 전까지는 필요 없었지만 시간이나 공간상의 제약으로 미리 입고 출발하는 것이 좋았다. 함재정의 비좁은 공간에서 열 명이 강화복을 갈아입는 것은 쉬운 일이 아니다.

강화복은 우주복이자 갑옷인 동시에 무기였다. 아무리 혹독한 환경에서도 착용자의 생명을 지켜주도록 설계되었다. 모든 시스템이 작동하면 외부에서 무슨 일이 일어난다 해도 착용자는 쾌적함을 느낄 수 있다. 동작이 느려지고 부자연스러워지는 단점이 있지만 그래도 유용했다. 휴대용 보호막이나 차단장에 비해 원시적인 물건이지만 그래도 직접적으로 사람의 손이 필요한 탐사작업에서는 강화복에 비길 물건은 없었다. 방사능도 막아주고 철보다 강해서 에너지빔을 정통으로 맞지만 않는다면 어떤 환경에서도 견딜 수 있었다. 강화복은 원래 극한환경에서 사용할 전투갑옷용으로 개발되었다. 하지만 전투에 사용하기는 너무 둔했기 때문에 군대는 그것을 만능복으로 활용했다. 함재정의 다른 사람들은 강화복의 한계 내에서 편안하게 움직이는 것 같았다. 하지만 사일런스만은 딱딱하게 굳어가는 타르를 뒤집어쓴 느낌이었다.

그의 얼굴에 땀방울이 맺혔지만 닦기 위해 얼굴로 손을 들어 올릴 수 없었다. 더위를 느낄 이유는 없었다. 함재정의 생명유지장치가 자동으로 실내온도를 최적의 상태로 유지하기 때문이었다. 하지만 외부의 엄청난 열기를 생각하면 아무것도 느끼지 않는 것이 오히려 이상했다. 비록 마음속에서만 일어나는 일일지라도. 여섯 명의 해병이 병 하나를 서로 주거니 받거니 했지만 강화복의 서보(servo)구동장치에 익숙지 않아 내용물 대부분을 바닥에 흘렸다. 사일런스는 자신에게도 병을 건네기를 바랐지만 그렇다고 직접 달라고 말할 수는 없었다. 좋지 않은 인상을 줄 터였다. 약함을 인정하는 꼴이 될 터였다. 부하들 앞에서는 항상 강하고 자신만만하게 행동해야 했다. 특히 가장 최근의 지상팀 인솔이 가져온 결과를 생각하면 더욱 그랬다.

그는 억지로 외면했다. 옆에는 스텔마가 말없이 앉아 있었다. 공무원의 특징인 몰개성적인 모습으로 무표정하게 정면을 응시하고 있었다. 하지만 왠지 이곳을 몹시 싫어한다는 인상을 주었다. 여기만 아니라면 어디라도 좋겠다고 바라는 듯한. 반면에 프로스트는 얼굴을 살짝 찡그린 채 먼 곳을 바라보고 있었다. 지금 같은 시간이 바로 그녀가 살아가는 이유였다. 게헤나 기지의 문제는 그녀의 관심을 자극했고 살상에 대한 기대를 부추겼다. 지금보다 더 행복해진다면 그녀는 아마 폭발해버릴지도 모른다. 사일런스는 그녀가 함재정 밖의 상황을 관찰하고 있을 거라고 생각했다. 그래서 그도 배의 외부센서에 연결해 바깥을 살펴보기로 했다.

그 즉시 그가 바라보던 쪽의 벽이 투명해지면서 눈앞이 일렁이는 불길로 가득 찼다. 어디를 봐도 불꽃뿐이었다. 간혹 아래쪽 멀리에서 검게 바싹 구워진 지표면이 얼핏 모습을 드러내는 것도 같았지만 끝없이 타오르는 불길뿐이었다. 그곳에는 아무것도 살지 않는다. 유일하게 남은 구조물은 지하 깊숙이에 있다. 제국은 지옥의 불길 한가운데에 기지를 건설한 것에 일종의 자긍심을 느꼈다. 기지는 차단장 뒤에서 안전하게 남아 있을 것이다. 그리고 차단장이 살아 있다면 기지의 대원들도 안전할 것이다. 차단막은 이 세상의 어떤 것도 견딜 수 있었다. 게다가 어떤 이유로 차단장이 꺼진다 하더라도 기지는 게헤나의 열을 견딜 수 있도록 설계되었다. 사일런스는 긍정적으로 생각하려 애썼다. 하지만 쉽지 않았다. 게헤나에서는 작은 실수나 소홀함도 엄청난 참화를 불러올 수 있었다.

"곧 착륙합니다, 함장님." 크로스가 말했다. "안전벨트를 착용하세요. 여기 착륙해본 지 꽤 오래됐거든요."

사일런스가 센서와 접속을 끊자 다시 함재정의 벽이 사야를 가로막았다. 더 더워진 느낌이었다. 그는 다른 사람들이 자리에 앉은 채 강화복이 허용하는 한도 내에서 최대한 그를 돌아보고 있는 것을 눈치 챘다. 그에게서 마지막으로 희망을 줄 만한 한마디를 기대하는 것 같았다.

"제군들, 착륙한다. 시스템을 작동하고 헬멧을 쓸 준비를 하라. 명심하라. 강화복이 여러분의 생명을 최대 일주일까지 유지시켜줄 수 있지만 그래도 조심스럽게 움직이기 바란다. 눈을 크게 뜨고 서로를 자신처럼 돌봐야 한다. 여기서는 조금이라도 방심하면 치명적인 결과를 초래할 수 있다. 그리고 에너지크리스털도 수시로 점검하라. 강화복은 가만히 있어도 많은 에너지를 잡아먹는다.

착륙하고 나면 수색관이 먼저 나간다. 그녀가 즉시 상황 파악을 하고 작전을 계속할지 여부를 결정할 것이다. 전장에 강하하는 것이 아니므로 해병들은 그다음에 내려서 사주경계를 펼친다. 크로스, 스텔마, 그리고 내가 마지막에 내린다. 제군들, 명심하라. 이것은 침투가 아니라 구조작전이다. 꼭 필요한 상황이 아닌데도 발포를 한다면 나는 아주 화가 날 것이다. 내가 원하는 것은 증언을 해줄 생존자이지 구멍 뚫린 시체가 아니다. 자, 이상이다. 헬멧을 착용하라."

그는 무르팍에 걸어놓은 헬멧을 들어 뒤집어썼다. 헬멧은 어깨의 결합부위에 단단히 밀착되었다. 강화복이 완전히 결합되자 잠시 눈앞은 깜깜한 암흑으로 바뀌었다. 그리고 헬멧의 센서가 작동하면서 통신임플란트를 통해 360도 화면을 보여주었다. 어깨에 걸린 무게감은 여전했지만 마치 헬멧이 갑자기 사라져버린 듯한 느낌이었다. 겉보기에 꽉 막힌 원통에 불과한 헬멧을 쓰고 있는 모든 대원들이 꼭 장님처럼 보였다. 특히 조종석에 있는 크로스의 모습은 걱정스럽기까지 했다. 그때 함재정이 지표면에 닿으며 착륙했다.

사일런스는 강화복의 금속 손으로 안전벨트를 풀고 일어섰다. 서보구동장치가 몸의 움직임을 감지해 강화복을 움직이는 소리가 시끄럽게 울려 퍼졌다. 그는 복도를 쿵쾅쿵쾅 걸어 내부 에어록 문 앞으로 갔다. 그곳에는 프로스트가 이미 기다리고 있었다. 강화복이 그녀의 제복 색깔을 재현해 보여주었고 자신의 것도 마찬가지였다. 하지만 그는 그것 없이도 앞에 있는 사람이 프로스트라는 것을 알 수 있었다. 문 앞으로 그렇게 빨리 갈 사람은 프로스트밖에 없었다. 아직 대부분의 해병들은 자리에서 일어나지도 못한 상태였다. 사일런스는 크로스의 수신호를 기다렸다가 내부 개폐장치를 작동시켰다. 문이 쉭 소리를 내며 열렸고 프로스트가 에어록 안으로 진입하자 다시 닫혔다. 잠시 후 프로스트의 차분한 목소리가 귀에 울렸다.

"외부 문 개방, 지상으로 내려갑니다." 그리고 잠시 후 다시 들려왔다. "이상 없습니다. 안전합니다. 흙과 불밖에 없습니다. 화장장 안으로 걸어가는 것과 아주 흡사하군요. 나오세요. 연옥의 불길이 아주 멋들어지게 제철입니다."

사일런스는 자기도 모르게 웃음을 짓고 내부 에어록의 문을 열며 해병들에게 나가라고 손짓했다. 모두 다 나가는 데는 시간이 그리 오래 걸리지 않았다. 마침내 사일런스도 약간 주저하다가 게헤나의 땅에 발을 디뎠다. 처음에 본 것은 불꽃뿐이었다. 주홍색과 황금색의 불타는 바다가 펼쳐져 있고 불길이 하늘 끝까지 치솟아 있었다. 주변의 불 속에서 흐릿한 그림자들이 어른거리다가 강화복의 컴퓨터가 작동해 헬멧의 센서 이미지가 초점을 맞추고 향상되자 대원들의 모습이 뚜렷이 보였다. 아래를 내려다보자 발 딛고 있는 지면만 보일 뿐이었다. 땅은 새카맣게 타 있었고 여기저기 갈라진 틈으로 갑작스런 불길이 튀어나와 주변과 섞이곤 했다. 주변 온도는 믿을 수 없는 수치였다.

'지옥에 온 걸 환영하네.' 사일런스는 생각했다. '폐허의 땅, 꺼지지 않는 불의 세상에 온 걸 환영해. 여제가 날 처형할 때 적어도 어디로 가게 될지는 알게 되었군.'

"함장님, 크로스입니다." 통신장교의 목소리가 귀에 들렸다. "준비됐으면 안내하겠습니다. 저는 비컨에 접속했습니다. 기지는 걸어서 몇 분 거리에 있습니다."

"알겠다." 사일런스가 말했다. "훌륭한 비행이었다, 크로스. 길을 안내하라. 다른 대원들은 무기장치를 작동시켜라. 하지만 내가 발포에 대해 말한 것을 명심하라. 우리의 진입이 극적이겠지만 우연히라도 우리가 구하려고 온 사람들에게 총질하는 상황이 연출되는 것은 바라지 않는다. 내 말 듣고 있나, 수색관?"

"안심하세요." 프로스트가 말했다. "저는 죽어야 할 사람만 죽입니다."

"그 말을 들으니 우리 모두 안심이 되는군요, 수색관님." 크로스가 말했다. "모두 주목하십시오. 앞사람 어깨에 손을 올리고 한 줄로 날 따라오시기 바랍니다. 천천히 그리고 다른 곳에 눈 돌리지 말고. 여기는 길을 잃기 딱 좋은 곳입니다. 만약 길을 잃는다면 강화복이 자동적으로 함재정의 비컨에 접속될 겁니다. 그곳으로 돌아가 우리가 돌아올 때까지 기다리고 있으면 됩니다. 제가 뭐 빼먹은 것 있습니까, 함장님?"

"아니." 사일런스가 말했다. "잘하고 있어, 계속해."

사일런스는 대원들이 줄짓는 것을 기다렸다가 손을 앞에 선 스텔마의 어깨에 올렸다. 장갑이 스텔마의 어깨에 닿은 것을 보았지만 느낄 수는 없었다. 대열이 움직이기 시작하자 왜 크로스가 길을 잃기 좋은 곳이라고 말했는지 알 것 같았다. 강화복 안에서 의지할 수 있는 감각은 시각밖에 없었다. 게헤나에서 들려오는 것은 불꽃이 일렁이는 소리뿐이었다. 그는 청력을 보호하고 대원들의 소리를 더 잘 듣기 위해 불꽃 소리가 자동적으로 소거되도록 설정했다. 강화복은 그를 외부세계와 완벽하게 단절시켰다. 스스로를 보호하기 위해서는 필수적인 일이었다.

사일런스는 스텔마를 따라 터벅터벅 걸었다. 불길이 무력하게 그를 핥았다. 강화복 안에 시원한 공기가 순환되고 있음에도 얼굴에는 다시 땀이 맺혔다. 얼마나 걸어왔을까? 이정표로 삼을 만한 것이 없어서 그런지 시간이 무척 더디게 흐르는 듯했다. 크로스는 단 몇 분 거리라고 말했다. 이미 그 정도 시간은 충분히 지난 것 같았다. 크로스가 길을 잃고 거대한 원을 그리며 제자리에서 돌고 있는 것은 아닐까? 사일런스는 출발하기 전에 미리 시간을 확인할 생각을 하지 못했다. 치명적일 수도 있는 실수였다. 그는 헬멧 때문에 자신의 붉어진 얼굴이 대원들에게 드러나지 않을 것이라는 사실을 다행스럽게 여겼다. 그리고 통신을 긴급채널로 돌려 비컨에 맞추고 소리가 크게 들려오자 다시 안도했다. 그의 센서는 기지가 정면에 있음을 알렸다. 다른 세상에서라면 벌써 눈에 잘 띄었을 거리였다. 그는 컴퓨터의 영상처리장치를 최대한으로 올리며 불길 속을 뚫어지게 쳐다보았다. 거대한 검은색 형체가 어렴풋이 앞에 나타나기 시작했다.

가까이 갈수록 기지의 온전한 모습이 서서히 드러났다. 헬멧 내부의 영상이 점차 뚜렷해졌다. 그 순간 기지를 이렇게 가까이에서 볼 수 있다는 것이 정상적이지 않다는 사실을 깨달았다. 기지의 보호막이 그전에 그들의 진입을 막았어야 했다. 사일런스는 크로스를 호출해 멈추라고 지시하고 대원들의 어깨를 스치며 크로스와 프로스트에게 다가갔다. 그러자 부서지고 금이 간 기지의 벽이 눈에 들어왔다. 기지의 외벽은 지속적인 광선포 공격과 지진이나 핵폭풍에도 견디도록 설계되었음에도 불구하고 무언가가 마치 달걀을 깨뜨리듯 벽을 부수어놓았다. 넓고 들쑥날쑥한 균열이 바닥에서부터 꼭대기까지 벽을 타고 기어 올라가 있었고 정문은 열린 채 어두운 내부를 드러내고 있었다. 사일런스는 아랫입술을 깨물었다. 적어도 한 가지는 확실했다. 지진 같은 자연적인 힘에 의한 것이 아니었다. 무언가가 외벽이 무너질 때까지 계속 가격한 후 침입한 것이라고밖에 볼 수 없었다.

"불가능한 일인데요." 그의 귀에 크로스의 목소리가 들려왔다. "외벽의 설계구조를 본 적이 있는데, 기지는 보호막이 꺼져도 끄떡없이 견디도록 설계되어 있습니다. 이 기지는 다른 기지들보다 열 배는 강하게 만들어진 겁니다. 그런데 보호막은 왜 내려져 있을까요?"

"자네는 중요한 것을 잊고 있어." 프로스트가 조용히 말했다. "무언가가 이렇게 만든 거지. 알 수 없는 무언가가. 이렇게 하기 위해서는 그 정체 모를 힘이 우리보다 우월한 기술력을 가지고 있어야 해. 그 힘은 지금 어디 있을까? 여전히 기지 안에? 만약 안에 없다면 어디로 갔으며 곧 다시 돌아오는 것은 아닐까?"

"좋은 질문이야." 사일런스가 말했다. "하지만 자네도 잊은 게 있군, 수색관. 보호막은 내려졌고 벽은 여기저기 무너져 내렸어. 그런데 어떻게 기지가 이 행성의 다른 것들처럼 불길에 휩싸이지 않고 버티고 있는 거지?"

"알아보는 방법은 단 한 가지입니다." 프로스트가 대답했다. 사일런스는 그녀가 아무것도 비치지 않는 헬멧 속에서 미소를 짓고 있다는 것을 알고 있었다.

"앞장서게, 수색관." 사일런스가 조용히 말했다. "하지만 명심해. 원하는 것은 답이지 시체가 아니야."

"물론입니다, 함장님. 물론이지요."

그녀는 크로스를 지나 열린 문 안으로 들어갔다. 사일런스가 그녀를 따랐고 그의 어깨에 크로스가 손을 얹고 해병들과 스텔마를 인도했다. 보안장교는 아주 조용했다. 하지만 사일런스는 안으로 진입한 후에도 그럴지 의구심이 일었다. 이런 장소에는 보통 그들이 알아서는 안 되는 민감한 물건들이 있기 마련이었다. 사일런스는 상관하지 않았다. 만약 저 안에 답이 있다면 그게 무엇이든 확인해야 한다.

사일런스는 조심스럽게 열린 문 안으로 발을 디밀었다. 여기저기 훑어보았지만 모든 것이 조용했다. 내부는 어두웠다. 그는 강화복 어깨에 장착된 등을 켰다. 다른 대원들도 따라서 등을 켜자 로비 내부가 점차 눈에 들어왔다. 사일런스가 처음으로 인식한 사실은 비가 내리고 있다는 것이었다. 잠시 후 스프링클러가 작동하고 있다는 것을 알아챘다. 하지만 이런 온도에서는 물이 즉시 증발해야 했다. 그는 강화복의 센서로 외부 기온을 확인해보았다. 정상 온도보다 약간 높은 정도였다. 부서진 벽과 열린 문을 생각해보면 불가능한 일이었다. 보호막도 꺼졌고 벽도 망가졌다는 것을 감안하면 기지가 정상 온도를 유지할 방법은 없어 보였다.

"수색관, 자네 센서를 확인해보게. 온도가 어떻게 되나?"

"함장님과 같습니다. 정상 범위에 있습니다. 어딘가 차단막이 여전히 작동하며 우리를 보호해주고 있는 것 같습니다. 하지만 제 센서에는 아무것도 잡히지 않는군요. 여기는 중력도 표준적이고 공기도 숨쉴 수 있습니다. 이것이 어떻게 가능한지는 묻지 마세요. 여기서는 강화복 없이도 살 수 있을 것 같습니다."

"그런 것은 생각도 하지 마." 사일런스가 재빨리 말했다. "절대 헬멧을 벗어서는 안 돼. 이 환경이 어떻게 유지되는지 모르기 때문에 언제 끊어질지도 알 수 없어. 그리고 나는 안전한 방호조치를 원한다. 항상 강화복의 시스템을 완전히 작동시키도록! 모두 알겠나?" 대원들 모두 알겠다고 대답했다. 프로스트야 투덜거렸지만 애초에 예상한 반응이었다. 사일런스는 빈 방을 둘러보며 말했다. "해병들은 사주경계하라. 수색관, 아직은 너무 멀리 돌아다니지 마라. 스텔마, 아무것도 만지지 마라. 크로스, 자네는 여기 처음이 아니지. 느낌이 어떤가?"

"아주 엉망이군요." 크로스가 말했다. "누군지는 모르겠지만 철저히 망가뜨려놨습니다. 이것만 봐서는 아무 말도 해드릴 게 없군요."

사일런스는 통신장교가 상황을 정확히 짚었다고 생각했다. 로비는 마치 수류탄이 터진 것처럼 엉망이었다. 그것도 여러 발의 수류탄이 터진 것처럼. 가구들은 뒤집힌 채 사방에 흩어져 있었는데 대부분 부서지고 산산조각 났다. 생명의 흔적은 없었다. 갈라진 벽 틈으로 바깥의 지옥불이 어른거렸다. 하지만 이상하게도 바깥의 불빛이 내부의 어둠까지는 파고들지 못했다. 스프링클러의 비가 모든 것을 적시며 여기저기 웅덩이를 만들어놓았다.

"피도 시체도 없습니다." 로비의 안쪽 끝에서 프로스트가 말했다. "하지만 누군가 총을 발사했군요. 벽과 천장에 에너지빔으로 파괴된 자국이 있습니다. 총으로 무언가를 맞혔다는 흔적은 보이지 않는군요."

사일런스는 천장의 삐뚤삐뚤한 구멍을 올려다보았다. 프로스트가 다른 사람 같으면 무심코 넘겼을 것에 주목한 것이다.

"왜 천장을 맞혔을까요?" 스텔마가 갑자기 말했다. "공격자들이 아주 컸다는 뜻일까요?"

"일단 모든 가능성을 열어두세." 사일런스가 말했다. "아직 공격자가 있었다는 증거조차 발견하지 못했어. 밀실공포증에 의한 난동으로 밝혀질 수도 있는 거야. 나도 그럴 가능성은 별로 없다고 생각하지만 어쨌든 어떤 가능성도 배제할 수 없어. 프로스트, 이 광선총 구멍들이 얼마나 오래됐는지 에너지스캔으로 조사해봐. 스텔마 자네는 어디 작동되는 단말기가 있는지 찾아서 기지의 컴퓨터에 접속할 수 있는지 시도해보게. 작업일지 같은 것을 발견하면 단서를 얻을 수 있을지도 몰라. 그리고 크로스, 어떻게 스프링클러가 여전히 작동하고 있는 거지? 벌써 물이 말라버렸어야 정상 아닌가?"

"스프링클러는 지하수와 연결되어 있습니다." 크로스가 대답했다. "아주 깊은 곳이기는 하지만 수백만 갤런의 지하수가 있습니다. 그 정도면 여기에 영원토록 비가 내리게 할 수 있지요. 영원한 불의 땅에서 기적 같은 일입니다."

"종교적인 발언을 하려는 건 아니겠지?" 프로스트가 말했다. "헬멧 안에 토하기는 싫거든."

"여깁니다." 스텔마가 갑자기 외쳤다. "누군가를 찾았습니다."

"꼼짝하지 말게." 사일런스가 날카롭게 외쳤다. "아무것도 만지지 마. 수색관, 살펴봐."

보안장교는 무너져 내린 탁자 옆에 쭈그리고 앉아 있었다. 프로스트가 신속히 그의 옆으로 가서 잠시 상황을 살폈다. "사람 손이군요. 그냥 노출돼 있습니다. 센서에 따르면 부비트랩은 없는 것으로 보입니다. 탁자를 옮기도록 도와주세요, 스텔마."

그들은 부자연스런 움직임으로 탁자 주변을 돌았고 크로스와 사일런스도 그들을 돕기 위해 움직였다. 네 명이 강화복의 서보구동장치의 도움으로 거대한 나무탁자를 들어서 조심스럽게 한쪽으로 옮겼다. 그리고 눈앞에 펼쳐진 광경을 보고 모두 그 자리에 얼어붙어버렸다. 여성의 몸이었지만 대부분이 사라지고 없었다. 뼈는 온전히 있었지만 살점이 깨끗이 발라져서 마치 광을 낸 것 같았다. 남아 있는 살점이라고는 얼굴과 그들이 발견한 손이 연결된 팔이 전부였다. 머리카락도 온전히 남아 있었지만 무엇인가가 두개골의 뒤쪽을 부수고 두뇌를 제거했다. 스프링클러의 물이 머리에 떨어져 눈물처럼 흘러내리고 있었다.

“살점이 깨끗이 떨어져나갔군요.” 프로스트가 말했다. “남아 있는 팔의 자국을 볼 때 칼이 아니라 이빨로 뜯어낸 것 같습니다. 뒤통수도 마찬가지예요. 예리한 도구가 아니라 둔기에 맞은 겁니다. 왜 얼굴과 손은 남겨놨는지……”

“아마 중간에 방해를 받았겠지요.” 크로스가 말했다.

“이런 짓을 한 게 뭘까요?” 스텔마가 구역질을 참으며 말했다. “어떤 괴물이……”

“물러나 한숨 돌리게.” 사일런스가 말했다. “강화복 안에 토하면 곤란하니까.”

“괜찮습니다.” 스텔마가 화난 목소리로 대꾸했다. “이 정도는 견딜 수 있다고요.”

“좋은 질문입니다.” 크로스가 말했다. “어떤 생물이 이런 식으로 먹을까요?”

“기술적으로 말하면 모든 동물이 가능하지요.” 프로스트가 대답했다. “배가 고프다면요. 그런데 아주 깨끗이 먹어치웠다는 게 흥미롭군요. 지방이나 근육만이 아니라 모든 것을 먹어치웠어요. 그게 이상한 점이에요. 보통 동물마다 먹는 부위가 다른데…… 아마 공격자가 이 여성을 먼저 살해한 후 다른 녀석이 와서 먹어치운 것 같습니다.”

“이 행성에는 살아 있는 생명체라고는 없어요.” 크로스가 말했다. “그러니까 공격자가 다른 녀석을 데리고 왔다는 말인가요?”

“아직도 내부 폭동이라고 생각하세요, 함장님?” 스텔마가 물었다.

"어떤 가능성도 배제하지 않네." 사일런스가 조용히 말했다. "상황이 점점 외계인의 공격으로 보인다는 것은 나도 동의하네. 하지만 아직 사람 말고 다른 존재가 여기 있었다는 확실한 증거가 없어. 헤이든맨들이 다시 나타났다는 것을 명심하게. 그리고 셔브와 그것의 퓨리들도 있지. 수색관, 이 시체에서 떼어낸 조직이 음식이 아니라 연구 목적으로 사용되었을 가능성은 없나?"

"가능합니다, 함장님. 그렇다면 저렇게 깨끗이 처리한 이유도 설명이 되지요."

"일단 두고 보세." 사일런스가 말했다. "먼저 이 기지를 철저히 수색해야겠어. 우선 이곳이 안전한지 점검한 후에 질문을 하고 가설을 세워도 늦지 않아."

그는 해병들에게 손짓했다. 프로스트를 앞세우고 그들은 무기를 준비한 채 기지의 더욱 깊은 곳으로 들어갔다. 여기저기 파괴의 흔적과 함께 더 많은 시체 조각들이 널려 있었다. 문이 문설주에서 뜯겨졌고 벽에 구멍이 뚫렸으며 기계들은 다 망가졌고 시체 조각들이 아무렇게나 흩어져 있었다. 방이란 방은 다 파괴됐지만 사라진 물건은 없는 것 같았다. 시체는 계속 발견되었다. 먹힌 정도는 제각각 달랐다. 하지만 머리는 모두 멀쩡한 채 두뇌만 제거되었다는 것이 공통점이었다. 수많은 소리 없는 절규의 얼굴들을 보면서 사일런스는 내부에서 분노의 차가운 결정체가 생성되는 것을 느꼈다. 이것은 공격이 아니다. 학살이다. 그는 새로 만나는 죽은 얼굴들을 보며 조용히 피의 보복을 다짐했다.

프로스트도 점점 깊게 흥미를 느끼는 듯했다. 그녀는 결국 수색관이다. 크로스는 거의 말을 하지 않았다. 시신의 어느 부분이 파괴되었는지 살피고 아는 얼굴을 만날 때마다 신음하는 목소리로 신원을 확인해주는 것이 전부였다. 스텔마는 할 말이 없었다. 그는 다른 사람들에게 아주 가까이 붙어 다녔다. 여섯 명의 해병은 경계를 늦추지 않고 무기를 겨냥한 채 열려 있는 모든 방문과 복도의 모퉁이를 점검했다. 지상팀은 바짝 긴장한 채 어둠 속을 헤치며 계속 전진했다. 빛이라고는 그들이 가져온 것이 전부였다. 벽에 드리워진 그림자가 춤을 추었고, 그들의 둔탁한 발소리와 점점 거칠어지는 숨소리만이 들렸다. 누구도 말할 기분이 아니었다. 여전히 외계인의 흔적은 발견되지 않았지만 무언가 강력한 것에 부딪쳐 부서진 듯한 검들이 여기저기 흩어져 있었고 벽과 바닥, 천장에 에너지무기의 흔적이 보였다. 그리고 벽 곳곳에 엄청난 힘에 의해 관통된 것이 분명한 커다란 구멍들이 있었다. 사일런스는 강화복의 힘을 빌려도 그 두꺼운 벽에 구멍을 낼 수 없을 것이라고 생각했다. 그가 아는 한 이런 짓을 할 수 있는 괴물은 그렌델 행성의 잠자는 자밖에 없었다. 그 생각은 매우 불길했기 때문에 다른 사람들에게는 말하지 않았다. 그들이 가는 곳마다 마치 그곳에서 있었던 일을 씻어내고 싶은 듯 끝없이 비가 내렸다.

2층에서 프로스트는 갑자기 멈추며 쪼그리고 앉아 불빛을 바닥에 비추었다. 다른 사람들도 그녀를 둘러싸고 불빛을 그녀가 비추는 곳으로 향했다. 수색관은 바닥에 고인 검은 액체를 유심히 살펴보다가 강철 손가락으로 천천히 저어보았다. 액체는 끈적끈적했고 그녀가 손을 뗄 때 쭉 늘어지며 달라붙었다. 그녀는 그것을 털어내기 위해 세차게 손을 흔들어야 했다.

"그게 뭔가, 수색관?" 사일런스가 물었다.

"아직 말씀드리기는 이릅니다, 함장님. 도처에서 이것을 발견했는데 무엇이고 어디서 왔는지에 대해서는 드릴 말씀이 없군요. 하지만 유기물이라는 것은 확실합니다."

"외계인의 피?" 크로스가 말했다.

"아마도." 프로스트가 신중하게 말했다. "샘플을 채취해서 돈틀러스 호의 실험실에서 테스트해봐야겠습니다."

"검역 절차를 엄수하게." 사일런스가 말했다. "혹시 모르는 일이니까."

"물론입니다, 함장님"

'물론이지. 그녀는 어떻게 일을 해야 할지 잘 알고 있다. 그녀가 하는 대로 놔두자.' 사일런스는 크게 숨을 들이쉬고 일어나면서 천천히 혼잣말을 내뱉었다. 그러고는 주변을 둘러보고 안전한 헬멧 안에서 얼굴을 찌푸렸다. 그가 얼마나 당황하고 있는지 부하들이 볼 수 없는 것이 다행스러웠다. 그들은 2층의 주관제실에 도착했다. 그곳은 다른 어떤 곳보다 훨씬 더 철저히 파괴되어 있었다. 모든 장비들이 제자리를 벗어나 파손되어 있었고 일부는 그런 장비를 한 번도 본 적이 없는 자가 분해를 시도한 것처럼 거칠게 뜯겨져 있었다. 아마도 공격자들은 그런 장비를 처음 보았을 것이다. 사일런스는 프로스트와 함께 언실리에서 발견한 불시착한 외계인의 우주선을 떠올렸다. 그 우주선은 생물기계학 시스템으로 아주 생경한 것이었다. 만들어졌지만 성장하는 기계. 그 배에서 나온 단 하나의 외계인이 언실리 행성 제7기지의 모든 대원들을 살해하고 기지를 끔찍한 외계인의 방식으로 바꿔놓았었다. 여기서 발견된 흔적이 그것과는 종류가 다른 것이라는 점이 다행스럽게 여겨졌다.

"스텔마, 사용할 수 있는 컴퓨터 단말기가 있는지 조사해봐. 작업일지를 보고 싶네."

"최선을 다하고 있습니다, 함장님. 아직 작동하는 시스템이 있네요. 하지만 여기 왔던 녀석들이 누군지는 몰라도 아주 제대로 분탕질을 쳐놓았군요. 접근이 쉽지 않습니다."

'나는 결과만 원해, 변명은 필요 없어!' 사일런스는 거의 소리를 지를 뻔하다가 간신히 참았다. "최선을 다하게, 스텔마. 자네가 할 수 있는 모든 것을 다 시도해볼 때까지 여기서 기다리겠네." 그는 크로스를 돌아보고 가까이 오라고 손짓했다. "새로운 것 없나?"

"거의 없습니다, 함장님. 그런데 좀 이상한 점이 있습니다. 확실치는 않지만 시체가 부족한 것 같습니다."

"더 설명해보게."

"이 기지의 규모로 볼 때 더 많은 시체가 발견되어야 합니다. 시체들이 우리가 아직 살펴보지 못한 다른 곳에 쌓여 있는 것이 아니라면 70 내지 80퍼센트의 인원이 사라졌다고 말씀드려야겠군요. 침입자가 사람들을 사로잡아갔을 수도 있다는 뜻입니다."

"인질로?"

"아니면 연구용이겠지요."

"그들이 아직 살아 있을 가능성도 있겠군."

"알 수 없지요, 함장님. 그들은 외계인의 함정으로 끌려가서…… 과학적 용도로 사용될 수도 있습니다."

사일런스는 재미있는 어휘 선택이라고 생각했다. 그것은 생체해부를 포함한 모든 것을 의미했다. 어쨌든 그런 가능성을 사일런스도 배제할 수 없었다. 그는 기지에 무슨 일이 발생했는지를 조사하기 위해 게헤나에 온 것이기 때문에 실종자들을 구하려고 맹목적인 수색작업을 벌일 수는 없었다. 하지만 그렇다고 그들을 눈감아버릴 수도 없었다. 그들 중 일부라도 살아 있고 구해낼 실낱같은 희망이 있다면 말이다. 그는 어떻게 하는 것이 최선인지 결정할 수 없어서 얼굴을 찌푸렸다. 그의 임무는 명확하다. 기지에 일어난 일을 파악하는 것이 최우선이다. 그것이 무엇이건 기지를 이렇게 철저히 파괴할 수 있는 것은 분명히 제국에 위협적인 존재다. 지금 같은 시기에 제국에 가해지는 또 다른 위협이 있다면 속히 알려 시급한 대책을 강구하도록 해야 한다. 그렇다고 사람들이 죽거나 그보다 더한 일을 당하도록 방치할 수도 없다. 절대로 그렇게 할 수 없다. 그는 얼굴을 폈다. 두통이 밀려왔다. 증거. 결정을 위해서는 확실한 증거가 필요하다.

"스텔마……"

"알겠어요, 알겠다고요! 뭔가 찾은 것 같은데……"

사일런스와 프로스트는 다른 것에 비해 상태가 양호해 보이는 통신제어판 옆에 서 있는 스텔마와 크로스에게 다가갔다. 그들은 장비의 속을 헤집어놓고 열심히 작업 중이었다.

"조금만 더 기다려주십시오, 함장님." 스텔마가 쳐다보지도 않고 일에 열중하며 말했다. "열 개도 넘는 기계 여기저기서 부품을 그러모아 서로 연결하고 있습니다. 운이 좋다면 얘가 우리를 위해 정신을 차려주겠지요."

"제가 도왔지요." 크로스가 말했다.

"그렇지, 안 그래도 내가 말씀드릴 작정이었어. 이 사람은 통신부서에서 썩고 있는 겁니다. 저도 모든 걸 안다고 생각했는데 크로스는 통신기기 내부에 대해 저보다 더 잘 알고 있습니다. 보안 쪽으로 일해볼 생각 없나, 크로스?"

"인력 차출은 나중에 얘기하기로 하고," 프로스트가 말했다. "뭐 건진 것 있어요?"

"아주 운이 좋다면, 보안시스템에 접근할 수 있을 겁니다. 기지 곳곳에 감시카메라가 있고 그 파일들은 보안상의 이유로 별도로 보관됩니다. 외계인들이 그것까지는 망가뜨리지 않은 것 같군요."

"오, 그래." 사일런스가 말했다. "좋아, 그런 게 바로 보안이지."

"제가 옳기를 바라야 할 겁니다, 함장님." 스텔마는 으스대듯 말했다. "여기서 무슨 일이 발생했건 이미 모두 끝났습니다. 침입자들은 이미 사라져버렸다고요. 이 보안 파일들이 무슨 일이 있었는지 말해줄 수 있는 유일한 증거입니다."

"박수는 나중에 쳐줄게요." 프로스트가 말했다. "빨리 하기나 해요."

스텔마는 기분 상했다는 듯 크게 콧방귀를 뀌고 크로스와 함께 마지막 작업을 서둘렀다. 보안 파일의 정보들이 그들의 통신임플란트로 쏟아져 들어오면서 헬멧 안에 과거의 영상을 만들어냈다. 끊기거나 불완전하기도 하고 소리와 화면이 튀기도 했지만 기지 전체에서 벌어진 일을 보여주는 데는 부족함이 없었다. 게헤나의 기지에 외계인들이 들어왔을 때의 참상을.

그것들은 여러 가지 형태와 크기의 벌레들이었다. 거미와 풍뎅이, 사마귀, 1미터는 족히 되는 다지류들이 밀물처럼 몰려왔다. 손가락만 한 크기에서부터 사람보다 더 큰 녀석들까지 온갖 종류의 벌레들이 있었다. 둔중한 갑각과 희미하게 반짝이는 날개, 그리고 많은 다리와 눈을 가진 것들이 빠른 속도로 쉴 새 없이 이리저리 내달렸다. 녀석들은 날카로운 다리로 사람들을 낚아채고 쏘고 찢어발겼다. 어떤 녀석은 크고 강력한 턱을 딱딱거리며 사람의 머리를 어깨에서 간단히 떼어내는 끔찍한 장면을 연출했다.

사일런스는 자기도 모르게 소름이 돋았다. 그토록 큰 곤충은 비자연적이고 혐오스러웠다. 녀석들은 조직적이었다. 벌레들이 기지에 몰려들어 바닥을 덮고 벽과 천장을 기어오르며 뛰어들거나 떨어져 내리면서 조금의 주저함도 없이 무자비하게 사람들을 물고 찢는 장면을 사일런스는 전율을 느끼며 지켜보았다. 사방에 피가 튀었고 작은 벌레들이 그 피를 핥았다. 사람들은 광선총을 쏘고 칼을 휘둘렀지만 벌레들이 너무 많았다. 수천의 침입자들이 끝도 없이 밀려들었다. 사람들은 물리거나 쏘여 그 독에 쓰러졌고, 쓰러진 채 벌레들이 살을 파고드는 고통에 몸부림치며 죽어갔다. 살아 있는 갑옷 같은 거대한 풍뎅이가 사람의 사지를 찢어 피에 젖은 깃발처럼 가볍게 흔들어댔다. 사람들은 비명을 지르며 싸우다가 죽어갔고 벌레들은 물고 뜯기를 멈추지 않았다.

"흥미롭네요." 프로스트가 조용히 말했다. "서로 다르고 연결되지도 않은 이렇게 많은 종들이 협력하는 것은 본 적이 없습니다. 일종의 집합의식, 게슈탈트이거나 집단마음 같습니다. 아니면 숨어 있는 여왕의 명령을 따르는 일벌 같은 녀석들일지도 모르지요. 하지만 확실히 말씀드릴 수 있는 게 있습니다, 함장님. 이렇게 큰 벌레들은 절대 자연적인 것이 아닙니다. 벌레들은 이렇게 커질 수 없지요. 신체구조상 불가능합니다. 그렇기 때문에 이것들은 유전공학적으로 만들어지고 여러 가지 기능이 덧붙여진 존재라고 봐야 합니다. 모든 벌레들이 다 그럴 수도 있습니다. 따라서 우리보다 생물공학이 훨씬 앞선 자들의 소행이라고 볼 수 있습니다."

"어떻게 그렇게 침착할 수 있지요?" 크로스가 화가 나서 외쳤다.

"이 빌어먹을 것들이 사람들을 학살하고 찢어발기고 있는데 당신은 마치 훈련을 구경하기라도 하는 것처럼 말하는군요."

"내가 하는 일이 그런 거지." 프로스트가 말했다.

"제기랄, 우리와 똑같은 사람들이 당한 거라고요."

"그녀도 알고 있어." 사일런스가 말했다. "하지만 그녀는 수색관이야. 더한 것들도 봐왔지. 이제 조용히 하고 기록을 더 살펴보세."

"이 파일은 처음 부분을 보여주는 것 같군요." 스텔마가 말했다. "깨지지 않은 마지막 파일입니다."

기지의 보호막이 갑자기 사라졌다. 기지 사람들은 아무도 그 이유를 몰랐다. 불가능한 일이었다. 하지만 사람들은 크게 걱정하지 않았다. 처음에는. 기지는 보호막 없이도 불길을 견딜 수 있었기 때문이다. 그때 벌레가 왔다. 기지를 달걀껍질처럼 깨부수고 그 안의 연약한 살을 탐하며 들어온 것이다. 기지 사람들은 절망적으로 구조를 요청했지만 통신시스템이 말을 듣지 않았다. 무언가에 막혀버린 것이다. 역시 불가능한 일이었다.

카메라도 벌레들이 들어와 망가뜨려서 하나씩 꺼져갔다. 그리고 마침내 어둠만이 남았다.

파일 재생이 끝나자 모든 사람들의 헬멧 안에는 다시 관제실의 모습이 들어왔고 그들은 잠시 동안 침묵 속에 서 있었다.

"침입하는 것을 보니 일정한 패턴이 있습니다." 프로스트가 말했다. "큰 벌레가 벽을 부수고, 중간 크기의 것들이 사람들을 공격하거나 장비들을 탐색하고, 작은 벌레들이 뒤처리를 하는군요. 피를 빨고 기계들을 운반하고, 사람이건 벌레건 죽은 것은 다 먹어치우는군요."

사일런스는 눈을 감았다. 하지만 비명을 지르고 절망적으로 싸우거나 오지도 않는 도움을 간절히 부르짖는 사람들의 모습이 눈에 선했다. 대학살의 일부만 볼 수 있었다는 것에 차라리 감사했다. 실제로 눈앞에서 그 일이 벌어진다면 도저히 바라보고 서 있을 자신이 없었다. 그는 다시 눈을 뜨고 깊게 숨을 들이쉬며 정신을 가다듬었다. 벌레들에게 복수할 것인지 결정하기 위해 냉정하고 정신을 집중할 필요가 있었다.

"저것들은 역할 분담을 하고 있습니다." 프로스트가 계속해서 말을 이었다. 사일런스는 주목했다. "각각의 용도에 맞게 설계된 것이지요. 하지만 여기서 뭘 원했을까요?"

"외계인들이 원하는 것은," 스텔마가 말했다. "인간을 파멸시키는 거지요."

사일런스는 침을 꿀꺽 삼켰다. 입안이 말랐다. "그렇게 간단한 게 아니네, 스텔마. 여기서 무슨 일이 일어났는지는 알아. 하지만 왜인지는 모르지. 그리고 그 왜를 알지 못한다면 그들이 다음에 할 행동을 예측할 수 없는 거야. 그들은 지금 제국 어디에도 있을 수 있어. 이런 파괴와 학살에는 뭔가 노리는 것이 있는 게 분명해. 수색관, 벌레들이 공격에서 각각의 임무를 수행하도록 설계된 것 같다고 말했지? 그 말은 공격에서 원하는 목표가 있었다는 것을 의미한다고 이해해도 되겠나?"

"그렇습니다." 프로스트가 말했다. "거의 확실합니다. 제 느낌으로는 그들이 무엇보다도 정보를 찾고 있는 것 같았습니다. 컴퓨터 기록에 특별히 관심을 두는 듯했습니다. 그들의 진행 경로에 서 있거나 탐색을 방해하려 한 사람들이 먼저 살해당했습니다. 그들은 뭔가를 찾고 있었습니다."

"여기서 그들이 얻을 수 있는 것이 뭘까요?" 크로스가 말했다. "게헤나는 제국에서 가장 멀리 떨어진 곳 중 하나입니다. 더 이상 나가면 암흑성운밖에 없지요."

"그리고 그들이 발각되지 않고 제국을 건너 여기까지 올 수는 없습니다." 스텔마가 말했다. "따라서 제국의 바깥에서 왔다고 봐야 하는데……"

"암흑성운에는 아무것도 살지 않아요." 프로스트가 말했다. "헤이든 행성의 반역자들만 빼고."

"그렇다면 암흑성운의 반대쪽에서 건너온 것일 수도 있겠군." 사일런스가 천천히 말했다. "그리고 이곳이 그들이 처음 발견한 인간의 주둔지일 테고. 하지만 왜 무턱대고 공격했을까? 먼저 대화해보려는 게 정상 아닌가? 만나는 상대가 누군지 파악해보기 위해서라도 말이야. 이 기지에 외계인이 원하는 무언가가 있었을까? 기지 사람들이 순순히 내주지 않을 것이라고 여긴 어떤 것 말이야."

"제 생각에는 우리가 너무 비약하고 있는 것 같은데요." 크로스가 말했다.

"물론 그렇지." 프로스트가 말했다. "우리가 알고 있는 것이 너무 적으니까. 그러니 뭔가 도움이 될 만한 얘기가 아니라면 입 닥치고 있어. 우리도 생각 중이니까. 그들은 뭔가를 찾으면서 기계들을 분해하고 사람들을 죽였어요. 정보지요. 우리가 말해주지 않는 무엇을 알고 싶었을까요?"

"약점이지요." 스텔마가 말했다. "방어기지, 무기, 비밀들……"

"중심 근거지!" 사일런스가 외쳤다. "골고다를 습격하면 제국 전체가 무너질 거야!" 그는 생각이 줄달음치면서 등골이 서늘해졌다.

"자네는 이게 함정이라고 생각했지, 수색관. 하지만 그렇지 않아. 이건 외계인들이 골고다로 향하면서 우리가 여기에 정신 팔리도록 하기 위한 미끼야! 모두 정신 차리자고. 여기를 떠난다."

"오, 제발." 크로스가 말했다. "너무 심한 비약입니다."

"그렇지 않아." 프로스트가 말했다. "개연성이 있어. 나라도 그랬을 거야."

"그렇지만 실종된 사람들은 어쩝니까?" 크로스가 말했다. "그들이 이곳 게헤나의 어딘가에 갇혀 있다면요? 우리가 가설만 믿고 떠나버린다면 그들은 여기서 죽게 됩니다. 우리가 틀렸다면 어떻게 하지요?"

"틀려도 어쩔 수 없지." 프로스트가 말했다. "이제 입 닥치고 움직여. 어떤 희생을 치르더라도 골고다를 지키는 게 우선이야. 자네가 여기저기 보직을 옮기는 이유를 알겠어, 크로스. 자네는 말이 너무 많아."

"제군들, 출발한다." 사일런스가 말했다. "수색관이 앞장서게. 크로스와 스텔마는 내 옆에 서고. 해병들이 뒤를 맡는다. 움직이는 게 있으면 주저 말고 쏴라. 이제 이곳에는 더 이상 친구가 없다."

그리고 그들은 추적추적 내리는 스프링클러의 비를 수영선수가 물살을 가르듯 가슴으로 헤치며 기지를 빠져나왔다. 무겁고 불편한 강화복을 입고 뛰는 것은 쉽지 않았다. 하지만 어쨌든 그렇게 했다. 외계인들이 얼마나 앞서 있는지는 알 길이 없었다. 하지만 기지를 공격한 지는 그렇게 오래되지 않은 것 같았다. 시체가 여전히 썩지 않은 것을 보면 알 수 있었다. 기껏해야 며칠이다. 그러므로 외계인이 어떤 스타드라이브를 사용하는지, 그것이 돈틀러스 호의 신형 스타드라이브에 필적할 만한 것인지가 관건이다. 돈틀러스 호는 제국에서 가장 빠른 배다. 하지만 사일런스와 프로스트는 다른 사람들이 모르는 사실을 알고 있었다. 그 놀라운 스타드라이브가 실은 사일런스와 프로스트가 언실리의 불시착한 외계인의 우주선에서 모방한 것이라는 사실을. 그러므로 새로운 외계인의 배도 얼마든지 빠를 수 있었다. 특히 그 배가 암흑성운을 건너온 것이 확실하다면 말이다. 암흑성운을 건넌다는 것은 제국의 배가 아직 한 번도 시도조차 해보지 않은 일이다.

보통 제국은 외계인을 발견하면 그들의 미래에 대해 결정을 한다. 외계인은 제국에 복속되거나 사라진다. 다른 선택은 없다. 이번에는 외계인에 의해 제국이 발견되었다. 사일런스는 돈틀러스 호가 경고를 발할 수 있는 시간 내에 골고다에 도착할 수 있기를 바랐다. 외계인이 먼저 도착해 인류에 대한 결정을 내리기 전에.

돈틀러스 호가 초공간을 빠져나와 골고다의 궤도에 진입했다. 무기란 무기는 모두 즉각 사용할 수 있도록 만반의 준비를 갖추고 모든 채널을 통해 경고방송을 시작했다. 센서들은 외계인의 배를 찾아 어둠 속을 훑었다. 하지만 발견한 것은 골고다의 방어시스템이 엉망진창이 됐다는 사실이었다. 돈틀러스 호가 공항에 도착했을 때 모든 사람들이 우왕좌왕하며 소리를 질러대는 모습이 보였다. 크로스가 모든 통신채널을 검색해보았으나 엄격히 통제되는 비상채널마저 완전한 혼란에 빠져 있었다.

"도대체 저 아래에서 무슨 일이 일어난 건가?" 사일런스가 말했다. "외계인의 배가 우리보다 먼저 도착했단 말인가?"

"센서에는 아무것도 잡히지 않습니다." 프로스트가 즉각 대답했다.

"하지만 안 보이는 것은 그뿐이 아닙니다. 골고다의 궤도를 상시 순찰하는 여섯 대의 순양함도 보이지 않습니다. 제국의 마지막 방어선인데 흔적조차 찾을 수 없군요."

사일런스는 통신대를 건너다보았다. "크로스, 우리 경고가 전달됐나?"

"확인 불가능합니다, 함장님. 채널들이 온통 뒤죽박죽이라 우선권이 없습니다."

"내가 해보지." 스텔마가 크로스에게 다가가며 말했다. "나는 다른 사람들이 거의 모르는 보안채널에 접속할 수 있어."

"어서 해보게." 사일런스가 말했다. "프로스트, 장거리센서를 살펴보게. 저 아래에서 무슨 일이 발생했는지 좀 보여줘."

프로스트는 자신의 장비에 코를 박고 뭐라고 투덜댔다. 그리고 잠시 후 갑자기 스크린이 밝아졌다. 공항과 착륙장은 철저히 파괴되었다. 불타는 건물들에서 연기가 뭉게뭉게 솟구쳤고 착륙장에는 배들이 깨진 질그릇들처럼 흩어져 있었다. 철제 유리의 관제탑에는 그림맞추기 퍼즐 같은 금이 가 있었고 역시 불길이 치솟고 있었다. 구급대원들이 정신없이 뛰어다니고 있었지만 이미 그들이 통제할 수 있는 상황이 아닌 것으로 보였다. 여기저기 시체들이 즐비했다. 사일런스는 눈에 띄지 않는 희생자들이 더 많이 있을 것이라고 추측했다.

"외계인의 배가 여섯 시간 전에 이곳에 왔습니다." 스텔마가 말했다. "관제탑에서 정체를 확인하는 중에 공격을 개시했습니다. 먼저 착륙장의 배들을 폭파시키고 수십 번의 포격비행을 했습니다. 이상한 종류의 에너지무기로 공항과 도시를 쑥대밭으로 만들었다는군요. 보호막도 별 도움이 되지 못했습니다. 고장 났거나 에너지무기 한 방에 날아가버렸습니다. 사망자가 수십만 명에 이를 것으로 추정됩니다. 황제폐하는 무사합니다. 지하 깊숙한 제국궁전에 계셨으니까요. 외계인이 그분이 거기 있는지 모르기만을 빌 뿐이지요."

"믿을 수 없군!" 사일런스가 말했다. "배 한 척이 어떻게 그렇게 심각한 피해를 입힐 수 있단 말인가?"

"외계인이 운이 좋았던 것 같습니다." 크로스가 말했다. "외계인의 배가 도착하기 몇 시간 전에 지하동맹에서 테러공격을 벌였습니다. 그러고는 헤이든맨의 배를 타고 탈주했다는군요. 여섯 대의 순양함이 그들을 추격했고요. 보안대도 테러 규모를 추정하기 위해 바쁜 와중에 당했다고 합니다."

"보안대의 잘못이 아니야!" 스텔마가 재빨리 말했다. "반란자들이 컴퓨터 방어시스템을 거의 무력화시켰답니다. 어쩔 수 없었던 거지요."

"누굴 탓하는 건 집어치우고 필요한 정보를 주게." 사일런스가 말했다. "그래서 외계인의 배는 지금 어디 있나?"

"행성 반대쪽입니다." 프로스트가 말했다. "이곳으로 돌아오고 있는 중이에요. 중간에 다른 곳을 공격하려고 멈추지 않는다면 이삼 분 내에 여기 도착합니다."

"어떻게 하실 겁니까, 함장님?" 크로스가 물었다.

"박살내버려." 사일런스가 말했다.

"안 됩니다." 프로스트가 즉시 반기를 들었다. "일반적인 상황에서는 함장님 의견에 찬성하겠지만 지금은 복수보다는 대답을 얻어야 합니다. 우리는 저들에 대해 좀 더 알아볼 필요가 있습니다. 어디서 왔는지, 정말로 저 배가 암흑성운을 건너서 우리를 찾아온 것이라면 또 어떤 것들이 뒤따를지 알 수 없는 것 아니겠습니까? 포로를 잡아서 심문해야 하고 저 배도 가급적 원상태로 나포해 연구해봐야 합니다."

"그것 말고 또 나를 제지할 만한 이유가 더 있나?" 사일런스가 물었다.

"실종된 기지 사람들도 염두에 두셔야 합니다." 크로스가 고집스레 말했다. "그들이 저 배에 붙잡혀 있다면……"

"그들은 어쩔 수 없다." 사일런스가 말했다. "가능하다면 나도 구하고 싶다. 하지만 나는 어떤 약속도 하지 않는다. 이건 자네에게도 마찬가지야, 수색관. 적의 공격을 저지하는 것이 우선이야. 골고다를 지켜야 해. 그리고 외계인의 배가 도주하도록 내버려두기보다는 산산조각 내버리는 편이 낫다."

"알겠습니다." 프로스트가 말했다. "수색관이 되셨으면 잘하셨을 것 같습니다."

"아주 고맙군." 사일런스가 말했다. "크로스, 적은 어디 있나?"

"접근 중입니다." 크로스가 말했다. "곧 보일 겁니다."

"적색경보!" 사일런스가 외쳤다. "모든 보호막을 올려라. 모두 전투위치로. 모든 무기를 가동하고 발사시스템에 연계하라. 크로스, 여태까지의 운항기록과 외계인과 게헤나 기지에서 일어난 모든 일들에 관한 내용을 다운로드해서 비상 부표에 담아 발사해. 우리한테 무슨 일이 일어나더라도 혼란이 수습된 후에 누군가 필요한 정보를 얻을 수 있도록."

"다가옵니다." 크로스가 말했다. "센서에 잡힙니다. 속도가 엄청나군요."

"스크린에 띄워라." 사일런스가 말했다.

스크린에 거대한 골고다 행성의 반원과 그 뒤로 어둠 속에서 빛나는 별들이 나타났다. 크로스가 화면을 확대하자 별들 중에서 한 점이 빠른 속도로 다가오는 모습이 보였다. 외계인의 배가 마침내 모습을 드러냈고 사일런스는 의자에서 몸을 앞으로 숙였다. 외계인의 배는 역겹게 생긴 하얀 가죽끈 같은 것들이 서로 얽히고설켜서 만들어진 거대한 껍질 같았다. 말벌집이나 번데기를 연상케 했다. 벌레들의 상상력이라니. 그 구체에는 세부적인 형체나 구조 따위는 없었고 눈에 띄는 과학기술도 찾아볼 수 없었다.

"얼마나 큰가?" 마침내 사일런스가 말했다.

"직경 3.2킬로미터 정도입니다." 크로스가 말했다. "모든 채널을 열어놓고 있지만 외계인의 비행체에서는 어떤 신호도 감지되지 않습니다."

"센서에 따르면 대체로 유기체로 보입니다." 프로스트가 말했다. "아마 어떤 종류의 차단장으로 보호되고 있는 것 같은데 센서의 수치를 보면 전혀 말이 되지 않는군요. 뚜렷한 드라이브나 무기나…… 뭐 아무것도 없습니다."

"말을 걸어봐요." 스텔마가 말했다. "협상이 가능할지도 모르지요."

"별로 그럴 것 같지 않네요." 프로스트가 말했다. "최고의 번역컴퓨터도 소통할 만한 언어를 만들어내려면 한 달은 걸립니다. 그리고 저들은 이미 자기의도를 분명히 했다는 점을 지적하고 싶군요."

"맞아." 사일런스가 말했다. "학살자들과는 협상하지 않아. 센서에 또 잡히는 것 없나?"

"가까워질수록 좀 생소한 종류의 높은 에너지가 감지됩니다. 잠깐만요. 무슨 일인가 일어나고 있습니다. 에너지 수치가 급증……"

그때 번쩍이는 에너지가 외계인의 배에서 튀어나와 돈틀러스 호의 보호막에서 부서졌다. 에너지는 쉭쉭 소리를 내며 보호막을 감싸고 들끓으며 약한 곳을 찾아 헤맸다. 그리고 타닥거리는 에너지가 보호막을 찢고 외부동체로 스며들어 배의 내부로 쏟아져 들어왔다. 돈틀러스 호 전체에 경고음이 울리기 시작했다. 배의 한쪽 기계들에서 불길이 치솟았고 그곳에 서 있던 승무원들의 몸에 불이 옮겨 붙었다. 경고음이 시시각각으로 커졌으며 비명과 고함소리의 혼돈 속에서 화재는 걷잡을 수 없이 번져갔다. 에너지는 비상시스템을 우회해 퍼져나갔다.

"해당구역을 포기한다!" 사일런스가 외쳤다. "즉시 빠져나오고 구역을 봉쇄하라. 복도에 차단막을 겹겹이 설치하라. 그리고 저지할 수 있는지 살펴보라. 프로스트, 말해봐. 도대체 이게 뭐지? 저것들이 우리 배에 무슨 짓을 한 거야?"

"센서에 따르면 단순한 에너지입니다, 함장님." 프로스트가 조용히 말했다. "그런데 분명한 물질적 성격을 지니고 있습니다. 아마도 일종의 정지장이 걸린 플라즈마 에너지 같습니다. 하지만 제 말을 너무 신뢰하지는 마십시오. 우리가 저것에 무슨 짓을 해도 아무 효과가 없습니다. 그리고 이 관측이 믿을 만하다면 그 에너지는 구역의 기계장치들에 스며들어 원래 설정을 뒤집고 장치들을 장악하고 있습니다."

"H에서 K구역까지 잃었습니다." 크로스가 말했다. "중앙통제장치에 응답하지 않고 보조장치도 작동하지 않습니다. 해당구역의 생명유지시스템이 꺼지고 있습니다."

"모두 탈출했나?" 사일런스가 물었다.

"대부분요." 크로스가 대답했다. "빠져나오지 못한 승무원들은 오래 견디지 못할 겁니다."

"인접한 구역들도 포기한다." 사일런스가 말했다. "동원 가능한 모든 내부 차단장을 설치해 구역을 봉쇄하라. 부상자들은 속히 의무실로 후송하고 나머지 사람들은 자리를 지켜라. 수색관, 제안사항 있나?"

"우리 차단막으로는 에너지를 오래 저지할 수 없습니다, 함장님. 방어는 임시방편일 뿐입니다. 공세적으로 나가야 한다고 봅니다. 제 센서에 따르면 외계인의 배는 별다른 보호막이 없습니다. 그렇기 때문에 이길 수 있는 최선의 방법은 우리가 가진 모든 것을 쏟아 부어 타격하는 것이라고 생각합니다."

"그전에 먼저 시도해볼 수 있는 것이 있었으면 했네." 사일런스가 말했다. "이렇게 빨리 최종수단을 쓰고 싶지는 않았는데 말이야. 하지만 우선은 살고 봐야겠지. 포병대, 외계인의 배를 타격하라. 보호막이 꺼지고 실제적인 손상을 입힐 때까지 계속 쏴. 그리고 다음 명령을 기다려라."

돈틀러스 호의 광선포가 연속적으로 불을 뿜었다. 파괴적인 에너지가 연이어 발사되자 외계인의 우주선 주위에 갑자기 기이한 에너지장이 번뜩이며 나타났다. 광선포가 계속해서 타격했지만 보호막은 맹렬하게 이글거리며 버텼다. 한편 돈틀러스 호 내부에서는 이상하게 타닥거리는 에너지가 기세를 떨치고 있었다. 천천히 그러나 쉼 없이 각 구역을 집어삼키며 침투하는 곳마다 기본 시스템을 마비시켰다. 생명유지 기능이 구역마다 꺼져갔다. 승무원들은 목숨을 구하려고 도망가거나 그 자리에서 죽어갔다.

함교의 워크스테이션 하나가 갑자기 폭발하면서 그 앞에서 작업

중이던 병사가 즉사한 채 바닥에 나가떨어졌다. 그의 옷과 머리카락이 맹렬하게 불타올랐다. 이상한 에너지가 함교의 공기 중에서 번개처럼 춤췄다. 사일런스는 부하들에게 불타는 워크스테이션에서 물러나라고 소리쳤다. 하지만 다른 부하들은 모두 자기 위치를 지키도록 명령했다. 불꽃은 벽을 핥으며 번져갔다.

광선포가 계속 두드려대자 외계함선의 보호막이 갑자기 사라졌다. 그리고 하얗고 역겨운 그물망의 일부가 에너지파를 맞아 우주로 흩어졌다. 그 순간 돈틀러스 호를 집어삼킨 이상한 에너지도 동시에 사라져버렸다. 기계장치들은 모두 정상으로 되돌아왔고 긴급 시스템이 작동하면서 불길도 잡혔다. 생명유지장치도 재가동되었다. 일단 포격을 멈췄지만 언제라도 필요하면 발사할 태세를 갖추고 있었다. 화재는 진압되었고, 승무원들은 부상자를 돌보고 전사자를 처리했다. 마지막 경고음이 멈추자 함교에는 기묘한 적막만이 남았다.

"휴우." 스텔마가 말했다. "이제 뭘 하지요?"

"외계인의 배로 건너가야 합니다." 프로스트가 말했다. "우리가 손상을 입혔지만 어느 정도 손상을 입었는지, 그리고 복구하는 데 얼마나 걸리는지 알 수 있는 방법이 없습니다. 그러니까 저들이 아직 약할 때 바로 공격을 개시하는 것이 좋습니다."

"동의하네." 사일런스가 말했다. "저 배를 더 망가뜨리지 않고 나포해 과학자들이 연구토록 해야 해. 특히 보호막과 무기체계에 대해서 말이야. 저들을 곧 다시 만나게 될지도 모르거든. 하지만 돈틀러스 호의 현 상태를 감안할 때 대규모 수색팀을 보낼 수는 없다. 수색관 자네와 나 그리고 해병 열두 명이 간다."

"아주 좋습니다." 프로스트가 말했다.

"함장님이 지금 배를 비울 수는 없습니다." 스텔마가 말했다. "모든 구역에서 피해 보고가 들어오고 있습니다."

"그건 자네가 처리해. 나는 수색팀에 있어야 한다. 외계인을 직접 대면하고서도 아직 살아 있는 몇 안 되는 사람 중 하나가 나이기 때문이다. 크로스 자네가 보안장교와 함께 작업하게. 그가 필요로 하는 모든 도움을 제공하기 바라네."

"알겠습니다, 함장님." 크로스가 대답했다. "하지만 규정에 따르면……"

"무슨 말을 하려는지 잘 안다. 하지만 잊어버려. 내 처지를 고려하면 약간의 규정 위반은 아무런 걱정거리도 안 돼. 이 배는 이미 거의 작동 불능 상태다. 그냥 배를 관리하기만 하면 돼. 그리고 스텔마가 새로운 책임감에 너무 흥분하지만 않도록 도우라고. 그리고 누군가 연락하면 내가 어디 있는지는 알고 있을 테니 됐고. 자, 수색관, 출발하세. 도시 전체와 항구를 쑥대밭으로 만들고 순양함을 거의 박살낼 뻔한 배가 도대체 어떻게 생겨먹었는지 속히 보고 싶어."

"좋습니다." 프로스트가 말했다. "그리고 운이 좋다면 외계인을 좀 죽일 수도 있겠죠."

"저 녀석들이 일부러 죽은 척하고 있는 건지도 모릅니다." 스텔마가 말했다.

"그렇다면 정말로 죽여줘야지." 사일런스가 대답했다.

돈틀러스 호는 얼마 남지 않은 에너지를 가동해 조심스럽게 움직여서 꼼짝도 하지 않는 외계인의 배 옆에 바싹 붙었다. 센서에는 아무런 에너지도 감지되지 않았고 생명반응도 없었다. 사일런스는 강화복을 입고 어뢰발사관 속에서 통신임플란트를 통해 보고를 들었다. 그는 센서를 그다지 신뢰하지 않았다. 외계함정이 여전히 자신의 비밀을 감출 수 있는 완벽한 능력을 보유하고 있다는 느낌이 강하게 들었다. 그는 어뢰관에서 엎드린 자세로 대기하며 최대한 몸을 편하게 해보려고 뒤척였다. 강화복의 어깨가 철벽에 긁혔고 손가락 하나 까딱할 공간도 없었기 때문에 어깨 사이로 스멀스멀 기어오르는 가려움을 그저 참을 수밖에 없었다. 보통 일 년에 대여섯 번만 강화복을 입었지만 지금은 한 번의 작전에 벌써 두 번이나 강화복을 입고 있었다. 그는 한숨을 내쉬고 강화복에 내장된 진단프로세스를 다시 실행했다. 뭔가 집중할 것이 필요했다. 돈틀러스 호가 외계함정에 충분히 근접하면 그는 즉시 어뢰관에서 발사될 것이며 그것은 전혀 기다리고 싶지 않은 순간이었다. 그 아이디어를 제출한 사람이 바로 자신이었지만 말이다. 함재정을 도킹할 방법이 없었고, 그렇다고 외계함정에 함재정을 댈 수 있을 정도의 구멍을 내자니 어떤 불쾌한 일들이 벌어질지 몰라 주저되었다. 그래서 강화복을 입고 가서 문에 노크하는 어려운 길을 택한 것이다.

사일런스는 다시 한숨을 내쉬고 화장실에나 다녀올 걸 하고 후회했다. 강화복의 내부설비는 효율적이기는 하나 단순했다. 헬멧은 어뢰관 내부의 모습과 그가 호출하는 영상을 보여주었다. 어뢰관에서 거의 한 시간은 보낸 것 같은데 그의 시야 왼쪽 아래에서 깜빡이는 강화복의 시계는 고작 이십 분이 지났음을 가리켰다. 사일런스가 관 속에 들어가면 이런 느낌이 아닐까 하고 생각할 때였다. 갑자기 부관의 목소리가 귀에 울렸다.

"함장님, 돈틀러스 호가 위치를 잡았습니다. 이제 발사합니다."

순간 사일런스는 '안 돼, 멈춰, 마음이 바뀌었어'라고 외치고 싶은 감당할 수 없는 충동에 사로잡혔다. 하지만 바로 그때 주변에 폭발적인 압력이 발생하면서 어뢰관에서 우주공간으로 쏘아졌다. 주변은 어두웠지만 별은 매우 밝았다. 강화복이 균형을 잡고 내장된 컴퓨터가 외계함선으로 방향을 정하자 별들이 현기증 나는 원호를 그리며 뒤로 날아가 사라졌다. 등 뒤의 로켓이 가동을 시작해 섬세한 분사로 그를 외계함정으로 밀고 갔다. 거대한 백색 구체가 눈앞에서 조용히 대기하고 있었다. 가까이서 보니 얼기설기 그물을 엮고 있는 가닥들이 두껍게 꼬인 케이블처럼 보였다. 게다가 그것들은 살아 있는 듯했다. 어쩌면 죽은 체하고 있는 것인지도 몰랐다.

그는 유영으로 가까이 접근해 손상부위를 더 자세히 볼 수 있었다. 손상은 깊었다. 하얀 표면은 찢겼고, 강화복의 향상된 시력으로도 닿을 수 없을 정도로 깊숙한 구멍도 생겨나 있었다. 잘려진 케이블 끝부분이 아무 움직임 없이 축 늘어져 있었다. 사일런스는 얼굴을 찌푸리며 더 자세히 들여다보았다. 옆 눈으로 케이블 중 일부가 움직이는 것을 얼핏 본 것도 같았다. 하지만 정면으로 바라보았을 때는 꼼짝도 하지 않았다.

그는 프로스트가 옆으로 다가오는 것을 볼 수 있었다. 그리고 센서를 통해 해병들이 그의 주위에 좁은 반원을 그리며 포진하고 있는 것도 알 수 있었다. 그들이 함께 있는 것을 확인하는 것만으로도 안도감이 들어 좀 더 편하게 숨을 쉴 수 있었다. 그는 사관생도 시절 이후로 기회가 별로 없었기 때문에 우주공간을 유영하는 것이 얼마나 춥고 외로운지 잊고 있었다. 그의 아래에는 거대한 황금색의 골고다가 펼쳐져 있었다. 그 때문에 적어도 위아래는 분간할 수 있었다. 우주

공간의 무한함은 그를 한없이 왜소한 존재로 느끼게 만들었다. 별들은 아름다웠지만 아득히 먼 곳에 있었다. 골고다만 해도 까마득한 아래에 있었다. 그는 그런 생각은 하지 않기로 마음먹었다. 만약 강화복이 잘못된다면 아주 유쾌하지 못한 여러 가지 방법으로 죽게 될 것이다. 하지만 실제로 잘못될 일은 없었다. 진단프로세스에서 아무런 이상을 발견하지 못했다. 그리고 컴퓨터는 그 자신이 직접 하는 것보다 훨씬 안전하게 그를 외계함정으로 데려다줄 것이다. 문제는 그 순간부터다. 그를 아주 잔인한 방법으로 죽이기 위해 모든 채비를 갖추고 있는 구역질나는 외계생명체를 대면하게 될 것이 틀림없기 때문이다. '제국해군에 입대해 우주를 보라.' 그는 자기도 모르게 웃었다. 그래도 함교에 하릴 없이 처박혀서 프로스트와 해병들의 안전을 걱정하기보다는 여기 같이 온 것이 잘한 일이라고 생각했다.

그는 점점 커져가는 외계함선에 정신을 집중했다. 표면 근처로 유영해가자 함선은 거의 작은 행성처럼 보였다. 하얀 케이블은 웬만한 상륙정보다 두꺼웠고 여러 방향으로 길게 뻗어 있었으며 마치 무언가가 갉아먹은 듯 군데군데 크고 작은 구멍들이 나 있었다. 사일런스는 불안한 느낌이 들었다. 외계함선이 실제로 모든 것을 집어삼키려 하는 암흑성운을 통과하는 긴 여정을 보냈다면 무엇인들 만나지 못했겠는가? 그는 그 생각을 접어두고 착륙하는 데 정신을 모았다.

사일런스와 수색관, 그리고 해병들은 돈틀러스 호가 구멍을 낸 외계함선의 한쪽 표면에 들판의 홀씨처럼 사뿐히 내려앉았다. 함선은 너비 일백 미터, 길이가 수백 미터는 족히 돼 보였다. 깊이는 가늠할 수 없었다. 강화복의 센서가 그렇게 깊이까지는 측정하지 못하는 것 같았다. 원래 그 정도는 충분히 측정할 수 있어야 했다. 사일런스는 다른 계기를 들여다보았다. 구멍에는 열기나 방사능, 자기장은 없고 단지 약한 수준의 중력이 작용하고 있었다. 인간 레벨의 10분의 1 정도 되었다. 사일런스는 통신임플란트를 작동시켰다.

"돈틀러스 호, 여기는 함장이다. 들리는가?"

"아주 똑똑히 잘 들립니다, 함장님." 크로스가 즉시 응답했다. "함장님의 강화복과 연결되어 위치를 추적하고 원격계측하기 때문에 함선의 어디로 가시든 우리가 상황을 파악하고 조언할 수 있습니다."

"아주 안심이 되는군." 프로스트가 말했다. "포를 조준하고 있어, 크로스. 무슨 일이 있어도 이 배가 탈주하도록 해서는 안 돼. 어떤 희생을 치르더라도 필요한 모든 수단을 써서 도망가지 못하도록 해야 해. 알겠나?"

"함장님?" 크로스가 자신 없는 목소리로 말했다.

"수색관이 시키는 대로 하게." 사일런스가 말했다. "이 방면에서는 그녀가 전문가야. 엄밀하게 말하자면 우리는 소모품이야. 수색관과 나는 다른 사람들보다 조금 더 그렇지. 이제 진입한다. 모두 가까이 붙어라. 그리고 내가 원하는 것은 정보다. 괜한 영웅 짓 하지 마라. 수색관, 자네가 앞장서준다면 이제 쇼를 시작해도 될 것 같네."

"바라던 바입니다, 함장님."

프로스트는 돈틀러스 호가 만든 구멍의 가장자리에서 안쪽으로 뛰어내린 후 등 뒤 로켓의 도움을 받으며 서서히 하강했다. 사일런스가 그녀를 따르고 해병들도 줄지어 차례로 뛰어내렸다. 하강하는 도중 강화복 어깨의 불빛이 계속 어둠을 밀어냈지만 딱히 눈에 띄는 것은 없었다. 구멍의 내벽도 바깥과 마찬가지로 두껍고 하얀 케이블들이 엉겨 만들어져 있었다. 그들은 그렇게 한참을 내려가다가 마침내 바닥에 닿았다. 먼저 착지한 프로스트가 바로 균형을 잡고 강화복에 내장된 무기를 즉각 사용할 태세를 갖춘 채 사방을 둘러보았다. 사일런스도 곧바로 그녀와 합류했다. 발밑의 케이블은 미동도 하지 않았다. 마치 파도치는 채로 얼어붙은 바다 같았다. 해병들도 어두운 하늘에서 떨어지는 은색 눈송이처럼 유영하며 그의 주위에 능숙한 솜씨로 착지했다. 그리고 구멍의 바닥을 유심히 관찰하고 있는 사일런스와 수색관을 원형으로 둘러싸고 경계태세를 갖추었다.

"흥미롭군요." 마침내 프로스트가 말했다. "우리는 화력을 총동원해 이 배를 공격했습니다. 보호막이 가라앉았을 때, 그게 뭔지는 잘 모르겠지만 어쨌든 동체의 껍데기가 광선포에 정통으로 타격당했습니다. 금속이라고 해도 물처럼 녹아내렸을 텐데 여기서는 아무런 열의 흔적이나 구조적인 손상을 발견할 수 없군요."

"자기치유력인가." 사일런스가 말하자 수색관이 어깨를 으쓱했다.

"그럴지도 모르지요. 이게 우리가 아는 상식을 아주 뛰어넘는 것이라면 말이죠. 그런데 왜 벽만 보수하고 구멍은 막지 않았을까요?"

"왜냐하면 우리가 오고 있는 것을 알았기 때문이지. 우리가 착륙할 곳을 정해준 거야." 사일런스가 말했다. "바로 이런 게 함정이라는 말에 어울리는 것 같군. 다른 의견 있나?"

"안쪽으로 폭파해 길을 뚫지요." 프로스트가 말했다. "제가 작은 달이라도 관통할 만한 양의 폭발물을 가지고 왔습니다. 일단 내부로 진입한 후 시끄럽다고 누가 불평하러 오는지 기다려보지요."

"자네가 폭발물로 소란을 피울 생각이라면 나는 부하들을 이끌고 먼저 빠져나가겠네." 사일런스는 단호히 말했다. "폭발물에 관해서라면 나는 아직 정교하게 다룰 줄 아는 수색관을 만나보지 못했……"

그 순간 그가 갑자기 말을 멈추고 옆의 벽을 돌아보았다. 두 가닥의 두꺼운 백색 케이블이 서서히 풀리면서 배 내부로 통하는 터널을 열어주었다. 프로스트가 몸을 기울여 조심스럽게 안쪽을 살펴보았다. 강화복 불빛이 터널 안으로 멀리 뻗어갔지만 아무것도 보이지 않았다. 터널은 텅 빈 것 같았다. 그녀가 센서로 터널을 조사했지만 아무것도 알아낼 수 없었다. 센서로만 보자면 그곳에는 터널이 없는 것이나 마찬가지였다.

"사일런스가 돈틀러스 호에게 말한다. 그쪽에는 뭐 잡히는 것이 있나?"

"우리는 함장님 강화복의 통신신호를 전달받고 있습니다." 크로스가 그의 귀에 중얼거렸다. "우리도 함장님이 보시는 것을 모두 봅니다. 하지만 장거리센서에도 함장님이 보시는 것 외에는 별다른 것이 없습니다. 아직까지 어떠한 생명반응도 보이지 않습니다. 골고다 공항으로부터 소식을 들었습니다. 그쪽은 아직 수습하느라고 정신이 없어서 우리를 돕기에는 무리인 것 같습니다. 다행히도 헤이든맨의 배를 쫓던 여섯 척의 순양함이 그들을 놓치고 지금 귀환하고 있다는군요. 한 시간 내에 여기 도착할 것 같습니다."

"음, 그거 잘됐군." 사일런스가 프로스트에게로 돌아섰다. "자네가 결정하게, 수색관. 안으로 들어갈까?"

"살인적인 외계인들이 득실거릴지도 모를 함정 속으로요? 물론이지요, 함장님. 호랑이를 잡으려면 호랑이굴로 들어가야지요."

"그렇게 말할 줄 알았지. 좋아, 앞장서게. 해병들, 우리 뒤에 바짝 붙어라. 즉시 사격할 수 있는 태세를 갖추어라. 하지만 주의하도록. 게헤나 기지에서 실종된 사람들을 여기 어디서 만날 수도 있으니. 가능하면 그들을 다치지 않고 구해내고 싶다. 수색관, 출발하세."

프로스트는 터널로 조심스럽게 발을 들여 놓고 한 발 한 발 나아갔다. 사일런스와 해병들이 그녀 뒤를 따랐다. 터널 내벽의 케이블은 좀 더 가늘고 매끈해 보였지만 단단하기는 마찬가지였다. 백색의 케이블 안에서 핏줄처럼 가느다란 청색의 띠들이 어렴풋이 보였다. 사일런스가 더 자세히 보려고 벽을 확대하자 마치 벽이 그에게 달려드는 것 같았다. 케이블이 규칙적으로 미세하게 맥동하는 것이 보였다. 그는 다시 정상보기 모드로 돌아간 후 벽을 철손가락으로 건드려보았다. 내장센서는 아무런 생명의 온기도 발견하지 못했다. 단지 약간 끈적거리는 느낌이었다. 벽은 원통형이어서 사실 바닥이나 천장의 구분이 없었다. 그렇기 때문에 그들은 거대한 동물의 내장 속을 걷는 듯한 기분이었다. 실제로 그럴지도 모르는 일이었다. 사일런스는 해병들이 잘 따라오는지 확인하기 위해 뒤돌아보았다가 터널이 그들 뒤편에서 저절로 닫히고 있는 것을 발견했다. 케이블들이 서로 엉기면서 두껍고 단단한 벽을 만들었다. 사일런스는 다른 사람들에게 즉각 그 사실을 알렸고 모두 직접 확인하려고 뒤돌아보았다. 프로스트가 당장이라도 달려가 광선총을 갈기려는 것을 사일런스가 제지했다.

"일단 터널을 따라가서 어디로 인도하는지 보자고. 벽이야 언제든 돌아와서 박살낼 수 있으니까. 돈틀러스 호, 여기서 일어난 일을 보고 있는가?" 대답이 없었다. "이봐, 돈틀러스 호? 내 말 들리나?" 그는 귀 기울여보았으나 들리는 것은 자신의 거친 숨소리뿐이었다. "수색관, 자네가 한번 연락해보게."

프로스트도 연락해보고 해병들도 해보았으나 아무 소용이 없었다. 프로스트는 낮게 혼잣말을 중얼거리더니 사일런스에게로 돌아섰다.

"강화복이 문제가 아닙니다. 진단해보니 이상 없습니다. 무언가가 신호를 차단하고 있습니다. 이제 외부 도움은 기대할 수 없게 됐군요, 함장님."

"새삼스러운 일도 아니지. 계속 전진해, 수색관. 내 생각에는 이 배의 주인이 우리를 그냥 여기 붙잡아놓으려 하는 것 같지는 않아. 그들은 우리를…… 기다리고 있어."

프로스트는 호기롭게 코웃음을 치고 앞서 걸어 나갔다. 그들이 전진하는 만큼 계속 케이블들이 벌어지면서 터널이 연장되었고, 돌아갈 수 없도록 터널 뒤는 계속 닫혔다. 그들은 그물망 속에서 이동하는 방에 갇혀 계속 걷고 있는 셈이었다.

이제 케이블은 크기도 다양해졌다. 시체같이 창백한 백색의 케이블은 어떠한 규칙성도 없이 서로 꼬이고 얽혀 있었으며 어떤 것은 손가락 굵기밖에 안 되는 것도 있었다. 바닥도 마찬가지였다. 사일런스는 거미줄 위를 걸으면서 자신의 위치와 목적지를 진동으로 적에게 알려주고 있는 것이 아닌가 하는 생각이 들었다. 그런 느낌은 모든 케이블이 점점 더 끈적거리게 되자 더욱 강해졌다. 바닥에서 발을 떼기가 점점 어려워지더니 마침내 강화복의 서보구동장치가 아니라면 움직일 수도 없을 지경으로 변했다. 원통 터널 안에 이상한 불빛이 고동치듯 점멸했으나 너무 순식간에 사라져버려서 어떤 색깔이었는지도 말하기 어려웠다. 사일런스는 아마 자신이 결코 본 적이 없는 색깔일 것이라고 생각했다. 하지만 아직까지 어디에서도 어떤 구조물이나 장치가 보이지 않았으며 더욱이 외계함선의 승무원은 눈을 씻고 찾아봐도 흔적조차 발견할 수 없었다.

터널의 사방이 주름이 잡히며 좁아지자 그들은 엎드려 일렬로 줄

지어 기기 시작했다. 그리고 마침내 터널 끝에 도착해 천장이 높은 거대한 달걀 모양의 방에 들어서서야 몸을 일으킬 수 있었다. 벽은 매끈하고 광이 났다. 벽과 바닥에는 이상한 형상의 물체들이 여기저기 솟아 있었다. 프로스트가 절대로 그 물체를 만지지 말라고 외쳤다. 사일런스는 그런 말은 전혀 불필요하다고 생각했다. 그렇지 않아도 결코 만지고 싶지 않았기 때문이다. 만약 손가락 하나라도 그 물체에 얹으면 즉시 몸이 달라붙어버리고 거대한 방이 서서히 소화액으로 가득 찰 것만 같은 상상이 들었다. 강화복 속의 시원한 공기에도 불구하고 그는 땀을 흘렸다.

그들은 아무것도 만지지 않으려고 극도로 조심하며 거대한 방을 천천히 가로질러서 반대쪽의 주름진 구멍으로 들어갔다. 구멍은 다시 터널로 연결되었고 그들이 들어서자 뒤에서 닫혀버렸다. 그리고 여러 가지 형태의 여러 방을 거쳤지만 어떤 것도 인간의 마음으로는 이해하기 힘든 모양새였다. 마침내 작은 방에 이르렀을 때 그들은 게헤나에서 실종된 사람들에게 무슨 일이 일어났는지 목격하게 되었다.

그 방은 지름이 약 30미터 넓이였는데 벽에는 종횡으로 구멍들이 파여 있었고 바닥에는 엷은 안개가 깔려 있었다. 강화복에 물기가 맺히기 시작했다. 어디서 오는지 알 수 없는 푸르스름한 빛이 방 안을 밝혔다. 바닥 여기저기에 안개에 잠기지 않을 정도의 높이로 이상한 금속판들이 흩어져 있었고 그 위에는 알 수 없는 힘으로 단단히 고정된 실종자들의 시체가 놓여 있었다. 몸의 일부만 있는 것도 있었다. 장기와 사지, 그리고 머리. 십여 구의 시신은 몸체만 남은 채 끔찍하게 해부된 모습이었다. 사일런스는 머리가 붙어 있는 일부 시신의 표정으로 추정하건대 그들이 깨어 있는 상태에서 생체해부당한 것이 틀림없다고 생각했다. 다양한 경험에도 불구하고 지금처럼 소름끼친 적은 없었던 것 같았다. 곧이어 그는 분노로 몸을 부들부들 떨기 시작했다.

"대가를 치르도록 해줘야지요." 프로스트가 차분하고 냉정한 목소리로 말했다. "이 배의 살아 있는 모든 것들은 피와 고통으로 응분의 대가를 치르게 될 겁니다."

해병들도 무기를 겨눌 대상을 찾지 못해 이곳저곳을 두리번거리며 분노에 치를 떨었다. 사일런스는 그들의 마음을 충분히 헤아렸지만 냉정을 되찾고 분노를 통제하며 말했다. "외계인을 죽이는 것보다 그들에게서 정보를 쥐어짜내는 것이 더 중요하다, 수색관. 그때까지는 시체가 아닌 포로를 원해. 해병들, 명심하라. 위급한 순간이 아니라면 최소한의 무력만 사용한다. 각자가 판단해 행동하되 나중에 자기결정을 다른 사람에게 납득시킬 수 있어야 할 것이다. 보복할 기회는 반드시 있다. 하지만 먼저 이 배가 가진 정보를 얻는 것이 우선이다. 나중에 이런 것들을 얼마든지 만나게 될 것이다."

"강의는 그만하세요." 프로스트가 말했다. "저는 제 의무가 무엇인지 잘 압니다."

"미안하다, 수색관. 기록상의 발언으로 이해하기 바란다. 여기서 우리가 더 할 수 있는 일은 없다. 강화복의 지도에 장소를 표시해두고 계속 전진한다. 시신은 나중에 사람들을 보내 거둔다. 지금은 조종실을 먼저 찾아야 한다. 이 배가 복구작업을 마치기 전에 무력화시켜야 한다. 그리고 나는 이 배의 승무원들을 자세히 보고 싶은데 그들을 발견할 수 있는 곳은 조종실밖에 없다고 생각한다. 설마 조종실을 버리고 숨어버리지는 않았겠지."

그는 해부대에 핏빛으로 늘어진 시체들을 보지 않으려고 애쓰며 방을 가로질러 전진했다. 반대쪽 벽의 주름진 구멍에 도달할 때까지 영원의 시간이 흐른 듯했다. 그가 그곳에 접근하자 갑자기 단단히 짜인 케이블들이 구멍을 막아버렸다. 사일런스가 철손가락으로 여기저기를 찔러보았지만 아무런 반응이 없었다. 효과가 있으리라고 기대한 것도 아니었다. 그는 막힌 구멍을 주먹으로 한 차례 갈기고 뒤돌아섰다. 대원들의 밋밋한 헬멧들이 그를 조용히 쳐다보고 있었다. 그리고 서서히 불빛이 사라졌다. 해부대들도 끔찍한 시체들과 함께 안개 속으로 사라졌다. 곧 반대편 입구에서 외계인들이 몰려오리라는 것을 어렵지 않게 짐작할 수 있었다.

"해병들, 이제 목숨이 달린 위급한 상황에 직면한 것 같다. 우리 편이 아닌데 움직이는 것이 있다면 마음껏 쏴라. 견본으로 몇 마리는 남겨놔야 하니 도망가는 게 있다면 그냥 놔둬라. 수색관, 여기 구멍을 좀 내보게."

프로스트는 구멍을 막고 있는 케이블망을 향해 오른손을 들어 강화복에 내장된 광선총을 발사했다. 녹색광이 불을 뿜자 3미터 크기의 구멍이 만들어졌고 모두 방어태세를 취했으나 공격은 없었다. 사일런스와 프로스트는 몸을 숙여 새로 생긴 구멍 안을 들여다보았다. 찢겨진 케이블들이 사방에서 꿈틀대고 있었지만 다시 서로 연결될 기미는 보이지 않았다. 케이블이 강화복을 때렸지만 아무런 해도 입히지 못했다. 구멍 안쪽으로는 우윳빛으로 엷게 빛나는 매끄럽고 좁은 터널이 뻗어 있었다. 지름이 2미터 정도로 강화복이 간신히 지나갈 수 있는 넓이였다. 사일런스는 고의적으로 그렇게 해놓은 것이 아닐까 의심했지만 적은 보이지 않았다.

"제가 앞장섭니다." 프로스트가 말했다. "이제부터는 수색관의 영역입니다."

"동의하네." 사일런스가 말했다. "먼저 가게."

프로스트는 광선총이 내장된 장갑을 들어 올려 전방을 겨냥한 채 좁은 터널로 들어섰다. 사일런스가 그 뒤를 따르고 해병들이 후미를 맡았다. 터널은 바닥이 너무 푹신해서 금방이라도 꺼져버릴 것 같았다. 사일런스는 배의 어디쯤을 지나고 있는지 감을 잡을 수 없었다. 실제로 길을 잃은 것은 아니었다. 지나온 모든 길이 강화복에 기록되어 있기 때문에 쉽게 되짚어나갈 수 있었다. 지금 정확한 위치는 알 수 없지만 외계함정의 어두운 심장부로 점점 빨려 들어가고 있다는 느낌을 지울 수 없었다. 그는 공기 보급을 살폈다. 여태까지 그런 적이 거의 없었다. 이론적으로는 재호흡기에 의지해 일주일 정도는 충분히 견딜 수 있었다. 물론 정상적인 환경 하에서일 경우에만.

그는 양쪽 벽을 살폈다. 벽은 매끄럽고 더 이상 케이블도 보이지 않아서 마치 점막처럼 보였다. 그리고 불규칙적으로 맥동했고 창백한 색깔들이 단상이나 꿈처럼 우윳빛 백색 위에 물결쳤다. 터널도 서서히 좁아지고 있었다. 사일런스는 강화복 센서로 자신들이 처음 들어섰을 때의 터널과 지금 터널의 크기를 비교해보았다. 그 결과에 얼굴을 찌푸리며 앞으로 자신들이 통과할 수 없을 정도로 터널이 작아지는 시간을 계산해보았다. 그 답은 더욱 불길했다. 4분 37초. 예외는 없을 것이다.

"수색관, 해병들, 모두 제자리에 서라."

그들은 시키는 대로 했다. 프로스트는 뒤돌아보지 않았다. 하지만 그는 그녀가 헬멧 안에서 자신을 쳐다보고 있다는 것을 알 수 있었다. 사일런스는 강화복 센서로 뒤쪽 터널의 길이를 재보고 그들이 이미 되돌아갈 수 없을 정도로 터널이 좁아졌다는 것을 알아챘다. 하지만 별로 놀라지는 않았다.

"함장님도 눈치 채셨군요." 프로스트가 말했다. "외계인들이 원하는 곳으로 우리를 끌어들인 것 같은데요. 제가 박살내버릴까요?"

"제기랄!" 사일런스가 말했다. "이럴 때는 한바탕 법석을 떨어야지. 그래야 우리가 여기 있고 여기가 별로 마음에 들지 않는다는 것을 알릴 수 있겠지."

프로스트가 강화복에 내장된 광선총을 앞의 좁아지는 터널에 겨누자 우윳빛 벽의 수백 군데가 갑자기 확 갈라지면서 벌레들이 몰려 들어오기 시작했다. 벌레들은 다리가 많이 달린 주먹만 한 것에서부터 갑각과 무시무시한 집게턱을 지닌 거대한 것까지 다양했다. 짧은 순간 터널은 에너지빔으로 가득했고 벽이 갈라지고 벌레들이 구워졌다. 총성이 잠잠해지자 터널 안은 몸부림치며 죽어가는 벌레들로 가득 찼다. 그러나 작은 벌레들이 강화복 센서를 뒤덮자 사일런스는 순식간에 장님에 귀머거리가 돼버리고 말았다. 그는 강력한 철손으로 그것들을 쓸어냈지만 수가 너무 많았다. 산성 액체가 강화복의 관절을 부식시켜서 그의 눈앞에 경고문이 번쩍거렸다. 한 해병은 강화복을 파고들어간 벌레가 그를 산 채로 먹어치우기 시작하자 처절한 비명을 질렀다.

"프로스트." 사일런스가 말했다. "아직 폭발물을 가지고 있나?"

"우리 모두 지옥으로 날려버리기에 충분한 양이 있습니다. 그걸 원하시나요?"

"우리 강화복은 깨뜨리지 않으면서 이 벌레들을 날려버릴 정도면 충분할 것 같군. 할 수 있겠나?"

"문제없습니다. 준비하세요."

폭발은 사일런스의 헬멧 내부 스크린에 경고메시지를 십여 개나 띄울 정도로 강력했다. 하지만 강화복은 어쨌든 버텼고 경고는 점차 하나씩 사라졌다. 그는 몸을 털어냈다. 죽은 벌레들이 흩어지면서 센서가 노출되자 소리와 영상이 되돌아왔다. 터널은 너덜너덜하게 빨래처럼 주위에 걸려 있었고 그 바깥쪽으로 외계함선의 실체가 마침내 모습을 드러냈다. 어마어마한 크기의 외계군체의 여왕.

거대한 알주머니가 수백 미터의 살아 있는 벽이 되어 꿈틀거렸으며 군데군데에는 눈꺼풀 없는 눈이 박혀 있었다. 아래쪽에는 퇴화된 작은 다리들이 우스꽝스럽게 붙어 있었다. 여왕의 몸 전체에는 금속 기계들과 반짝거리는 케이블들이 살에 박혀 있었다. 여왕이 함선 안에서 만들어졌거나 아니면 여왕이 자기 주위에 함선을 만들었거나 둘 중 하나였다.

사일런스는 시선을 돌려 주변을 둘러보았다. 잔뜩 몰려오던 벌레들은 폭발의 충격으로 모두 흩어졌다. 대부분 죽거나 다쳤고 몇몇은 맥없이 꿈틀거렸다. 하지만 사일런스는 더 많은 벌레들이 몰려오고 있다고 확신했다. 아직 서 있는 여덟 명의 해병이 자신을 멍하니 쳐다보며 명령을 기다리고 있었다. 수색관은 여왕을 뚫어지게 노려보고 있었다. 사일런스는 쓰러져 있는 네 명의 해병이 혹시 숨이 붙어 있는지 살폈지만 예상대로 모두 절명한 상태였다. 그들의 강화복은 외계벌레들의 공격과 폭발의 충격으로 파손되었다. 외계벌레들에게 네 명의 부하를 잃은 것이다. 사일런스는 바닥 긁는 소리가 점점 가까워지고 있는 것이 강화복의 센서로 감지되자 다급하게 고개를 들었다.

"수색관, 벌레들이 더 몰려오고 있어. 제안사항 있나?"

"여왕을 공격하시죠. 여왕이 저것들 모두의 마음이자 정신입니다."

"수색관 얘기 들었지, 해병. 여왕을 총공격하라."

강렬한 빛줄기들이 발사되어 여왕의 거대한 몸을 뚫었다. 창백한 살이 타고 흩어졌지만 놀랍게도 이내 저절로 아물어버렸다. 에너지 빔은 너무나도 거대한 여왕 앞에서 무력한 장난감에 지나지 않았다. 여왕이 몸을 뒤척이자 갑자기 사방에서 무수히 많은 벌레들이 파괴된 터널 쪽으로 몰려들었다. 벌레들의 물결은 끝이 없었고 사일런스는 이번에는 어떤 무기로도 그것들을 멈출 수 없으리라는 것을 알았다. 저것들은 그들 모두가 쓰러질 때까지 끝없이 몰려올 것이다. 그 자리에서 바로 죽는다면 차라리 운이 좋은 것이리라.

'젠장, 이렇게 죽는구나. 프로스트, 나는……'

그때 상황이 일변했다. 광기의 미로에서 얻은 수수께끼 같은 능력이 그와 프로스트의 마음속에서 솟구치며 마음과 마음, 영혼과 영혼을 다시 연결시켰다. 그들의 머릿속은 이해할 수 없는 함성으로 가득 찼다. 그것은 수백만 벌레들의 생각이었고 거대한 심장박동처럼 우르릉거리는 여왕의 명령이었다.

사일런스와 프로스트는 그 집단마음의 함성 속으로 뛰어 들어가 순식간에 그것을 장악하고 자신들의 명령을 관철시킬 수 있었다. 벌레들은 인간사냥감에게서 돌아서 자신들의 여왕을 향했다. 그러고는 여왕의 거대한 몸에 달라붙어 산 채로 살을 뜯어먹기 시작했다. 사일런스와 프로스트는 여왕의 비명소리를 들으며 서로의 연결을 끊고 자신의 머릿속으로 되돌아왔다. 그리고 둘 다 잔인한 미소를 지었다.

사일런스와 프로스트는 다시 평범한 사람으로 돌아와 서로를 쳐다보았다. 얼굴을 마주 볼 수는 없었지만 굳이 그럴 필요도 없었다. 해병들은 여왕을 게걸스럽게 먹어치우는 벌레들을 보며 어안이 벙벙했다. 사일런스는 어차피 설명은 불가능하다고 생각하며 통신임플란트로 프로스트의 통신채널에 접속했다.

"우리가 언실리에서 발견한 외계인과는 다른 종류군요." 프로스트가 차분하게 말했다. "그리고 울프Ⅳ에서 발견한 것과도 전혀 관련이 없어요. 도대체 이것들은 뭘까요? 그렌델 돔의 살인기계를 만든 자들일까요? 아니면 그렌델의 잠자는 자들을 창조할 수밖에 없도록 만들었던 그들의 적일까요? 이도저도 아니라면 완전히 새로운 것?"

"내가 어찌 알겠나." 사일런스가 대답했다. "그건 과학자들이 고민하도록 놔두세. 우리 서로 대화가 필요할 듯한데, 프로스트. 이…… 연결에 대해서 말이야. 점점 강력해지고 있어. 우리가 이걸 언제까지 숨길 수 있을지 모르겠군."

"그래도 꼭 비밀로 해야 합니다." 프로스트가 말했다. "여기서 일어난 일을 자세히 알릴 필요는 없어요. 만약 그러면 우리를 에스퍼로 지목할 것이고 우리의 모든 지위는 박탈되겠지요. 그리고 우리는 실험실의 쥐 같은 신세가 될 겁니다. 그렇게 사느니 차라리 죽어버리겠어요."

"지하동맹으로 갈 수도 있지."

"우리와는 어울리지 않는 곳입니다."

"물론 그렇지." 사일런스가 말했다. "그럴 수는 없어. 이런 외계인들은 언제든 다시 찾아올 수 있기 때문에 그들에게 맞서기 위해서는 강력하고 단합된 제국이 있어야 해. 여기서 일어난 일에 대해서는 함구하세. 우리도 영문을 모르는 것으로 해둬. 라이언스톤이 꼭 모든 것을 알 필요는 없지."

"그건 그렇고" 프로스트가 생각에 잠겨 말했다. "오늘 라이언스톤은 아주 운이 좋았습니다. 제국함대는 멀리 가버렸고 행성의 방어체계도 혼란에 빠졌기 때문에 골고다는 완전히 무방비상태였습니다. 만약 우리가 제때 나타나지 않았다면 행성의 반은 폐허가 돼버렸을 거예요. 우리가 그녀를 구한 겁니다. 그녀가 감사히 여기겠지요. 우리의 작전 실패를 눈감아줄 만큼. 어떻게 생각하세요?"

"절대로 안 그럴걸." 사일런스가 대답했다.

물에 빠진 사람들

한때는 최고의 멋쟁이로 명성을 날렸고, 또 다른 삶인 가면의 검투사로서 피에 굶주린 검투장의 관객들로부터 열화와 같은 갈채를 한 몸에 받던 핀레이 캠벨. 그는 지금 테러리스트이자 수배자가 되어 밧줄에 거꾸로 매달린 채 자신이 영웅적인 일에 가담하기에는 너무 나이를 많이 먹은 것은 아닌지 회의하고 있었다. 아래로는 골고다의 중심가인 '끝없는 행진'의 넓고 번잡하기 이를 데 없는 대로들이 펼쳐져 있었다. 그 이름은 검투장에서 힘과 용기를 시험하려고 매년 끝없이 몰려드는 예비영웅들 때문에 붙여졌다. 귀족들도 이곳에 삼엄한 경비를 갖춘 타워를 짓고 살고 있었다. 제국에서 일어나는 일들을 살피고 자기존재감을 과시하기 위해 이곳만큼 좋은 곳도 없기 때문이었다. 물론 라이언스톤의 궁전은 예외였다. 하지만 그곳은 호출당하지 않으면 갈 수 없었다. 그리고 현명한 사람이라면 궁전에 가기 전에 먼저 유서를 작성하는 것을 잊지 않았다. 그곳에서는 무슨 일이든 일어날 수 있었으니까.

핀레이는 생각이 엉뚱한 방향으로 흐른다고 느꼈다. 거꾸로 매달려서 피가 머리로 쏠린 탓이리라. 그는 한 차례 한숨을 쉬고 몸을 바로 해 한 손 한 손 번갈아가며 밧줄을 잡아당겼다. 그리고 실베스트리 타워 벽면의 편안한 장소에 도달했다. 다행히도 실베스트리 타워는 로코코 양식으로 설계됐기 때문에 타워 벽면에 몸을 숨길 곳이 수백 군데나 있었다. 움푹 들어간 곳이나 굽이진 곳들에는 볼 장 다 본 아줌마들이나 좋아할 과장된 성기와 못생긴 얼굴의 괴물상(像)이 즐비했다. 핀레이는 그중 특히 당당한 성기를 가진 가고일상 옆에 몸을 쑤셔 박았다. 그는 숨을 돌리며 속이 메슥거림을 느꼈다. 지금 그는 275미터짜리 타워를 오르고 있었다.

안전상의 문제만 없다면 아래 지상을 향해 시원하게 토하고 싶었다. 너무 시간을 지체했다. 평소 같으면 그러지 않았을 터였다. 그 자신의 잘못이었다. 타워로 오는 길에 쓸 만한 식당을 발견하고 오랜만에 포식한 게 문제였다. 식당은 어느 모로 보나 화려함과는 거리가 멀었다. 화려한 곳에서는 남의 눈에 띄기 십상이다. 울프 가의 무자비한 공격으로 가문이 초토화된 후 핀레이는 도망자 신세가 됐다. 할 수 있는 선택이라고는 클론-에스퍼 지하동맹의 품에 안기는 것뿐이었다. 지하동맹은 용기나 이상, 희생정신 면에서는 나무랄 데 없이 훌륭했지만 즐기는 데는 젬병이었다. 핀레이로서는 특히 지위에 걸맞게 길들여진 입맛만은 쉽게 포기할 수 없었다. 식도락가는 아니지만 그의 입맛은 꽤 까다로운 편이었다. 하지만 지하동맹에서 제공되는 수프는 너무 묽어서 헤엄도 칠 수 있을 정도였다. 고기도 귀했다.

그저 가축을 도살해 대충 불에 굽고 칼로 토막 쳐서 내주는 정도만으로도 아주 행복할 것 같았다. 철지난 채소라도 아무 소스나 얹어주면 감지덕지할 터였다. 생각만 해도 군침이 돌았다.

너무 오랫동안 그런 즐거움을 잊고 지냈는데, 오는 길에 다소 외진 곳에 있는 식당에서 풍겨 나오는 냄새는 떨쳐버리기에 너무 강력한 유혹이었다. 그는 손목에 내장된 시계를 흘낏 보고는 아직 시간 여유가 있음을 확인하고…… 스스로 약해지도록 허락했던 것이다. 세 번째 주문한 음식접시를 깨끗이 비울 때까지 시계를 보지 않았고 그다음 그렇게 스스로를 방종에 내맡긴 동안 얼마나 많은 시간이 흘러버렸는지를 깨닫고 소스라치게 놀랐다. 그는 탁자에 동전 몇 개를 남기고 마치 너무 적은 팁을 줘서 부끄럽다는 듯 서둘러 문밖으로 나섰다. 그리고 폐가 불타오르고 옆구리가 쿡쿡 쑤실 정도로 내달려 실베스트리 타워에 도착했다. 방금 먹은 음식들이 뱃속에서 요동쳤다. 경비원들이 그 소리를 듣지 못한 것이 신기할 정도였다. 그는 약속된 지점으로 가서 순찰을 따돌린 후 마치 먼 항해에서 돌아와 아내에게 가는 선원처럼 타워 한편으로 몸을 던졌다. 이미 많이 늦었기 때문에 서둘러 타워를 기어오르기 시작했다. 그래서 하마터면 도로의 절반을 위장에 든 내용물로 장식할 뻔하게 된 것이다.

그는 다시 시계를 보았다. 어쨌든 정시에 도착했다. 도시를 굽어보며 천천히 숨을 골랐다. 금속과 유리와 외계의 돌로 장식된 파스텔톤의 타워들이 햇살 아래 반짝이며 사방으로 뻗어 있었다. 그는 뒤의 거울벽에 비친 자신의 모습을 쳐다보았다. 식당에서 혹시 누가 알아볼까 걱정한 것은 괜한 기우였다. 그의 모습은 과거와 전혀 딴판이었다. 좋았던 시절에 그는 첨단 유행의 번쩍이는 실크로 몸을 휘감고 천국에서 날아온 팔색조 같은 모습을 뽐냈었다. 번쩍번쩍 광을 낸 구두를 신고 벨벳 모자를 쓰고 키마저 늘씬해서 항상 우아한 자태를 잃지 않았다. 마지막으로 궁정에 참석했을 때는 금속화한 머리와 형광빛 얼굴을 했으며 앞섶이 트인 긴 프록코드를 입고 보석이 박힌 장식용 코안경을 썼다. 모든 사람들이 절세의 멋쟁이에게 고개를 숙였다. 하지만 지금의 그를 보라.

거울 속에 비친 얼굴은 지극히 평범했다. 작은 결점을 감추거나 골격을 두드러지게 해줄 화장이라고는 전혀 없었다. 지위를 뽐내거나 다른 공작새들의 주의를 끌 밝은 색조화장도 없었다. 지금 핀레이의 얼굴은 깡마르고 입가와 눈언저리에 깊은 주름이 패어 있었다. 아직 스물다섯 살이었지만 열 살은 더 들어 보였다. 긴 머리는 창백한 노란색으로 거의 윤기를 잃었다. 궁정에서는 밝은 구릿빛으로 굽이쳐 흐르며 어깨 위에서 찰랑이던 머리칼이었다. 지금은 맥없이 처져 있었다. 하지만 그는 별로 개의치 않았다. 머리카락이 눈을 찌르는 것을 방지하기 위해 조잡한 가죽띠를 이마에 둘렀다. 머리를 잘라야 한다는 것을 모르지 않았다. 그편이 훨씬 실용적일 것이다. 하지만 그러고 싶지 않았다. 그렇게 하면 과거의 자신과 완전히 단절되어버릴 것 같았기 때문이다.

한때는 그의 옷차림이 유행을 선도한 적도 있었다. 지금 그는 주변 환경에 따라 옷 색깔이 변하는 카멜레온 회로가 장착된 헐렁한 발열복을 입고 있다. 핀레이는 슬며시 웃었고 거울 속에 비친 사내가 똑같은 웃음으로 응대했지만 그가 누군지 알 수 없었다. 그 사내는 거칠었고 세파에 찌들어 무척 위험스러워 보였다. 두 눈은 차고 빈틈이 없었으며 미소는 냉소일 뿐이었다. 그는 퇴역군인이나 용병, 살인

청부업자처럼 보였다. 가장 위험한 사람이 지닐 수 있는 표정을 갖고 있었다. 잃을 것이라고는 아무것도 남지 않은 사람.

아니다. 그는 그 생각을 단호하게 떨치고 고개를 돌렸다. 그에게는 여전히 사랑하는 연인 에반젤린이 있고 새로이 받아들인 대의가 있다. 귀족일 때 그는 아랫사람들에 대해 생각해본 적이 없었다. 하물며 클론이나 에스퍼 같은 인간 이하의 최하층에 대해서는 이루 말할 필요도 없었다. 그런데 웜보이 지옥으로 알려진 사일로나인의 공포를 직접 목격하고 말았다. 그곳에 투옥된 반란에스퍼들이 고문당하고 학살당하는 것을 보면서 완전히 다른 사람이 되었다. 이제 그는 모두의 정의를 위해 싸울 것이며 그것을 이루지 못할 경우 최소한 보복이라도 할 작정이었다.

실베스트리 타워에 오게 된 것도 그런 이유 때문이었다. 그는 다시 일어서서 오르기 시작했다. 팔과 다리가 떨렸지만 원하는 목적지까지 오르는 데는 문제없을 것 같았다. 지하동맹이 지친 근육에 원기를 주는 자극제를 사용하라고 권했지만 그는 거절했다. 검투장에서조차 단 한 번도 약물에 의존해본 적이 없었다. 핀레이가 예전의 그가 아닐지는 모르지만 여전히 지하동맹에서는 최고였다. 그는 석상들의 돌출부를 붙잡고 몸을 던져 조용히 울부짖는 가고일의 얼굴 위를 스쳐 지나는 그림자처럼 타넘으며 숨넘어갈 듯한 웃음을 터뜨렸다. 카멜레온 옷이 쉼 없이 그를 주변 환경과 뒤섞어주었다.

이번 사건 이후로 실베스트리 가문은 석상들에 대해 진지하게 재고해봐야 할 것이다. 고딕 로코코는 멋지기는 하지만 이런 침투작전을 식은 죽 먹기로 만들어주니 말이다. 슈렉 타워처럼 첨단기술로 무장한 건물에 벽까지 철과 유리로 평평하게 만들었다면 그는 일 분도 안 돼 발각됐을 것이다. 가문들은 경비시스템을 지나치게 과신한다. 사실 대부분의 경우는 그 정도로도 충분하다. 도둑이나 스파이, 산업 테러리스트를 물리치는 데 그 정도면 모자람이 없다. 하지만 사이버 세계의 아나키스트인 사이버생쥐들의 지원이 개입된다면 문제는 달라진다. 어둠 속에서 능숙하게 움직이는 해킹의 달인들. 그들이 지금 실베스트리 타워의 경비시스템에 침투해 많은 거짓말을 쏟아 붓고 있다. 무장해제된 외벽을 조용하고 날렵하게 기어오르고 있는 인물을 숨겨주며.

마침내 그는 밧줄 끝에 도달해 실베스트리 가문의 선조를 상징하는 험상궂게 생긴 석상 옆에 서서 아래를 내려다보았다. 밧줄을 걷어 올려서 단단히 허리에 찼다. 팔다리가 쑤시고 얼굴에 맺힌 땀방울에 부딪히는 한기로 볼 때 필요한 높이까지 올라온 것 같았다. 그는 인상을 쓰며 깊은 숨을 몰아쉬었다. 검투장에서 가면의 검투사로서 근육을 단련했고, 비록 최근에는 죽음의 모래사장에 설 기회가 없었지만 그래도 여전히 그는 몸에 자신이 있었다. 평범한 사람이라면 여기까지 오르는 도중에 이미 죽었을지도 모른다. 그는 팔다리의 근육을 풀며 고통을 차단했다. 이제 거의 다 왔다. 조금만 더 가면 된다. 그는 조심스럽게 몸을 돌려서 석상을 지나 탑을 마주 보면서 붙잡을 곳과 발 디딜 곳을 찾으며 옆으로 이동했다. 등과 근육에 몰려오는 고통을 잊고 휘몰아치는 바람을 견디면서 한 발 한 발 천천히 옮기며 임무와 최종적인 살인에만 집중했다.

핀레이 캠벨은 성년 시절 대부분을 궁정에서 멋만 부리며, 유명한 전사였던 아버지에게 끊임없이 실망만 주는 존재로 보냈다. 그를 훈련시킨 사람과 그를 사랑하는 여인 외에는 아무도 그가 골고다 검투장에서 무적의 챔피언으로 이름을 날리는 가면의 검투사로서 또 다른 삶을 살고 있다는 사실을 알지 못했다. 목숨을 건지기 위해 도망쳐야 하는 상황에 내몰렸을 때 핀레이는 지하동맹에 자신의 전사적인 면모를 드러내야만 했다. 지하동맹에 정착하기 위해서는 어쩔 수 없는 일이었다. 그들은 뜨내기는 받지 않았다. 특히 클론이나 에스퍼도 아닌 그냥 사람일 경우에는. 그들은 핀레이가 자신의 가치를 증명하거나 아니면 죽어 없어지도록 아무런 지원도 없는 단독작전에 파견했고, 그가 피를 뿌리며 승리를 거머쥐고 귀환하자 그때서야 동지로 인정해주었다. 핀레이는 그들에게 자신이 훌륭한 전사임을 보여주기는 했지만 가면의 검투사에 대해서는 한마디도 하지 않았다. 그들이 알 필요가 없는 일이었기 때문이다.

그는 애초에 자신을 검투장으로 내몰았던 충동, 즉 폭력과 죽음에 대한 갈구에 대해서도 말하지 않았다. 누군가를 죽일 때 정말로 자신이 살아 있음을 느끼는 순간이 있었다. 에반젤린이 함께 있을 때는 그런 갈망이 잠재워지거나 적어도 누그러지는 듯했다. 그녀와의 사랑이 그가 원하는 전부였지만 그들이 같이 있을 수 있는 시간은 아주 짧았다. 둘의 가문은 대대로 앙숙이었기 때문에 두 젊은 연인이 미래에 삶을 함께 일굴 희망은 전무해 보였다. 그런 예감이 그들의 사랑을 약화시키기보다는 오히려 부채질했고, 살인만을 위해 살던 사람은 여인의 품에 안겨 평화의 순간을 느낄 수 있게 되었다.

하지만 지금 그는 지하에 살고 있고 그녀는 지상의 슈렉 타워로 돌아갔다. 그녀의 끔찍한 아버지에게로. 도심의 타워 소유주들 사이에서 그녀의 지위와 연줄은 너무 값진 것이기 때문에 오랫동안 자리를 비울 수 없었다. 그들은 아쉬움에 다시 한 번 포옹하고 울지 않으려 애쓰며 목멘 이별의 말을 속삭였다. 그는 그녀를 최대한 멀리 배웅하며 그녀가 사라질 때까지 지켜보았다. 금방 다시 만나게 될 거라고 서로를 안심시켰지만 둘 다 완전히 믿지는 않았다. 해피엔딩은 다른 사람들을 위한 것이다. 핀레이 캠벨은 혼자 쓸쓸히 지하동맹으로 걸어서 돌아왔다. 그날 그의 일부분이 죽어나갔지만 그는 내색하지 않았다. 현재 벌어지고 있는 투쟁에서 지하동맹은 그에게 자객이 될 것을 요구했고, 그 어떤 것도 그가 임무에 소홀해지도록 놔두지 않았다.

그는 자신을 결코 반역자로 생각해본 적이 없었다. 자신이 속한 사회를 물고기가 물속에서 헤엄치는 것처럼 당연하게 여겼다. 자신의 기득권과 안락을 위해 누가 노동을 하고 고통을 받는지 고민해본 적도 없었다. 그는 다른 귀족의 절을 받는 귀족이었고, 가장 강력한 가문의 상속자였으며, 헤아릴 수 없는 부와 권력의 소유자였다.

그런데 울프 가가 와서 가문을 도륙내자 갑자기 무명의 도망자가 되어버렸다. 울프 가의 패거리들이 보기만 하면 죽이려고 혈안이 되어 그를 찾고 있다. 그는 어쩔 수 없이 안전을 위해 별로 관심도 없고 동조하지도 않았던 지하동맹으로 흘러들었다. 그리고 지하동맹의 증오를 이해하게 되었다. 웜보이 지옥에서 에스퍼와 클론들에게 자행된 만행은 어떤 식으로도 합리화될 수 없는 수치스러운 일이었다. 그가 목격한 고문과 고통은 전사인 그로서도 가슴 떨리는 일이었다. 그리고 얼마 되지 않아 사일로나인의 안에 있건 밖에 있건 에스퍼와 클론들이 당하는 일상적인 고통은 별로 다르지 않다는 사실을 깨달았다. 그들은 인간이 아니라 재물이었다. 그들의 소유주는 무슨 짓이든 할 수 있었다. 핀레이 자신도 여태껏 그래왔다.

그는 정치에 별로 관심이 없었고 앞으로도 그럴 것이라 여겼지만 맞닥뜨린 상황에서 자기도 모르게 반란자들을 존경하게 되었고 그들을 위해 싸울 각오를 다지게 되었다. 비록 자신이 그들과 별다른 공통점은 없지만 말이다. 그는 그들에게 별로 할 말이 없었으며 그들이 무엇에 관심을 갖는지 잘 이해되지도 않았고 크게 상관하지도 않았다. 그들은 그를 순진하다고 여겼고 그는 그들이 따분하다고 생각했다. 그는 많은 시간을 부루퉁하게 지냈다. 검투장에 있지 않을 때 그에게 소일거리를 제공하던 예쁜 옷들과 화려한 파티가 이제는 사라져버렸기 때문이다. 지하동맹에서 패션이나 파티 같은 것은 쓸데없는 사치였다. 핀레이는 간혹 가문의 몰락이나 그의 적인 울프 가의 승리에 대해서, 혹은 에반젤린은 지금 자기 없이 무엇을 하고 있을까와 같은 생각에 빠져들곤 했다. 대체로 그는 다른 사람들에게 불편한 존재였고 그도 그 사실을 알고 있었지만 어쩔 수 없었다. 그래서 지하동맹은 그를 여러 가지 임무로 바쁘게 움직이도록 하기 위해 최선을 다했고, 그것은 그들의 이해에도 맞아떨어졌다. 어려운 일이 아니었다. 지하동맹은 많은 적들이 있었으며 핀레이는 언제든 행동할 준비가 되어 있었다.

그래서 그는 항상 위험한 임무에 자원했다. 지하동맹은 수락했고 둘 다 만족했다. 그리고 그가 계속 살아서 돌아오는 것에 대해 어느 쪽이 더 놀랐는지는 단정 짓기가 쉽지 않았다.

이번 임무도 마찬가지였다. 지하동맹이 권세 있고 특히 지하동맹에 반대하는 목소리를 높이는 적의 죽음을 결정했고 핀레이가 그 도구로 나선 것이다. 다만 이번 표적이 드램 사령관의 오른팔로 악명 높은 윌리엄 세인트 존 경이라는 것, 그래서 그가 항상 많은 무장경호원들을 대동하고 철통같은 경비에 둘러싸여 있다는 것이 다른 점이었다. 그가 행차할 때마다 부하들이 수 킬로미터 앞까지 포진해 있었다. 그는 비상시를 대비해 항상 휴대용 보호막을 사용했으며 어디를 가든 전용 비행판을 타고 이동했다. 물샐 틈 없는 경비였다. 완전히 미쳤거나, 자포자기했거나, 막강한 능력을 갖춘 자객이 아니라면 암살 시도조차 하지 않을 것이다. 핀레이는 세 가지 모두에 속했고 그것도 자신의 욕구에 의해 몇 갑절 배가된 상태였다. 그가 지금 실베스트리 타워를 누구의 눈에도 띄지 않기를 바라며 회색 거미처럼 오르는 이유가 바로 그것이었다.

그는 마침내 사이버생쥐들이 제공해준 설계도면에서 미리 점찍어 둔 움푹 파인 공간에 도착해 몸을 파묻었다. 그곳은 몸을 둥글게 말고 앉아 아래쪽을 조망할 수 있는 공간이었다. 그는 지상 50미터 높이에서 편안하게 앉아 때가 되기를 기다렸다. '빌리 보이'라는 별명으로 불리는 존은 약자를 악독하게 괴롭혔다. 그의 말 한마디는 에스퍼와 클론, 그리고 그의 앞을 가로막는 사람들에게 죽음을 의미했다. 도살자 빌리는 모든 사람들에게 욕을 먹는 증오의 대상이었지만 그의 지위 때문에 아무도 감히 그를 건드리지 못했다. 그리고 여제가 그를 아주 좋아한다는 소문도 떠돌았다.

그런 그가 무장한 수행원들과 함께 근처의 새로운 고아원 개소식에 참석하러 가는 길에 친구이자 동맹자인 실베스트리 경을 예방한다는 것이다. 지난 몇 년간 존과 그의 부하들이 얼마나 많은 고아들을 만들어냈는가를 생각하면 아주 적절한 처신이라 할 것이다. 워리어 프라임인 드램은 여제의 공식 배우자가 된 후 자신의 임무 대부분을 부관인 존에게 일임했다. 빌리 보이는 잠재적 반역자들을 색출 처단하고 반란에스퍼와 클론을 처리하는 일을 떠맡은 후 열정적으로 임무를 수행했다. 그래서 그가 가는 곳에는 피와 죽음이 항상 뒤따랐다. 그는 절대로 포로를 취하는 일이 없었다. 잔인함과 학살은 그에게 오락이었고, 그는 자비라는 단어를 알지 못했다. 지하동맹은 그의 죽음을 만장일치로 의결했다. 세인트 존의 처형은 제국궁정에 무시할 수 없는 메시지를 전하게 될 것이다.

누구도 그를 위해 슬퍼하지 않을 것이다. 그의 친구들조차도. 최근에 세인트 존은 드램의 그늘에서 벗어나 자신의 지위를 높이기 위한 정치적 계략을 꾸몄다. 늘 그렇듯이 악랄한 열정으로 그것을 추진했고 비열한 배신으로 동료들 사이에 적을 만들었다. 새로운 고아원을 설립하는 것은 의심을 초래할 가능성도 없고 그의 이미지를 개선하는 데도 도움이 될 터였다. 불도저 같은 사나이가 아이들의 초롱초롱한 눈망울에는 약해진다, 이것은 틀림없이 먹힐 것이다. 대형 홀로그램 방송국들이 모두 몰려들 것이다. 핀레이는 씩 웃었다. 그들은 아직 모르고 있겠지만 곧 최고의 특종을 잡게 될 것이다.

핀레이는 자신과 세인트 존이 비슷한 부류라는 사실을 잘 알고 있었다. 둘 다 피와 죽음에 대한 갈망이 있으며 그것을 위해 기꺼이 손을 더럽힐 각오가 되어 있다는 점이 그것이었다. 전쟁에서였다면 그들은 한껏 즐기면서도 영웅이 되어 훈장을 주렁주렁 매달게 되었을지도 모른다. 그들은 동료가 될 수도 있을 것이고 친구가 되었을지도 모른다. 겨울밤 이글거리는 화톳불에 둘러앉아 지난 전투와 전사한 동료들을 기리며 건배를 외칠 수도 있었을 것이다. 하지만 전쟁에서 둘은 서로 다른 편이었을 수도 있다. 그렇다면 두 사람은 호적수가 되었으리라.

핀레이가 갑자기 고개를 들었다. 군악대가 다가오는 소리가 들렸다. 제복을 완벽히 갖춰 입은 브라스밴드가 앞장서서 거리를 행진하며 군가를 연주하고 있었다. 그 뒤로 목숨 바쳐 충성하도록 정신개조된 전속경호원들이 비행판을 둘러싸고 따르고 있었다. 비행판 위에는 세인트 존이 위풍당당하게 서서 거리를 가득 메운 인파에게 미소를 뿌리며 손짓하고 있었다. 핀레이는 코웃음을 쳤다. '웃기지도 않는군.' 군중이 너무 빨리 모여들었다. 정해진 위치에서 대기하고 있다가 홀로그램 카메라에 등장하기 위해 고용된 사람들임에 분명했다.

세인트 존은 장식 없이 간소한 제복을 입고 있었다. 훌륭한 연출이다. 그저 자기 일에 충실한 평범한 군인으로 보이고 싶었던 것 같다. 그는 키가 크고 가슴이 떡 벌어진 체구에 호남형 얼굴이었다. 보디숍에서 만들 수 있는 최상의 품질이었다. 그의 미소는 약간 가식적이었고 눈매는 다소 차가운 느낌이었지만 사람들은 이미 정치가들을 통해 그런 것에 익숙해져 있었다.

핀레이는 사람보다는 비행판에 정신을 집중했다. 비행판은 개조되었지만 본질적으로 커다란 반중력 썰매였다. 철갑을 보강하고 화려한 귀금속 장식과 보석을 덧대었기에 핀레이같이 까다로운 감수성을 지닌 사람조차도 매혹될 정도였다. 저 정도의 사치를 부리려면 어느 정도 감각이 있어야 했다. 핀레이는 세인트 존이 죽었다 깨어나도 그런 감각을 가질 수 없을 것이라고 생각했다. 다른 사람들의 수고를 덜어주기 위해서라도 그를 죽여야 할 이유가 하나 더 늘었다. 비행판 주변의 공기가 살짝 이글거리고 있었다. 구경꾼들이 너무 근접하지 못하도록 비행판에 차단장이 펼쳐진 것이다. 에너지빔이나 폭발의 충격도 그것을 뚫지는 못할 것이다. 존의 부하들은 일을 어떻게 하는지 잘 알고 있었다. 하지만 차단장은 모든 것을 차단한다. 공기까지도. 그래서 차단장은 비행판의 측면에만 둘러쳐져 있었다. 세인트 존이 숨을 쉴 수 있도록 위쪽은 개방되어 있는 것이다. 그래도 그다지 위험하지 않았다. 위로부터 비행물체가 접근하면 상부가 즉시 폐쇄되었다가 잠재적 위협이 사라진 후 다시 열리는 방식이기 때문이었다. 문제될 것이 없었다. 그리고 위에는 아무런 비행물체도 없었다. 단지 세인트 존의 머리 위 타워에 한 남자만이 구석에 쭈그리고 앉아 있을 따름이었다.

핀레이는 웃었다. 지하동맹이 세인트 존의 경호 방식을 설명해줄 때 핀레이는 그 구멍에 주목했다. 주변 타워들의 경비시스템을 감안하면 위로부터의 공격은 불가능해 보였다. 하지만 최고로 정교한 장치들도 물불 가리지 않고 위험을 감수하려는 사람을 당해낼 수는 없다. 자신이 죽건 말건 개의치 않는 사람. 잠시 이런 생각을 하다가 핀레이는 스스로 놀랐다. 사실이었기 때문이다. 그는 가족이나 사회적 지위 없이도 살 수 있었다. 하지만 에반젤린 없이는 견딜 수 없을 것 같았다. 사정상 그들은 서로 떨어질 수밖에 없게 됐고 앞으로도 영원히 그럴지 모른다. 에반젤린 없는 삶이란 그에게 무가치한 것이다. 그는 수행원들이 위치를 잡는 것을 내려다보며 입가에 죽음의 미소를 지었다. 이제 곧 누군가 죽는다. 세인트 존은 핀레이의 바로 아래인 타워의 중앙 현관 앞에 비행판을 세우고 연설을 시작할 준비를 했다. 핀레이는 그저 총을 꺼내서 악당의 머리를 쏘기만 하면 된다.

하지만 그러면 일이 너무 싱거울 것이다. 그리고 핀레이 캠벨의 체면에도 어울리지 않는다.

그는 손에 피를 묻히고 싶었다.

그는 민첩한 손놀림으로 밧줄을 던졌다. 줄은 타워를 타고 내려가 아무도 눈치 채지 못하는 사이에 세인트 존의 머리 위로 늘어졌다. 밧줄도 그의 카멜레온 옷과 마찬가지로 위장 기능이 있었고 경비시스템에도 노출되지 않았다. 핀레이는 은밀한 구석에서 나와 밧줄을 단단히 붙잡고 몸을 바깥쪽으로 내밀었다. 그리고 그 순간을 만끽하며 잠시 멈췄다. 그다음 타워에서 몸을 던져 밧줄을 타고 빠르게 내려가기 시작했다. 가죽장갑이 맹렬한 마찰로부터 손을 보호해주었다. 손가락 사이로 뜨거운 연기가 피어올랐지만 그는 마지막 순간에 가서야 밧줄을 잡은 손에 힘을 주어 하강속도를 늦추고 자유로운 다른 손으로 벨트에서 단검을 빼들었다. 그 순간 세인트 존이 소리를 들었거나 무엇인가를 느꼈던 것 같다. 그가 위를 쳐다보았고, 핀레이는 아주 손쉽게 밧줄을 놓으며 뛰어내려 그의 눈에 단검을 박았다.

세인트 존은 활갯짓 치면서 경련을 일으켰지만 이미 목숨은 끊겨 있었다. 핀레이는 비행판 갑판을 발로 세게 굴렀고 그의 다리근육이 충격을 흡수했다. 그가 피가 솟구치는 존의 눈에서 단검을 뽑자 존은 흐느적거리며 바닥에 쓰러져 몸을 떨었다. 핀레이가 갑작스레 착지하자 그 충격으로 비행판이 어지럽게 요동쳤고, 세인트 존과 함께 타고 있던 몇몇 경호원들은 균형을 잡으려고 허둥대다가 핀레이의 죽음의 미소와 함께 그의 검과 단검을 맞이해야 했다. 그는 검을 짧고 강하게 휘둘러 치명상을 입히면서도 칼날이 몸이나 옷에 끼지 않도록 했다. 그러고는 미친 듯이 웃으며 우왕좌왕하는 경호원들을 능숙한 솜씨로 베어 넘겼다. 칼날이 가까이 다가와도 그는 전혀 두려워하지 않았다. 그는 물 만난 고기처럼 자신이 가장 잘하는 것, 가장 좋아하는 것을 하고 있었다.

그의 검이 경호원의 뱃속을 헤집고 들어갔다가 피분수와 함께 되돌아 나오고 하마터면 그의 목을 날려버렸을 다른 경호원의 칼날을 쳐내기 위해 분주하게 위로 솟구쳐 올랐다. 핀레이는 누군가 싸울 상대가 있다는 것이 기뻤다. 그는 그 경호원에게 몸을 던졌고, 잠시 동안 둘은 서로 머리를 맞댄 채 한 치의 양보도 하지 않았다. 그리고 경호원의 눈빛에서 무언가를 직감한 핀레이는 순간적으로 몸을 옆으로 던졌다. 그때 그의 뒤에서 다른 경호원이 쇄도하며 자신을 상대하던 경호원의 몸속 깊숙이 칼을 박았고 핀레이는 동료의 몸에 칼을 박은 또 다른 경호원을 뒤에서 베었다. 세 명의 경호원이 더 있었지만 핀레이는 그들마저 순식간에 처치해버렸다. 마냥 즐기고 있을 시간이 없었던 것이다.

그는 마지막 경호원을 단칼에 찔러버리고 피를 뿌리며 검을 거둔 후 주위를 둘러보며 상황을 파악했다. 그는 숨소리도 거칠지 않았다. 세인트 존을 처치한 지 불과 몇 분밖에 흐르지 않았다. 비행판 바깥에서는 다른 경호원들이 자객을 잡기 위해 비행판에 진입할 방법을 찾느라 부산했다. 차단장은 원래의 기능대로 모든 사람의 접근을 잘 차단하고 있었고 그들 중 누구도 아직 핀레이가 했던 것처럼 실베스트리 타워에 오를 생각은 못 하고 있었다. 한 멍청이가 차단장을 향해 광선총을 발사하자 그들 모두는 되튀는 에너지빔을 피하기 위해 납작 엎드려야만 했다. 그래도 약간 머리가 돌아가는 자가 다른 비행판을 부르라고 소리 질렀고, 핀레이는 그것을 이제 자신이 떠나야 할 때가 되었다는 신호로 받아들였다.

그는 쓰러진 시체들을 피해 재빨리 비행판의 조종석으로 가서 하늘로 날아올랐다. 잠시 둘러보자 남쪽에서 여러 대의 비행판들이 몰려오는 것이 눈에 띄었다. 그는 비행판을 위아래로 흔들며 회피비행으로 파스텔 색조를 띤 타워들 사이를 누비며 점점 속도를 붙였다. 추격자들이 조금이라도 자기 몸을 걱정하는 마음이 있다면 움찔할 수밖에 없는 아찔한 속도였다. 그는 크게 웃으며 발을 굴러 적의 피로 흥건한 갑판에서 철퍽거리는 장화 소리를 즐겼다. 모든 사람들이 불가능하다고 말했던 것을 또다시 해냈다. 그는 추격대를 따돌리고 탈출했다. 항상 그랬던 것처럼. 뒤돌아보자 피로 얼룩진 채 놀란 표정으로 죽어 있는 세인트 존의 얼굴이 눈에 들어왔다. 핀레이는 다시 큰 소리로 웃었다. 아주 크고 자신감 넘치는 소리였다. 그것이 미친 자의 웃음이라도 상관없었다. 핀레이는 그런 것 따위는 개의치 않았다.

핀레이의 아내 아드리엔 캠벨은 한때는 점잖은 모임에 재앙 같은 존재이자 사교계에서 가장 시끄럽고 신랄한 독설가였다. 그런 그녀가 지금 분기를 삭이며 텅 빈 화면 앞에 앉아 다음에는 누구를 호출해볼까 고민하고 있었다. 그녀는 이미 생각나는 모든 사람들에게 연락을 취해보았다. 그중에는 예전에 다시는 거들떠보지 않겠다고 맹세했던 사람들도 있었지만 그들 중 누구도 그녀의 말에 귀 기울여주는 사람은 없었다. 어떤 사람은 핑계를 늘어놓고 또 다른 사람은 무례하게 굴기도 했으나 대부분은 아예 하인을 시켜 외출중이라고 대답하도록 했다. 거짓말쟁이들. 캠벨 가문의 몰락과 함께 아드리엔의 삶도 영락했다. 그녀는 그것을 받아들이기 어려웠다. 한때 자신이 쥐락펴락 하던 바로 그 사회에서 추방되어버린 것이다. 막강한 캠벨 가문을 등에 업었을 때와 몰락한 가문의 몇 안 되는 생존자일 때의 차이는 극명했다. 그녀는 한 번도 경험해보지 못한 극심한 고립감을 느겼다. 아무도 그녀와 대화하려 하지 않았다. 그녀에게 일어난 일이 자신들에게 옮을까봐 두려운 것이었다.

그녀의 사촌시동생인 로버트 캠벨은 군인이었기 때문에 그러한 몰락에서 한 발짝 비껴 있을 수 있었다. 군대는 자신의 성원을 보호한다. 그리고 아드리엔이 승리한 울프 가의 집요하고도 체계적인 소탕작전에서 살아남을 수 있었던 것도 그의 영향력 때문이었다. 거리에서는 캠벨 가의 피가 흘렀고 그들의 비명과 절규에 누구도 응답하지 않았지만 그녀는 그 상황에서 철저히 격리되어 있었다. 그녀는 간섭하지 않는 한 안전했다. 그래서 마음을 굳게 다잡고 문을 걸어 잠근 후 절박한 노크 소리가 이어져도 절대로 응하지 않았다. 사람들이 찾아와 간청하고 위협하기도 하며 그녀의 이름을 부르며 울부짖기도 했지만 그녀는 문에서 멀찌감치 떨어져 손으로 귀를 틀어막았을 뿐이었다. 귀를 막는 것은 별로 도움이 되지 않았다. 울프 가 사람들이 몰려와 비명 지르는 목소리를 끌고 가는 소리는 어떻게 해도 막을 길이 없었다. 어떤 때는 갑자기 비명 소리가 뚝 끊어졌는데 그 후 찾아오는 정적은 더욱 견디기 힘든 것이었다.

마침내 목소리의 방문이 잦아들었고 아무도 그녀의 방문을 노크하지 않게 되었다. 아드리엔 캠벨은 이제 혼자였다. 캠벨 가가 가졌던 모든 것을 이제 울프 가가 소유했고 그녀에게는 보석부스러기 몇 개 외에는 아무것도 남지 않았다. 그녀의 신용등급도 삭제되었다. 로버트처럼 연줄이나 보호막이 있어서 간신히 유혈참변을 모면한 몇몇 방계 캠벨 가의 사람들도 그녀와 연락을 끊었다. 그녀는 그들을 탓하지 않았다. 캠벨 가의 영향력은 모든 곳에서 일거에 사라져버렸다.

아드리엔은 보통 키에 약간 마른 편이었다. 그런데 공포와 절망만큼 다이어트에 좋은 것도 없었다. 그녀는 지난 몇 달 동안 죽을 때까지 유지할 것이라고 장담했던 체중에서 수 킬로그램이나 빠졌다. 음식을 사러 나갈 수도 없었고 화면으로 주문할 수도 없었다. 돈이 없었다. 모든 것을 로버트에게 의지했지만 그도 제 코가 석 자였다. 하지만 그는 여전히 할 수 있는 모든 것을 하려고 애썼다. 가엾은 로버트. 예전에 그녀는 비록 남편에게는 못 미쳤지만 사교계에서 가장 화려한 옷들을 걸쳤는데 지금은 칙칙한 색깔의 구겨진 실내복을 입고 있었다. 그녀가 목숨을 건지려고 도망칠 때 옷 따위를 챙길 겨를이 없었다. 그리고 그 옷들이 그다지 아깝지도 않았다. 그녀가 그 옷들을 입었던 이유는 패션에 미친 남편을 약 올리고 콧대를 눌러주려는 목적이 컸다. 그렇다고 해도 기본은 필요했다. 그녀는 자신이 남루해 보인다는 것을 참을 수 없었다. 지금은 로버트가 생각날 때마다 그녀에게 옷을 제공해준다. 이 도피처를 제공해준 것처럼. 하지만 대부분의 남자들과 마찬가지로 그의 감각은 빵점이다.

그녀는 화면에 비친 자신의 모습을 보고 얼굴을 찌푸렸다. 그녀의 얼굴은 선이 날카로운 편이었다. 전체적으로 평평했지만 갑작스런 각들이 두드러졌고 진홍색 입술은 화난 사람처럼 꽉 다문 일자였다. 검고 강렬한 눈빛을 지녔으며 한때는 매력적으로 받아들여진 약간은 우스꽝스러운 들창코를 가졌다. 머리는 여전히 물결치는 아름다운 금발이었으나 지금은 조금 산만한 느낌을 주었다. 대체로 그녀는 괜찮은 용모를 지녔다.

그녀는 한숨을 쉬며 의자에 등을 기댔다. 이제 너무 지치고 의기소침해져서 오래 화낼 기력도 없었다. 그녀가 얼마나 몰락했기에 이런 곳에 처박히게 되었는가? 낡아빠진 아파트에 유폐된 패배자의 모습으로, 불과 몇 달 전까지만 해도 경멸해마지 않던 시시하고 따분한 사람들에게 교유를 구걸하고 도움을 간청하는 신세가 되어버린 것이다. 아드리엔이 속물근성으로 그들을 무시했던 것은 아니었다. 그녀는 모든 사람들을 동등하게 무시하는 것을 자부심으로 삼았었다.

이제 그녀는 여기까지 왔고, 그녀에게 남은 유일한 카드인 핀레이를 이용해 자신의 지위를 개선해보려는 정치놀음을 펼치려 하고 있다. 핀레이는 아주 철저히 꼬리를 감춰버렸다. 이 점이 아드리엔을 놀라게 했다. 그녀가 알고 있는 한 그는 어떤 것도 그 정도로 잘하지는 못하는 사람이었다. 아직도 많은 사람들이 이유를 말하지는 않지만 그를 찾고 싶어 했다. 그리고 그녀를 통한다면 그를 찾을 방법을 알아낼 수 있을 것으로 기대하고 있었다. 그녀를 협박하든 돈으로 구워삶든 간에 말이다. 아드리엔은 아무런 정보도 가지고 있지 않지만 어쨌든 돈을 취할 수는 있었다. 그리고 그들이 마침내 눈치 챌 때까지 약간의 힌트와 약속만으로도 게임을 계속할 수 있을 것이다. 협박은 그냥 무시해버렸다. 로버트와 그의 군대 친구들이 그녀를 보호해주었고 모든 사람들이 그 사실을 알고 있었다. 그녀가 알고 있는지조차 확실치 않은 정보 때문에 군대와 맞서고자 하는 사람은 없었다. 군대는 모욕에 대해서는 아주 오랜 기억력을 가지고 있으며 화해하는 데는 인색했다. 그래서 아드리엔은 자신의 작은 게임을 계속할 수 있었다. 상어에게 잡아먹히지 않으려고 이리저리 민첩하게 몸을 놀리는 작은 물고기처럼.

그녀는 자신이 계속 게임을 이끌고 있다고 생각했다. 최소한 그녀는 아직 살아 있다. 물론 지금의 삶을 살아 있는 것이라고 할 수 있다면 말이다. 그녀는 짜증스러운 듯 혀를 차며 화면 속의 자기 자신을 쏘아보았다. 최근 많은 시간을 골똘히 생각에 잠겨 보낸 후 자신이 스스로를 별로 좋아하지 않는다는 불편한 결론에 도달했다. 모든 것들에 대해 부정적이었고 자기 자신을 포함한 어떤 것에도 긍정적이지 못했다. 하지만 한 가지만은 자신이 옳았다고 생각했다. 자신의 모습을 앙칼지고 과격하고 비타협적인 것으로 꾸미기 위해 많은 노력을 기울인 것 말이다. 왜냐하면 그것이 그녀가 무엇인가를 이룰 수 있는 유일한 방법이었기 때문이다. 나약하게 굴면 상처 입거나 죽을 수도 있다. 상류사회는 적자생존의 정글이다. 또 그녀는 무례하고 뻔뻔스럽고 소란스럽게 구는 것을 즐겼다. 그런 것에 소질이 있었기 때문이다. 하지만 그녀의 힘과 의지와 총기와 독설도 막상 캠벨 가가 몰락하자 그녀를 구해주지 못했다.

그녀의 아이들은 군사학교에서 안전하게 지내고 있다. 그녀가 자녀들을 위해 바랐던 미래와는 거리가 있지만 어쨌든 안전한 피신처임에는 틀림없다. 로버트가 그녀를 위해 주선한 일이었다. 순진한 천성과 멍청한 미소를 가진 그 젊은이가 이제 캠벨의 수장이라는 사실은 여전히 현실감이 없었다. 핀레이가 적통이지만 지하로 잠적하면서 모든 권리를 포기했다. 조금이라도 권리를 주장할 수 있는 사촌들도 지금은 거의 남지 않았고 그들마저도 대부분 은신 중이었다. 폭풍이 지나가고 파도가 가라앉을 때까지 머리를 납작 숙이고 있는 것이다. 다른 사람들은 대부분 죽었거나 실종되어 사망한 것으로 추정되었다. 몇몇은 서둘러 작은 가문들과 혼례를 치르고 목숨을 부지하기 위해 자신의 성(姓)을 버렸다. 그런데 그들조차도 일부는 실종되기도 했다. 울프 가는 그만큼 끈질기고 악랄했다.

아드리엔은 약간의 자존심이라도 있다면 사교계가 자기를 버린 것처럼 자신도 사교계를 버려야 한다는 것을 잘 알고 있었다. 하지만 그럴 수 없었다. 사교계는 그녀가 알고 있는 전부였다. 영향력과 음모로 벌이는 위대한 게임은 유일하게 해볼 만한 가치가 있는 것이었고 중독성이 아주 강했다. 그녀는 다시 그 문으로 들어설 수만 있다면 간과 쓸개도 다 내놓고 싶은 심정이었다. 선택은 복귀하느냐 지하동맹으로 들어가느냐 둘 중 하나밖에 없는데 그녀는 지하동맹을 경멸했다. 반란에는 전혀 흥미가 없었다. 그곳은 악당과 비인간과 하층민만이 득실대는 곳이었다. 게다가 그녀는 자신을 숨기는 데는 재능이 없었다. 그리고 자신의 현 상태만 제외하고는 사회에 대해 아무런 불만이 없었다. 적당한 지렛대만 찾는다면 자신이 사교계에 다시 받아들여질 것이라는 것에 대해 추호의 의심도 없었다. 그들은 그녀를 받아들여야 한다. 그녀는 그들과 동류이다. 그녀가 간혹 사교계를 비판하는 말을 했을 수도 있지만 그곳을 떠나서는 살 수가 없다. 그녀가 아는 것이라고는 어떻게 귀족으로 사는가라는 것과 정치게임을 벌이는 것뿐이었다.

그렇기 때문에 그녀는 초라해지는 줄 알면서도 자꾸 하찮은 인간들과 보잘것없는 가문들에 연락을 취하고, 실력자들의 주변을 어슬렁거리며 부스러기라도 주워 먹으려는 소위 '명망가'들에게도 목을 매는 것이었다. 그들은 재치와 감수성으로 유명하고 모든 최신 가십을 뚜르르 꿰고 있었으나 변화하는 취향과 변덕에 따라 부침을 거듭하는 존재들이었다.

하지만 가시 돋친 재담과 완벽한 희롱으로 사람들의 웃음보를 터뜨리거나 눈썹을 치켜 올리도록 만들며 항상 자리를 지키는 사람이 있었으니 그녀의 이름은 샹텔이었다. 아드리엔은 친구라기보다 경애하는 라이벌로서 그녀를 수년간 알고 지냈다. 샹텔은 귀족가문 출신도 아니었고 정치권력도 없었지만 그녀가 개최하는 야회에는 사람들의 이목이 집중되었다. 그녀는 고혹적인 미소와 자부심 넘치는 당당한 태도로 유행과 패션을 선도했고 그 방면에서는 타의 추종을 불허했다. 그녀와 아드리엔은 여러 가지 면에서 공통점이 많았다. 심지어는 애인관계에서도 그랬다. 하지만 그들이 공통적으로 거쳐 온 남자들은 자신에게 무엇이 이로운지 잘 알고 입을 꽉 다물어버렸기 때문에 그것이 표면화되지 않았을 뿐이다. 아드리엔이 샹텔의 지원을 얻을 수 있다면 누구도 감히 그녀를 모욕하지 못할 것이며 그녀의 연락을 회피할 수도 없을 것이다. 샹텔이 받아들인다는 것은 곧 사교계가 받아들인다는 것을 의미했다.

아드리엔은 용기를 내서 연락을 넣었다. 샹텔이 아드리엔의 영락한 모습에서 자신에게도 언제 닥칠지 모르는 불운의 가능성을 보고 동정심을 느낄 수도 있었다. 샹텔의 찌푸린 얼굴이 화면에 나타나자 아드리엔은 자신도 모르게 펄쩍 뛰었다. 패션의 태두인 그녀가 지난밤의 실내가운을 그대로 걸치고 화장도 고치지 않은 모습을 하고 있었다. 아마도 지난밤, 더 정확히는 오늘 새벽의 파티에서 금방 돌아온 모양이었다. 그녀의 긴 머리카락은 반지르르한 구릿빛에 은빛 강조선을 넣었고 하트 모양의 얼굴은 형광색으로 빛났다. 하지만 아주 까다로운 사람이라면 그녀의 머리색이 군데군데 탁하게 보이고 입 주변의 화장이 살짝 번졌다는 것을 지적하고 싶을 것이다. 아드리엔은 나중에 혹시 그녀를 공격할 건수가 필요할 때 그것을 유용하게 써먹을 수 있을지도 모른다고 생각하며 마음속에 새겨두었다. 그녀가 화면을 향해 씩씩하게 웃음을 지으며 말을 꺼내려는 찰나에 샹텔이 큰 소리로 코웃음 치는 소리가 들렸다.

"언제 연락할지 궁금했어. 연락한 이유는 말 안 해도 알겠고 내 대답은 도와줄 수 없다는 거야. 당신은 끝났어, 아드리엔. 그러니까 제발 내 주변에서 얼쩡거리지 마. 신의 손길이나 뭐 그런 기적 같은 일이 일어나지 않는 한 당신이 다시 복귀할 가능성은 없어. 당신 가문은 쫄딱 망했고 당신의 영향력도 완전히 사라져버렸잖아. 당신의 신용등급도 지하 깊숙이 처박혀버려서 되찾으려면 굴착기라도 동원해야 할 테고. 개인적으로 나는 그런 일이 일어난 것이 어쩌면 당연한 귀결이라고 봐. 당신은 우리와 격이 맞지 않았어, 아드리엔. 시끄럽게 떠들어대고 협박이나 할 줄 알았지 예절이나 품위에 대해서는 아는 바가 없잖아. 당신은 섬세한 것을 몰라. 항상 관심을 끌고 싶었겠지만 솔직히 말하면 당신은 언제나 따분함 그 자체였어. 내가 당신 처지라면 친구들에게 찾아가 보호해달라고 청하겠지만 당신은 친구가 없잖아, 그렇지? 안녕, 아드리엔. 다시는 이 번호로 호출하지 마."

화면에서 샹텔의 얼굴이 사라졌다. "안녕, 샹텔." 아드리엔이 말했다. "설사병이나 걸려버려라."

그녀가 다시 샹텔을 호출해 약간이라도 패션을 아는 사람은 당신의 의상 때문에 항상 구역질을 느꼈다고 말해줄까 말까 망설이고 있을 때, 화면에서 차임벨 소리가 울리며 호출이 들어오는 것을 알렸다. 잠시 동안 아드리엔은 가만히 앉아 있었다. 그녀가 여기 온 이후로 한 번도 누가 호출한 적이 없었다. 그녀가 여기 있다는 사실을 알고 있는 사람이 거의 없었고, 설령 아는 사람이라도 조심스럽게 직접 찾아왔기 때문이다. 아드리엔은 자세를 가다듬고 호출에 응답했다. 혹 복권에 당첨됐을 수도 있으니까. 화면이 밝아지면서 그레고르 슈렉 경의 모습이 나타났다. 땅딸막하고 비대한 체구에 눈이 깊숙이 파묻힌 투실투실한 얼굴의 사나이. 슈렉은 자신이 원하는 것을 얻기 위해서는 물불 가리지 않는 성격이기 때문에 사교계에서는 매우 위험스러운 인물로 소문이 자자했다.

“안녕, 아드리엔.” 그레고르가 말했다. 그의 목소리는 눈매와는 다르게 매력적이었다. “당신에게 제안할 게 있는데. 서로 상부상조하는 거지. 관심 있소?”

“경우에 따라서는요.” 아드리엔이 가장 싸늘한 목소리로 대답했다. 그에게는 정이 가지 않았다. 그는 상대의 약점을 파고드는 인간이다. “내게서 뭘 원하는 거지요? 뭐 물론 뻔한 거겠지만.”

“남편이기는 했어도 당신은 그를 좋아한 적이 없지, 아드리엔. 그리고 당신에겐 그 사람 말고는 거래할 만한 별다른 것이 없을 테고. 당신이 해야 할 일은 별로 어렵지도 않소. 그냥 핀레이에게 연락해서 지정된 시간과 장소에 나오라고 하기만 하면 되오. 그러면 우리가 기다리고 있다가 그를 데리고 가고 당신은 아무 일 없었던 것처럼 다시 사교계로 복귀할 수 있소.”

“당신이 그 정도의 영향력이 있을까요?”

“내가 핀레이를 잡으면 그런 영향력이 생길 거요.”

“그 사람이 왜 그렇게 중요하죠?”

“그건 당신이 알 바 아니오.”

“그 사람한테 무슨 짓을 하려고요?”

“어차피 신경 쓸 것 없잖소. 이 제안이 유효할 때 잘 생각해보기 바라오. 핀레이는 지금 아주 중요한 인물이 됐소. 많은 사람들이 그를 찾고 있지. 방금 전에 그가 윌리엄 세인트 존 경을 살해하고 극적인 탈출을 했다는 소식이오."

"뭐라고요?" 아드리엔이 말했다. "잠깐만요. 핀레이가 사람을 죽였다고요?"

"그렇소. 나도 홀로그램 기록을 보지 않았더라면 믿지 못했을 거요. 그 사람, 아주 대단한 검객이더군. 지하동맹에서 수련이라도 받았나? 하지만 걱정할 것 없소. 충분한 인원을 배치해서 그를 제압하도록 할 테니까."

"세인트 존이 죽었다고요? 여제의 돌격대장이?" 아드리엔은 어깨를 으쓱했다. "내가 그 사람을 좋아했다고는 말 못 하겠군요. 비록 그가 사교성도 좋고 신이 여자들에게 내려준 선물이라 할지라도 말예요. 언젠가 한번 촛대로 그의 귀싸대기를 갈긴 적도 있지요."

"음, 그렇군. 아드리엔, 우리를 도와주겠소, 아니면 내가 조금 압력을 가해야 하겠소? 당신에겐 아주 사랑스러운 두 아이가 있더군. 아주 예뻐. 그 아이들에게 무슨 일이 일어난다면 매우 안타깝겠지."

"내 애들한테 손가락 하나 까딱해봐요, 당신 불알을 비틀어버릴 테니까." 아드리엔이 말했다. 그레고르는 그녀의 말을 못 들은 것처럼 말을 계속 이었다.

"로버트만 군대에 친구가 있는 것은 아니지. 잘 생각해보시오. 그리고 결정되면 연락하시오. 너무 오래 걸리지 않았으면 좋겠소. 이것저것 하다가 안 되면 혹시 핀레이가 당신이라면 구하러 올지도 모른다는 생각에 당신에게 지독한 짓을 하게 될지 또 알겠소? 뭐 별로 가능성은 없겠지만. 나도 알고 있소. 하지만 당신 남편이 나타나기를 기다리는 동안 우리는 당신에게 재밌고 창의적인 일들을 해볼 수는 있겠지."

"당신 주둥이를 한 대 갈기고 싶지만 손이 더러워질까봐 참아야겠네요." 아드리엔은 노골적인 경멸의 목소리로 말했다. "이제 당신의 징그러운 몸뚱이를 내 화면에서 좀 치워주시지요. 이웃들이 우리 집 화장실이 넘친 줄 오해하겠어요. 마음이 바뀌면 연락하지요. 하지만 너무 기대하지는 말아요."

그레고르는 그냥 웃었다. 아드리엔이 스위치를 꺼버리자 방 안에는 갑작스런 적막으로 가득했다. 그녀는 콧방귀를 뀌고 기지개를 켜며 몸에서 긴장을 몰아냈다. 그녀의 재치가 사라지고 있음이 분명했다. 그녀라면 슈렉 같은 속물은 간단히 처리할 수 있어야 했다. 그녀에게도 기지 넘치는 입담으로 남자들을 무력한 살인충동으로 몰아넣던 시절이 있었다. 하지만 지금의 경우 그레고르가 중요한 패를 모두 가졌고, 그는 그 사실을 잘 알고 있었다. 가장 안 좋은 것은 그녀가 그의 제안을 진지하게 고려하고 있다는 점이었다. 핀레이는 그녀에게 큰 의미가 없지만 아이들만은 절대로 위험에 빠뜨릴 수 없다. 로버트가 아이들을 보호하겠다고 맹세했지만 아무리 그래 봐야 그는 군대에서 초급장교에 불과하다. 그리고 핀레이가 정말로 사람들을 죽이고 돌아다닌다면…… 그녀는 입술을 깨물었다. 하지만 그녀가 슈렉과 공모하는 것을 로버트가 알게 된다면…… 로버트는 슈렉의 질녀인 레티샤와 결혼하기로 되어 있었다. 그들이 거의 결혼선서를 마무리하려 할 때쯤 그레고르가 그녀 때문에 자신의 이름이 더럽혀질까봐 그녀를 살해해버렸다. 캠벨 사람들이 로버트를 붙잡고 있는 동안 그는 레티샤를 맨손으로 목 졸라 죽였다. 로버트는 결코 슈렉을 용서하지 않을 것이다.

아드리엔의 표정은 더욱 심각해졌다. 그녀가 이 일을 하게 된다면 절대로 로버트가 알아서는 안 된다. 그러기 위해서는 그녀가 지하동맹과 접촉하기 위해 움직이기 전에 로버트가 그녀를 보호하기 위해 배치해놓은 사람들을 먼저 따돌려야 한다. 그녀 스스로 위험에 빠져야 하는 것이다. 핀레이를 잡기 위한 미끼나 함정으로 그녀를 이용할 생각을 떠올린 사람이 그레고르 혼자만은 아닐 것이다. 어쨌거나 핀레이는 오지 않을 것이다. 개자식. 핀레이는 자신의 감정을 숨기지 않았다. 더 정확히 말하자면 그녀에 대해 감정이 없음을 감추지 않았다. 그들은 아이들 말고는 아무런 공감대가 없었다. 어쩔 수 없이 그들이 만나야 할 경우에도 채 열 마디도 주고받기 전에 서로 싸우기 시작했다. 매번 어김없이 욕설을 퍼붓고 물건들을 집어던졌다.

그들은 물론 정략결혼을 했다. 둘 다 결혼을 반대하지 않았다. 그녀는 핀레이의 옷과 패션에 대한 과도한 집착을 보면서 그에게 약간의 정신적인 문제가 있다고 여겼다. 그리고 그의 행동은 그런 짐작을 충분히 뒷받침해주었다. 하지만 자기 아내가 고문을 당하며 죽게 생겼는데 정말로 뒷짐 지고 나 몰라라 할까? 반대의 경우라면 그녀는 어떻게 했을까? 아마도 그랬을 것이다. 아드리엔은 항상 자신을 냉혈한이라고 생각했다. 하지만 핀레이는 그녀가 울프 가의 공격으로 치명상을 입었을 때 목숨 걸고 그녀를 구하지 않았던가. 그가 시간 내에 그녀를 재생기계에 데려가지 않았더라면 그녀는 죽고 말았을 것이다. 그녀는 아직도 검이 배와 등을 관통할 때의 느낌이 생생했다. 가끔은 자신이 피에 흠뻑 젖어 썰매의 갑판에 누워 있고 핀레이가 울프 가의 추격을 따돌리기 위해 사력을 다하는 꿈을 꾸곤 했다. 그녀는 땀을 흠뻑 뒤집어쓴 채 잠에서 깨어나 아침햇살이 들 때까지 뜬눈으로 밤을 지새워야 했다. 핀레이가 그녀의 목숨을 구했다. 꼭 그럴 필요가 없었음에도 불구하고. 하지만 남자들의 멍청함이라니. 그는 그녀를 모욕하는 방식으로 그 일을 처리했던 것이다.

그녀는 당시 에반젤린 슈렉에 대해 몰랐었다. 그의 인생에 누군가 그녀 자신보다 더 소중한 의미를 가진 여인이 있을 것이라는 것은 짐작하고 있었다. 하지만 슈렉 타워의 에반젤린 아파트의 재생기계에서 깨어나기 전까지는 그 여인이 누군지 몰랐었다. 로버트와 그의 친구들이 그녀를 지키고 있었지만 핀레이와 에반젤린은 벌써 사라진 뒤였다. 로버트가 그녀를 안전한 곳으로 옮겼고, 에반젤린은 핀레이와의 연루 혐의 없이 다시 나타났다. 하지만 아드리엔은 그녀에게 연락할 용기를 내지 못했다.

아드리엔은 한숨을 내쉬고 비좁은 방 안을 둘러보았다. 그곳은 로버트의 독신자 숙소였고 그가 결혼식 사건 이후 상처를 달래던 곳이기도 했다. 이곳을 벗어날 수 있다는 것만으로도 그레고르와의 거래는 충분히 가치가 있을 것 같아 보였다. 그 방은 아무런 장식이나 편의시설도 없는 지극히 남성적인 공간이었다. 그녀는 자신의 취향대로 방을 바꾸고 싶었지만 일단 돈이 없었고, 또 로버트가 놀라 자빠질까봐 걱정이 되었다. 그는 지금의 상태를 좋아했던 것이다. 남자들이란. 아마 세면대에 속옷을 빨고 변기에 발톱을 깎아 버릴 것이다. 그는 자기가 가진 돈을 그녀에게 주었지만 별로 많지는 않았다. 캠벨 가의 재산은 지금 울프 가가 모두 소유하고 있다. 개자식들. 그녀는 단지 연명하기 위해 자신이 차고 있던 보석들을 하나씩 처분해왔지만 이제 그것마저도 거의 떨어졌다. 그녀는 마땅히 갈 곳도 없었다. 옛 친구들은 그녀에 대해 알고 싶어 하지 않았고 장사꾼들은 아드리엔의 영락에 공공연히 기뻐하는 사교계의 사람을 적으로 만들기를 두려워했다. 아드리엔의 거침없는 독설이 모든 사람들을 질리게 하기는 했나보다. 아드리엔은 코웃음을 쳤다. 농담도 받아들이지 못하는 멍청이들.

그녀가 핀레이를 배신해 슈렉과 손을 잡는다면 분명 원하는 것을 말하라고 할 것이다. 그러면 그녀는 다시 부자가 되고, 사교계에 복귀해 자신을 따돌린 자들을 면전에서 비웃어주고……

문에서 노크 소리가 나자 그녀는 마치 나쁜 짓을 하다가 들킨 사람처럼 화들짝 놀라서 얼굴을 붉히며 돌아섰다. 누군지는 모르지만 그가 자신이 생각하던 것을 눈치 챈 것마냥 그녀는 숨을 고르고 문을 노려보았다. 하루에 두 사람씩이나 찾아오다니 그녀가 점점 유명해지는 것 같았다. 그녀는 억지로 태연한 목소리를 꾸며내며 누구냐고 물었다가 로버트임을 알자 다시 긴장했다. 그는 처음부터 그녀를 자주 방문할 수 없을 것이라는 점을 분명히 밝혔다. 너무 공개적으로 그녀를 도울 수는 없었던 것이다. 그는 자신의 경력도 관리해야 하고 자신의 안전도 고려해야 했다. 아드리엔은 이해했다. 그런데 그가 찾아왔다면 분명 중요한 일이다. 그녀는 다시 얼굴이 화끈거렸다. 그가 슈렉의 제안에 대해 벌써 알아챘을 리는 없다. 불가능한 일이다. 그녀는 짐짓 태연히 문을 열었다. 로버트는 제복을 빼입고 어깨에 잡낭을 맨 채 사뿐히 방 안으로 들어섰다. 그러고는 그녀에게 미소를 짓고 고개를 끄덕인 후 잡낭을 바닥에 내려놓고 방을 둘러보았다.

"잠깐 들렀어요, 아드리엔. 오늘아침에 전출명령을 받았거든요. 신형 E클래스 순양함인 인듀어런스 호에 배속됐어요. 정말 대단한 배지요. 화력도 보통 배의 두 배고 신형 스타드라이브가 탑재되어 있어요. 내일 출항합니다. 일단 이 주간 시험항해를 거친 후 육 개월간 림에서 정찰임무를 맡게 돼요. 이 말은 제가 더 이상 당신을 보호해드릴 수 없다는 것과 아울러 군대에서 후임병을 위해 이 방을 거둬갈 것이라는 것을 의미합니다. 갑작스럽게 이런 소식을 전해드려서 죄송합니다만 저도 전혀 몰랐던 일이에요. 시내에 당신을 돌봐줄 친구들이 좀 있기는 하지만 사태가 악화돼도 그들이 신의를 지키리라고는 장담하지 못하겠습니다."

"이해해." 아드리엔이 말했다. 그녀는 정말로 이해했다. 군대 내 슈렉의 연줄이 벌써 작업에 착수한 것이다. 그녀의 선택권을 하나씩 제거해서 마침내 슈렉에게 의존할 수밖에 없도록 만들려는 것이다.

"당신을 도와줄 의사가 있는 사람을 알고 있습니다." 로버트가 말했다. "하지만 당신이 좋아하지 않을 것 같군요. 저는 에반젤린 슈렉과 연락을 취해왔습니다. 그녀는 핀레이의 애인이지요. 슈렉 가 사람치고는 꽤 괜찮은 사람이에요. 핀레이를 위해서라면 무슨 일이든 할 겁니다. 당신을 보호하는 일도 그중 하나지요. 가서 그녀를 만나보세요. 그러면 생각보다 서로 잘 맞는다는 것을 알게 될 겁니다. 이제 저는 가야겠습니다. 인듀어런스 호에서 동료들이 기다리고 있어요. 연락드릴게요. 안녕, 행운을 빌어요."

그는 잡낭을 거머쥐고 그녀의 볼에 가볍게 키스한 후 문을 닫고 사라졌다. 아드리엔은 인상을 쓰며 주먹을 꽉 쥐었다. 그녀는 현재의 거처가 임시적이라는 것을 몰랐던 바는 아니지만 막상 이렇게 갑자기 상어들에게 내던져진다고 생각하니 충격적이었다. 에반젤린은 핀레이에 대한 자기 아버지의 계획을 알고 있을까? 에반젤린이 자기도 모르게 이용당하고 있는 것은 아닐까? 만약 그렇다면, 그리고 아드리엔이 그것을 일깨워준다면 에반젤린은 그녀에게 빚을 지게 되는 것이다. 아드리엔은 차갑게 미소 지으며 고개를 주억거렸다. 항상 그녀는 권력을 쥔 사람과 거래할 때 편안해지는 것을 느꼈다. 가서 에반젤린 슈렉을 만날 것이다. 그러면 전혀 알지 못했던 핀레이의 또 다른 면모에 대해서도 들을 수 있을지 모른다.

에반젤린 슈렉은 슈렉 타워 내 자신의 아파트에서 거대한 유리창 앞에 서서 바깥세상을 내다보고 있었다. 그녀는 자기 집에 유폐된 죄수였다. 물론 문은 잠겨 있지 않았다. 그것만은 확실했다. 하지만 그녀가 아버지의 허락 없이 타워를 나가려고 하면 경비원들이 조용하지만 단호하게 슈렉으로부터 별도의 지시를 받을 때까지는 안 된다고 말할 것이다. 슈렉은 그녀의 외출을 최소화하려 했다. 표면적으로는 혹시라도 여제가 그녀를 납치해 시녀로 만들어버릴까 우려되기 때문이라고 말했다. 라이언스톤은 이미 슈렉의 질녀를 시녀로 만든 전례가 있었다. 자기의지를 잃고 정신적으로 개조된 노예에 불과한 시녀. 아무도 그것에 대해 따지지도 저항하지도 않았다. 감히 그럴 수가 없었다. 심지어 슈렉마저도.

하지만 슈렉이 정말 걱정하는 것은 에반젤린이 클론이라는 사실이 발각되는 것이었다. 특히 요즘처럼 반(反)클론 정서가 팽배한 상황에서는 더욱 그랬다. 만약 슈렉이 딸이 갑작스럽게 죽는 바람에 그녀를 복제해 대체했다는 사실이 알려지면 궁정과 사교계는 난리가 날 것이다. 클론으로 대체되는 것은 귀족들에게는 최악의 악몽이었다. 그레고르는 처벌받고 추방될 것이며 클론 에반젤린은 파괴될 것이다. 사람들을 그토록 오랫동안 농락했다는 죄로 말이다.

하지만 진실은 그것만이 아니었다. 슈렉은 자신이 할 수 있기 때문에 그녀를 죄수로 잡고 있는 것이었다. 그는 진짜 딸에게 했던 것처럼 그녀를 사랑하고 아끼고 완전히 소유하고 싶어 했다. 아버지로서가 아니라 연인으로서 그녀를 사랑했던 것이다. 에반젤린도 완전한 진실은 알지 못했다. 슈렉은 그 죽음이 단순한 사고라고 우겼지만 가끔씩 누구도 그에게 반항하고 오래 살 수는 없다고 말하며 넌지시 암시를 던지곤 했다. 에반젤린은 고개를 숙이고 시키는 대로 했다. 아버지를 미워했고 할 수만 있다면 당장이라도 죽이고 싶었지만 선택의 여지가 없었다. 연인이자 충실한 딸 노릇을 함으로써 그녀의 진정한 사랑인 핀레이에게 약속한 대로 그의 부인과 가족을 보호할 수 있었다. 핀레이는 그녀가 어떤 대가를 치르고 있는지 모른다. 절대로 알아서도 안 된다. 만약 알게 된다면 지하세계를 박차고 나와 무자비한 복수를 시도할 것이며 그 결과로 자신이 죽게 되든 말든 개의치 않을 것이다. 하지만 에반젤린은 그의 죽음을 두고 볼 수 없다. 그래서 그에게 말할 수 없는 것이다. 그녀는 그를 너무 사랑하기 때문에 자신을 파괴하는 일을 계속할 수밖에 없었고, 그것이 얼마나 부당한 일인지 생각조차 해보지 않았다.

에반젤린은 자신이 알지 못하는 사이에 무너지고 있었다. 그녀는 너무 많은 사람들에 대해 너무 많은 의무를 짊어지고 있었다. 핀레이를 보호하기 위해 그녀의 아버지에게, 핀레이의 사랑을 위해 그와 그의 가족들에게, 대의를 위해 클론-에스퍼 지하동맹에게…… 그들은 모두 그녀에게서 제각각 무엇인가를 원했고 그 요구들은 가끔 상충되기도 했다. 요구들을 서로 구분 짓기가 점점 어려워졌다. 각각 다른 사람에게 각각 다른 거짓말을 하다보니 진실은 연기처럼 홀연히 사라져버렸다. 핀레이를 볼 기회가 점점 줄어들고 있었지만 그녀는 여전히 마음을 다 바쳐 그를 사랑했다. 지하동맹은 갖가지 작전들로 그를 바쁘게 부려먹었지만 그는 그녀에게 무슨 일인지 말하지 않았다. 그녀는 궁정과 사교계에서 지하동맹의 첩자로 활약하고 있었다. 하지만 그녀가 집밖으로 나설 기회가 거의 없었기 때문에 그녀의 유용성도 점점 줄어들고 있었다. 그녀는 그 이유를 말할 수 없었다. 그러면 지하동맹이 핀레이에게 알릴 것이다. 게다가 당연히 그녀는 아버지에게 핀레이나 지하동맹에 관해 말할 수도 없었다. 그랬다가는 아버지가 아마 그녀를 죽여버릴 것이다. 자신에게 대항하고 감히 다른 남자를 사랑한다는 이유로.

그는 언제든지 다른 에반젤린을 복제할 수 있다. 이미 한번 해보지 않았는가.

그녀는 방을 위아래로 오가며 생각에 잠겨들었다. 자신의 여러 가지 모습들을 정리해보려 했지만 머리만 복잡해질 뿐이었다. 그녀는 혹시라도 잘못된 사람에게 잘못된 말을 건네지나 않을까 두려워 이제는 말하는 것도 조심스러웠다. 그리고 누군가 영장을 들고 들이닥쳐 그녀를 취조실로 끌고 가는 상상을 자주 했다. 그들은 그녀가 입을 열도록 만들 것이다. 그녀의 입에 많은 사람들의 목숨이 달렸다. 사랑, 아버지, 대의. 하지만 그녀는 날이 갈수록 점점 약해지는 자신을 발견했다. 여태까지는 의지력 하나로 버텨왔다. 사랑하는 핀레이를 위해, 그리고 그녀가 약해지면 고통받을 많은 사람들을 위해.

부담은 점점 커져만 갔고, 그녀는 그것을 절대로 내려놓을 수 없었다. 가엾은 에반젤린.

에반젤린은 통신장치가 부드럽게 울리며 연락이 들어옴을 알리자 문득 정신을 차렸다. 그게 누군지 알고 있었다. 누구일 수밖에 없는

지. 어쨌든 그녀는 응답할 것이다. 그녀가 화장대 앞에 앉자 거울이 화면으로 바뀌면서 아버지의 미소 띤 비대한 얼굴이 나타났다. 차가운 손이 그녀의 심장을 움켜쥐는 듯했다. 그녀는 억지로 숨을 들이켜고 이를 악물어 입술이 떨리지 않도록 했다.

"내가 곧 간다고 알려주려고 호출했단다." 그레고르 슈렉이 말했다. "내가 갈 때까지 사랑스런 생각에 젖어 있으렴, 나의 귀여운 것. 그리고 분홍빛 나이트가운을 입거라. 내가 좋아하는 것 말이다. 그렇게 오래 걸리지 않을 거야. 곧 즐거운 시간을 갖자꾸나. 너와 나 단둘이서. 멋지지 않니?"

화면에서 미소 짓는 뚱뚱한 얼굴이 사라지고 다시 거울로 바뀌며 에반젤린의 얼굴을 비추었다. 잠시 동안 그녀는 자신을 알아보지 못했다. 얼굴이 전보다 더 수척했고 창백한 피부에 광대뼈가 더 두드러졌다. 눈은 푹 꺼졌고 겁에 질려 멍한 표정이었다. 그녀는 웃어보려고 노력했다. 아버지를 위한 연습으로. 하지만 미소라기보다는 찡그리는 표정이 되고 말았다. 그녀는 슈렉이 그런 표정을 더 좋아할지도 모른다고 생각했다.

그때 문에서 노크 소리가 울렸고, 그녀는 소스라치게 놀랐다. 그녀는 멍하니 문을 쳐다보았다. 가슴이 두방망이질 쳤다. 아버지가 벌써 왔을 리 없다. 마침내 그들이 그녀를 끌어내려고 찾아온 것임에 틀림없다. 마인드테크의 고문에 비명 지르고 발버둥 쳐도 연인이나 아버지나 대의로도 그녀를 구해줄 수 없는 곳으로 데려가기 위해. 그녀는 경대에서 묵직한 가위를 집어 들었다. 칼보다는 못하지만 비슷하기는 했다. 저들이 자신을 죽이도록 만들 수는 있을 것이다. 그러면 안전할 것이다. 그녀는 어느 정도 공포를 떨치고 진정했다. 여전히 불안하기는 했지만. 그녀는 가위를 꼭 움켜쥔 채 천천히 문 쪽으로 향했다. 마치 영원의 시간이 흐르는 듯했다. 거의 진정되어 떨리지 않는 손으로 문을 열었을 때 밖에는 아드리엔 캠벨이 서 있었다. 에반젤린은 우두커니 서서 핀레이의 아내를 쳐다보며 '이건 뭐야, 또 다른 골칫거리인가?'라고 생각했다.

"들어가도 될까요? 우리 서로 할 얘기가 많은 것 같은데요." 아드리엔이 말했다.

"오, 맙소사." 에반젤린이 대답했다. "지금은 그럴 시간이 없어요."

"우리는 대화가 필요해요."

"지금은 적당한 때가 아니에요. 나는…… 누군가를 기다리고 있다고요. 나중에 다시 오면 안 될까요?"

"그럴 수 있을지 모르겠네요." 아드리엔이 살짝 웃으며 말했다. "당신의 경비대원들이 나를 들여보내지 않으려고 하지 뭐예요. 그래서 내가 아주 강력하게 말했지요. 그런데도 나를 자꾸 돌려보내려 하기에 알몸 수색을 받겠다고 했어요. 그랬더니 움찔하더군요. 비록 이 꼴이 되기는 했지만 난 여전히 캠벨 가문이고 귀족 출신이에요. 상급자에게 귀족을 알몸 수색했다고 보고하는 순간 그들의 다음 직업은 여제에게 나쁜 소식을 전달하는 일이 될 거예요. 그 일은 항상 자리가 남는다고 하더군요. 그들은 모두 납작 엎드려 사과하면서 나를 들여보내주더군요. 불쌍한 녀석들."

"우리가 서로 해야 할 얘기가 뭐지요?" 에반젤린이 물었다.

"나도 모르겠어요." 아드리엔이 대답했다. "하지만 우리는 적어도 한 가지는 공유하고 있는 것 같은데요. 아니 한 사람. 최근 핀레이에게서 소식 들은 것 있나요?"

"맙소사. 일단 들어오는 것이 좋겠어요. 하지만 오래 머물지는 못 해요."

에반젤린은 뒤로 물러서면서 문을 활짝 열었고 아드리엔은 마치 자신이 주인인 것처럼 당당하게 방 안으로 걸어 들어왔다. 그녀는 항상 그랬다. 그것은 그녀의 트레이드마크였다. 에반젤린은 자신이 여전히 가위를 들고 있음을 깨닫고 가까운 의자 위로 던졌다. 괜한 유혹에 빠지고 싶지 않았다. 아드리엔은 에반젤린의 아파트를 약간 놀란 듯한 눈으로 살펴보았다. 기대한 것보다 초라하다고 생각했지만 그것을 말로 꺼내지 않을 만큼의 교양은 갖추고 있었다. 그녀는 빛을 발하는 직감으로 가장 편한 의자를 골라 단 한 번의 우아한 동작으로 쿠션에 몸을 파묻었다. 에반젤린이 다른 의자를 끌고 와 맞은편에 자리 잡을 때까지 그녀는 품위 있게 미소 지으며 끈기 있게 기다렸다. 아드리엔의 행동은 여제가 신하를 방문했을 때 할 법한 것이었지만 에반젤린은 개의치 않았다. 아드리엔은 원래 그런 사람이었기 때문이다. 그녀가 비록 영락하기는 했지만 그렇게 많이 곤두박질친 것은 아닌 것 같았다. 에반젤린은 그래도 그녀가 밉상인 것은 어쩔 수 없다고 생각했다. 거의 킥킥거리며 웃음을 터뜨릴 뻔했지만 억지로 참았다. 히스테리성 웃음으로 낭비할 시간이 없었다. 에반젤린은 아드리엔 앞에 앉아 서늘하고 차분한 표정으로 그녀의 시선을 받았다.

"핀레이는 당신을 사랑한 적이 없어요." 에반젤린이 말했다. "그걸 알아야 해요."

"오, 물론 알지요. 나도 그를 사랑한 적이 없어요. 우리 결혼은 사업의 연장이었고 당시 가문이 결혼하면 좋겠다고 결정했던 거지요. 우리가 잘 지낼 수도 있었겠지만, 식장에서 걸어 나오면서 벌써 싸움을 시작했고 그때부터 계속 악화되기만 했어요. 그 사람은 자기 애인이 있었고 나는 내 애인이 있었어요. 우리 둘 다 그 문제에 대해 지극히 이성적으로 대처했어요. 약간 놀란 것 같군요. 그렇겠죠. 설마 정말 당신이 그의 첫사랑이라고 생각했던 건 아니겠죠?"

"아뇨. 그가 다른 여자에 대해 말한 적은 없지만, 저는 알 수 있어요. 하지만 상관없어요. 그는 그들을 사랑하지 않았으니까요. 그가 나를 사랑하는 방식으로는 말이죠. 나는 단지 당신에게도 애인이 있었다는 것에 조금 놀랐을 뿐이에요. 당신은 사랑 같은 건 모를 거라고 생각했거든요."

"오, 나도 잘나갈 때가 있었지요. 얼마나 많은 남자들이 신랄한 혓바닥에 대해 은밀한 갈망을 품고 있는지 알면 놀랄걸요? 여러 가지 의미로요."

"여긴 왜 찾아온 거죠, 아드리엔?"

"당신과…… 얘기할 필요가 있었어요. 핀레이에 대해. 울프 가가 전쟁을 선포하고 우리 가문회의를 덮치기 전까지는, 내가 핀레이에게 그랬던 것처럼 그 사람도 나에 대해 전혀 신경 쓰지 않았다고 자신 있게 말할 수 있어요. 하지만 내가 다쳐서 거의 죽게 되자 핀레이는 목숨을 걸고 나를 구했어요. 그리고 나를 여기로, 바로 당신에게로 데리고 와서 필요한 조치들을 해주었지요. 내가 궁금한 것은…… 그 사람이 왜 그랬는지 당신은 이유를 아나요?"

에반젤린은 천천히 고개를 끄덕였다. "그는 당신이 아주 용감하다고 말했어요. 당신이 가문을 위해 싸우다가 상처를 입었잖아요. 핀레이는 그것에 감동한 거예요."

"내가 알고 있는 핀레이는 멋 부리는 것밖에 모르는 한심한 작자예요." 아드리엔이 말했다. "검을 차고 다니기는 했지만 검을 뽑는 것을 한 번도 본 적이 없어요. 그는 검투장에 나를 데려간 적도 없지요. 피만 보면 기절할 것 같다면서요. 하지만 막상 울프 가가 캠벨 타워에 쳐들어왔을 때는 마치 평생을 그래왔던 것처럼 검과 총을 들고 돌진하더군요. 나를 구할 때도 열댓 명의 추격자들을 물리쳤어요. 그들 모두 잘 훈련된 전사들이었는데 말예요. 그리고 조금 전에 핀레이가 엄청난 경비를 뚫고 악명 높은 세인트 존 경을 살해한 후 유유히 사라졌다는 소식이 들리더군요. 나는 내가 모르는 또 다른 핀레이가 있다는 느낌을 지울 수가 없어요."

"당신 말이 맞아요. 있어요."

"말해줄래요?"

"그의 비밀을 내가 말하기는 곤란해요. 그에게 직접 물어보세요. 하지만 말할 수 있는 건 그는 내가 알고 있는 사람 중에서 가장 훌륭하고 용감한 사람이라는 거예요. 멋쟁이는 단지 가면에 불과했어요. 사람들이 그의 진정한 모습을 보지 못하도록 감추기 위한 거였죠."

"오랜 세월 부부였으면서도 나는 그의 참모습을 몰랐던 거군요." 아드리엔은 살짝 웃었다. "하지만 그때는 알 수가 없었죠."

"당신이 관심이 없었던 거예요."

"그럴지도 모르죠. 하지만 이제는 궁금해지는군요."

에반젤린은 그녀를 뚫어지게 쳐다보았다. "왜죠? 무슨 일이 있었던 거죠? 불쑥 찾아와서 핀레이에 대해 캐묻는 이유가 뭔가요?"

아드리엔이 처음으로 시선을 외면했다. 하지만 목소리는 흔들림이 없었다. "도움이 필요한데 달리 갈 데가 없었어요. 정말 절박하지 않았다면 이곳까지 오지는 않았겠죠. 로버트가 나와 내 아이들을 보호하고 있는데 갑자기 멀리 떠나게 됐어요. 당신 아버지가 힘을 쓴 결과지요. 그가 압력을 넣고 있어요. 나와 내 아이들을 위협하고 있다고요. 나는 내 몸 하나는 건사할 수 있지만 아이들은 보호를 받아야 해요. 그래서 도움이 필요한 거예요. 내 아이들을 보호하기 위해 필요한 무기가요. 여기까지 찾아온 것만 봐도 내가 얼마나 절박한지 감이 잡히죠? 당신은 핀레이를 사랑하고 나는 그와 결혼했어요. 그는 우리 둘 다의 인생에서 한 부분을 차지하고 있고 어떤 식으로든 우리 인생에 뒤섞여 있어요. 아마 우리가 공통의 이해를 찾을 수 있을지도 모르죠. 당신 아버지가 이 일에 관련된 것을 알리게 돼서 유감이에요. 당신이 아버지와 가깝기는 하겠지만……"

"아니에요." 에반젤린이 갑자기 소리쳤다. "가깝지 않아요."

아드리엔은 눈썹을 치켜세웠다. 에반젤린의 목소리에 뭔가가 있었다. "궁정 같은 공식석상에서 당신이 항상 아버지와 붙어 있기에…… 보이는 모습이……"

"보이는 모습은 눈속임일 수도 있어요. 제발, 이제 그만 가주세요. 아버지가 곧 올 거예요. 아버지가 당신이 여기 있는 것을 봐서는 안 돼요. 지금 당장 떠나주세요."

"왜 그러죠? 아버지가 딸을 방문하는 게 뭐 그리 대수라고." 아드리엔의 눈이 가늘어졌다. "비밀이 있군요. 느낄 수 있어요. 당신의 공포를 느낄 수 있는 것처럼. 무슨 일이죠? 그가 당신을 때리나요? 슈렉이 대부분의 남자들처럼 깡패고 개자식인 줄은 알지만 자기 가족에게까지 폭력을 행사할 줄은 몰랐는걸요?" 에반젤린의 얼굴이 갑작스럽게 비통함으로 뒤덮이자 아드리엔은 말을 멈추고 잠시 침묵했다. 에반젤린이 숨을 헐떡이자 떨리는 볼로 눈물이 굴러 떨어졌다. 아드리엔은 몸을 앞으로 숙여 그녀의 손을 꼭 쥐었다. "자, 자, 이제 그만 진정해요. 뭐가 됐든 내가 바로잡아줄게요. 나는 뜯어 고치는 데는 선수라고요. 이런 눈물의 값어치가 있는 남자는 세상 어디에도 없어요. 당신 아버지 때문인가요? 그가 당신을 때리는 거예요? 궁정 사람들에게 퍼뜨려서……"

"아니에요. 그는…… 폭력적이지는 않아요. 그는……" 에반젤린이 목을 꺽꺽거리며 다음 말을 잇지 못했다. 수치심에 그녀의 얼굴이 붉어졌다. 아버지의 목소리가 머릿속에 천둥처럼 울렸다. '누구에게도 발설해서는 안 돼. 그러면 네가 클론이라는 사실이 들통 날 거야. 사람들이 네게 무슨 짓을 할지 알고 있겠지? 그리고 네가 다른 사람에게 암시라도 주는 날이면 내가 널 어떻게 할지도 잘 알겠지? 어쨌든 사람들은 네 말을 믿지 않아. 내 말을 듣지 않으면 널 가만 놔두지 않겠어, 에비, 내 작은 에비. 비명을 질러 목이 쉴 때까지 널 혼내주겠어. 그러니 입도 뻥긋하지 마!'

그녀는 마치 힘이라도 얻으려는 듯 아드리엔의 손을 꽉 쥐었다. 가장 싫어하던 여인과 마주 앉아서 왠지 전보다 더 가깝게 느끼며 누구에게도, 핀레이에게조차도 말할 수 없었던 비밀을 털어놓으려 하고 있다. 왜냐하면 아드리엔 같은 여인만이 편견 없이 그런 얘기를 들어줄 수 있을 것 같았기 때문이다. 수치심이 아니라 고통과 공포에 대해 귀담아 들어주는. 그리고 확실히 아드리엔 같은 여인만이 그녀가 클론이라는 사실에도 신경 쓰지 않을 것 같았다.

"말해봐요. 무슨 일이에요?" 아드리엔은 에반젤린이 너무 꽉 쥐어서 손이 아프다는 것을 그녀가 눈치 채지 못하도록 애써 차분하고 안정된 목소리로 말했다. "우리 여자들은 서로 도와야 해요. 여제가 권좌에 앉아 있어도 이 제국은 남자들의 것이에요. 그렇다고 우리가 누구한테 주눅들 이유는 없죠. 권력은 남자들이 가졌지만 우리는 그들보다 영리해요. 무슨 일이 됐건 간에 내가 해결책을 찾을 수 있을 거예요. 그가 당신을 여기에 가두어놓는군요, 그렇죠? 그래서 항상 둘이 붙어 있는 모습만 보이는 거고요, 안 그래요? 당당하게 맞서요. 개자식과 절연해버려요. 사회는 당신 편에 설 거예요. 사람들은 그런 야만적인 꼴을 용납하지 않을 거예요."

"당신은 몰라요. 그는…… 날 때리지 않아요. 그런 게 아니라고요."

"그럼 무언가요? 그가 당신에게 무슨 짓을 했기에 이렇게 고통스러워하는 거죠?" 아드리엔은 말을 멈추고 그녀를 쳐다보았다. 에반젤린은 아드리엔이 자신을 측은하게 여기거나 심지어 역겨워하는 표정을 지으리라 예상하며 몸을 움츠렸다. 하지만 단순히 충격을 받은 표정에서 서서히 분노의 빛을 띠어가는 아드리엔의 얼굴을 볼 수 있었다. "맙소사. 그가 당신을 눕히는군요, 그렇죠? 더러운 개자식이. 그가 당신을 강압한 거예요, 그렇죠? 걱정할 것 없어요. 사회가 그를 처단할 거예요."

"안 돼요!" 에반젤린이 외쳤다. 그리고 눈물을 거두고 더 분명한 발음으로 말했다. "아무도 알아서는 안 돼요. 핀레이가 이 사실을 알게 된다면 그는 죽어버리고 말 거예요. 아니면 아버지를 죽이고 어쨌든 죽게 되겠지요. 나는 오랫동안 이것을 비밀로 해왔으니 조금 더 그렇게 할 수도 있어요. 핀레이의 안전을 위해서요. 나는 당신을 도울 수 없어요, 아드리엔. 나는 나 자신조차도 도울 수 없는걸요."

"자, 이제 그만 됐어요." 아드리엔이 애써 쾌활하게 말했다. "알겠어요. 사회에 의지할 수 없다면 뭔가 다른 방법이 있겠지요. 나는 아직까지 여자가 일단 마음먹었는데 이길 수 없는 남자는 보지 못했어요. 잠시 생각해보자고요. 핀레이를 끌어들이지 않고 해결할 수 있는 방법을 찾아보지요. 당신이 옳아요. 그는 절대로 알아서는 안 돼요. 과잉반응을 할 거예요. 남자들이란 항상 그래요."

"당신이 날 도우면 나도 당신을 도와야겠군요." 에반젤린이 말했다. "일종의 거래인가요?"

"거래가 아니에요." 아드리엔이 말했다. "이번은 아니에요. 나는 당신 같은 상황에 있는 사람이면 누구라도 도왔을 거예요. 자, 이제 내 손을 놓고 눈물을 좀 닦아요. 그리고 어떻게 슈렉을 혼내줄지 같이 머리를 짜보자고요."

"그래 주겠소?" 그레고르 슈렉이 아파트의 열린 문 앞에 서서 말했다. "아주 재밌겠군."

두 여자는 뒤돌아보고 기겁했다. 에반젤린은 벌떡 일어나 손으로 입을 막았다. 얼굴이 백짓장처럼 하얘졌고 눈은 휘둥그레졌다. 아드리엔은 천천히 몸을 일으켰다. 슈렉이 그녀를 놀래켰다고 생각하게 만들고 싶지 않았다. 그녀는 얼음장같이 차가운 눈으로 그레고르를 쏘아보았다.

"노크라는 말이 뭔지 알기는 한가요?"

"내 집에서?" 슈렉이 능글맞게 웃으며 대답했다. "내가 왜 그래야 하겠소? 이 타워는 내 것이고 이 타워 안에 있는 모든 물건들과 사람들도 내 것인데. 내가 그것들을 소유하고 있소. 그렇지 않니, 에반젤린? 이제 그만 정신 차리고 네 새로운 친구한테 빨리 꺼지라고 말해주거라. 네게 할 말이 아주 많구나."

"아뇨." 에반젤린이 자신의 신발을 내려다보며 중얼거렸다.

"뭐라고?" 그레고르가 말했다. "네 말을 잘 못 들은 것 같구나, 아가야."

"아니라고요." 에반젤린이 고개를 들어 도전적으로 쳐다보며 말했다. "겁내는 데도 이제 질렸어요. 아빠는 내게 거짓말을 했어요. 아드리엔과 그녀의 아이들과 살아남은 모든 캠벨 가 사람들을 보호해주겠다고 분명히 약속했잖아요. 그런데 아드리엔의 말을 들어보니 아빠가 핀레이를 붙잡으려고 오히려 그들을 협박했다더군요. 내게 거짓말을 한 거라고요."

"그건 정치다. 상황은 변하는 거야. 네가 이해하리라고 기대하지도 않았다. 너는 내가 하는 모든 일이 가문을 위한 것이라는 것만 알아두면 돼."

"당신이 딸을 강간하고 있다는 것을 알면 가문이 당신을 제명시켜버릴걸요." 아드리엔이 조용히 말했다. "아주 더러운 범죄예요, 그레고르. 그것도 비열한 협박과 거짓말까지 동원해서 말예요. 그레고르 당신에게 아주 실망했어요. 당신이 남자답다고 여겨본 적은 없지만 그래도 여자를 협박해 눕힐 정도라고는 생각 못 했어요. 이제 돌아서서 여기서 나가주세요. 한 번만 더 이 아가씨에게 손댔다가는 내가 당신 가문의 모든 사람들을 일일이 찾아다니며 당신의 더러운 비밀을 까발려주겠어요. 그러면 그들이 당신의 수장 지위를 빼앗고 가문에서 내쫓아버리겠죠. 그들은 다수결로 충분히 그럴 수 있고 내 생각에는 누구도 이런 더러운 일을 그냥 덮어두려고 하지 않을 것 같은데요. 가문이 없다면 정치나 비즈니스는 고사하고 당신에게 말 붙여줄 사람 하나 없을 거예요. 당신도 나처럼 추방자가 되는 거죠. 나는 견딜 수 있고 당신은 그럴 수 없다는 차이는 있지만요. 떠날 때 문을 너무 세게 닫지는 말아요."

"너도 이 말에 동의하는 거니?" 슈렉이 딸에게 물었다. "네가 아빠에게 등을 돌리다니, 누가 너를 그렇게 끔찍이 아껴주겠니?"

"당신이 제게 한 것은 사랑이 아니에요, 아빠. 그리고 제게 거짓말도 했어요. 저도 당신이 이제 떠나줬으면 좋겠어요. 그리고 다시는 노크 없이 들어오지 마세요."

"둘 다 스스로 아주 똑똑하다고 여기나보지." 그의 번들거리는 넓은 얼굴은 분노로 새빨개졌다. "당신이 나보다 더 영리하다고 생각해 보라지. 하지만 아드리엔 당신이 알아야 할 게 있어. 당신이 모든 것을 알고 있는 건 아니란 거지. 에비가 자기의 진짜 비밀은 얘기하지 않았어. 감히 말했을 리가 없지. 그러니까 빨리 이 캠벨 년보고 당장 여기를 떠나라고 해, 에비. 안 그러면 내가 네 정체를 까발려줄 테다."

"일부러 애쓰실 거 없어요, 아빠. 제가 말할게요." 에반젤린은 몸을 꼿꼿이 세우고 아드리엔을 반은 도전적으로 반은 애원조로 쳐다보았다. "나는 클론이에요. 아빠가 스스로 살해한 딸을 대체하려고 날 만들었어요. 그래서 아빠가 늘 나를 통제할 수 있었던 거예요. 아니, 통제하고 있다고 믿었지요. 하지만 내가 클론지하동맹의 일원이라는 사실은 몰랐을 거예요, 그렇죠, 아빠? 표정을 보니 몰랐던 것 같군요. 날 협박해보세요, 그러면 지하동맹이 와서 당신을 죽일 거예요. 나에 대해 누구에게라도 말을 한다면 나는 지하로 사라져버릴 거예요. 그동안 내가 여기 남아 있었던 것은 핀레이가 가족을 보호해달라고 부탁했기 때문이에요. 당신은 이제 나를 통제할 수 없어요. 사실 한 번도 그랬던 적이 없지요. 모든 것은 내 어리석은 공포 때문이었어요. 당신은 나를 소유하고 있다고 말했었지요. 그리고 나는 그 말을 믿었고. 하지만 이제는 더 이상 믿지 않아요."

"아주 훌륭한 아가씨군요." 아드리엔이 말했다. 그녀는 도도하게 슈렉을 바라보았다. "이제 좀 꺼져버려라, 더러운 변태자식아."

그레고르는 두 여인을 번갈아 쳐다보며 할 말을 찾으려고 애쓰다가 홱 돌아서서 문을 쾅 닫고 나가버렸다. 아드리엔은 땅이 꺼질 듯 크게 한숨을 내쉬고 의자에 주저앉았다. 에반젤린은 그 자리에 그대로 버티고 서 있었다.

"자, 이제." 그녀는 조용히 말했다. "나에 대해서 어떻게 느끼세요? 내가 클론이라는 것을 알아버렸으니."

"당신과 내가 함께 겪은 모든 일에 비하면 당신이 클론이라는 것은 별거 아니에요. 사실 약간 흥분되는데요. 한 번도 지하동맹 사람들을 알고 지낸 적은 없거든요. 물론 핀레이는 빼고요. 하지만 내가 진정한 핀레이에 대해서 모르고 있다고 우리 서로 이미 확인했잖아요."

"그렇다면 내가 반란자라는 것에 대해서는 어떻게 생각하세요?"

"글쎄요, 모르겠네요. 너무 순식간에 일들이 벌어져서. 놀라고 화를 내야 할 것 같기는 한데, 열네 살 이후로는 놀라본 적이 없고 화를 내기에는 지금 감정적으로 너무 지쳤어요. 당신은 클론이고 나는 미친년이죠. 하지만 제국은 우리 둘 다 필요 없다고 하네요. 그러니까 제국은 지옥으로나 꺼지라고 하고 지하동맹 만세입니다. 뭐 전송가(戰頌歌) 같은 것 있나요? 뭔가 우렁차고 도전적인 노래를 불러보고 싶은데요."

그때 경대 위의 화면이 갑자기 울렸고, 그들 둘 다 깜짝 놀랐다. 하지만 곧 서로 웃으며 쳐다본 후 에반젤린은 호출에 응답하러 갔다. 아드리엔은 일어나서 사각지대로 몸을 옮겼다. "당분간은 내가 여기 있다는 것을 아무도 모르는 것이 좋겠어요, 에비."

에반젤린이 고개를 끄덕이고 경대 앞에 앉아 호출에 응했다. 거울이 환해지고 잘 아는 얼굴이 나타나자 그녀는 고개를 끄덕였다. 지하동맹 직속 연락책인 클라우스 그리핀이었다. 외부세계와 관련해서는 그가 그녀의 조력자였다. 그의 표정이 굳어 있는 것을 보고 에반젤린은 긴장하며 자세를 고쳤다.

"혼자 있소, 에반젤린?"

"물론이죠. 뭐 문제라도 있나요?"

"이 호출은 암호화된 거요. 자유롭게 말해도 좋소. 당신이 내려와서 핀레이와 대화했으면 좋겠소. 아주 긴급한 일이오. 당장 출발할 수 있겠소?"

"필요하다면요. 핀레이에게 무슨 문제라도 생겼나요? 다쳤어요?"

"아니오. 그가 꼭 맡아줘야 할 중대한 임무가 있는데 당신이 내려와서 그를 좀 설득해줬으면 좋겠소."

"그가 왜 가지 않으려 하는데요?"

"왜냐하면 이 작전에서는 그가 죽을 것이 거의 틀림없기 때문이오."

"그런데 나보고 그를 설득하라고요? 당신 제정신이에요?"

"우리는 당신이 필요하오, 에반젤린. 지하동맹 전체의 존망이 걸린 문제요. 그가 우리의 유일한 희망이오. 오시겠소?"

"가겠어요. 하지만 아무것도 약속할 수 없어요. 핀레이는 당신들을 위해 충분히 많은 일을 했어요. 당신들은 그에게 이 일을 요구할 권리가 없어요. 내가 그곳에 도착하기 전까지 행여나 그를 설득하려고 시도하지 말아요. 그는 내가 말하기 전까지 아무 데도 가지 않을 것이고 그 후에도 안 갈지 모르죠. 제기랄, 클라우스, 우리는 지하동맹을 위해 정말 많은 일을 했어요. 좀 다른 사람을 찾아볼 수 없나요?"

"그가 아니면 안 되는 일이오. 여기 오는 데 얼마나 걸리겠소?"

"한 시간요." 그녀는 연락을 끊고 거울을 노려보았다. "개자식들, 내가 정말로 핀레이를 배신하리라고 생각하는 거야? 아무리 대의가 좋아도 말이지."

"점점 더 흥미진진해지는군요." 아드리엔이 다가오며 말했다. "핀레이, 지하동맹의 마지막 희망? 당신이 옳았다는 생각이 들기 시작하네요. 나는 그를 제대로 안 적이 없다는 말. 당신이 나보다 그를 더 잘 알고 있으니 물어볼게요. 어떻게 생각해요? 그가 중요한 일이라면 자살 임무라도 맡을 것 같아요?"

"그렇고말고요. 그래서 걱정하는 거예요. 그가 해온 대부분의 임무는 다른 사람들한테는 자살 임무나 마찬가지였어요. 그는 상식이라는 면에서는 별로 강하지 못하고 가족을 잃은 후로는 점점 저돌적으로 변하고 있어요. 그토록 많은 사람들이 죽었는데 혼자만 살아남은 것에 대해 죄책감을 느끼고 있는 거죠. 이 임무가 핀레이마저 주저할 정도라면 아주 위험한 것임에 틀림없어요. 가봐야겠어요, 아드리엔. 도와줘서 정말 고마웠어요. 내가 당신을 위해 뭔가 해줄 게 있다면 좋을 텐데."

"한 가지 있어요." 아드리엔이 활기차게 말했다. "나도 데려가줘요. 이제 당신 아버지마저 적으로 만든 마당에 여기서 안전한 곳은 더 이상 없어요. 내가 아이들의 보호를 위해 기댈 데는 이제 지하동맹밖에 없는 것 같아요. 내가 어떤 대가를 지불할 수 있을지는 오직 신만이 알겠지만요. 아마 가십이 도움이 될지도 모르죠. 나는 궁정 사람들 반을 합쳐놓은 것보다 더 많은 비밀을 알고 있어요. 그중 몇 가지는 협박하기 아주 좋은 재료가 될 거예요. 게다가 당신이 어떤 결정을 내리든 핀레이를 설득하는 데 내 도움이 필요할 거예요. 나는 항상 그에게 뭐든지 시킬 수 있었거든요. 내가 지하동맹의 일원이 되는 것도 아주 재밌을 것 같아요."

"그들이 당신을 받아들일 거라고 어떻게 확신하죠?"

"왜 당신은 그들이 다른 선택을 할 수도 있다고 생각하는데요? 나는 일단 마음먹으면 아주 끈질기답니다. 그리고 정말로 내가 몰랐던 완전히 새로운 핀레이를 확인해보고 싶어 안달이 날 지경이에요. 예전의 그보다 훨씬 더 그를 좋아하게 될 거라는 예감이 드네요. 출발할까요?"

줄리안 스카이는 반란에스퍼이자 지하동맹의 요원이었다. 한때는 준수한 외모였지만 그것은 어디까지나 제국의 취조관들이 그에게 손을 대기 전의 일이었다. 취조관들은 무자비한 구타로 시작했다. 그가 입을 열 거라고 기대해서가 아니라 단지 좀 나긋나긋하게 만들기 위해서일 뿐이었다. 질문조차 하지 않았다. 두 명이 그를 붙잡아 세우고 다른 한 명이 삭신이 흐물흐물해질 때까지 때리고 또 때렸다. 그것도 모자라 더욱더 괴롭혔는데 그들이 주목한 것이 바로 그의 얼굴이었다. 신체적 손상은 물론 심리적 손상까지 가한 것이다. 그리고 마침내 그들은 떠났다. 그는 벌거벗긴 채 철제 의자에 두꺼운 가죽끈으로 묶여 취조실에 혼자 남겨졌다. 그 상태로 그들이 다시 돌아와 또 다시 시작하기를 기다리고 있는 것이다. 한쪽 눈은 부어서 완전히 감겼으며 코는 부러졌고 얼굴 전체에 피딱지가 엉겨 붙어 있었다. 하지만 입은 거의 건드리지 않았다. 질문을 던졌을 때 그가 대답하는 데

지장이 있어서는 곤란하기 때문이었다.

혼자 남겨진 줄리안 스카이는 현재 자신이 처한 상황과 닥쳐올 일 때문에 불안에 떨었다. 늘 자신이 영웅이라고 생각했는데 지금 울음을 멈출 수 없는 자신을 발견하고 심한 모멸감을 느꼈다. 그는 이상을 동경하는 패기 넘치는 젊은이였지만 지금은 용기가 아주 체계적으로 자기 자신 밖으로 뽑혀나가는 것을 지켜보고 있었다. 그에게 남은 것이라고는 이상뿐인데 그마저도 예전만큼 강하고 설득력 있어 보이지 않았다. 그는 간혹 자기도 모르게 터져 나오는 거친 흐느낌에 흠칫 놀라 간신히 눈물을 멈추곤 했다. 그는 최대한 고개를 돌려 주변을 둘러보았다. 아무 특징도 없는 방이었다. 그의 머리 위에 걸려 있는 단 하나의 불빛은 너무 밝아서 눈이 부셨고, 반들반들한 철판으로 된 벽은 창문이나 장식은커녕 아무것도 없이 희미하게 일그러진 그의 반영을 보여줄 뿐이었다. 조명에서 나오는 열기가 머리 위로 쏟아져 내렸다. 마치 뇌 속에 불이 난 것 같았다. 바로 앞에는 전자장치로 잠겨 있는 둔탁한 검은색 철문이 있었다. 문은 밖에서 정확한 접근코드를 입력해야만 열렸다.

줄리안 스카이는 신체적, 심리적 안정을 주는 모든 것을 박탈당한 채 나체로 철제 의자에 앉아 있었다. 취조관들은 자살 도구도 빼앗아 가버렸다. 독액이 든 이빨을. 그들은 그의 턱을 벌리고 집게로 이빨을 뽑아냈다. 그는 이번에는 그것이 제자리에 있어줬으면 하는 마음으로 혀끝으로 잇몸에 난 구멍을 쓸어보았다. 그다음에 당한 일에 비하면 이빨을 잃은 것은 작은 고통에 불과했지만 여전히 그 생각만 하면 울음을 참을 수가 없었다. 그 이빨은 마지막 희망이었다. 그는 다리에 오줌을 쌌지만 닦을 수도 없었다. 이것도 일종의 예비적 고문의 일환

일 것이다.

그는 이렇게 체포된 것이 전적으로 자기 잘못이라는 것을 잘 알고 있었다. 줄리안 스카이는 지하동맹의 느린 의사결정과 조심스러운 태도가 늘 못마땅했다. 그는 에스퍼 테러리스트인 에스퍼해방전선보다 더 과격하고 저돌적이었다. 그래서 자신과 뜻을 같이하는 사람들과 함께 독자적인 활동을 펼쳤다. 지하동맹과 연관은 있지만 그 소속은 아니었다. 그랬기 때문에 사일로나인 기습작전이 돌연 엉망이 되고 지하동맹이 흩어졌을 때 그가 중심적인 지위로 떠오를 수 있었던 것이다. 안전한 위치에서 사태를 수습할 수 있는 사람은 줄리안 스카이밖에 없었다. 그는 안가를 꾸미고 새로운 이름과 암호를 정하는 등 조직 운영에 필요한 모든 일을 도맡았다. 그리고 마침내 그도 후드라고 불리는 자의 마수에 걸려 도망쳐야 하는 신세가 됐다. 항상 그랬듯이 경비대에 조롱하는 웃음을 남기고 몸을 빼서 도망쳤다. 줄리안 스카이는 어린 나이에도 불구하고 음모 게임에서는 아주 노련했다. 자신이 무적이고 절대로 잡히지 않을 것이라고 자만했다. 하지만 그가 틀렸다. 진실은 그가 운이 좋았던 것뿐이었다. 마침내 그의 운이 다했을 때 그는 잘못된 사람을 믿어버리는 치명적인 실수를 범했다.

최소한 그는 사일로나인에 갇혀 머릿속을 파고든 웜보이의 벌레에 의해 생각을 점령당하지는 않았다. 다른 것은 몰라도 지하동맹이 역습을 맞아 퇴각하기 전에 웜보이 지옥을 파괴하는 것만큼은 철저히 했던 것이다. 제국이 다시 다른 인공에스퍼로 웜보이 같은 완벽한 간수를 만들어낼 수 있다고 하더라도 그 작업은 몇 년이 소요될 것이다. 그리고 벌레는 웜보이 없이는 작동하지 않는다. 그런 이유로 스카이는 ESP차단기로 정신적으로 중화된 이곳 구치소에 수감되어 있는 것이다. 그는 처음으로 살짝 웃었다. 비록 에스퍼 능력은 차단되었지만 생각만큼은 아직 온전히 자기 것이기 때문이었다. 하지만 웃음은 이내 사라졌다. 곧 마인드테크가 그들이 원하는 모든 것과 함께 그의 생각도 꺼낼 것이기 때문이다.

그는 그들이 원하는 모든 것을 다 알아내고 더 이상 캐낼 것이 없어졌을 때 자신이 어떻게 될지 궁금했다. 아마 마음을 깨끗이 지워버릴 것이다. 그리고 제국의 필요에 알맞은 인격으로 대체할 것이다. 그들은 자신의 얼굴을 한 그자를 적당한 탈출 스토리와 함께 지하동맹으로 보낼 것이다. 그리고 지하동맹이 그자의 정체를 밝혀내기 전에 그나마 줄리안 스카이 자신이 몰라서 불지 못했던 조직마저 깨끗이 쓸어버릴 것이다. 아니면 그가 여기서 지하동맹에 대해 아주 철저히 불어버려서 더 이상 쓸모가 없다고 그들이 판단할 수도 있다. 사일로나인의 괴물들이 아직 살아 있다는 소문을 들은 적이 있었다. 제국의 과학자들이 에스퍼와 클론들에게 생체실험을 해 DNA를 조작함으로써 몸과 마음을 괴물로 만들어놓았다. 자신도 그렇게 될지 모른다. 인간이 아닌 존재로 말이다. 제국의 여러 적들에게 풀어놓기 위해 길러지는 살아 숨 쉬는 무기.

그는 아무래도 상관없었다. 그저 모든 것이 빨리 끝났으면 좋겠다고 생각했다. 고통과 두려움 모두. 이제 그는 더 이상 영웅이 아니다. 과거에 그랬는지도 확실치 않다. 단지 무너지기를 기다리고 있는 평범한 사람일 뿐이다. 이런 생각에 대해 그의 내부에서 작은 저항의 기운이 솟구쳤다. 그는 아직 무너지지 않았다. '저들이 원하는 것을 떠올리지 말자. 마음 밖으로 내몰아야 한다. 아주 깊숙이 묻어버리자. 마인드테크가 찾아 헤매도록 만들자. 시간을 벌어야 한다. 아무것도

생각해선 안 된다. 빈 공책처럼. 그들이 작업할 건더기가 없도록.'

하지만 그는 생각을 멈출 수가 없었다. 그냥 무시해버리기에는 몸이 너무 아팠다. 벌거벗은 몸으로 살 깊숙이 파고드는 가죽끈에 십여 군데가 묶인 채 무력하게 철제 의자에 앉아서 할 수 있는 것이라고는 오직 생각밖에 없었다. 그는 당분간 안전할 것이다. 오래전에 지하동맹의 에스퍼가 그의 머릿속 깊숙이 들어가서 여러 겹의 강력한 정신적 차단막을 설치해놓았기 때문에 제국에서 가장 강력한 에스퍼가 아니면 그 막을 뚫기 어려울 것이다. 함정에 빠졌다고 느끼는 순간 그가 암호문으로 그 보호막을 작동시켰고 그의 뇌는 바로 폐쇄되었다. 지금 그는 고문자들이 원하는 정보를 갖고 있지 않다. 정보는 그 자신도 접근할 수 없는 곳에 잠겨 있다. 모르는 것을 불 수는 없다. 차단막을 너무 세게 밀어붙이면 그의 마음이 자폭해 정보도 깡그리 사라진다.

지금까지 그들은 구타 중간 중간에 아주 조심스럽게 선별한 말들만 그에게 건넸다. 그들은 에스퍼를 이용할 수도 없었다. 그러기 위해서는 먼저 ESP차단기를 치워야 할 텐데 그건 그에게 에스퍼 능력을 되돌려주는 꼴이 되기 때문이었다. 그는 그들이 듣도 보도 못한 강력한 염파폭풍으로 이곳을 갈가리 찢어놓을 수도 있다. 그의 머리로 들어갈 수 있는 유일한 방법은 마인드테크뿐이다. 제국이 낳은 고통과 진실과 정신개조의 달인들. 그들은 약물과 과학기술과 수세기에 걸쳐 갈고 닦은 심리학적 기술을 사용한다. 보호막이 사라지고 나면 그는 아무것도 감출 수 없게 된다. 그때는 그도 무너져서 그들이 알고 싶어 하는 모든 것을 술술 불게 될 것이다. 아마 들어달라고 간청하게 될지도 모른다.

그는 그렇게 될 수밖에 없다는 것을 잘 알고 있다. 모든 사람들이 결국은 무너진다. 그가 할 수 있는 것은 최대한 시간을 끌어서 지하동맹이 그를 구출하거나 죽이기를 바라는 것뿐이다. 그는 구출되는 것은 거의 기대하지 않았다. 고문자들이 한 짓과 앞으로 할 짓을 생각할 때 죽는 것은 이미 두렵지 않았다. 정작 두려운 것은 지하동맹을 배신하게 되는 것이었다. 자신이 안전하게 죽는다면 그의 비밀도 함께 묻혀버린다. 하지만 그는 스스로 죽을 수가 없다. 그들이 독액이 든 이빨을 뽑아낸 후 척추신경도 차단시켰다. 여전히 느낄 수는 있지만 움직일 수 있는 것은 불수의근뿐이다. 게다가 가죽끈에 묶여 있기까지 하다. 그는 자신이 흐느끼는 소리를 들었지만 멈출 수가 없었다. 예전에는 이 정도로 두려움을 느낀 적이 없었다. 물론 그때는 이런 곳에 끌려오게 될 줄은 상상도 못 했었다. 체포되는 것은 다른 사람에게나 일어나는 일인 줄 알았다. 그는 지금 울고 있다. 뺨 위에서 방울져 떨어지는 눈물을 느낄 수 있다. 할 수만 있다면 비명이라도 지르고 싶었다. 아니다. 비명 지를 시간은 나중에 얼마든지 있다.

갑자기 전자자물쇠 풀리는 소리가 들리며 문이 천천히 열렸다. 줄리안 스카이는 몸을 움츠리려 했으나 그마저도 할 수 없었다. 주임취조관이 성큼성큼 걸어 들어왔다. 키가 크고 비쩍 마른 사내인데, 하얀 가운을 걸쳤기 때문에 가운에 묻은 핏자국이 더욱 선명해 보였다. 그것 역시 정신적 고통을 가하는 방법이었다. 취조관은 줄리안을 보고 활기차게 고개를 끄덕거린 후 의자 주위를 맴돌며 끈이 여전히 단단히 매져 있는지, 척추차단기는 목뒤의 제자리에 박혀 있는지 등을 천천히 여유 있게 검사했다. 그는 항상 정중했고 목소리를 높이는 법이 없었다. 그럴 필요가 없었다. 그의 몸놀림은 민첩하고 정확했으며 아주 효율적이었다. 줄리안은 그의 이름을 알지 못했다. 알 필요가 없었고, 그래서 아무도 말해주지 않았다. 취조관은 한 바퀴 돈 후 줄리안 앞에 섰다.

"줄리안, 면회 온 사람이 있어. 척추차단기를 조정했으니 말은 편안하게 할 수 있을 거야. 좋은 시간 갖게. 얘기가 끝나면 내가 다시 돌아와 당신과 대화를 나누겠어."

줄리안이 생각을 가다듬으려고 노력하는 사이에 취조관은 자리를 떴다. 마인드테크가 취조 중에 면회를 허락할 사람이 도대체 누구란 말인가? 아마 그의 조직에서 붙잡혀온 또 다른 불쌍한 자일 것이다. 이미 처리가 끝나서 그의 앞에서 고통을 주거나 죽여도 상관없는 사람 말이다. 그는 고개를 앞뒤로 천천히 움직였다. 오랫동안 꼼짝 않고 있었기 때문에 움직임을 느껴보려는 것이었다. 그는 입술을 핥았다. 마른 피와 짭짜름한 눈물 맛이 났다. 그는 발소리가 다가오는 것을 느끼고 단단히 마음을 다잡았다.

BB 초지로가 방 안으로 들어섰다. 줄리안은 심장이 멎는 줄 알았다. 그녀는 여전히 아름다웠다. 검은색 긴 머리에 날카로운 동양적인 용모의 작은 인형 같은 여인. 그녀는 자기 입술에 어울리는 밝은 주황색 기모노를 입고 까맣게 반짝이는 눈동자로 조용히 그를 응시했다. 그녀가 그의 앞에 섰을 때 뒤에서 문이 닫혔다. 그녀를 쳐다보자 줄리안은 다시 공포감이 일었다. 그들이 BB에 대해서도 알고 있다. 그들이 그녀를 다치게 한다면…… 그는 그 생각만으로도 미칠 것 같았다. 그녀는 이런 곳에서조차도 자기 가문의 완벽한 품위를 흩뿌리며 우아하게 앞으로 다가와 소매 속에서 작은 금속상자를 꺼냈다. 그녀가 상자 위의 단추를 누르자 척추차단기의 모든 봉쇄가 풀렸다. 그의 몸이 앞으로 수그러지면서 가죽끈에 걸려 간신히 쓰러지는 것만은 면했다. 그의 손가락이 무섭게 떨렸다. BB 초지로는 그의 앞에 무릎을 꿇고 앉아 그의 얼굴을 정면으로 바라보았다. 줄리안은 그녀를 위해 미소를 짓고 싶었으나 오히려 얼굴을 찡그리고 말았다. 그녀는 금속상자를 치우고 실크 손수건을 꺼내 그의 얼굴에 묻은 피와 눈물을 닦아주었다. 그녀의 손길은 아주 부드러웠다.

"가엾은 줄리안, 도대체 저들이 당신에게 무슨 짓을 한 거죠? 당신은 정말 강인한 남자였는데. 이제 날개가 꺾여버렸군요. 다시는 날지 못할 거예요."

"BB," 그는 입이 자신의 의지에 복종하도록 강요하며 거친 목소리로 말했다. "저들이 당신에게 고통을 주던가요? 도대체……"

"말하려 애쓰지 말아요. 그냥 들어요. 나는 오래 있을 수 없어요. 줄리안, 저들에게 모든 것을 실토하세요. 그게 최선이에요. 정말로. 저들이 어떤 식으로든 알아내리라는 것을 당신도 잘 알잖아요. 저들은 항상 그렇게 해요. 그 지경까지 가게 되면 당신은 내가 누군지조차 알아보지 못할 정도로 망가지고 말 거예요. 당신이 협조하면 저들이 당신을 풀어줄 거고 그러면 우리는 다시 예전처럼 함께 지낼 수 있어요. 당신도 그러고 싶지요, 그렇죠, 줄리안?"

그는 그녀를 바라보며 아무 말도 하지 않았다. 그녀를 알게 된 지는 채 일 년이 되지 않았다. 그녀는 원래 형의 애인이었다. 오릭 스카이는 그녀와 함께 있기 위해서 초지로 가문에 일자리를 얻고 싶어 했다. 그래서 초지로 가문에 능력을 과시하려고 검투장에서 가면의 검투사에게 도전장을 내밀었던 것이다. 챔피언은 그를 살해했다. 오릭은 전설적인 도살자에게 상대가 되지 못했다. 줄리안은 말렸지만 형은 말을 들으려 하지 않았다. 결국 줄리안은 피의 모래사장에서 질질 끌려나오는 형의 시체를 묵묵히 지켜보아야 했다. 그는 할 수만 있었다면 오릭의 복수를 위해 나섰을 것이다. 하지만 자신이 정당하게 하건 꼼수를 쓰건 어떤 식으로도 가면의 검투사를 이길 수 없다는 것을 잘 알고 있었다.

그래서 그는 그 일을 사악한 제국의 또 다른 사악한 사건이라고 체념하고 BB 초지로를 위로하기 위해 찾아갔다. 두 사람은 밤늦게까지 오릭을 추억하며 얘기를 나누다가 마지막에는 그녀가 그의 가슴에 안겨 울음을 터뜨렸다. 그들은 다시 만났고, 또 만나면서 사랑에 빠졌다. 줄리안은 처음에는 죄책감을 느꼈지만 BB가 그런 마음을 씻어내주었다. 그녀는 오릭도 두 사람을 보면 기뻐할 것이라고 말했다. 그는 그녀 가슴에 고개를 묻고 울었고, 마침내 형을 마음속에서 놓아주었다. 그 이후 줄리안과 BB는 기회가 있을 때마다 만났다. 하지만 그렇게 자주 만날 수는 없었다. 초지로 가문이 알지 못하도록 해야 했기 때문이다. 가문은 매우 엄격해서 그런 교제를 절대 승인하지 않을 것이 분명했다. 그리고 줄리안은 지하동맹에서 할 일도 있었다. 그는 교제한 지 한참이 지난 후 BB에게 지하동맹에 대해 얘기했다. 그녀는 처음에는 놀랐지만 그를 껴안고 키스하며 자기에게 털어놓은 것은 잘한 일이라고 말했다. 그리고 얼마 지나지 않아 그는 체포됐다. 정말로 얼마 지나지 않아서였다.

줄리안은 자기 앞에 무릎 꿇고 있는 애인을 보면서 비로소 누가 자신을 팔아넘겼는지 알게 됐다.

"당신이 날 사랑한다고 생각했소." 마침내 그가 무겁게 입을 열었다. "어떻게 그럴 수가……"

"어렵지 않았어요, 내 사랑. 나에게는 항상 가문이 우선이고 가장 중요하지요. 오릭도 그것을 알고 있었어요. 그래서 초지로 가문에 들어오기 위해 애쓰다가 죽어갔던 거예요. 당신은 한 번도 내 진짜 이름을 물어보지 않았죠. BB가 무엇을 뜻하는지요."

"당신이 묻지 말라고 했소."

"그래요. 당신은 그렇게 늘 시키는 대로 고분고분하죠. 하지만 내가 그렇게 기본적인 것을 숨긴다는 사실에 뭔가 암시를 얻지 못했나요? BB는 내 이름이 아니에요. 내 직책이죠. 나는 블루블록(Blue Block) 출신이에요."

그 말에 줄리안은 머리를 한 대 세게 얻어맞은 것 같았다. 블루블록에 대해 들어본 적이 있었다. 하지만 풍문일 뿐이었다. 블루블록은 영주단이 깊이 감춰둔 비밀이다. 가문들의 방계 사촌들로 구성된 사적 군대로서, 여제에 대항하는 가문들의 최후 방어수단이 바로 블루블록이다. 모든 가문은 자의 반 타의 반으로 많은 수의 아이들을 블루블록에 보낸다. 아이들은 그곳에서 오직 가문에 충성하도록 훈련받고 정신개조된다. 심지어는 목숨을 바치는 한이 있더라도. 그들은 요소요소에 스며들어 있다. 유력 인사들에게 최대한 가까이 포진한다. 그들은 최후 수단으로서 여제는 물론 그 외 가문의 권력과 지위를 빼앗으려는 모든 세력에게 겨누어진 독화살인 것이다. 어떤 이들은 블루블록이 근거 없는 헛소문이라고 말하기도 했다. 라이언스톤도 심각하게 여기지 않았다. 만약 그렇지 않았다면 블루블록 출신 모두를 남김없이 추적해 깨끗이 섬멸할 때까지 좌불안석이었을 것이다. 그녀는 절대로 그런 위협이 존재하도록 용인하는 법이 없으니.

BB 초지로. 블루블록. 희망이나 명예, 삶과 죽음을 넘어 가문에만 충성하도록 운명 지어진 존재.

"우리 사랑이 당신에게는 아무것도 아니었단 말이오?" 마침내 그가 말문을 열었다.

"내 인생에는 당신이 생각하는 사랑 같은 게 들어설 자리가 없어요. 당신을 아주 좋아했고 지금도 좋아해요. 그래서 당신에게 취조관이 원하는 것을 다 말해주고 빨리 끝내라고 말하는 거잖아요. 취조관도 우리 편이에요. 그도 블루블록이라고요. 그가 일단 당신에게서 모든 것을 알아내고 나면, 가능한 한 최선을 다해서 당신을 다시 원상회복시켜 내게 돌려보내기로 약속했어요. 당신은 형이 원하던 대로 초지로 가문에서 일할 수도 있어요. 물론 먼저 블루블록을 거쳐야겠지만요. 그렇게 나쁘지는 않아요. 과거의 당신은 잊고 새출발하는 거예요."

"내가 입을 열면," 줄리안이 힘겹게 말했다. "수백 명이 죽게 되오. 수천 명이 위험에 처할 수도 있소. 또다시 지하동맹이 흩어지면 영영 재건될 수 없을지도 모르오. 나는 그럴 수 없소. 절대로."

"그렇게 될 거예요. 당신도 알잖아요. 취조관에게 말해요, 내 사랑. 나를 위해 그렇게 하라고요."

"당신을 위해서?" 줄리안은 웃음을 터뜨릴 뻔했다. 하지만 목이 너무 메말라 있었다. "당신이 누군데? 나는 당신 이름조차 몰라. 당신의 실체를 모른다고. 사랑하오, 이 나쁜 년아. 나는 당신을 위해 뭐든 할 각오였소, 내 목숨을 바쳐서도. 그런데 이제 쳐다보는 것만으로도 구역질이 나는군."

"그러지 말아요, 줄리안. 우리는 정말로 즐거운 시간을 함께 보냈잖아요. 레이븐스카 산 위를 날 때를 벌써 잊었나요? 거대한 폭포가 쏟아지는 곳에서 썰매를 타고 서로를 쫓던 추억은요? 탄호이저 게이트 너머로 밝게 타오르던 쌍둥이별을 바라볼 때를 기억해보세요. '기억의 먼지들판' 위에서 불을 피워놓고 춤추던 추억을 떠올려봐요. 우리는 밤이 끝나지 않을 것처럼 노래하고 춤췄지요. 그것들이 진정한 시간이에요, 줄리안. 우리가 함께한 시간들. 다시 그렇게 할 수 있어요. 우리는 여전히 함께 인생을 꾸릴 수 있다고요. 당신에게 달렸어요. 지하동맹의 일은 모두 잊고, 나와 함께해요."

"BB, 날 위해 한 가지만 해주겠소?"

"물론이죠, 내 사랑. 물 좀 드릴까요?"

"아니오, 좀 가까이 와봐요."

BB 초지로는 미소를 짓고 얼굴을 그에게 가까이 댔다. 그는 익숙한 향수 냄새를 맡을 수 있었다. 그녀는 입을 다물고 키스하기를 기다렸다. 그리고 줄리안은 남아 있는 모든 힘을 끌어 모아 그녀의 면상에 박치기를 했다. 끝까지 밀어붙이기에는 힘이 부쳤지만 그래도 처음 충격만으로도 그녀를 엉덩방아 찧도록 만들기에는 충분했다. 그녀의 얼굴은 충격과 놀라움으로 얼어붙었고 손으로 코를 만지며 고통스러운 표정을 지었다. 코에서 피가 줄줄 흘렀다. 줄리안은 아픈 목에도 불구하고 미친 사람처럼 킬킬거렸다. BB는 손으로 얼굴을 가린 채 어안이 벙벙해 그를 쳐다보다가 벌떡 일어섰다. 그리고 주황색 옷소매로 코를 닦았지만 얼굴에 피를 더욱 번지게 할 뿐이었다. 그녀는 닦기를 포기하고 흐르는 피를 놔둔 채 안정을 되찾고 자세를 바로 고쳤다. 그런 다음 차가운 미소로 그를 바라보았다.

"고맙군요, 줄리안. 당신에게 조금 미안한 감정을 느끼던 중이었어요. 당신이 겪어야 할 일들을 생각하면서 말예요. 그런데 당신은 내가 왜 당신을 신고했는지 다시 한 번 일깨워줬어요. 당신은 쓸모없는 인간이야. 하류 중에서도 최하류여서 우리가 속한 가문에서는 너무 까마득하기 때문에 눈에 띄지도 않아. 그런데도 내가 당신을 우리 편에 끌어들일 뻔하다니. 블루블록에 대해서는 마음껏 떠들어봐. 취조관만 들을 테고 절대로 밖으로 새어나가지 않게 잘 처리할 테니까. 그가 감시영상을 조작하는 한이 있더라도 말이야. 그가 당신에게 작업하는 동안 나를 생각하도록 해. 나도 당신을 생각해줄 테니까."

그녀가 가볍게 두드리자 문이 스르르 열렸다. BB 초지로는 줄리안에게 키스를 날리고 방을 유유히 빠져나갔다. 그녀는 어느 모로 보나 완벽한 귀족이었다. 줄리안은 구속끈 속에서 몸부림쳤지만 꼼짝도 할 수 없었다. 하지만 어쨌든 그녀는 척추차단기를 재가동시키는 것을 깜빡 잊는 실수를 범했다. 이제는 스스로를 죽이는 것으로 취조관에게서 빠져나갈 방법을 찾을 수 있게 되었다. 하지만 그는 그런 것을 생각하기에는 너무 흥분한 상태였다. 이제는 살아야 한다. 탈출해 BB 초지로를 죽여야 한다. 어떤 고통도 참고 견뎌낼 것이다. 마침내 그들이 아주 사소한 실수를 저지를 때까지. 그때가 오면 취조관을 죽이고 그와 BB 사이를 가로막는 모두를 죽일 것이다. 그는 정말로 그녀를 사랑했다. 하지만 지금 그의 머릿속은 그녀의 아름다운 목에 두 손을 감아 조롱하는 그녀의 미소를 공포의 비명으로 바꾸어놓겠다는 생각으로 가득 채워져 있다. 그는 갑자기 크게 웃었다. 짐승같이 거친 광기의 웃음이었다. 방으로 향하던 취조관은, 자신이 좁고 폐쇄된 공간에 위험한 동물과 함께 있으려고 들어간다는 사실을 불현듯 깨닫고 잠시 발걸음을 멈췄다. 하지만 곧 자상한 미소를 띠고 희생 대기자를 향해 성큼성큼 걸어갔다. 그는 줄리안의 비명소리가 새어나가 바깥 복도를 지나는 사람들의 심기를 건드리지 않도록 문을 단단히 닫았다.

핀레이 캠벨은 약간 숨을 헐떡이며 피칠갑을 한 채 털털거리는 비행판을 타고 임무에서 막 복귀했다. 그를 추격하던 비행판들은 딱히 능숙하다고 할 수는 없었지만 정말 끈질겼다. 그래서 그들을 따돌리기 위해 알고 있는 모든 기술을 발휘해야 했다. 그는 비행판을 거칠게 착륙시키고 조종간에 잠시 엎드려 있었다. 하지만 지하동맹 요원들이 비행판이 눈에 띄지 않도록 치우기 위해 달려오자 급히 몸을 일으켰다. 그가 지쳤다는 것이 소문나서 좋을 것은 없었다. 그는 비행판에서 내려섰다. 그리고 요원들이 비행판에 남겨진 것을 보고 짓는 표정을 즐겼다. 세인트 존의 시체를 싣고 온 것이다. 그것은 그가 작업을 깔끔하게 마무리했다는 증거였다. 게다가 사라진 시체 때문에 귀족들이 더욱 흥분할 것이고 시체는 나름대로 전리품의 역할도 할 테니 두루두루 나쁘지 않았다. 그는 세인트 존을 박제로 만들어 눈에 잘 띄는 장소에 전시해 사람들이 즐기도록 하는 상상을 해보았다. 하지만 지금은 만사가 귀찮았다.

그는 누군가 알아서 처리하도록 비행판에 시체를 남겨두고 엘리베이터로 내키지 않는 걸음을 옮겼다. 다리의 상처에서 흘러내린 피로 장화가 질퍽거렸다. 다른 곳에도 상처를 입었지만 그는 허리를 곧게 폈다. 이미지를 관리해야 했다. 그는 엘리베이터 앞에서 초조히 기다렸다. 손은 칼 손잡이에 올려놓았다. 마치 그것으로부터 힘을 얻는 것처럼. 마침내 엘리베이터 문이 열리자 큰 걸음으로 안으로 들어갔다. 그리고 문이 닫히기가 무섭게 구석으로 가 벽에 기댔다. 한결 편안했다. '나이가 들어 힘에 부치는 것인가? 이제 곧 장기판이나 끌어안고 살아야겠군.' 침대에 가서 한 사나흘 푹 자고 싶은 마음이 간절했지만 지하동맹의 지도자들이 보고를 들으려고 기다리고 있었다. 물론 서면보고로 대신할 수는 없었다. 그랬으면 훨씬 쉬울 텐데. 그들 앞에 서서 마치 교실에서 학생이 발표하듯 세세한 것까지 모든 것을 보고해야 했다. 그는 자기 방에서 브랜디를 가득 따라 마시는 상상을 해보았다. 임무를 마치고 돌아오는 길에 그를 계속 움직이게 한 힘은 바로 그 브랜디 상상이었다. 물론 에반젤린 생각도 힘이 되었다. 그녀는 그가 무슨 일을 하건 항상 그의 생각 언저리를 맴돌고 있었다.

그는 벽을 밀어서 천천히 몸을 바로 세우고 몸 이곳저곳에 몰려오는 성가신 고통을 경멸의 냉소로 물리쳤다. 왜 자기가 이런 보고를 해야 하는지 이해할 수가 없었다. 에스퍼 지도자들이 직접 비행판으로 가서 시체를 보고 성공을 확인하기만 하면 될 텐데 말이다. 하지만 그들은 세부적인 내용을 원했다. 항상 그랬다. 그렇게 함으로써 자신들의 권위가 지켜진다고 여기는 것 같았다. 그렇더라도 그가 지하동맹에 약간의 편의를 신세지고 있다는 사정과 더불어 다음 임무를 받기 위해서라도 그들의 요구에 장단을 맞춰줄 수밖에 없었다. 어쩔 수 없이.

마침내 엘리베이터가 어떤 설계도에도 표시되지 않은 층에 멈추며 문이 열렸다. 핀레이는 어두운 복도로 걸어 들어갔다. 지하는 한 번도 밝았던 적이 없었다. 아마도 그곳을 신비스럽게 보이기 위해 일부러 그렇게 꾸민 것 같았다. 그게 아니라면 에너지를 아끼기 위해 그럴 수도 있었다. 핀레이는 생각이 제멋대로 표류한다는 것을 느끼고 다시 지금 가고 있는 곳에 집중했다. 골고다의 지하 깊숙한 이곳에는 방치된 철제 복도들이 많았고 모두 비슷비슷해 보였다. 몇몇 사람들이 눈에 띄자 그는 애써 힘을 내 인사를 건넸다. 그들 모두 매우 정중하게 답례했다. 그는 이제 유명해진 핀레이 캠벨이었다. 제기랄.

그는 마침내 주회의장으로 걸어 들어갔다. 그곳은 사이버생쥐들이 공식적인 컴퓨터 기록에서 지워버린 버려진 작업장이었다. 날카로운 모서리를 가진 철판으로 둘러쳐져 있고 케이블이 사방에 걸려 있는 넓은 공간이었다. 완성되지 않은 가건물 같은 느낌을 주었다. '아주 적당한 곳이야, 정말로. 언제라도 가진 것을 들고 튈 준비를 해야 하는 지하동맹에게는 말이야.' 사일로나인 기습작전의 참화와 연이은 소탕작전으로 인해 그나마 남은 지하동맹은 근근이 명맥만 유지하는 상태였고, 안 그래도 보안에 강박증을 보이던 그들은 거의 편집증적으로 변했다. 핀레이는 방의 한중간에서 기다리고 있는 지도자들에게 다가가 활달하게 인사했다. 오늘은 셋만 와 있었다. 지도자들은 텔레파시로 투사한 이미지 뒤에 숨어 진정한 실체를 감추고 있었다. 최소한 그들 말로는 그랬다. 핀레이는 그들이 피부 상태가 안 좋거나 모발이식을 잘못해서 숨어 지내는 것이라고 생각했다. 그는 누구에게도 경외감을 품지 않았다.

미스터 퍼펙트라고 불리는 지도자는 키가 컸고 벌거벗은 아도니스의 형상을 하고 있었다. 우아함의 극치를 이루는 그의 근육은 땀으로 번들거렸다. 그가 고작 하는 일이라고는 그 자리에 서 있는 것뿐인데도 말이다. 그는 너무 고전적으로 아름다워서 감히 범접할 수 없는 인상을 풍겼다. 심지어 턱에 보조개까지 달고 있었다. 개자식. 핀레이는 미스터 퍼펙트의 성기를 보지 않으려고 주의했다. 우울해질 뿐이기 때문이었다. 미스터 퍼펙트 옆에는 공중에 떠서 끊임없이 형체와 색깔이 변하는 만다라가 있었다. 핀레이는 그것도 오래 쳐다보고 싶지 않았다. 색깔과 밝기가 시시각각 변하고 서서히 사라져버리기도 해서 쳐다보고 있으면 머리가 아팠다. 세 번째 지도자는 커다란 나뭇가지에 몸을 칭칭 감은 6미터짜리 용의 형상을 하고 있었다. 드래곤은 항상 말이 별로 없었다. 하지만 거의 깜빡이지 않는 황금색 눈을 보면 아주 주의 깊게 듣고 있다는 인상을 주었다. 핀레이는 늘 나무도 보이는 것처럼 단순한 나무만은 아닐 것이라고 생각했다.

핀레이는 보고를 하기 전에 회의에 참석한 군중을 둘러보았다. 그가 보고할 때는 항상 사람들이 몰렸다. 그는 그들에게 유쾌하게 미소를 보냈고 그들도 미소 짓고 고개를 숙이는 것으로 경의를 표했다. 어떤 이는 박수를 치기도 했다. 그들은 가죽옷과 체인을 걸친 엘프, 같은 얼굴의 클론, 그밖에 그 자신처럼 유용함이 인정되어 받아들여진 식객 등으로 구성되어 있었다. 기대에 찬 군중 말고도 그곳에는 사람들이 수시로 드나들었다. 메시지를 전하거나 하급 관리자에게 보고를 하거나 또는 주워들을 만한 유용한 게 없나 하고 어슬렁거리는 사람들이 그들이었다. 지하동맹도 가십이 무성한 곳이었다.

군중을 훑어보던 핀레이의 시선이 한 곳에서 딱 멈췄다. 군중 앞에 있는 두 얼굴을 알아보고 그의 턱이 가슴까지 떨어져 내렸다. 이곳이 지하동맹이라는 것은 차치하더라도 그가 동시에 보리라고 전혀 기대하지 못했던 두 사람이 같이 있었다. 아드리엔 캠벨과 에반젤린 슈렉, 그의 부인과 애인이 사이좋은 모습으로 즐겁게 수다를 떨고 있었다. 처음에 든 생각은 일종의 에스퍼 환영이라는 것이었다. 누군가 그의 마음을 휘젓기 위해 속임수를 쓰거나 짓궂은 장난을 치는 것이라고. 하지만 두 사람이 그의 인생에서 지니는 의미를 알고 있는 사람은 자신 말고는 없었다. 그러므로 그들은 실제로 여기 있는 것이다. 그것도 둘이 함께. 핀레이는 재빨리 가장 가까운 출구를 살폈다. 보고고 뭐고 재빨리 이곳을 벗어나야 한다. 세상에는 어떤 남자도 감당할 수 없는 일이 있는 법이다. 그가 뒤돌아서 날쌔게 도망간다면……

"핀레이 캠벨, 주목하시오." 만다라가 크고 쩡쩡 울리는 목소리로 말했고 그걸로 끝이었다. 분명히 그 목소리는 그만을 겨냥한 것은 아니었다. 다른 모든 사람들이 일제히 그를 쳐다보았다. 핀레이는 깊은 체념의 한숨을 쉬고 에스퍼 지도자들에게로 걸어 나갔다. 너무 가까이 가지는 않았다. 투사된 영상에는 그의 신경을 날카롭게 만드는 무언가가 있었다. 그는 지도자들에게 경쾌하게 경례하고 청중에게도 엇비슷하게 했지만 굳이 차렷 자세를 취하지는 않았다. 그들이 군인을 원한다면 다른 곳에서 데려오면 될 것이다. 그는 대체로 말썽꾼이었고 그런 평판으로 살고 싶었다.

"색깔 바꾸는 속도 좀 줄여주시겠소?" 그는 만다라에게 짜증스럽게 말했다. "멀미가 날 지경이오. 당신들이 왜 번거롭게 환영을 사용하는지 모르겠소. 이제 감탄하기도 지겹소. 내가 당신들을 위해 그렇게 많은 일들을 했는데 아직 못 믿는 거요?"

"이건 믿고 못 믿고의 문제가 아니오." 미스터 퍼펙트가 권위적인 목소리로 대답했다. "모른다면 누설할 수도 없소. 그게 보안의 철칙이오. 지금은 보안이 더욱 강조되어야 할 때요."

핀레이는 아드리엔과 에반젤린 쪽을 보지 않으려고 조심하면서 크게 코웃음을 쳤다. 이마에 식은땀이 맺히는 것을 느낄 수 있었다. "당신들은 보고를 원하지요. 좋소. 내가 윌리엄 세인트 존 경을 죽였소. 그의 부하들도 많이. 그리고 그의 전용 비행판을 탈취해 도망쳤소. 이상이오. 이제 가도 되겠소? 당장 방으로 돌아가 브랜디 한 잔 들이켜고 싶어 미칠 지경이오."

그는 실망한 청중이 술렁이는 것을 모른 체하고 세 지도자 중 가장 차분한 미스터 퍼펙트에게 시선을 고정했다. 그런데 만다라의 색깔이 갑자기 현란하게 바뀌며 그의 눈길을 사로잡았고 넓은 방에 만다라의 커다란 목소리가 울렸다.

"보통이라면 당신에게 더 세세하게 보고해줄 것을 요구하겠지만 오늘은 시간이 없소. 우리는 당신이 새로운 임무를 맡아 출동하기를 바라오. 지금 당장."

핀레이는 잠시 말문이 막혀서 지도자들을 쳐다보았다. "뭘 바란다고? 나는 지금 막 돌아왔어, 제기랄! 칼 맞고 총 맞고 추격당하면서 지옥의 문턱까지 갔다가 꼴같잖은 반중력 썰매로 타워들에 요리조리 숨으면서 간신히 복귀했단 말이오. 그런데 또 나가라고? 당신들 모두 미친 것 아니오? 아니면 내가 죽기를 바라는 거요? 새로운 임무에 대해 당신들이 생각을 당장 바꾸지 않는다면 이 짜증나는 신기루 뒤의 당신들을 모두 찾아내 다진 고기로 만들어주겠소. 나는 지금 지치고 다쳐서 농담할 기분이 아니란 말이오. 그리고 나는 충성심이나 명예 따위는 모르는 사람이오. 나는 귀족이오, 기억하지요? 뜨거운 물로 목욕을 하고 한 번에 서너 끼 분량의 충분한 식사를 한 다음 아주 길고 편안한 잠을 자지 않고는 어디도 갈 수 없소. 나는 광선총 같은 사람이오. 일하는 중간에 배터리를 충전해야 한단 말이오. 내 배터리는 지금 완전 방전 상태요. 그러니까 나는 아무 데도 갈 수 없소!"

청중은 박수갈채를 보냈다. 그들이 듣고 싶은 것이 바로 이런 것이었다. 핀레이는 기대감을 갖고 에스퍼 지도자들을 쳐다보았다. 하지만 별 반응이 없었다. 그들은 이미 전에도 그와 같은 말을 들어보았고 그때도 별 반응을 보이지 않았었다. 미스터 퍼펙트는 우아하게 근육을 꿈틀거린 후 핀레이를 엄하게 쳐다보았다.

"이 임무는 막중한 것이오. 전체 지하동맹의 안전이 위협받고 있소. 당신이 없는 사이에 새로운 반란자들이 도시를 공격했소. 그들은 세무본청을 기습해 컴퓨터시스템을 완전히 망가뜨려놓고는 헤이든맨의 배를 타고 탈출했소. 우리는 그 단체와 이미 접촉하고는 있었지만 다분히 임시적인 것이었소. 그런데 그들의 활약상을 보니 이제 새로이 든든한 동맹자가 생긴 것 같소. 그들은 또 대단히 중대한 소식을 우리에게 전해주었소. 잭 랜덤이 돌아와 그들을 지휘하고 있다는 것이오."

청중이 일순 환호한 후 서로 재잘거리기 시작했다. 핀레이는 동조하지 않았다. 그도 직업적 혁명가에 대해 들어서 알고 있었다. 하지만 이미 과거의 인물이었다. 그리고 그는 전설 따위는 믿지 않았다. 그 자신도 전설이 될 수 있다는 것을 알게 된 이후로는.

"그것이 내가 가기를 거부하는 새로운 임무와 무슨 상관이 있단 말이오?" 그가 큰 소리로 말하자 환호성이 가라앉으며 모두들 유심히 에스퍼 지도자들의 대답을 기다렸다. 그들은 이런 재미 때문에 핀레이의 보고회의에 참석하는 것이었다. 그는 항상 멋진 장면을 연출했다. 미스터 퍼펙트는 핀레이를 응시했다.

"새로운 친구들의 공격 덕택에 지금 골고다의 방어체계와 보안은 누더기가 됐소. 예전에는 불가능했던 일이 지금은 가능하게 되었단 말이오. 당신은 줄리안 스카이를 기억할 것이오. 사일로나인 사건 이후로 지하동맹이 재건될 수 있었던 것은 모두 그 사람 덕분이었소.

그런데 스카이가 체포됐소. 아직 오래되지 않았소. 그가 발설하지 못하도록 무조건 막아야 하오. 우리의 재건을 가능하게 만든 장소와 이름과 암호 모두를 그가 알고 있소. 그의 마음속에 방어기제가 심어져 있기는 하지만 마인드테크가 작정하고 달려들면 그것도 오래 버티지 못하오. 다른 때 같으면 우리는 전혀 손쓸 엄두도 내지 못했겠지만, 지금 같은 혼란 속에서는 누군가 결연히 나서주기만 한다면 무슨 일이든 못 해내겠소?"

"완전무장한 한 부대가 나선다면 무슨 일이든 못 해내겠소?" 핀레이가 고집스럽게 말했다. "다른 포로들도 모두 구출해낼 수 있을 것 아니오?"

"우리는 더 이상의 희생을 감당할 수 없소." 만다라가 말했다. "스카이는 현재 중경비 지역에 구금되어 있소. 지금의 혼란에도 불구하고 그는 의심할 여지없이 극도로 삼엄한 감시 하에 있을 것이오. 군대가 갈 수 없는 곳도 한 사람은 잠입할 수 있고, 그 한 사람은 바로 당신이오."

"내가 용감하고 능력이 있고, 아울러 완전히 소모품이라서요?"

"정확히 그렇소. 이렇게 별로 승산은 없지만 절박한 임무에는 당신이 가장 성공 가능성이 높기 때문이오. 무슨 문제가 있소? 당신은 도전을 좋아하는 줄 알았는데?"

"이건 도전이 아니오, 그냥 사형선고지. 사람들의 생각과는 달리 나는 자살 임무는 떠맡지 않소. 다른 멍청이를 찾아보시오."

"당신이어야만 하오. 스카이가 입을 열기 전에 구출하거나 조용히 시켜야 하오. 당신이 상황에 따라 어떤 선택을 할지 결정하시오."

"들리세요? 내 말 안 들리나요? 나는 안 간다고요!"

"우리는 스카이를 추적할 수 있소. 지하동맹의 모든 에스퍼들은 마음속 깊이 텔레파시 비컨을 묻어놓고 있소. 제국이 아직 그것을 잠재우지 않았기 때문에 그의 정확한 위치를 파악하고 있소. 그러니까 우리가 당신을 바로 그의 앞으로 공간이동시킬 수 있다는 뜻이오."

"좋아요." 핀레이가 말했다. "걸려들었군. 어려운 점은 뭡니까?"

"제국이 비컨에 대해 모를 리가 없다는 거요. 그들은 이미 많은 에스퍼들을 체포했고 아주 쉽게 비컨을 잠재웠소. 스카이의 비컨이 잠재워지지 않은 이유는 그들이 그를 함정의 미끼로 이용하기 때문이오. 그들은 그가 침묵하기를 우리가 얼마나 절박하게 원하는지 잘 알고 있소. 그들은 아마 많은 병력이 쳐들어올 것으로 기대하고 있을 거요. 하지만 당신이 그들의 예상을 뒤엎는 거요. 그런데 당신에게 이 말을 해두는 것이 공정할 것 같소. 당신을 안으로 공간이동시킬 수는 있지만 다시 빼오는 건 거의 불가능하다는 것 말이오. 제국은 당연히 공간이동을 차단할 수단을 가지고 있소."

"정확히 짚어봅시다." 핀레이가 말했다. "나를 여단 규모의 경비부대가 버티고 있는 골고다의 수사본부 한가운데에 떨어뜨려줄 테니 스카이를 구해서 나오는 것은 나 혼자 알아서 하라?"

"바로 그렇소." 미스터 퍼펙트가 대답했다. "간단한 일이지. 우리는 당신을 믿소. 이것이 너무 뻔한 함정이기 때문에 정말로 누군가 그 안으로 걸어 들어올 거라고는 그들도 기대하지 않을 가능성도 있소. 하물며 한 사람일 거라고는 생각도 못 하겠지. 그렇기 때문에 당신은 그들을 기습하는 거요."

"당신은 계속해서 해야 한다는 말만 하고 있는데," 핀레이가 말했다. "이미 말했듯이 나는 자살 임무는 맡지 않소. 그리고 아직 내 마음을 바꿀 만한 얘기는 단 한마디도 듣지 못했소."

"그래서 조직이 날 여기로 부른 거예요." 에반젤린이 끼어들었다. 그녀는 천천히 앞으로 걸어 나와 핀레이에게 다가왔고 걸어오는 내내 두 사람은 눈을 맞추었다. 그녀는 팔을 내밀어 그를 잡으려 했으나 핀레이가 손을 들어 만류했다.

"안 돼. 나는 지금 피와 쓰레기를 뒤집어썼소. 옷이 더러워질 거요."

에반젤린은 그의 상처에 놀라지 않으려 애쓰며 그를 살펴보고는 음울하게 고개를 저었다. "나를 대신해서 더 많은 피를 흘리고 더 많은 고통을 겪었군요. 당신이 오직 나를 위해서 이 일들을 해왔다는 것을 알아요. 당신은 반란이나 지하동맹에 대해 일말의 가치도 두지 않잖아요, 그렇죠?"

"나는 이 밑에서 할 일이 필요했소." 핀레이는 거북하게 말했다. "무언가 바쁘게 움직일 일 말이오. 나도 내 나름의 방식으로 가치를 두고 있소. 나는 아직도 웜보이 지옥에서 목격한 것들을 기억하고 있소. 그런 고통과 공포가 계속되도록 용납할 수 없었지. 나는 이미 내 피와 명예를 걸고 사일로나인과 그것을 만들어낸 체제를 끝장내기 위해 싸우겠다고 죽음의 맹세를 한 바 있소. 지하동맹은 그 일을 하는 데 가장 적합한 곳이오. 하지만 그래도 이 임무는 맡을 수 없소, 에비. 당신을 위한 것이라 해도 마찬가지요. 나에게도 한계가 있소."

"내 생각도 그래요. 당신 말이 옳아요. 아마 이 임무에서 당신은 살아 돌아올 수 없을 거예요. 하지만 당신밖에 이 일을 해낼 사람이 없다는 것도 분명해요. 당신이 괜찮다면 나도 함께 가겠어요. 당신 옆에서 싸우다가 당신 곁에서 같이 죽겠어요."

"안 돼! 내가 원하는 건 그런 게 아니오. 사일로나인에서 당신을 거의 잃을 뻔했소. 다시는 그런 위험을 감수하지 않을 작정이오. 당신의 안전이 최우선이오. 당신 없이는 살고 싶지 않소. 스카이 그 자식이 그렇게 중요한 녀석이란 말이오?"

"그가 입을 열면 지하동맹은 다시 공중분해될 수밖에 없어요. 수천 명의 클론과 에스퍼와 그 지원자들이 다시 체포되고 죽임을 당할 위험에 처하게 돼요. 그리고 우리가 다시 모이려면 짧게 잡아도 십 년에서 이십 년은 걸릴 거예요. 지하동맹이 완전히 사라질지도 모르죠. 반란은 엄청나게 후퇴하게 될 거예요. 아주 절묘한 타이밍이네요. 마침내 우리에게 기회가 오고 있어요, 핀레이. 잭 랜덤이 이끄는 새로운 반란자들이 썩은 제국을 한 방에 날려버릴 최후의 기폭제가 될 수도 있다고요."

"내가 어떻게 했으면 좋겠소, 에비?"

"나는 당신이 원하는 것을 원해요. 우리가 여기서 안전하게 함께하는 것. 하지만 이 마당에 우리가 원하는 것은 그렇게 중요하지 않아요. 만약 스카이가 입을 열면 우리가 가진 이 알량한 것들도 즉시 사라져버릴 거예요. 당신은 가야 해요, 핀레이. 당신이 이 사태를 해결하고 살아 돌아올 수 있는 유일한 인물이에요."

"만약 실패하면? 대의인지 뭔지를 위해 싸우다가 살해당한다면?"

"그럼 나의 일부도 당신과 함께 죽겠지요." 그를 똑바로 쳐다보며 에반젤린이 말했다. "우리가 당신에게 무리한 부탁을 하고 있다는 건 잘 알아요. 내가 무리한 부탁을 하는 거지요. 가슴이 찢어지지만……"

"하지만 그럼에도 불구하고 부탁하는 거군."

"그래요. 그게 내 의무예요. 사일로나인에서 고통받은 모든 에스퍼와 클론들에 대한, 그리고 제국에서 비인간적으로 살아가는 모든 고통받는 사람들에 대한 내 의무지요."

핀레이가 살짝 웃었다. "당신은 늘 야비한 수법을 쓰는군."

"사랑해요, 핀레이. 당신이 거절한다 해도 여전히 당신을 사랑할 거예요."

"사랑하오, 에비. 당신이 무리한 부탁을 한다 해도."

그들은 서로 오랫동안 바라만 보고 있었다. 다른 사람의 시선은 신경 쓰지 않고 서로만을 바라보았고 그들의 사랑은 너무 강하고 격렬해서 온 방 안을 가득 채웠다. 청중은 조용히 숨죽였다. 그래서 아드리엔이 목청을 가다듬고 앞으로 나섰다.

"하지 말아요, 핀레이. 미치지 않고서는 이런 작전을 할 수 없어요. 모든 사람들이 당신이 위대한 전사라고 말하지만 누구도 이런 승산 없는 싸움에서 몸 성히 돌아올 수는 없어요."

핀레이는 차갑게 웃으며 그녀를 바라보았다. "당신은 나를 믿지 않지, 아드리엔."

"중요한 것은 그게 아니에요. 다른 사람을 찾아보라고 하세요. 다른 사람은 늘 있게 마련이에요."

"시간이 없소." 핀레이가 말했다. "다 듣지 않았소?"

"젠장, 싸우려고만 들지 말아요! 나는 지금 당신을 걱정하는 거라고요!"

"정말로? 왜 그렇게 변했지?"

"알 게 뭐예요. 내가 지금 여기서 뭘 하고 있는지조차 모르겠는데. 어쨌든 최근에 에반젤린과 나는 서로 놀랍게도 친해지게 됐고, 그녀가 분명 바보도 아니고 쉽게 속아 넘어가는 사람도 아니니 그녀가 말한 대로 당신이 뭐 영웅이나 전사 비슷한 거라는 의견을 수용하기로 하겠어요. 그럼에도 불구하고 당신이 훌륭한 배우라면 제대로 된 무대에 서야 한다고 말하고 싶어요. 이 역할은 어느 모로 보나 자살 임무로밖에 안 보여요. 검투장에 무기도 없이 한쪽 다리를 등에다 묶고 입장하는 것이나 마찬가지라고요. 가지 말아요, 핀레이. 내가 당신에 대해 알게 될 기회를 갖기 전에 당신이 죽어버리는 것은 원치 않아요. 작전을 중지하라고 하세요. 찾아보면 다른 길이 분명히 있을 거예요."

"내가 이 일을 할 수 없다고 생각하는 거지, 그렇지?" 핀레이가 말했다. "하지만 당신이 틀렸소, 애디. 나는 그곳에 뛰어들어 그 자식을 낚아챈 다음, 경비들이 무엇에 얻어맞았는지 알아채기도 전에 빠져나올 수 있소. 나는 전사요, 아드리엔. 당신이 한 번도 본 적이 없는 위대한 전사."

"내 말에 전혀 귀 기울이지 않는군요!" 아드리엔이 말했다. "그래요, 귀 기울여본 적이 없지요. 당신이 말해줘요, 에비."

"하지만 나는 그가 가기를 원하는걸요." 에반젤린이 말했다. "제발, 핀레이. 나를 위해 해줘요. 나는 그들이 사일로나인을 대신해 새로이 짓는 곳에서 인생을 끝내고 싶지 않아요."

"그런 일은 없을 거요." 핀레이가 말했다. "당신을 붙잡아가도록 내가 그냥 두지 않아."

"당신이라고 해도 줄리안 스카이가 입을 열었을 때 들이닥칠 힘으로부터 날 보호해줄 수는 없어요. 그리고 나는 체포되느니 차라리 죽어버리겠어요."

"당신이 다치기 전에 내가 제국의 모든 경비대와 군인들을 모조리 죽여버리겠소." 핀레이가 말했다. "알겠소. 가겠소. 하지만 기적적으로 내가 살아 돌아올 경우, 한 가지 요구사항이 있소." 그는 에스퍼

지도자들을 이글거리는 눈으로 쏘아보았다. "들었냐고, 이 망할 자식들아?"

"그럴 줄 알았소." 만다라가 조용히 고동치며 말했다. "무엇을 원하시오?"

"밸런타인을 내놓으시오." 핀레이가 말했다. 그러고는 입꼬리를 길게 늘어뜨리며 미소를 지었다. 미소 속에 웃음기는 전혀 없었다. 그것은 죽음의 미소였다. "그의 머리를 꼬챙이에 꿰고 싶소."

밸런타인은 한때 지하동맹의 열성적인 지원자였다. 재정적 지원뿐 아니라 자신의 연루 사실이 드러나지 않는 범위 내에서 어떤 지원이나 영향력 행사도 마다하지 않았다. 그리고 캠벨 가를 대상으로 갑작스런 전면전을 치러 커다란 성공을 거두고 그 과정에서 아버지가 죽자 울프 가의 수장자리를 차지했다. 밸런타인은 새로운 울프로서 막대한 부와 권력을 거머쥐게 되자 지하동맹과 반란에 대한 흥미를 잃어버렸다. 더 이상 회합에도 참석하지 않았고 모든 접촉 시도도 무시했다. 그래서 지하동맹은 그를 그저 방치할 수밖에 없었다. 그가 마음만 먹으면 지하동맹에 막대한 피해를 입힐 수도 있었다. 그는 이름과 얼굴들을 알고, 계획과 장소들도 알고 있었다. 엘프의 몇몇 강경파들은 예방조치로서 그를 죽여야 한다고 주장했다. 지금까지 지하동맹의 지도자들은 그 제안을 거부했다. 밸런타인이 조용히 있는 한 굳이 지하동맹에 협조적인 다른 가문의 성원들을 자극하는 행동을 할 필요가 없었기 때문이다. 그것은 안 좋은 선례만 남길 뿐이었다. 그리고 울프 가의 수장인 밸런타인은 이제 삼엄한 경비 속에 보호받고 있었다. 섣불리 잘못 건드렸다가는 오히려 그가 지하동맹을 폭로하도록 자극하는 꼴이 될 수도 있었다.

하지만 만약 핀레이가 스스로 알아서 그를 죽인다면, 그들은 그것이 사적 보복이라고 변명할 수 있다. 캠벨 가와 울프 가의 또 다른 싸움일 뿐이라고. 지하동맹으로서는 별로 손해 볼 일이 없었다. 밸런타인이 살아 있는 한 그의 머릿속에 있는 정보는 항상 그들에게 위협이 된다. 줄리안 스카이 정도는 아니라 할지라도 그가 마음만 먹으면 지하동맹에 심대한 타격을 가할 수 있는 것이다. 그리고 드랩 사령관이 밸런타인에게 어느 정도 영향력을 미치고 있느냐 하는 것도 의문이었다. 드랩도 후드라는 별명으로 지하동맹에 침투해 중심적인 역할을 했지만 사일로나인 작전에서 본색을 드러냈다. 지하동맹이 흩어지게 된 것도 그 때문이었고, 그 일을 계기로 스카이가 중심인물로 떠오르게 됐었다. 아직 드랩은 밸런타인과 접촉하거나 영향력을 행사하려는 시도는 하지 않았다. 하지만 잠재적인 위협은 상존했다.

핀레이는 지도자들의 마음속에 이런 생각들이 전개되고 있는 것을 알고 있었다. 생각을 알기 위해 굳이 정신감응력자가 될 필요는 없는 것이다. 그들은 이미 이 문제를 두고 편을 갈라서 여러 차례 논쟁을 벌이곤 했다. 그들은 매번 거부했지만, 이제 상황이 달라졌다.

"좋소." 드래곤이 나무에서 몸을 꼬면서 말했다. 그는 이글거리는 황금색 눈을 핀레이에게 고정했다. "당신이 이 임무를 성공리에 마치고 살아 돌아오기는 매우 어렵겠지만, 성공한다면 밸런타인에게 보복을 해도 좋소. 그 일로 발생하는 모든 결과에 대해서는 당신이 책임져야 할 것이오. 우리는 물론 필요하다면 당신을 부인하고 비난하게 될 것이오."

"그 정도면 만족하오." 핀레이가 말했다. "당신들 속에서 내 위치가 어딘지 잘 알고 있소."

"작전의 목적을 분명히 인지하시오." 만다라가 색깔을 격정적으로 물결치며 말했다. "당신이 처한 상황에 따라 줄리안 스카이를 구출하거나 입막음을 해야 하오. 그가 입을 열도록 내버려둬서는 안 된단 말이오. 우리가 당신을 공간이동시키고 나면 당신은 완전히 혼자요. 우리는 당신을 도울 수 없소. 하지만 미리 약간의 지원은 해줄 수 있소."

엘프 한 명이 걸어 나와 핀레이에게 작고 납작한 상자를 내밀었다. 상자는 반짝이는 금속으로 만들어졌는데, 상단에 선명한 빨간색 단추가 하나 달려 있었다. 그는 예전에 본 적이 없는 물건이었지만 무엇인지 알 수 있을 것 같았다. 마인드폭탄. 제국 전역에서 불법화되고 지탄받는 테러무기. 그것은 에스퍼가 아닌 사람들의 마음을 공격해 생각을 혼란시키고 휘저어버린다. 희생자는 환각에 빠져 미치다가 결국은 식물인간이 되어버린다. 그것은 악랄하고 회복 불가능한 피해를 주기 때문에 위급한 상황에서만 최후의 수단으로 사용된다. 그리고 매우 귀한 것이다. ESP차단기와 마찬가지로 마인드폭탄도 살아 있는 에스퍼의 뇌 조직으로 만들어진다. 그렇기 때문에 에스퍼 지도자가 그 무기를 지니고 있고 더군다나 그에게 건네주리라고는 생각도 할 수 없는 일이었다. 그들이 이 일이 소문으로 퍼지는 것을 걱정하지 않는 것을 보면 정말로 핀레이가 돌아올 수 없다고 여기는 것 같았다. 핀레이는 그 뇌 조직이 정말로 자원자로부터 채취한 것인지, 그리고 그것이 아직 자각하고 사고하고 있는지 궁금했다. 그는 전율을 억누르고 금속상자를 받아서 주머니에 넣었다. 그러고는 엘프에게 공손히 인사하고 지도자들에게 다시 경쾌하게 경례하는 것으로 자신과 관련된 접견이 끝났음을 알렸다. 그는 에반젤린의 팔을 붙잡고 구석으로 갔다. 아드리엔도 따라갔다. 에스퍼 지도자들의 영상이 비눗방울처럼 터지며 사라졌다. 청중도 활기차게 수다를 떨며 흩어지기 시작했다. 핀레이가 그들에게 몇 주 동안 심심하지 않을 가십거리를 제공한 것이다.

핀레이는 지하동맹이 그에게 진정으로 원하는 것은 스카이를 죽이는 것이라는 점을 잘 알고 있었다. 그들은 핀레이가 그 말의 의미를 정확히 이해했다고 생각했다. 그리고 그가 수사본부에서 탈출의 편의를 위해서라도 스카이를 죽일 수밖에 없을 것이라고 판단했다. 두 가지 다 틀렸다. 핀레이는 반드시 스카이를 산 채로 구해올 작정이었다. 한편으로는 사일로나인에서 많은 사람들을 구하지 못한 쓰라린 경험 때문에 다시는 실패하지 않으리라 맹세했기 때문이고, 다른 한편으로는 에스퍼들이 자신에 대해 잘못 알고 있다는 것을 증명해주고 싶었기 때문이다. 그는 그들이 적을 지정해주고 그저 목줄을 풀어주기만 하면 되는 살인기계가 아니다. 그에게 일어난 모든 일에도 불구하고 그는 아직 인간성을 잃지 않았다. 에반젤린을 위해서라도 그래야 했다. 그는 그녀에게 미소를 짓고 아드리엔에게 활발하게 고개를 끄덕였다.

"당신들 두 사람이 손에 무기를 쥐지 않은 채 여기서 같이 서 있으리라고는 꿈에도 상상하지 못 했소. 도대체 어쩌다가 둘이 가까워진 거요?"

"때로는 환경이 이상한 동반자 관계를 만들기도 하지요." 아드리엔이 말했다. "내가 원래 그런 걸 잘하잖아요."

"그건 틀림없는 사실이오."

"당신이 꼭 이 임무를 수행할 필요는 없어요." 에반젤린이 말했다. "비록 내가 그런 말들을 했지만 나는 당신이 죽는 것은 원치 않아요."

"이 임무를 수행해야 하오." 핀레이가 말했다. "꼭 이유가 있어서만은 아니오. 내가 왜 검투장에서 싸워야만 했는지 당신은 이해 못했잖소. 나는 도전이 필요하오. 피의 전율, 삶과 죽음 사이에서 칼날 위를 걷는 아슬아슬한 줄타기 같은 것 말이오. 이제 검투사로서의 삶에 종지부를 찍었으니 그런 전율이 좀 더 많이 필요하오. 내가 미치지 않기 위해서라도 말이오."

"내가 있잖아요." 에반젤린이 말했다.

"요즘 당신을 거의 보지 못했소." 핀레이가 말했다. "예전에 당신과 함께 있을 때 나는 검투장, 피, 살인 같은 것을 잊을 수 있었소. 하지만 지금 당신은 지상세계에서의 의무가 있고 나와 함께할 시간이 거의 없소. 당신은 나를 살아 움직이게 하는 힘이 무엇인지 이해해야 하오. 그것이 그렇게 고상하거나 명예로운 것은 아니지만 그게 바로 나요. 나는 정글의 육식동물처럼 살인을 해야 하오. 세상이 두 쪽 난다 해도 그것만큼은 변하지 않소. 그리고 내가 지금 살고 있는 삶이 그런 본성을 더욱더 수면에 가깝게 끌어올려준 것뿐이오."

"지상세계는 중요하지 않아요." 에반젤린이 말했다. "그리고 내 의무 따위는 지옥에나 가버리라고 하세요. 요즘은 의무가 너무 많아서 탈이에요. 그것들이 내 머릿속에 단단히 뭉쳐서 자리를 차지하고 있기 때문에 진짜 중요한 것이 무엇인지 놓쳐버리는 것 같아요. 당신이 원한다면 나는 이곳 지하세계로 완전히 건너올 생각이에요. 지하동맹이 원하는 건 상관할 바 없어요. 결국 중요한 것은 우리 둘이고 우리 둘이 서로에게 어떤 의미를 지니는가예요. 다른 모든 것은 정신을 산란시키는 것에 불과해요."

핀레이는 그녀를 와락 끌어안고 키스했다. 그들의 열정은 거대한 새의 날개처럼 공기 중에 펄럭였다. 아드리엔은 그들을 유심히 지켜보고 있었다. 하루 종일 놀람의 연속이었다. 핀레이의 이 새로운 모습은 언뜻 스치는 불빛처럼 몇 번 보았던 적이 있고 그때마다 아드리엔은 놀라고 혼란을 겪었던 것이다. 그녀는 자신이 그토록 가까이에서 지낸 사람에 대해 완전히 잘못 알고 있었다는 것을 인정하고 싶지 않았다. 화려한 복색으로 치장하는 것만 아는 줄 알았던 핀레이가 검투장의 무지막지한 살인자이고, 귀여움 받고 자란 무남독녀로만 보였던 에반젤린이 무서운 비밀을 감추고 있을 뿐만 아니라 자신이 존경해 마지않는 그런 종류의 용기까지 지니고 있을 줄이야. 그들 둘 다 지금 무척 지쳐서 초췌한 상태였다. 하지만 아드리엔은 지금 모습이 훨씬 좋아 보인다고 생각했다. 그녀는 항상 정신적인 상처가 있는 사람들에게 동정적이었다. 핀레이와 에반젤린은 서로 다른 세상에서 오랫동안 살아왔기 때문에 그들의 사랑 이외에는 별로 공통점이 없었지만 그것만으로도 충분했다. 사랑은 그들을 한데 결합시키기에 충분히 강력하고 현실적인 것이기 때문이다. 아드리엔은 그것을 알 수 있었다. 눈이 멀지 않고서야 어떻게 그것을 보지 못할 수 있겠는가.

하지만 그녀는 또다시 어떻게 하는 것이 최선인지 고민했다. 핀레이가 미치지 않았다면 그 임무를 떠맡지 말아야 정상이겠으나, 이미 그는 길을 나선 것처럼 보였다. 그녀가 어떤 말을 하고 어떤 행동을 해도 그의 마음을 돌릴 수 없을 것이다. 그녀는 이런 상황이 낯설었다. 그녀의 오만하고 잘 다듬어진 말로도 원하는 것을 얻을 수 없는 상황에 맞닥뜨리기는 이번이 처음이었다. 신랄한 혓바닥만으로도 충분히 자신의 길을 잘 개척해올 수 있었기 때문에 이미 다른 방법은 잊어버린 지 오래였다. 그녀는 이제야 새로 발견한 핀레이를 금방 잃고 싶지는 않았다. 자신에게 그가 그렇게 중요하게 여겨진다는 것이 놀라웠다. 마침내 핀레이와 에반젤린이 서로 떨어져 숨을 쉬기 시작하자 아드리엔은 가볍게 기침을 하며 주의를 끌었다. 그것은 예사로운 기침이 아니었다. 한때는 그 기침소리 하나로 방 전체를 침묵에 빠뜨리곤 했다. 두 연인은 서로 떨어지지 않고 고개를 돌려 그녀를 바라보았다.

"당신이 말하기 전에." 에반젤린이 핀레이에게 엄하게 말했다. "아드리엔과 나는 동무가 됐어요. 그녀는 불쾌하지만 내가 꼭 해야만 했던 오랫동안 미뤄온 일을 할 수 있는 힘을 주었어요. 하지만 그 일이 무엇인지는 당신께 말하지 않겠어요. 그녀의 도움 덕분으로 앞으로 내가 더 많은 시간을 여기서 보낼 수 있게 됐다는 것을 말씀드리는 것만으로 충분할 거예요."

"뭔지 모르겠지만 어쨌든 고맙게 됐구려, 애디." 핀레이가 말했다.

"별 말씀을요." 아드리엔이 대답했다. 그들은 한동안 서로 바라보았다.

"그래," 핀레이가 입을 열었다. "당신 계획은 뭐요, 애디? 반란에 동참할 작정이오?"

"아마도요." 아드리엔이 말했다. "저 위 상황이 꽤 안 좋아졌거든요. 나를 보호할 수 있는 새로운 접근과 수단이 필요해요. 말해봐요, 핀레이. 당신이 정말로 검투장에서 싸웠나요?"

"그는 가면의 검투사였어요." 에반젤린이 말했다. 그리고 그녀와 핀레이는 아드리엔의 얼굴표정을 보며 큰 소리로 웃었다. 아드리엔은 재빨리 자신을 수습하고 같이 웃었다.

"내가 마음만 먹으면 라이언스톤에게 잔소리를 해대서 정치개혁을 단행하도록 할 수 있을지 또 누가 알겠어요?"

"그렇게 할 수 있는 사람이 있다면 아마 당신뿐일 거요." 핀레이가 너그럽게 말했다.

핀레이는 손에는 검을 쥐고 가슴에는 독기를 품은 채 수사본부로 공간이동해 들어갔다. 어두침침한 복도 한가운데에 갑자기 그가 모습을 드러내자 대여섯 명의 경비대원들은 불에 덴 듯 화들짝 놀랐다. 그들도 손에 검을 쥐고 있었지만 전혀 도움이 되지 않았다. 핀레이가 돌진해 작은 검광을 몇 개 그리자 비명소리가 복도를 메웠다. 순식간에 경비대를 모두 해치운 핀레이는 침착하게 서서 지원군이 오는지 귀 기울였다. 몇 초가 흘렀지만 아무도 조사하러 오는 자가 없었다. 잠깐 동안의 일방적인 살육 소리가 그다지 멀리 가지 못한 것 같았다. 핀레이는 긴장을 풀고 검에서 피를 털어냈다. '너무 재미가 없군. 아마추어를 위한 시간이었을 뿐. 도전거리가 전혀 없어.' 만약 고작 이런 게 제국의 함정이라면 임무는 식은 죽 먹기가 될 것이다. 그 순간 그는 천장의 감시카메라가 그를 향해 있는 것을 알아채고 서둘러 움직이는 게 좋겠다고 생각했다. 카메라가 방금 일어난 일을 모두 관찰했다면 지금쯤 지원군이 오고 있을 것이다. 많은 수가 총과 경비견으로 무장하고 말이다. 그는 개가 정말 싫었다.

핀레이는 복도를 위아래로 훑어보고 지도를 요구할 걸 그랬다는 생각이 들었다. 복도의 조명은 천장에 드문드문 박힌 침침한 전구가 전부였다. 벽은 밋밋한 철판으로 만들어졌고 아무런 표식도 없었다. 일정한 간격으로 좁은 문들이 늘어서 있었다. 단단한 철문들에는 전자식 개폐기가 붙어 있었다. 사방에 어두운 그림자가 드리워져 있었고 공기 중에는 소독약 냄새가 짙게 배어 있었으나 불쾌한 냄새를 완전히 덮지는 못했다. 줄리안 스카이가 여기 어딘가 있을 것이다. 정확히 어느 방인지는 알 도리가 없다. 지하동맹은 그를 정확히 스카이의 비컨이 있는 지점으로 보내지 않기 위해 애썼다. 모두가 경계태세를 갖추고 있는 와중에 잠겨 있는 감방 안에 나타난다는 것은 누가 봐도 바보짓이었기 때문이다. 핀레이도 그 점에 동의했다. 그래서 그들은 가장 가까운 개방된 공간을 골라 그를 떨어뜨려준 것이다. 핀레이는 검을 들고 애매하게 둘러보며 어떻게 하는 것이 좋을지 잠시 망설이다가 가장 가까운 문을 향해 움직였다. 철문에는 작은 화면이 부착되어 있었다. 핀레이가 작동시키자 방 안의 상황이 비춰졌다.

한 사람이 금속탁자 위에 활개를 편 자세로 뉘어져 있었는데 전문적인 솜씨로 가죽이 벗겨져 있었다. 단 한 조각의 피부도 남아 있지 않았지만 그는 여전히 살아 있었다. 그는 맥없이 움직이며 보이지 않는 구속대에 저항하고 있었다. 빨간 근육이 축축하게 반짝였고 눈꺼풀 없는 눈이 돌출되어 있었다. 피가 끊임없이 배어나와 탁자의 홈통으로 흘러내렸고 정맥주사로 새로운 피가 계속 공급되었다. 핀레이는 화면을 끄고 차가운 감방문에 잠시 이마를 댔다.

그가 할 수 있는 일이 없다. 그가 모든 사람을 구할 수는 없다. 그럴 시간이 없다. 지하동맹의 입장은 아주 분명했다. 스카이가 중요한 정보를 누설하기 전에 그를 손에 넣는 것이다. 핀레이는 깊은 숨을 들이쉰 후 천천히 내뱉었다. '웃기지 말라고 그래. 제국도 지옥으로 꺼져버려라.' 그런 끔찍한 짓이 계속되도록 그냥 둔다면 그는 견딜 수 없을 것 같았다. 지하동맹이 준 잠금해제장치를 사용하자 문이 조용히 열렸다.

핀레이가 안으로 들어서자 탁자 위의 남자는 또 다른 고통의 두려움에 울먹였다. 핀레이는 그에게 허리 숙여 조용히 하라고 손짓했고 수감자는 잠잠해졌다. 핀레이는 그때서야 수감자가 탁자에 리벳으로 고정되어 있음을 발견했다. 사지가 철심에 고정되어 있었고 몸의 열두 군데가 그렇게 탁자에 고정되어 있는 것으로 보였다. 핀레이는 그것을 제거할 방법이 없었다. 지렛대를 사용해 어떻게 빼낸다 해도 단 하나만 빼도 그 충격으로 불쌍한 수감자는 바로 죽어버리고 말 것이다. 그렇다고 그렇게 고통당하도록 놔두고 갈 수도 없었다. 핀레이는 잠시 서서 다른 방법이 없을까 미친 듯이 생각해보았지만 결국 할 수 있는 것은 단 한 가지밖에 없다는 결론에 도달했다. 핀레이는 희망의 빛이 어려 있는 수감자의 눈동자를 들여다보며 위안의 미소를 보내고 벌거벗겨진 채 박동하고 있는 그의 심장에 조용히 칼끝을 밀어 넣었다. 잠깐 피가 튀고 가죽이 벗겨진 남자의 몸이 꿈틀하더니 이내 숨이 멎었다. 핀레이는 좌절감에 탁자를 발로 한 차례 걷어찬 후 방을 떠났다.

그는 복도의 방들을 하나씩 열어보면서 할 수 있는 한 모든 수감자들을 풀어주었다. 그러지 못한 사람들은 죽였다. 어떤 사람은 죽여달라고 간청하기도 했다. 생존자들은 복도로 쏟아져 나와 그의 주위를 맴돌며 비명 때문에 쉰 목소리로 감사의 말을 연발했다. 핀레이는 그 중 건강한 사람들을 그가 죽인 경비대의 무기로 무장시켰다.

사람들이 달려오는 발소리가 들리더니 한 부대의 무장경비대원들이 복도 끝 모퉁이를 돌아 핀레이에게 다가오는 모습이 보였다. 핀레이는 미소를 지었다. '이제야 제대로 시작되는군.' 그리고 뒤에서도 발소리가 들렸고 복도의 반대쪽 끝에서도 역시 한 부대의 무장경비대원들이 달려오고 있었다. 풀려난 수감자들이 핀레이 주변에 몰려들었다. 핀레이는 유감스럽다는 듯 한숨을 쉬었다. 재미있는 싸움이 될 뻔했지만 그는 자신의 한계를 알고 있었다. 그리고 다른 수감자들도 고려해야 했다. 그는 주머니에서 마인드폭탄을 꺼내 빨간 단추를 눌렀다.

앞뒤의 경비대원들이 비틀거리며 멈춰 서더니 머리를 싸매고 비명을 질렀다. 그들의 사고가 산산조각 나고 마음이 뒤죽박죽되면서 잘 조직된 군대가 순식간에 공포에 질리고 광기에 찬 군중으로 돌변했다. 핀레이와 수감자들은 마인드폭탄의 보호반경 내에서 그 광경을 지켜보며 놀란 표정을 감출 수 없었다. 핀레이는 장치를 끄고 여전히 소리 지르고 있는 경비대원들의 처리를 수감자들에게 맡긴 후 자신이 해야 할 일을 위해 이동했다. 분노에 찬 보복이 복도를 가득 채웠고 반짝이는 철벽은 피로 얼룩졌다. 핀레이는 계속 문을 열어보며 수감자들을 풀어주다가 마침내 줄리안 스카이가 있는 방을 발견하고 안으로 들어섰다. 그리고 눈앞에 펼쳐진 광경을 보고 큰 충격을 받았다.

그 젊은 에스퍼는 또 다른 철제 탁자에 뉘어져 구속끈으로 단단히 결박당해 있었다. 머리는 깨끗이 면도되었고 두개골의 일부가 잘려 있었다. 여러 색깔을 띤 십여 가닥의 전선이 노출된 두뇌에 박혀 있었고 전선의 다른 쪽 끝은 탁자 옆에 놓인 흉측한 기계에 연결되어 있었다. 하얀 가운을 입은 두 명의 마인드테크가 작업하다 말고 고개를 들어 문가에서 당황해 주저하고 있는 핀레이를 발견하고 즐겁게 미소를 지었다. 그들은 허리에 광선총을 차고 있었지만 꺼내려는 낌

새는 보이지 않았다. 핀레이는 바깥 복도에서 점점 커지는 비명과 분노의 함성을 뒤로하고 서서히 앞으로 다가갔다. 방 안에는 경비대원도 없었고 특별한 방어장치도 보이지 않았다. 마인드테크들은 핀레이의 칼에서 뚝뚝 떨어지고 있는 핏방울을 보고 서로 살짝 미소 지었다. 둘 다 키가 크고 마른 편이었으며 수도승처럼 창백한 얼굴이었다. 한 사람이 다른 사람보다 분명히 나이가 많아 보였다. 나이든 자가 핀레이를 쳐다보며 다시 미소 지었다.

"어서 오게. 자네를 기다리고 있었지. 정확히는 자네 같은 사람 말이야. 줄리안을 구하려고 왔다면 미안하지만 좀 늦은 것 같네. 그를 조금이라도 움직이면 바로 죽고 말 거야. 줄리안의 능력을 억제하려고 우리가 사용한 ESP차단기가 자네가 가진 마인드폭탄의 효과도 상쇄시켜버릴 거야. 마인드폭탄은 아주 악랄한 기계지만 이 안에서는 쓸모가 없어. 그리고 그 칼을 치우는 게 좋을 거야. 내가 이 조종판을 살짝 건드리기만 해도 줄리안은 자네가 상상할 수도 없는 고통을 맛볼 테니까. 자, 이제 칼을 치워주시게."

핀레이는 검을 칼집에 넣었지만 눈빛만은 굴복하는 기미를 보이지 않았다. "그에게 무슨 짓을 하고 있는 건가?" 마침내 핀레이가 물었다. 목소리는 싸늘하고 위협적이었다. 마인드테크는 위축되지 않고 미소를 지었다.

"그의 생각에 침입하는 중이지. 얼마 전까지만 해도 웜보이의 작은 벌레를 사용했지만 자네의 테러리스트 친구들 덕분에 낡았지만 더 직접적인 방법을 쓸 수밖에 없게 됐어. 이건 단순하지만 아주 효율적인 마음검사법이지. 두뇌에서 우리가 관심 있는 부분에 전자적 자극을 주는 거야. 예를 들어 이것은 쾌락-통증 중추에 연결되어 있지. 우리가 어느 부분에 관심 있는지 맞춰보게. 이 과정 자체는 보기보다는 별로 고통이 없어. 내 생각에는 처음 침입 과정에서 그가 약간 불편을 느낄 수도 있겠지만 말이야. 두뇌 자체는 통각세포가 없지. 그래서 꼭 필요한 통증만 줄 수 있기 때문에 우리가 일하는 게 아주 수월하단 말씀이야. 그리고 그가 느끼는 통증은……

이 다른 전선들은 단기기억은 물론 장기기억과 관련된 것이지. 그의 기억을 우리가 필요한 정도의 세밀도로 벽의 화면에 재생할 수 있어. 곧 우리는 환자의 의사와는 상관없이 원하는 모든 것을 얻을 수 있지. 이 시술은 장기적으로 봤을 때는 두뇌에 상당히 파괴적인 영향을 미치지만 어차피 우리가 필요한 것을 다 얻고 나면 이 환자의 삶이나 건강 따위야 아무도 상관하지 않지. 자네 같은 사람만 빼고 말이야. 경비대원들이 곧 자네를 데리러 올 걸세. 그동안 부디 폭력적인 행위는 자제해주게. 그렇지 않으면 자네 친구의 비명소리를 듣게 될 거야."

바깥 복도가 조용해졌다. 핀레이는 얼굴을 찌푸렸다. 수감자들이 경비대원들을 모조리 죽였거나 경비대가 질서를 회복하는 데 성공했거나 둘 중 하나였다. 어느 쪽인지 알 길이 없었다. 이제 마인드테크들을 죽이고 그다음 스카이도 죽여버리면 그만이었다. 하지만 저 불쌍한 녀석을 살려낼 가능성이 아직 남아 있는 한 그렇게 할 수는 없었다. 핀레이는 기술자들을 시켜 먼저 전선을 제거해야 했지만 어떻게 해야 그들이 말을 듣게 할 수 있는지 알 수가 없었다. 하나를 죽이면 다른 하나가 스카이에게 강력한 보복을 할 것이다. 하지만 그렇다고 마인드테크가 시간을 끄는 대로 무작정 기다리고만 있을 수도 없었다. 조만간 경비대원들이 몰려들 것이다. 핀레이는 창백하고 땀에 젖은 스카이의 얼굴을 보았다. 에스퍼의 눈이 그와 마주쳤다. 그의 입이 달싹거렸다.

"제발……" 그는 희미하게 말을 내뱉으려고 애썼다.

"보이나?" 마인드테크가 말했다. "그도 현 상황을 인식하고 있어."

"제발," 줄리안이 말했다. "죽여줘……"

마인드테크는 놀라서 그를 내려다보았다. 핀레이는 가볍게 웃었다. 하지만 그 소리는 섬뜩했다. "아니지, 의사양반. 그 사람이야말로 상황 인식을 제대로 하고 있는 거야. 내 임무는 당신들이 그에게 손을 대지 못하도록 하는 거야. 어떤 방법이 됐든."

그는 재빨리 광선총을 뽑아 조종판에 있는 마인드테크의 손을 쐈다. 그러자 또 다른 젊은 기술자가 조종판으로 달려들었다. 핀레이는 소매에서 단검을 꺼내 기술자의 눈에 정확히 찔러 넣었다. 기술자는 두 손으로 얼굴을 감싸고 뒤로 넘어져 바닥에 세게 부딪치더니 이내 조용해졌다. 핀레이는 만족스럽게 고개를 한 차례 끄덕이고 광선총을 집어넣은 후 스카이에게 다가가 허리를 굽혔다. 에스퍼는 그를 올려보며 미소를 지으려 했다. 최근의 구타 흔적이 얼굴에 선명했지만 눈빛만큼은 맑았다.

"누군가 올 거라고 생각했어요. 조금만 더 견디면."

"뭘 해야 되오?" 핀레이가 말했다. "나는 기계에 대해서는 아는 게 없소. 당신 머리에서 이 물건을 제거할 방법이 있겠소?"

"아뇨. 하지만 이제 내가 할 수 있습니다."

스카이는 눈을 감고 정신을 집중했다. 한동안 아무 일도 일어나지 않았다. 하지만 잠시 후 색색의 전선들이 조금씩 꿈틀거리기 시작하더니 하나씩 비틀리며 뇌 밖으로 밀려났다. 전선들은 마치 죽은 뱀처럼 바닥에 떨어져 내렸다. 마침내 마지막 전선까지 빠져나오자 스카이는 완전히 지쳐 꼼짝도 하지 못했고, 핀레이는 에스퍼가 죽은 것이 아닌가 걱정되었다. 그는 스카이의 목에 맥을 짚어 정상적으로 박동하고 있음을 확인했다. 그리고 서둘러 구속끈을 풀기 시작했다. 경비대가 틀림없이 오고 있을 것이다. 스카이를 테이블에서 일으켜 앉히자 뒤통수의 상처에서 피가 목을 타고 흘러내렸다. 핀레이는 조심스럽게 갈라진 피부 조각을 맞대서 두뇌를 덮은 다음 에스퍼의 삭발한 머리에 손수건을 둘러 고정시켰다. 다행히도 손수건은 깨끗했다. 스카이는 막 잠에서 깨어난 사람처럼 눈을 떴다. 그리고 벽에 비친 자신의 모습을 보고 웃었다.

"멋지군요. 내가 해적 같아 보이네요. 하지만 이럴 필요 없습니다. 댁이 나를 여기서 탈출시킬 방법은 없을 것이고, 나는 다시 저들의 손에 떨어지기는 싫습니다. 그냥 나를 죽이세요."

"그럴 수는 없소." 핀레이가 말했다.

"당신은 받은 명령대로만 하면 됩니다. 중요한 것은 내가 침묵하는 것 아니겠습니까. 지하동맹이 원하는 것은 그것입니다."

"죽는 것은 쉽소. 누구나 할 수 있지. 하지만 당신이 포기하면, 그러니까 자유로운 삶을 위해 싸우기보다는 죽기를 택한다면 결국 마인드테크의 승리를 인정하는 꼴이 되오. 살아남아서 자유를 찾고 당신에게 이런 짓을 하도록 시킨 자들에게 복수해야 하오. 그게 바로 지하동맹과 반란의 존재가치 아니겠소? 자, 이제 당신을 ESP차단기 영향권 밖으로 데리고 갈 테니 여기서 나가는 길을 찾을 수 있겠소?"

"글쎄요, 아마 가능할 겁니다." 줄리안은 희미하게 웃었다. "한번 해볼 만하겠군요. 마인드테크가 내게 작업할 때 두뇌 손상을 우려해

ESP차단기의 영향력을 많이 줄여놓았어요. 게다가 마인드폭탄이 이렇게 가까이 있어서 ESP차단기가 좀 손상된 것 같습니다. 그래서 내가 머리에서 전선을 밀어낼 수 있었지요. 날 좀 더 멀리 데려가준다면 내 나머지 에스퍼 능력도 살아날 것 같습니다. 그러면 멋진 불꽃놀이를 보여드리지요."

핀레이는 씩 웃었다. "나와 뜻이 맞는 사람이군. 자, 갑시다."

그는 젊은 에스퍼가 탁자에서 내려오도록 도와주고 다리에 힘이 돌아올 때까지 부축해주었다. 핀레이가 비록 내색은 하지 않았지만 스카이의 몸은 매우 걱정스러운 상태였다. 스카이의 두뇌에 작업을 시작하기 전에 엄청난 구타를 가한 흔적이 역력했다. 싸움이 시작되거나 탈출시간이 지체되기만 해도 그들은 아주 곤란한 지경에 빠지게 될 것이다. 핀레이는 일단 상황이 닥치면 그때 고민하기로 하고 방을 빠져나왔다. 경비대와 에스퍼들의 시체가 복도 전체를 뒤덮고 있었다. 하지만 살아 있는 사람은 아무도 없었다. 싸움은 장소를 옮겨 본부의 깊숙한 곳에서 진행되고 있는 것 같았다. 핀레이는 누가 이기고 있는지 궁금했다. 스카이는 복도를 앞뒤로 살펴본 후 길을 잡고 앞서나갔다.

"이곳의 구조는 표준을 따르고 있습니다." 그는 시체를 조심스럽게 타넘으면서 활달하게 말했다. "과거에 지하동맹을 위해 수사본부를 연구한 적이 있습니다. 그때 텔레패스와 마인드폭탄으로 구출작전을 계획했었지요. 하지만 조직이 와해되기 전의 일이었습니다. 내 기억이 정확하다면 모든 복도는 중앙홀로 연결되어 있습니다. 일단 거기에 도착하면 주 선착장으로 통하는 길을 찾을 수 있을 겁니다. 그다음 우리가 할 일은 수십 명의 경비대를 물리치고 길을 뚫어 부비

트랩을 건드리지 않고 비행선을 탈취해 죽어라고 도망치는 겁니다. 저들이 ESP차단기를 풀가동해 내 힘을 날려버리기 전에 말입니다."

"문제없소." 핀레이가 대답했다.

"거기까지 가는 동안 엄청나게 많은 경비대를 만나게 될 겁니다."

"아직 마인드폭탄이 손에 있소."

"아끼세요. 대여섯 번 정도는 쓸 만하지만 그다음은 뇌 조직이 타버릴 겁니다."

"폭탄 없이도 해낼 수 있소." 핀레이가 말했다. "내가 있잖소."

스카이는 그를 빤히 쳐다보았다. "항상 이렇게 자신만만한가요?"

"물론이오. 당신은 왜 지하동맹이 이 작전에 나를 선택했다고 생각하시오? 그러니 걱정은 내려놓으시오. 위장병 걸리겠소. 나한테 잘 붙어 있으시오. 당신을 여기서 내보내줄 테니."

스카이는 처음으로 활짝 웃었다. "당신, 진심이군요."

그는 모퉁이에서 전혀 머뭇거리지 않고 길을 선택해 복도를 여러 개째 지나갔다. 핀레이에게는 모든 복도가 똑같아 보였지만 스카이를 믿었다. 젊은 에스퍼는 머리의 고통이 극심할 텐데도 아무렇지도 않은 듯 몸을 쭉 펴고 걷고 있었다. 두 눈에는 광채가 더해졌고 창백하던 양 볼에도 핏기가 돌았다. 여전히 바람이 조금만 세게 불어도 훅 날아갈 것처럼 보였지만 자신감만은 회복한 듯했다. 그런데 모퉁이를 돌 무렵 그가 갑자기 멈춰 서더니 고개를 갸웃하며 마치 무엇인가를 듣는 듯 집중했다. 핀레이는 재빨리 주변을 둘러보았지만 복도에는 아무것도 없었다.

"말해보시오. 무슨 일이오?"

"문제가 생겼군요."

"그건 알고 있소. 구체적으로 말해보란 말이오."

"사일로나인에서 웜보이는 마인드테크와 과학자들에게 수감자들을 대상으로 실험을 허락했어요. 대부분 실험 과정에서 죽었지요. 그들은 차라리 운이 좋았던 겁니다. 죽지 않은 사람들은 몸과 마음이 괴물로 변해버려 더 이상 사람이 아닌 존재가 돼버렸지요. 지하동맹이 기습했을 때 몇몇은 탈출했지만 대부분은 그대로 남아 있었습니다. 그리고 웜보이가 죽자 괴물들을 통제할 새로운 방법을 찾기 위해 그들을 이쪽으로 옮겨왔지요. 수사본부는 우리의 탈출을 정말로 못마땅해하는 것 같군요. 그들이 십여 마리의 괴물을 복도에 풀어놓았습니다. 괴물들은 분노와 고통으로 미쳤어요. 움직이는 것은 뭐든 공격할 겁니다. 그 괴물들이 지금 바로 우리한테 오고 있습니다."

핀레이는 다시 재빨리 주변을 살펴보았다. 하지만 여전히 사위는 쥐 죽은 듯이 고요했다. "당신 ESP는 어떻게 됐소? 아직 안 돌아왔소?"

"일부만요. 하지만 염파폭풍을 최대한으로 일으킨다 해도 이런 마음들은 저지하기 어려울 것 같습니다."

"지하동맹에 접속해 공간이동으로 빠져나갈 가능성은 없겠소?"

"안 됩니다. 이곳은 ESP차단기로 둘러쳐져 있어요. 당신이 들어올 수 있었던 것도 저들이 허락했기 때문이에요. 우리 스스로 나가는 길을 찾을 수밖에 없어요. 그렇지 않으면 괴물들의 밥이 될 겁니다."

핀레이는 머리를 쥐어짰다. "환기구나 관리터널 같은 건 어떻겠소?"

"모두 단단히 잠겨 있어요. 여기는 감옥이라고요. 잊었어요? 자, 준비하세요. 그들이 오고 있습니다."

핀레이는 스카이가 가리키는 방향으로 나아가 한 손에는 검을 쥐고 다른 손에는 광선총을 들고 자세를 잡았다. 마침내 그도 다가오는 발소리를 들을 수 있었다. 그리고 도저히 인간의 목구멍에서 나올 것 같지 않은 으르렁거리는 소리와 울부짖는 소리가 들려왔다. 소리가 점점 가까워졌고 핀레이는 광선총을 겨냥했다. 그 순간 모퉁이를 돌아 복도 끝에서 괴물들이 다가오는 모습이 보였다. 어떤 자는 뇌가 부풀어 올라 두개골을 깨고 밖으로 튀어나와 있었다. 또 다른 자는 피부를 뚫고 가시 같은 뼈들이 돋아나 있었다. 살이 잿빛으로 썩어 뼈에서 떨어져 나온 자도 있었다. 그 부분에 하나씩 기계장치를 덧붙여놓아서 인간의 모습은 거의 남아 있지 않았다. 살 조각이 금속에 조금 붙어 있을 따름이었다. 어떤 자들은 거의 사람 모습 그대로를 간직하고 있었다. 하지만 복도를 지날 때 벽이 출렁거리는 것으로 보아 통제되지 않는 그들의 비인간적인 ESP로 인해 그들 주변으로 현실 자체가 계속 변화하며 혼란에 빠지는 것 같았다.

핀레이는 크게 호흡을 가다듬었다. '승산이 없다. 정말로 승산이 없다.' 그는 표적을 이 괴물 저 괴물로 옮겨보았다. 누구를 먼저 쏘든 광선총이 재충전되기 전에 다른 자들이 그를 덮칠 게 분명했다. 그리고 그가 검술의 달인이라는 것도 전혀 도움이 되지 않았다. 차가운 쇳덩이는 ESP에 상대가 되지 않는다. 그는 스카이를 쳐다보았다.

"이런 일은 당신이 나보다 더 잘 알겠지. 저들과 대화할 방법이 있지 않겠소? 당신은 에스퍼니까 저들과 뭔가 통하는 게 있을 거 아니오, 젠장."

"해보지요." 스카이가 말했다. "하지만 저들은 더 이상 에스퍼가 아닙니다. 그 한계를 이미 뛰어넘었어요."

그는 자신의 ESP로 뻗어나가 보았다. 하지만 마치 한밤중에 일렁거리는 불빛을 보는 것 같았다. 온갖 색깔과 엄청난 밝기의 분노가 어떠한 의미나 내용도 없이 타올랐다. 만약 그들에게 생각이란 것이 있다면 그가 이해할 수 없는 종류의 것임이 분명했다. 그가 공유할 수 있는 것이라고는 그들의 삶을 가득 채운 분노와 공포와 고통뿐이었다. 그래서 그는 자신이 할 수 있는 유일한 일을 했다. 그들 마음속의 분노를 끌어 모아 그들에게 되돌리면서 그것이 주변의 동료들에게서 온 것인 양 꾸미는 것이었다. 그러자 괴물들이 비명을 지르며 서로를 덮쳐 비틀고 찢으며 이미 붉은색이 아닌 피를 공기 중에 뿌렸다. ESP와 ESP가 충돌하면서 공기가 이글거리고 불꽃이 튀었으며 철벽이 물처럼 흘러내렸다. 강렬한 ESP 때문에 스카이가 뒷걸음질 치면서 손으로 머리를 감싸며 괴로워했다. 핀레이는 총을 집어넣고 스카이를 학살의 현장에서 멀리 벗어나도록 끌고 나갔다.

"잘 버텨봐, 스카이! 여기를 벗어날 수 있는 다른 길이 있을 거야. 찾을 수 있어!"

그들은 함께 복도를 달렸고 스카이는 계속 머리를 흔들어댔다. 그는 핀레이에게 무슨 말인가 하려 했지만 목소리를 낼 수가 없었다. 핀레이는 이해했다. 괴물 중 몇몇은 그들이 사일로나인에 갇히기 전에 스카이가 알던 사람일 수도 있었다. 어쩌면 서로 친구였을지도 모른다. 모퉁이를 막 돌았을 때 그들이 우뚝 멈춰 섰다. 앞에 한 부대의 경비대가 길을 막고 있었다. 경비대가 총을 들어 발사했고 핀레이는 가까스로 스카이를 끌고 모퉁이에 몸을 숨길 수 있었다. 몇 개의 에너지빔이 그들을 스쳐갔다. 하지만 대부분의 경비대원들은 무작정 쏘지는 않았다. 밀폐된 공간에서 에너지무기를 사용하는 것은 항상 위험했다. 에너지빔이 튕겨서 자신에게 되돌아올지도 모르기 때문이었다. 핀레이가 주머니에서 마인드폭탄을 꺼내려 하자 스카이가 팔을 잡으며 제지했다.

"좋은 생각이 아닙니다. 마인드폭탄이 괴물들에게 어떤 반응을 일으킬지 알 수 없습니다. 내가 가한 혼란에서 빠져나와 다시 우리를 공격해올 수도 있어요. 그게 아니더라도 이렇게 가까운 거리에서 저 많은 중무장한 자들을 정말로 미치게 만들 작정인가요?"

"당신 말이 맞소." 핀레이가 어쩔 수 없이 수긍했다. "뒤에는 괴물, 앞에는 경비대라…… 젠장, 이러지도 저러지도 못할 상황이군." 그는 마인드폭탄을 치웠다. "고전적인 방법을 써야 할 것 같소. 염려 마시오. 나는 검에 관한 한 최고이고 여기가 그것을 입증할 자리인 것 같소."

스카이가 그를 빤히 쳐다보았다. "너무 많아요. 게다가 모두 총을 지니고 있다고요. 당신이 아무리 검술에 능하다 할지라도 총을 당해낼 수는 없어요."

"내가 재빨리 저들 한가운데로 진입할 수만 있다면 그다음은 저들이 서로 쏘게 될까봐 총을 쓰지 못할 거요. 좀 어려워 보이기는 하지만 언제는 쉬웠소? 중요한 건 필요할 때는 싸워야 한다는 거요. 실낱 같은 가능성이라도 보이면 싸워야지. 그게 바로 지하동맹다운 모습 아니겠소? 그리고 어쩌면 우리가 운이 좋을지 또 누가 알겠소?"

"저들이 원하는 것은 나 하나입니다." 스카이가 말했다. "항복하는 방법도 있어요."

"말도 안 되는 소리!" 핀레이가 말했다. "당신을 구출하거나 우리 둘 다 죽거나 둘 중 하나요. 자, 이제 좀 조용히 하시오. 집중을 해야겠소. 언제나 길은 있소. 잘만 찾으면, 언제나 길은 있는 법이지."

“아뇨.” 스카이가 말했다. “어떤 경우는 꽉 막힐 때도 있어요. 앞에는 무장경비대, 뒤에는 괴물이 있습니다. 달리 갈 곳이 없어요. 좋은 시도였지만 이제 끝났어요.”

“그렇다면 가능한 한 많은 사람들을 우리와 함께 데려가야겠지.” 핀레이가 말했다. “우리가 싸움을 멈추지 않는 한, 저들이 진정으로 우리를 패배시킨 것은 아니오.”

스카이가 갑자기 웃음을 터뜨렸다. “날 구하러 와주어서 감사합니다. 당신 같은 사람이 오리라고는 정말 생각도 못 했어요. 최소한 명예롭게 죽을 수 있게 됐습니다.”

“아직 포기하지 마시오.” 핀레이가 말했다. “행운이 찾아올 수도 있으니까.”

그 순간 갑자기 지붕이 무너져 내렸다. 발밑의 바닥이 휘면서 솟구쳤고 벽이 갈라지고 쇠가 비틀리는 소리가 들렸다. 경비대원들이 당황해 아우성을 쳐댔고 사방에서 귀청을 찢는 사이렌이 울어댔다. 스카이와 핀레이는 바짝 붙어서 서로를 의지했다. 핀레이는 쇠약한 에스퍼를 자신의 몸으로 감싸 보호하려 했다. 그들 주변으로 건물들이 솟아올랐고 금속과 콘크리트가 뒤틀리면서 계속해서 우르릉거리는 소리가 울렸다. 조명이 모두 꺼지고 한동안 완전한 어둠 속에 파묻혔다. 그러다 침침한 붉은색 비상등이 켜지고 나서야 간신히 사위를 분간할 수 있었다. 멀리서 갑자기 거대한 폭발이 일며 사방에서 비명소리가 들려왔다. 그중 일부는 사람의 소리가 아니었다. 바닥이 천천히 위로 솟구치다가 멈췄고 울림도 잠잠해졌다. 그리고 아무것도 움직이지 않았다. 사람들은 소리쳐 명령하고 비명을 지르며 도움을 청했다. 모두 멀리서 아득하게 들리는 소리였다. 핀레이는 여전히 한쪽

팔로 에스퍼를 부축한 채 몸을 폈다. 관자놀이에 길게 상처가 벌어져 피가 흘렀지만 신경 쓰지 않았다. 불이 탁탁 튀는 소리가 들리고 진한 연기냄새가 풍겨왔다.

"도대체 뭐였죠?" 스카이가 흐릿한 눈으로 주변을 둘러보며 말했다. "지진이라도 일어난 걸까요?"

"기적이 일어난 것 같소." 핀레이가 말했다. "지금 저들이 혼란에 빠져 넋 놓고 있을 때 서둘러 여기를 빠져나가는 것이 좋겠소. 저들이 다시 행동에 돌입하면 우리에겐 또 다른 기적이 필요하게 될 거요."

그는 울퉁불퉁한 바닥을 앞서 걸어 나갔고 스카이가 바싹 뒤따랐다. 모퉁이 쪽 경비대원들은 모두 죽어 있었다. 천장이 떨어져 내리면서 그들을 짓눌러버린 것이다. 핀레이는 거대한 콘크리트 판을 에두르면서 간간이 보이는 날카롭게 찢어진 철 조각을 피해 조심스럽게 걸었다. 그때 한 경비대원이 꿈틀거렸다. 핀레이는 잠시 멈춰서 그의 목을 베었다.

"꼭 그럴 필요가 있습니까?" 스카이가 말했다.

"그렇소." 핀레이가 뒤돌아보지 않고 말했다. "이제 저자는 우리가 어느 방향으로 갔는지 말할 수 없게 됐소. 우리에게 불리하게 이용될 수 있는 것은 적에게 남기지 말아야 하오."

스카이는 감탄스러운 듯 고개를 절레절레 흔들었다. "당신은 진정한 전사군요, 동지. 내 형 오릭 이후로 당신 같은 사람은 처음 봅니다."

"형은 뭐 하는 사람인데?"

"지금은 아무것도 하지 않지요. 검투장에서 죽었습니다. 가면의 검투사에게 살해됐지요. 지옥의 불구덩이에 처박힐 놈 같으니라고."

한때 가면의 검투사였던 핀레이 캠벨은 아무 말도 하지 않았다. 그와 줄리안 스카이는 폐허가 된 수사본부의 복도를 걸어 나왔고 그들을 제지하는 사람은 아무도 없었다. 이윽고 그들이 정문을 나와 바깥 세상을 보았을 때 비로소 그 이유를 알 수 있었다.

그들은 황폐한 공항을 유유히 가로질러 갔다. 거리는 무너져 내린 건물의 잔해더미로 꽉 막혀 있었고 치안은 엉망이었다. 경찰들은 제 앞가림을 하느라 정신이 없었다. 스카이가 커다란 관리터널로 통하는 길을 발견했고 거기서부터 지하동맹으로 돌아가는 길은 쉬웠다. 막상 지하동맹에 도착하니 모든 사람들이 말 붙이기도 힘들 정도로 바쁘게 움직이고 있었다. 주회의장은 난장판이었다. 이리저리 뛰는 사람들로 들끓었고 명령과 보고로 시끌벅적했다. 핀레이는 결국 가까이 있는 아무나 붙잡고 벽으로 밀어붙인 후 얼굴을 들이밀고 무슨 일인지 말하라고 위협했다. 졸지에 당한 사람은 놀랍다는 듯 그를 빤히 쳐다보았다.

"도대체 어디 있다가 온 겁니까? 골고다가 외계인의 우주선에게 공격당한 것을 정말 모른단 말예요? 전혀 알려지지 않은 종류였답니다. 아무도 본 적이 없었던 거라네요. 그게 공항을 박살내고 사라졌대요."

핀레이가 얼굴을 찌푸렸다. "방어시스템이 있었잖소?"

"그건 새로운 반란자들이 세무본청을 공격한 뒤로 다운되어 있었다는군요. 외계인 우주선이 왔을 때는 막아낼 수 있는 게 아무것도 없었대요. 도시에서 사상자와 피해 규모가 엄청납니다. 우리는 지하에 있었으니까 아무런 피해가 없지만 지상에 있던 사람들은 난리가 아니었지요. 그건 제국이나 우리나 마찬가집니다. 우리 지상요원 대부분은 죽거나 실종됐어요. 연락망도 박살났고요."

그가 두서없이 떠들어대기 시작하자 핀레이는 그를 세차게 흔들어 다시 정신을 차리도록 했다. "현 상황에서 지하동맹의 방침은 뭡니까?"

"누가 알겠습니까? 모두들 각자 다른 생각과 계획을 가지고 있는 걸요. 이 기회를 활용하자거나 피해를 최소화하자거나 뭐 그런 거요. 하지만 아무도 듣는 사람은 없지요. 제국이 무방비 상태인 지금 그들의 시설물을 공격하자는 것부터 시작해서 지하동맹이 더 깊이 잠적해야 한다는 것까지 의견이 무성합니다. 좀 있으면 제국이 국민들에게 새로운 반란자들이 행성의 방어시스템을 무력화시켰기 때문에 외계인의 공격이 가능했다고 선전해댈 테고 그러면 지하동맹도 불가피하게 역풍을 맞을 수밖에 없을 겁니다. 이제 가도 될까요? 화장실에 가는 길이었는데 지금 나에겐 그게 가장 급한 일이라서."

핀레이는 그를 놓아주었다. 그러고는 스카이를 끌고 군중을 헤쳐나가며 귀를 활짝 열어놓았다. 모든 사람들이 유일하게 일치하는 의견은 이 모든 혼란이 새로운 반란 집단 때문이라는 것이었다. 그래서 그들을 잡아 가둬야 한다는 사람도 있었고, 심지어는 말뚝에 꿰서 고통스럽게 천천히 죽어가도록 만들어야 한다고 침을 튀기는 사람도 있었다.

그때 세 명의 에스퍼 지도자들이 방 한가운데에 갑자기 모습을 드러냈다. 혼란을 잠재우려고 친 텔레파시 호통이 어찌나 컸던지 핀레이도 들을 수 있을 정도였다. 모두들 움찔하며 고개를 들고 조용해졌다. 미스터 퍼펙트, 만다라, 그리고 드래곤이 사람들을 노려보았고 핀레이를 포함한 몇 사람만이 그 시선을 정면으로 받을 수 있었다.

“불알 까인 닭새끼들마냥 호들갑떠는 것이 끝났다면,” 미스터 퍼펙트가 싸늘하게 말했다. “이제 차분히 지성인답게, 그리고 제발 좀 조용히 이 상황에 대해 토론해봅시다. 먼저 상황이 보이는 것처럼 그렇게 나쁘지 않다는 것을 지적해야겠소. 우리들 대부분은 지면 밑으로 깊숙이 박혀서 생활한 덕에 거의 피해를 입지 않았소. 지상의 세포조직은 언젠가 재건될 것이고 연락망도 새로 구축될 것이오.

하지만 지금 우리는 누구를 공격할 만한 상태가 아니오. 이런 혼란 속에서는 제국의 시설물들에 접근할 수 있는 방법조차 없소. 아울러 핀레이 캠벨이 엄청난 난관을 뚫고 줄리안 스카이를 안전하게 구출해왔소. 다행히도 스카이가 정보를 누설하기 전에 말이오. 그러므로 우리는 이제 더 이상 다시 흩어질 걱정은 하지 않아도 되오. 박수를 쳐도 좋소. 하지만 너무 크게 치지는 마시오. 머리가 아파 미칠 지경이니까.”

여기저기서 박수소리가 터져 나왔지만 군중은 대체로 조용하고 불안한 모습이었다. 일부는 노골적으로 불만으로 드러내기도 했다. 스카이는 자신의 귀환에 대한 심드렁한 반응에 조금 실망했지만 핀레이는 개의치 않았다. 어차피 박수를 받자고 나선 것은 아니었다. 그는 에반젤린과 아드리엔을 찾아보았지만 군중이 너무 많았다. 미스터 퍼펙트는 다시 말을 시작했다. 완벽한 외모로 인상을 구기고 말하니까 마치 유명 초상화에 낙서를 해놓은 것처럼 보였다.

“가능한 한 빨리 새로운 반란자 단체와 적절한 연락체계를 구축하는 것이 시급한 과제요. 우리는 이미 알렉산더 스톰과 스티비 블루들을 공격팀에 합류시켜서 공격자들이 자신들의 기지로 복귀할 때 동행하도록 했으나, 더 냉철하고 정치적인 식견을 갖추어서 향후 우리를 제대로 대변할 수 있는 대표자를 파견해야 할 것 같소. 양자를 단합시킬 수 있는 대표사절이 필요한 것이오. 지금처럼 낭패스러운 일이 재발하는 것을 방지하기 위해서는 앞으로 사전에 공격에 대해 서로 논의하고 조율할 필요가 있소. 외계인의 공습으로 사람들이 다 죽어나가면 지하동맹에도 이로울 게 없소. 위원회에서 이미 이 문제에 대해 논의를 거쳤고 특사로 가겠다고 자원한 사람도 있소. 에반젤린 슈렉이오."

"안 돼!"라고 핀레이가 소리쳤지만 그의 목소리는 군중의 환호 속에 묻혀버리고 말았다. 이번의 환호는 우렁차고 열광적이었다. 에반젤린이 에스퍼 지도자들 앞에 나타나 정중하게 인사했다. 그녀는 돌아서서 군중의 환호에 답하고 핀레이가 어디 있는지 정확히 알고 있었던 듯 시선을 핀레이에게로 향했다. 그러고는 곧장 외면했다. 하지만 그녀의 차분하고 냉정한 얼굴에는 어떤 죄책감이나 나약함도 보이지 않았다. 핀레이는 군중을 밀치며 앞으로 나갔다. 스카이도 그를 따라가려 했으나 빽빽하게 들어찬 앞사람들을 헤치고 나가기에는 역부족이었다. 핀레이의 이름을 소리쳐 불렀지만 핀레이는 들었는지 못 들었는지 반응이 없었고 스카이는 뒤에 처졌다.

핀레이는 마지막 몇 줄을 앞에 남겨두고는 사람들이 다치건 말건 마구 밀치고 나아갔다. 아무도 반항하지 않았다. 핀레이가 절세의 싸움꾼이자 미치광이라는 사실을 모르는 사람은 없었기 때문이다. 핀레이는 에반젤린과 얼굴을 맞대고 섰다. 그녀는 그의 시선을 정면으로 받았다. 그는 그녀의 팔을 잡고 에스퍼 지도자들로부터 멀리 떨어진 곳으로 끌었다. 그녀는 아무 저항 없이 그를 따랐다. 하지만 표정에는 변함이 없었다.

"왜 이러는 거요, 에비?" 그가 마침내 물었다. "왜 나를 떠나려고 하는 거요?"

"당신을 떠나는 게 아니에요." 에반젤린은 차분히 대답했다. "임무를 수행하려고 가는 거예요. 올해가 지나기 전에 돌아와요. 특사 자격은 위원회에서 후임이 정해질 때까지 임시적인 거예요."

"왜 그들이 당신을 택한 거요?"

"내가 요청했기 때문이죠. 난 가고 싶어요. 잠시 멀리 떠나 있고 싶어요. 난 너무 많은 것들을 했고 너무 많이 얽혀 있어요. 너무 많은 사람들에게 의무를 지고 있어서 이젠 머릿속에서 정리가 안 될 지경이에요. 골고다를 떠나 생각할 시간을 갖고 싶어요. 나만의 시간을 가져본 적이 너무 오래됐어요."

"그것 때문에 꼭 멀리 갈 필요는 없잖소? 우리는 지하에서 같이 살 수 있소. 누구의 간섭도 없이 우리 단둘이서 말이오. 내가 여기 있는 이유는 오직 당신 때문이오."

"예전에는 그랬을지 몰라도 지금은 그렇지 않아요. 당신 스스로 말했잖아요. 당신은 행동이 필요하다고. 지하동맹이 주는 피와 살인의 기회 말예요."

"그것들이 당신보다 소중하지는 않소. 당신은 내 가슴속에 뛰는 심장이고 내 숨결이오. 당신 없이는 살 수 없소."

"당신은 할 수 있어요. 잠시 동안이면 돼요. 난 이게 필요해요, 핀레이. 나는…… 내가 원하는 것이 뭔지는 잘 모르겠지만 여기에는 없어요. 아드리엔이 그걸 일깨워줬어요."

핀레이는 험악한 표정으로 고개를 끄덕였다. "배후에 그 여자가 있다는 것을 왜 몰랐을까? 그래, 그녀는 내 인생을 망치는 것에서 행복을 느끼지."

"그렇지 않아요, 핀레이. 이건 내가 결정한 거예요. 나는 떠나 있을 필요가 있어요. 지하동맹에서, 아버지에게서……"

"그리고 내게서?"

"그래요. 하지만 달라지는 것은 별로 없어요. 어차피 우리는 서로 만나기 어려웠잖아요. 나는 내 의무가 있고 당신은 항상 임무 수행을 위해 밖에서 바쁘고……"

"그건 바꿀 수 있소. 내가 바꾸겠소. 내게서 원하는 것을 말해보오."

"당신의 이해심. 나는 당신을 사랑하고 언제나 그럴 거예요. 내가 어디에 있고 당신이 어디에 있든 상관없이요. 하지만 이런 식으로 계속할 수는 없어요. 나는 더 이상 버티지 못하고 허물어지기 일보직전이에요. 다시 내 인생을 다잡을 필요가 있어요. 이 문제로 더 이상 왈가왈부하지 말아요. 이건 나에게 아주 중요한 일이에요."

그는 깊이 숨을 들이 쉰 후 갑자기 고개를 주억거렸다. "그렇다면 나에게도 아주 중요한 일이오. 가시오, 내가 견뎌보리다." 그가 팔을 벌리자 그녀가 품에 안겼고 오랫동안 그들은 다른 사람의 시선 따위는 아랑곳하지 않고 그대로 서 있었다. 핀레이는 마치 물에 빠진 사람처럼 무서운 힘으로 그녀를 껴안고 있었지만 그녀는 아무 말도 하지 않았다. 그는 눈에 눈물이 고이는 것을 느꼈지만 그것을 내보낼 수는 없었다. "당신 없이 무엇을 할까, 에비?"

"바쁘게 생활하세요. 당신은 당신의 이름과 명예를 걸고 피의 맹세를 했어요. 기억하지요? 제니 사이코가 당한 일과 관련해 사일로나인과 그것을 만든 체제를 끝장내겠다고요. 지하동맹은 항상 당신에게 중요한 임무를 할당할 거예요."

"아마도 그렇겠지." 그는 부드럽게 그녀를 밀치며 간절한 시선으로 그녀의 눈을 들여다보았다. "당신에게 필요한 일을 하시오, 에비. 결국 중요한 것은 그거니까. 하지만 나는 여전히 다른 사람이 이 일을 맡았으면 좋겠구려."

"모두들 중요한 일에 몸이 매여서 꼼짝도 하지 못해요. 내가 지하동맹에서 쓸모가 있었던 것은 아버지와 당신에 대한 내 영향력 때문이었어요. 아버지와 나는…… 이제 남남이 됐어요. 그리고 나는 당신이 더 이상 문제를 일으키지 않을 거라고 위원회에 약속했어요. 날 거짓말쟁이로 만들지 말아주세요. 지하동맹은 이미 외교적인 능력이 검증됐고 또 소모품이기 때문에 나를 선택한 거예요. 내가 최적의 인물인 셈이지요."

"우리는 항상 서로 떨어져야 할 운명인 것 같군." 핀레이가 말했다. "언젠가 이 모든 것이 다 끝났을 때, 우리가 함께 아주 단순한 일상을 누리며 살 수 있을까? 다른 사람들처럼. 꼭 그래보고 싶구려."

"물론이죠." 에반젤린이 말했다. "나도 그래요."

그 순간 그들 뒤가 시끌벅적해졌다. 군중이 막 회의장에 입장한 사람을 보고 흥분해 소리치기 시작했다. 박수와 환호가 쏟아졌고, 하나의 이름이 점점 더 커지면서 군중 사이로 번져나갔다. 환호에서 함성으로 그리고 전투구호로. "제니 사이코! 제니 사이코! 제니 사이코!"

"아, 젠장." 핀레이가 말했다. "또 하나의 혼란이군."

제니 사이코는 한때 다이애나 버추로 불렸지만 지금 그 이름은 거의 잊혀졌다. 그녀는 자그마한 체구에 금발이었고 창백한 얼굴에는 날카로운 푸른 눈이 돋보였다. 지하동맹이 악명 높은 사일로나인에 침투시킬 당시 그녀는 다른 사람들처럼 저급 에스퍼에 불과했었다.

그런데 초에스퍼 메이터 문디가 그녀를 통해 현현해 사일로나인을 박살냈다. 제니는 메이터 문디의 스쳐가는 위대한 힘의 현신으로 정화되어 웜보이 지옥에서 탈출한 이후로 지하동맹의 유력 인물로 승격됐다. 그녀는 자신의 암호명을 이름으로 정하고 에스퍼 정치에 화려하게 입성했다. 그녀가 어디를 가든 한 무리의 열정적인 추종자들이 그녀를 따랐다. 지금도 추종자들이 너무 가까이 다가서는 사람들에게 험악하게 인상을 쓰며 그녀를 둘러싸고 있었다. 핀레이는 그녀가 정치적 세력인지 종교적 우상인지 헷갈렸다. 아마 그녀 자신도 잘 모를 것이다. 어쨌든 그녀의 인기는 최근 하늘 높은 줄 모르고 치솟고 있었다. 핀레이같이 별 관심 없는 사람도 느낄 수 있을 정도였다.

늘 그렇듯 제니 사이코는 갑작스럽고 극적으로 등장했고 군중은 마치 그녀의 순수한 힘에 떠밀리는 것처럼 길을 비켜주었다. 그녀는 지하동맹에서 가장 강력한 에스퍼가 되었으며 그녀의 존재만으로도 모두들 그것을 느낄 수 있었다. 그녀의 주변 공기는 눈에 띌 정도로 빠지직 소리를 내며 신비로운 카리스마를 자아냈다. 대중선동가이자 교활한 정치인, 에스퍼 권리의 열렬한 옹호자로서 그녀는 존경과 사랑을 한 몸에 받았으며 경배의 대상이었다. 반면 에스퍼 지도자들에게는 신중한 감시의 대상이기도 했다.

그녀는 약간의 광기를 보였지만 대중은 문제 삼지 않았다. 성인(聖人)에게 평범함을 요구할 수는 없는 것이다. 그녀는 모든 영혼의 어머니에 의해 정화되었다. 현재는 메이터 문디가 조용히 잠복한 상태지만 사람들은 언제든 다시 현현할 것으로 기꺼이 믿어 의심치 않았다. 그녀는 에스퍼 지도자들 앞에서 대중을 마주 보고 서서 불쾌한 미소를 지었다. 마치 지도자들이 투사한 영상의 이면을 바라볼 수 있는 것 같았다. 그녀라면 정말 그럴 수 있을지도 모른다. 에반젤린은 더 잘 보려고 핀레이 옆에서 몸을 앞으로 기울였다.

"저 여자가 이토록 성가신 존재가 될 줄 알았다면 사일로나인에서 구해내는 것을 다시 한 번 생각해봤을 거예요."

핀레이는 어깨를 으쓱했다. "그녀는 과감한 행동을 설파하는데 그게 요즘 대중에게 먹히는 것 같소. 그리고 그녀는 메이터 문디의 화신이지 않소."

"당신과 나도 그랬었지요. 지금은 더 신중해졌지만요. 물론 당신의 경우에는 잘 모르겠네요."

핀레이는 자기도 모르게 미소 짓고 제니 사이코가 연설을 시작하자 그것에 집중했다. 그녀는 거칠고 듣기 싫은 목소리를 가졌다. 웜보이 지옥에서 비명을 지르다가 성대가 손상됐기 때문이다. 하지만 그것은 중요하지 않았다. 그녀가 말을 시작하면 모두가 경청했다. 경청할 수밖에 없었다.

"제가 돌아왔습니다, 여러분. 제가 여기 있는 동안 마음껏 이용하세요. 제국이 저를 사일로나인에 처넣고 머리에 벌레를 쑤셔 넣었지만 메이터 문디의 도움으로 그곳을 박차고 나올 수 있었습니다. 여러분도 할 수 있습니다. 저와 함께합시다. 우리는 스스로를 개선할 수 있습니다. 이제 아무도 저에게 강요할 수 있는 사람은 없습니다. 심지어 그들이 내 머릿속에 남겨놓은 벌레조차도요. 위원회는 벌레를 꺼내면 제가 죽을 거라고 말하더군요. 하지만 이제 저는 그 말을 믿지 않습니다. 보세요, 그리고 깨달으세요."

그녀는 얼굴이 잘 보이도록 긴 금발을 귀 뒤로 쓸어 넘겼다. 그리고 한 손으로 이마를 짚고 무엇에 귀 기울이거나 집중하는 것처럼 인상을 썼다.

그녀의 왼쪽 관자놀이가 갑자기 불룩하게 부풀어 오르더니 피부가 터지고 피가 흘러내렸지만 그녀는 꼼짝도 하지 않았다. 뒤이어 날카롭게 깨지는 소리가 나고 왼쪽 두개골이 관자놀이 부분에서 부서졌다. 그 터진 틈으로 피 묻은 작은 회색 물체가 삐져나와서 기다리고 있던 그녀의 손바닥 위로 떨어졌다. 그것은 맥없이 꿈틀대고 있었다. 유전공학적으로 고안되어 숙주의 마음에 공포와 고문을 가하는 작은 존재. 제니는 손을 꼭 움켜쥐어 벌레를 터뜨려버렸다. 피와 잿빛 살덩이가 손가락 사이로 삐져나왔다. 제니는 손을 펴서 나머지를 바닥에 떨어뜨려 버렸다.

군중은 박수를 치고 발을 구르며 미친 듯이 열광했다. 제니 사이코가 다시 연설을 시작했지만 핀레이는 더 이상 듣지 않았다. 그녀의 연출력은 높이 살 만했지만 메시지는 짜증스러웠다. 과감한 행동을 촉구하는 것은 좋다. 아주 좋다. 그도 자주 주장하던 바였다. 하지만 제니의 주장에는 전략이나 계획이 없었다. 지하동맹이 그녀와 메이터 문디만 믿으면 모든 것이 술술 잘 풀릴 것이라는 주장이었다. 대중은 그 말을 믿었다. 단지 믿고 싶어서일 뿐이었다. 그녀는 힘과 복수와 영광과 그밖에 모든 것들, 그토록 갈구했으나 그동안 좌절만 맛보게 했던 모든 것들을 약속했다. 핀레이는 환호하는 군중을 바라보며 씁쓸하게 웃었다.

물에 빠진 사람은 지푸라기라도 잡고 싶은 법이다.

격앙된 목소리, 그리고 분열

천여 개의 행성에서 가장 숭앙받고 두려움의 대상이 되고 있는 라이언스톤 14세가 다시 한 번 궁정회의를 열었다. 관계되거나 또는 그렇다고 여겨지는 모든 사람들이 서둘러 회의에 참석했다. 이번에 궁정은 극지방 황무지였다. 현실보다 더 현실 같은 홀로그램 투사물들과 교묘하게 배치된 기둥들, 그리고 기온 조절로 그 같은 환경을 연출했다. 여제는 자신의 궁정을 변덕과 그때그때의 심기에 따라, 그리고 참석자들을 괴롭힐 목적으로 계속 바꿨다. 궁정회의에 여러 번 참석해본 사람들은 새롭게 바뀐 궁정 모습을 보는 것만으로도 라이언스톤의 기분을 대체로 점칠 수 있다고 주장하기도 했다. 하지만 점괘가 나쁠 때도 어쨌든 사람들은 참석했다. 자기 목소리를 내기 위해서는 꼭 참석해야만 했다. 그리고 너무 자주 불참하게 되면 라이언스톤이 모욕으로 받아들였고, 그녀가 불편한 심기를 전하기 위해 보내는 심부름꾼은 예의에 대해 전혀 알지 못했다.

궁정은 골고다의 거대한 지하 벙커에 위치한 제국궁전 어딘가의 커다란 방이었다. 방이 얼마나 큰지는 보안상의 이유로 알려지지 않았지만 여태까지 라이언스톤이 어떤 세상과 환경을 선택해도 다 수용할 수 있을 만큼 충분히 크다는 것만은 분명했다. 불행히도 그곳은 매번 라이언스톤의 고약한 유머감각을 반영했다. 참석자들은 아무리 편안해 보이는 곳이라도 앉기를 꺼렸으며 제공되는 음식과 와인은 러시안룰렛의 일종인 것처럼 대했다.

궁정까지 내려가는 길은 멀었다. 사람들은 우스갯소리로 그 길을 지옥행이라고 표현했지만 큰 소리로 떠들어대지는 못했다.

사일런스 함장과 프로스트 수색관, 그리고 스텔마 보안장교는 군중의 한가운데 서서 끝없이 펼쳐진 극지방의 황량한 벌판을 바라보고 있었다. 눈이 이미 30센티미터나 쌓였지만 어두컴컴한 하늘에서는 축축하고 묵직한 눈송이가 쉴 새 없이 떨어지고 있었다. 옅은 안개도 이리저리 몰려다녔다. 추위가 어찌나 혹독한지 살을 에는 듯했고 숨을 깊이 들이쉬면 가슴이 얼어붙는 듯 아렸다. 사일런스는 제복의 발열장치를 한 단계 높였다. 프로스트는 아무렇지 않은 표정이었다. 수색관에게는 조금 불편한 추위일 뿐이었다. 그녀는 이보다 심한 추위도 견디도록 훈련받았다. 스텔마는 발열장치를 이미 최대로 올렸지만 여전히 덜덜 떨고 있었다. 그는 여제와 만나는 것이 전혀 달갑지 않은 눈치였다.

다른 것들은 환영일지 몰라도 추위만큼은 분명히 실제였다. 보호장구가 없는 사람은 얼어 죽기에 딱 알맞았다. 그리고 궁정 여기저기에는 무작위로 숨겨놓은 위험들이 산재했다. 여제는 누군가 실제로 다치지 않으면 재미없다고 여겼다. 내리는 눈송이도 결코 환영이 아니었다. 눈은 머리와 옷에 축축이 쌓여 점점 무거워졌다. 이 환경을 창조하기 위해 누군가가 엄청난 고생을 했음이 틀림없었다. 어딘가 적당한 생물도 있어야 했다. 특히 육식동물이. 라이언스톤은 못된 장난을 유독 좋아했다.

참석자들은 끼리끼리 모여 수런거리다가 그중 용감한 사람이 나서서 앞으로 걸어가자 모두 눈을 헤치고 그를 따랐다. 극지방 환경에 대비한 사람은 거의 없었다. 최신 유행으로 치장한 사람들은 곤혹스러워했다. 자그맣게 투덜대고 조용히 욕설을 내뱉는 사람들도 몇몇 있었지만 대부분은 말없이 감내했다. 누가 듣고 있는지도 모르는 일이었다. 사일런스는 군중을 따라 움직이면서 왜 자신이 지난번과 달리 쇠사슬에 묶이지 않았는지 의아했다. 울프링월드의 작전을 그토록 철저히 말아먹고 돌아와 함정에서 내릴 때는 이제 사형집행장을 받을 일만 남았다고 확신했다. 그런데 아마도 외계인의 침략을 막아낸 공이 약간의 시간을 벌어준 것 같았다.

프로스트는 바닥에 눈이 없기라도 한 것처럼 옆에서 성큼성큼 걸었다. 아무것에도 구애받지 않는 것 같았다. 수색관을 성가시게 할 수 있는 것은 거의 없다. 그런 것이 있다면 그냥 죽여버렸기 때문이다. V. 스텔마는 그녀 뒤에서 바람을 피하며 걷고 있었다. 가슴 앞으로 팔짱을 단단히 끼고 입이 한 발은 튀어나와 있었다. 그는 행복하지 않았다. 사실 행복한 적이 별로 없는 것 같았다.

보안장교로 살다보면 그럴 수밖에 없다. 특히 이름이 '용맹한'이라면.

군중은 다져진 눈 위에서 허둥대고 있었다. 미끄러지고 자빠지기도 하며 몸의 균형을 잡으려 애썼다. 안개는 점점 짙어져 시계가 짧아졌다. 사일런스는 자신이 토해낸 입김을 바라보며 앞으로 무슨 일이 닥칠지 걱정스러웠다. 그가 더 상식적인 사람이라면 머리를 디밀어 여제가 손수 자를 수 있도록 배려하기보다는 도망치는 것이 옳았다. 하지만 그는 자신의 의무를 알고 있었다. 그에게는 군복무가 인생의 전부였고, 그것이 비록 힘겨운 삶이라 하더라도 다른 삶을 택하지는 않을 것이다. 제국해군의 함장으로서 인류를 위해 봉사해야 했고 필요하다면 목숨마저 바칠 수 있었다. 라이언스톤이 비록 악랄한 정신병자인데다 기괴한 유머감각을 지녔다고 해도 여전히 그의 군주였고, 그는 생명과 명예를 다 바쳐 그녀를 섬기기로 맹세한 몸이었다. 사일런스는 냉랭한 주변 세계를 훑어보고 조용히 웃었다. 라이언스톤다웠다. 그는 군인답게 당당히 처형장으로 걸어가고 싶었지만 라이언스톤은 그마저도 어렵게 만들었다.

사일런스는 전방의 안개 낀 곳에서 커다란 무언가가 움직이는 것을 느끼고 재빨리 주위를 살폈다. 다른 사람들도 그것을 보았다. 군중은 술렁대기 시작했다. 사일런스는 눈을 가늘게 뜨고 반사적으로 손을 허리께로 가져갔다. 그런데 총이 없었다. 거대한 물체가 안개 속에서 얼핏 보였다가 금세 사라지곤 했다. 그것은 큰 소리를 내며 둔중하게 움직였다. 그러다가 털이 북실북실한 머리를 갑자기 치켜들고 도전적으로 으르렁거렸다. 정적 속에서 거친 포효가 기이하게 울려 퍼졌다가 이내 안개가 내려앉으며 어느새 사라졌다. 군중은 불안에 떨면서도 한데 모여 다시 걷기 시작했다. 여제가 기다리고 있었다.

사일런스는 무기가 없어서 손이 허전했다. 그에게는 총과 검이 허용되지 않았다. 아무리 신임을 받고 총애를 받는 신하도 여제 앞에서는 특별허가 없이는 무기를 휴대할 수 없다. 그러므로 사일런스뿐만 아니라 주변의 다른 사람들 중에도 무기를 지닌 자는 한 사람도 없었다. 괴물이 배고픔을 느끼면 아주 쉬운 사냥감이 될 터였다. 여제가 미치지 않고서야 가문의 사람들을 정말로 그런 위험에 빠뜨리지는 않겠지만, 그렇다고 안심할 수도 없는 노릇이었다. 사일런스는 주먹을 쥐며 얼굴을 찌푸렸다. 희미한 형체가 다시 울부짖었지만 소리는 멀리서 들려왔다. 멀어지고 있다는 뜻이었다. 군중은 일제히 안도의 한숨을 내쉬고 다시 발걸음을 재촉했다. 그 형체가 홀로그램일 가능성도 있지만 누구도 확신할 수는 없었다. 사일런스는 수색관 곁에 바싹 붙어서 걷는 것이 좋겠다고 생각했다. 프로스트는 무장하지 않아도 여전히 치명적이었으며, 라이언스톤이 어떤 괴물을 들여놓았다 하더라도 그녀 뒤에서는 안심할 수 있었다. 물론 프로스트에게는 그런 말을 하지 않았다. 그녀는 그렇지 않아도 너무 자신만만해서 탈이다.

전방의 안개 속에서 더 많은 형체들이 나타났다. 사일런스는 처음에는 그것들이 군중을 권좌 쪽으로 안내하려고 기다리는 경비대원들인 줄 알았다. 그런데 가까이 다가가서 보니 눈사람들이었다. 단단히 다져진 눈덩이로 사람의 형상을 만들어 목에는 장난스런 스카프를 둘러주었고 숯으로 두 눈을 그렸으며 미소 짓는 입도 새겨놓았다. 눈사람들이 사람이 죽을 수 있는 온갖 창의적이고 다양한 방법들을 묘사한 것이 아니었다면 매우 매력적으로 보였을 것이다. 하나는 창에 꿰어 있었고 다른 하나는 잘려진 머리를 손에 들고 있었다. 그리고 세 번째 것은 사지가 잘려서 주변에 흩어져 있었다. 사일런스는 그것들을 지나쳐 걸어가려다가 프로스트가 멈춘 것을 알고 머뭇거렸다. 수색관은 인상을 쓰며 허리에 손을 얹고 눈사람들을 관찰하고 있었다. 스텔마는 온몸을 덜덜 떨며 그녀 옆에 서서 눈사람에는 별로 관심을 보이지 않았지만 잘 모르는 사람들과 섞여서 가는 것이 싫어서인지 프로스트가 다시 움직이기를 기다리고 있었다. 사일런스는 프로스트에게 다가갔다.

"무슨 일인가, 수색관? 뭐 문제라도 있나?"

"모르겠습니다, 함장님. 그런데…… 이 눈사람들은 좀 이상하군요. 이상해요. 눈사람 만들 때 팔다리도 만드나요?"

그녀는 머리가 잘린 눈사람에게로 가서 떠받치고 있는 손에서 머리를 들어 올렸다. 그것은 숯으로 그린 눈과 미소 짓는 입을 가진 커다란 눈덩이였다. 프로스트는 예상 외로 묵직한 무게감에 신음을 토하며 들어 올린 손으로 무게를 가늠해보고 다른 손으로는 표면을 긁어냈다. 눈과 미소가 사라졌다. 사일런스는 보지 않고도 그녀가 무엇을 찾으려 하는지 알 수 있었다. 눈을 걷어내자 진짜 사람 얼굴의 코와 부릅뜬 눈이 드러났다. 프로스트는 꼼꼼히 눈을 쓸어내 얼굴을 온전히 드러나게 했다. 사일런스가 모르는 얼굴이었다. 그는 앞으로 걸어가 눈사람의 몸체에 손을 쑤셔 박았다. 손가락이 가 닿은 것은 다져진 눈덩이가 아니라 딱딱한 무엇이었다. 그는 재빨리 손을 빼 엉덩이에 대고 문질렀다.

"저 안에 진짜 사람 몸이 있군." 그가 조용히 말했다.

"놀랄 것도 없지요, 함장님." 프로스트는 손에 들고 있던 머리를 옆으로 집어던졌다. "다른 눈사람들도 살펴볼까요?"

"그럴 필요 없어. 죽은 사람들일 뿐이야. 라이언스톤이 자기 방식대로 우리에게 무슨 일이 닥칠지 알려주는 거겠지. 저 사람들은 누구였을까?"

프로스트가 어깨를 으쓱했다. "여제를 화나게 한 사람들이겠지요. 그런 사람들은 항상 차고 넘치잖아요. 가시죠."

"서두를 것 없잖아요." 스텔마가 끼어들었다. "얼마 남지도 않은 시간인데 충분히 누려야지요."

"희망을 버리지 말게." 사일런스가 말했다. "프로스트와 나는 전에도 이곳에 왔었지. 그리고 살아남았다네. 이번에도 행운이 찾아올지 또 아나?"

"그렇게 운이 좋은 사람은 없어요." 스텔마가 말했다.

"걱정 말아요." 프로스트가 말했다. "우리가 당신을 위해 여제에게 좋은 말을 해줄 테니까."

"오, 훌륭하군요." 스텔마가 말했다. "그러면 저는 무사하겠군요."

그들은 깊은 눈을 헤치며 다른 사람들을 따라잡기 위해 재빨리 걸었다. 군중 몇이 눈사람 안에 무엇이 있는지 보았을 테지만 못 본 체했다. 궁정에서는 무엇을 볼 것인가도 잘 선택해야 한다. 눈은 끊임없이 내렸고 안개는 점점 짙어졌지만 전방에는 계속해서 황량한 눈밭만 펼쳐져 있었다. 사일런스는 인상을 썼다. 궁정이 그렇게 넓을 리는 없다. 아마도 그들이 원을 그리며 맴돌도록 교묘하게 조종되고 있는 것 같았다. 다시 군중 속에서 갑작스런 술렁임이 일자 그는 고개를 들었다. 사람들이 그 자리에 일제히 멈춰 섰고 가장자리에 있는 사람들은 주위를 살폈다. 안개 속에는 아무런 움직임이 없었다. 사일런스는 프로스트를 쳐다보았다. 그녀는 조심스럽게 무언가에 귀를 기울이고 있었다. 그러고는 사일런스에게도 귀를 가까이 대보라고 손짓했다.

"눈 아래에 움직이는 것이 있습니다, 함장님. 크고 살아 있습니다.

진동이 느껴지고 움직이는 소리도 들립니다."

"아마 눈뱀이겠지." 사일런스가 말했다. "로키 행성에 그런 것이 있었잖나. 큰 놈은 6미터까지 자라지."

"뱀이라고요!" 스텔마가 소리쳤다. "정말 싫은데."

"걱정 말게." 사일런스가 안심시키며 말했다. "까불면 수색관이 녀석을 매듭으로 만들어 던져버릴 테니까. 그렇지 않나, 프로스트?"

"맞습니다." 프로스트가 대답했다.

그때 3미터가량 크기의 입이 누군가의 발아래에서 불쑥 솟구치더니 그 사람을 집어삼키고 눈 속으로 다시 사라져버렸다. 그의 가족과 친구들은 소스라치게 놀라 비명을 지르며 그 자리에 꿇어앉아 맨손으로 눈을 파헤쳤다. 하지만 아무런 흔적도 발견할 수 없었다. 그들은 망연자실해서 서로를 쳐다볼 뿐이었다. 눈과 안개 너머 멀리서 희미한 웃음소리가 들려왔다. 여제가 즐거워하고 있는 것이었다. 몇몇이 아직도 무릎 꿇고 있는 사람들에게 위로의 말을 속삭였다. 그들이 할 수 있는 것은 없었다. 계획은 사람들이 세우지만 결정은 여제가 한다. 그것이 요즘 제국이 굴러가는 방식이었다. 사일런스는 아무 말도 하지 않았다. 하지만 그의 얼굴은 딱딱하게 굳어 있었다.

모여 있는 사람들의 한쪽 끄트머리에서 눈발이 흐트러지면서 눈괴물의 머리가 불쑥 솟아올랐다. 사람들이 비명을 내지르며 산산이 흩어졌다. 녀석은 거대한 입을 벌려 좀 전에 삼킨 사람을 뱉어낸 후 다시 눈 속으로 고개를 처박고 사라졌다. 그 사람은 공중을 날아 눈바닥에 떨어졌지만 신음소리를 내는 것으로 보아 죽지는 않은 것 같았다. 친구들이 그의 주변에 몰려들어 별다른 상처가 없음을 확인하고 일으켜 세웠다. 라이언스톤이 다시 웃었고, 머리가 제자리에 있기를 원하는 사람들은 모두 그녀를 따라 같이 웃었다. 심지어 자기보다 훨씬 큰 괴물의 뱃속을 잠시 구경했던 그 사람도 겸연쩍게 웃었다. 아마 그는 살아 있는 것이 기뻐서 웃는 것인지도 몰랐다. 프로스트가 사일런스를 쳐다보았다.

"큰 뱀이군요."

스텔마는 눈이 휘둥그레져서 고개를 주억거렸다.

사람들은 다시 걷기 시작했다. 더 추워진 것 같았다. 머리와 수염에 얼음이 맺혔고 눈 녹은 물이 옷 속에 스며들었다. 모두가 덜덜 떨고 있었다. 몇 사람은 온몸을 격하게 떨었다. 사일런스는 제복의 발열장치를 최대로 높여도 뼛속까지 추위가 스며드는 것을 느꼈다. 코와 귀가 떨어져나가는 것처럼 아팠고 눈가에 얼음이 끼는 것을 느낄 수 있었다. 스텔마는 몸속에 터덜거리는 엔진을 품고 있는 것처럼 심하게 떨었다. 하지만 프로스트는 떨 줄도 모르는 것 같았다. 사람들은 만일의 사태에 대비하고 온기를 나누기 위해 서로 한데 몰려 있었지만 사일런스 일행으로부터는 거리를 유지하려 애썼다. 그들은 보기만 해도 멀리해야 할 자가 누군지 알았다. 그들은 대화를 멈추고 라이언스톤이 또다시 벌일 짓궂은 장난의 희생자가 되지 않을 방법에 대해 모두 골똘히 생각에 잠겼다. 사람들은 라이언스톤이 스스로 유머감각이 있다고 여길 때 대체로 제국, 특히 궁정이 암울해졌다는 것에 이견이 없었다.

또다시 안개 속에서 이상한 형체가 눈에 띄었다. 빙산의 일부분 같은 거대한 얼음덩어리들이 눈 속에서 튀어나와 있었다. 위에서 내리는 눈이 마치 반짝이는 얼음의 표면에 이끌린 듯 얼음덩이들을 휘감아 돌았다. 거대한 얼음덩이 안쪽으로는 이상하게 생긴 조각상들이 흩어져 있었다. 사일런스는 조각상과 얼음덩이를 번갈아보며 그것들이 까마득한 고대인이나 이해할 수 있는 신비한 형상이 아닐까 생각했다. 얼음 구조물들은 반원형으로 배치되어 있었고 반원의 안쪽 깊은 곳에는 거대한 얼음기단 위에 권좌가 마련되어 있었다. 그리고 검은 철에 옥으로 장식을 덧댄 권좌에는 라이언스톤 14세가 앉아서 뒤뚱거리며 다가오고 있는 군중을 지긋이 내려다보고 있었다.

그녀는 고대의 추장처럼 여러 겹의 두툼한 모피를 걸쳤고, 창백한 얼굴은 얼음조각을 사람의 눈과 심장에 밀어 넣어 마음을 빼앗는다는 전설 속 얼음여왕처럼 차고 투명해 보였다. 그녀는 길고 날카롭게 각이 진 얼굴에 꽉 다문 긴 입과 어떤 얼음보다도 차갑고 빛나는 푸른 눈을 지녔다. 아름다웠다. 하지만 그녀 머리 위의 큰 다이아몬드 왕관처럼 차가운 아름다움이었다. 여제는 숭배의 대상이었고, 그녀의 변덕은 법이었으며, 그녀의 말 한마디에 따라 사람들이 죽고 세상이 불탔다. 그래서 그녀는 철의 쌍년이라고 불렸다.

그녀는 권좌에 편안하게 앉아 사람들이 다가와 머리를 조아리는 것을 경멸의 미소로 내려다보았다. 사람들은 그녀가 답할 때까지 허리 숙인 채 불편한 자세로 기다려야 했다. 운수가 안 좋은 날은 얼굴에서 땀방울이 떨어지고 허리가 비명을 지를 때까지 그러고 있어야 할 때도 있었다. 오늘은 불과 몇 초 만에 그녀가 사람들에게 자세를 바로 하도록 허락했다. 기분이 좋거나 아니면 다음 순서를 서둘러 진행하려는 것이었다. 사람들은 여제의 시선이 자신들을 쓸고 지나갈 때 최대한 정중하게 보이고 존경심과 충성심을 표현하려고 노력했다.

사람들은 또한 적당한 거리를 유지하는 것을 잊지 않았다. 권좌 뒤에 스무 명의 경비대가 포진해 있을 뿐만 아니라 여제의 발밑에 시녀들이 낮게 으르렁거리며 웅크리고 있었기 때문이다. 시녀들은 열 명이었고 그들은 모두 무장한 군인들보다 훨씬 더 위험했다. 그들은 옷을 입지 않았지만 추위를 느끼지 않았다. 여제가 허락하지 않으면 아무것도 느낄 수 없었다. 마인드테크들이 그들의 뇌를 끈적한 손가락으로 휘저어놓아서 여제에 대한 무조건적인 복종 외에는 머릿속에 아무것도 남아 있지 않았다. 시녀들은 여제를 보호하기 위해서라면 죽을 수도 있었고, 필요하면 누구든 죽이기도 했다. 그들은 몸속에 내장된 무기를 사용하는 영리하고 무시무시한 전사들이었다. 혀가 없기 때문에 항상 조용했다. 그들의 감각은 신경두뇌학 센서에 의존했다. 그리고 손가락에는 강철 갈고리가 있었다. 그들은 권좌 아래 모여앉아 사람들을 노려보며 자기 여주인을 화나게 할 만큼 바보스러운 사람이 있다면 언제라도 달려들 기세로 대기하고 있었다. 하지만 이번에는 그들도 사람들의 시선을 온전히 독점할 수 없었다. 권좌 옆 조금 떨어진 곳에 거대하고 추하게 생긴 그렌델의 외계인이 굴레를 지고 눈을 맞으며 서 있었던 것이다.

그렌델 행성에는 유전공학적으로 설계된 괴물들이 땅속 깊이 파묻힌 돔에 잠들어 있었다. 수십만의 괴물이 오지 않는 적을 기다리며 그렇게 잠자고 있는 것이다. 그들을 만들어낸 외계문명은 오래전에 사라졌지만 그 작품은 살아남았다. 무적의 살육기계이자 살아 있는 무기인 그들은 적이나 자신이 파괴될 때까지 끝까지 싸우도록 프로그래밍되어 있었다. 제국의 탐사팀이 그 돔을 여는 실수를 범했고 잠자는 자들은 피의 학살로 응답했다. 그들은 순식간에 탐사팀을 쓸어버리고 지상의 캠프도 짓밟았다. 수백 명의 남녀가 비명 속에 죽어갔다. 사람들의 무기는 무용지물이었다. 하지만 괴물들은 우주선이 없었기 때문에 행성을 벗어날 수 없었다. 여제는 우주궤도상에서 그렌델을 태우라고 지시했고 그것으로 그렌델 행성은 종말을 맞았다. 하지만 여전히 지하 깊숙이에서 자고 있는 괴물들은 남아 있었다. 라이언스톤은 행성 격리 조치를 명했고, 격리를 위해 여러 대의 순양함이 행성을 지키고 있었다.

하지만 미지의 외계인들이 제국에 가하는 위협이 커지자 라이언스톤은 새로운 계획을 떠올렸다. 그렌델의 괴물을 깨우고 길들여 기습부대로 활용하는 것이었다. 그래서 지금 여기 두꺼운 신경공학 굴레가 어깨 위에 씌워진 괴물 하나가 서 있는 것이다. 굴레가 괴물의 사고를 통제했다. 이론적으로는 그랬다. 사람들은 조심스럽게 그렌델 괴물을 쳐다보며 이번만큼은 과학자들이 오류 없는 기계를 만들어냈기를 간절히 빌었다. 그렌델의 외계인은 2.7미터의 키에 창살이 돋은 진홍색 실리콘 갑각을 지니고 있었다. 날카로운 송곳니와 발톱을 가졌고 사람의 형상을 하고 있었지만 하트 꼴의 머리는 전혀 사람의 것과 닮지 않았다. 사일런스의 부대원들이 괴물을 잡으려고 돔에 갔다가 단 한 마리에게 전 부대원이 궤멸되다시피 하며 간신히 포획할 수 있었다. 하지만 그것도 운이 좋아서였을 뿐이었다. 지금 그런 녀석이 이곳 궁정에 서 있고 시제품에 불과한 굴레가 녀석의 영원한 살육본능을 억제하고 있는 것이다.

사일런스는 어느 때보다도 무기를 지니고 있지 않은 것에 불안함을 느꼈다. 적어도 가까운 출구만이라도 알아내고 싶었다. 사람들은 그렌델 괴물을 말없이 관찰하며 언짢아했다. 그들은 외계인이나 엘프의 공격 이후 궁정 경비를 더 강화할 필요성은 이해했지만, 그렌델 괴물에 목줄을 걸고 사적으로 활용한다는 발상은 아무리 라이언스톤이라도 좀 지나치다고 생각했다. 그것은 안전이나 취향의 차원을 넘어서 학살에 의존하기로 마음먹은 것과 같았다. 군중의 앞 열에 있던 사람들은 앞 열의 특권을 다른 사람들에게 양도하고 뒤쪽으로 가고 싶은 욕망을 느꼈다. 물론 뒤에 있던 사람들은 그런 친절을 강하게 사양했다. 굴레가 오작동을 일으킬 경우 권좌 뒤의 무장경비대가 자신들을 보호해줄 것이라고 기대하는 사람은 없었다. 경비대가 그곳에 있는 이유는 그런 것이 아니었다. 사람들은 침묵했지만 반항심을 완벽하게 감추지는 못했다. 프로스트가 스텔마에게 몸을 기울이자 그가 흠칫 놀라 쳐다보았다. 프로스트는 웃지 않았다.

"내 기억으로는 당신이 굴레를 씌운 그렌델 괴물을 가진 유일한 사람이라고 말했던 것 같은데요. 그리고 그 녀석은 헤이든 행성에서 파괴되었고. 그런데 저건 뭐죠?"

"내가 없는 사이에 연구가 더 진척된 것 같군요." 스텔마가 이목을 끌지 않으려고 입술을 거의 움직이지 않으며 속삭이는 소리로 답했다. 프로스트는 얼굴을 심하게 찌푸렸다.

"저 굴레가 얼마나 믿을 만한가요?"

"믿을 만하다는 것이 무슨 뜻이냐에 달렸지요. 연구진이 설정한 대로만 굴레가 작동해준다면 문제가 없겠지만, 나는 그것에 목숨 걸고 싶지 않군요."

"우리는 이미 목숨을 걸고 있네." 사일런스가 말했다.

"알고 있습니다." 스텔마가 침울하게 말했다.

사일런스는 주변을 둘러보며 호기심을 숨기려 하지 않았다. 보이지 않는 경비대원들이 틀림없이 더 있을 것이라고 생각했다. 아마도 홀로그램 뒤에 숨어 있을 것이다. 게다가 에스퍼 테러리스트들을 물리치기 위해 ESP차단기도 여러 대 설치되어 있을 것이다. 그 외에도 그가 알지도 못하는 여러 가지 방어장치들이 있을 것이다. 여제가 궁정의 안전을 위해 막대한 인적, 물적 자원을 투자하고 있다는 것은 공공연한 사실이었다. 여제의 조심성은 과민반응이 아니었다. 라이언스톤의 죽음을 보고 싶어 하는 사람들은 아주 많았다. 그들은 그녀의 장례식장에서 춤을 추고 무덤에 오줌을 갈길 것이다. 궁정 사람들 중에도 그런 자들은 많았다. 그래서 궁정에 입장할 때는 누구나 비무장 상태로 철저한 몸수색을 거쳐야 했다. 음모를 획책하면서 충분히 보안에 치밀하지 못한 사람에게는 궁정에 소환되는 것이 곧 사형언도가 되는 경우도 있었다. 그럼에도 불구하고 가문들은 여전히 궁정에 참석했다. 결국 그곳에서 모든 일이 벌어지기 때문이었다. 목격하기도 좋고 목격되기도 좋은 장소, 제국 전역에서 수십억 명이 홀로그램으로 지켜보는 최고의 정치 공간이 바로 궁정이었다. 그곳만이 세상사에 자기 목소리를 반영시킬 수 있는 장소였다. 그래서 많은 사람들은 불안을 느끼면서도 목소리를 내겠다는 의지만큼은 단호했다.

지금 그들은 수년 만에 처음으로 라이언스톤의 손에서 권력을 덜어내 나누어가질 수 있는 기회가 왔다고 생각했다. 잘만 다룬다면 여제와 그녀를 지지하는 군대 사이에 틈을 벌일 수 있는 호재를 잡은 것이다. 반란자들이 세무본청을 마비시키고 행성의 방어시스템을 무력화시킨 것은 정치적으로 군대의 입지를 매우 약화시킨 사건이었다. 그리고 갑작스런 외계인의 공습이 그 일을 더욱 확대시켰다. 무엇보다도 제국의 워리어 프라임이고 여제의 공식 배우자이자 오른팔인 드램 사령관이 죽었다는 소문이 나돌고 있었다. 궁정이 승인하지도 않은 수상한 작전을 추진하다가 외진 행성에서 살해됐다는 것이다.

돈틀러스 호의 선원들이 사태의 진상을 알고 있지만 우주궤도에 떠 있는 함정에 철저히 격리되어 있다고 했다. 하선이 허락된 사람은 사일런스, 프로스트, 그리고 스텔마가 전부였다. 그래서 많은 사람들이 세 사람을 주의 깊게 살피면서도 만일의 경우를 대비해 충분한 거리를 유지하려고 애쓰는 것이었다. 사람들은 라이언스톤이 분명히 세 사람에 대해 무언가를 작심하고 있고 그 무언가는 결코 유쾌한 것이 아닐 거라고 확신했다. 사일런스는 궁정의 그와 같은 기류와 사람들이 여제에게서 기대하는 것을 모르지 않았다. 그리고 그들이 틀리지 않다고 인정할 수밖에 없었다. 라이언스톤과 그녀의 군대가 한줌의 반역자들과 단 한 척의 외계함선으로부터도 자신의 행성마저 지켜내지 못한다면 그 모든 것에 돈을 지불하고 있는 영주단과 의회에 무슨 낯으로 이래라 저래라 명령할 수 있겠는가? 그들이 제국의 안녕을 위해 더 많은 세금을 낸다면, 그 돈이 어떻게 쓰일지에 대해서도 더 많은 목소리를 내고 싶어 하는 것은 당연지사일 것이다. 게다가 과세 근거가 재정비되고 새로운 세율이 결정되기 전이라면 더욱 그럴 것이다.

이 모든 정황을 잘 알고 있기에 군대는 궁정에 다수의 인사를 참석시켰다. 고위 장성급 인사들 모두가 권좌 앞에 부동 자세로 서 있었다. 추위에도 아랑곳하지 않고 쏟아지는 눈을 머리와 어깨에 고스란히 받으며 흔들림 없이 서 있었다. 그들이 궁정에 온 이유는 여제가 여전히 군의 완전한 지지를 받고 있다는 것을 시위하기 위함이었다. 물론 역으로 군에 대한 여제의 신임을 재확인하는 의미도 있었다. 군은 어떠한 위협으로부터도 여제를 보호할 각오가 되어 있었다. 궁정이 제기하는 위협도 포함해서 말이다. 정치에 관여할 수는 없지만 필요하다면 군의 모든 계통이 여제에게 철저히 충성을 바치고 있다는 것을 보여야 했다. 군의 입장에서는 정치 문제를 떠나서 명예에 관한 문제였기 때문이다.

전사예수교회도 궁정에 대거 출석했다. 갑옷을 두른 여러 직급의 복사들이 군대 옆에 도열해 군인들을 의도적으로 무시하며 자리를 지키고 있었다. 그들은 창백한 얼굴에 머리는 면도를 했고 눈은 광기로 번뜩이며 깜빡임조차 없었다. 모두 유년 시절부터 격정적인 신앙으로 보육된 성직전사들이었다. 그들은 불가피한 상황이 아니라면 여제에게 절을 하지 않았다. 교회는 신앙은 강요하는 것이라고 믿고 있었다. 그것이 개종 대상자들을 죽이는 것을 의미하게 될지라도 말이다. 그들은 그것이 바로 신의 의지라고 설파하며 실제로 시범케이스를 보이는 데 결코 주저하지 않았다. 제국에는 다른 종교들도 없지 않았지만 대부분 숨을 죽이고 그저 눈에 띄지 않으려 노력할 뿐이었다.

쇼 베케트 장군은 군중의 제일 앞에 서서 예복을 차려입은 복사들을 유심히 관찰했다. 그는 굳이 관심을 감추려 하지 않았다. 복사들 중 몇몇도 똑같은 이유로 그를 주의 깊게 지켜보고 있었다. '너 자신의 적을 알라.' 베케트는 미소를 띠고 담배연기를 그들에게 날려 보냈다. 신앙도 좋지만 그는 훈련을 선호했다. 광신자들은 죽음을 두려워하지 않지만 그것이 곧 적의 손에 죽기 전에 임무를 달성할 수 있다는 것을 의미하지는 않는다. 노회한 군인인 베케트 장군은 전사예수교회를 시답잖게 여겼다. 그는 왕년의 전사였고, 노년기에 접어든 지금도 유서를 미리 작성해놓지 않고는 감히 누구도 대들지 못하는 위험인물이었다.

그는 보통 키였지만 몹시 뚱뚱했기 때문에 작아 보였다. 대부분의 체중이 허리에 몰려 있어서 특별히 제작된 전투갑옷조차도 꽉 낄 정도였다. 하지만 그는 별로 개의치 않았다. 야전에서 오랜 시간을 보냈기 때문에 이제는 약간의 안락을 누려도 된다고 생각했다. 요즘 그의 가치는 다년간 축적된 경험과 정확하고 탁월한 군사적 감각에 있었다. 그는 전략의 달인이자 영리한 논객으로 이름을 떨쳤으며, 여제가 고집을 피우고 모든 사람들이 몸을 사릴 때조차도 자기주장을 관철시키는 데 실패하는 일이 거의 없었다. 여제는 부적절한 때에 부적절한 말을 쏟아내는, 또는 그녀가 듣고 싶지 않은 진실을 고집스럽게 주장하는 그를 당장 끌어내고 싶었던 적이 한두 번이 아니었지만, 그가 그녀와 제국에 얼마나 소중한 존재인지를 어떤 식으로든 결국 깨닫지 않을 수 없게 되곤 했다. 게다가 그는 그녀를 웃음 짓게 만들었다. 쇼 베케트는 허락되지 않은 장소에서도 굵직한 시가를 즐겼고 대화중에 상대방에게 연기를 내뿜는 것을 좋아했다. 그밖에도 여러 가지 나쁜 버릇이 있었고 그것을 자랑스럽게 여겼다. 그래서 그는 홀로그램을 지켜보는 시청자들에게 아주 인기가 좋았다.

교회는 공식적이지는 않지만 널리 알려진 현상금을 장군의 목에 걸어놓았다.

라이언스톤이 제국의 공식 종교로 승인하고 지원을 보낸 이후부터 전사예수교회는 급속도로 성장했다. 그런데 교회가 여제의 이름으로 색출할 수 있는 모든 이단자들을 처형하는 철저한 숙청작업을 전개한 후 마침내 신의 가호로 충분히 강력하게 성장했기 때문에 더 이상 여제의 지원이 필요치 않다고 선포하기에 이르렀다. 이제 제국에서 으뜸 교회가 되었기 때문에 라이언스톤조차도 그들에게 고개를 숙여야 했다. 라이언스톤은 심기가 불편했지만 스스로 공개적으로 성대하게 세례식을 치르고 공식 교회로 지정한 마당에 입장을 바꾸기도 마땅치 않았다. 그랬다가는 자기결정이 틀렸음을 시인하는 꼴이 될 테고 그것은 약함의 증거로 받아들여질 수 있기 때문이었다. 게다가 교회는 엄청나게 많은 추종자들을 거느리고 있었다. 어쩔 수 없이 여제는 기회가 있을 때마다 그녀 특유의 날선 유머로 그들을 견제하는 선에서 만족했다. 그리고 교회와 군대가 갈등을 보일 때는 항상 군대를 지지했다. 요즘은 부쩍 그런 일이 잦아졌다.

교회는 과격파 예수회의용단을 늘려 사회 곳곳에 침투하는 것으로 대응했다. 모든 가문은 누군가가 교회에 포섭되거나 이단자로 낙인찍히는 것으로 가족을 빼앗겼다. 그 결과 이제 평온한 삶을 살기 위해서는 양쪽으로 눈치를 봐야 했다. 여제와 교회. 시의적절한 줄타기에 실패하면 문제에 봉착하게 되었다. 교회와 관련된 사안에서는 가문의 이익과 가문에 대한 충성도 뒷전으로 밀려났다.

영주단의 입장에서는 이러한 사태가 전혀 달갑지 않았다. 하층민들이야 자기본분을 잊지 않고 열심히 일한다면 뭘 믿건 상관할 바가 아니었지만 정작 자신들은 이익과 지위 외에는 어떤 것도 신봉할 마음이 없었기 때문이다. 귀족 가문들은 교회의 새로운 태도에 격분했다. 그래서 전통적으로 누려온 음모와 정욕과 결투와 방탕함의 자유를 한 치의 양보도 없이 계속 누릴 것이라는 점을 천명했다.

반면 교회는 누구나 은밀한 죄를 범하고 있다는 신념하에 권력자들을 꺼꾸러뜨려 교회의 의지에 굴복시킬 수 있는 정보를 수집하기 위해 혈안이 되었다. 그래서 하급자들에게 자신들의 주인을 염탐하고 유용한 것은 보고하도록 설득하고 고무하고 매수하고 협박하는 등의 온갖 수단을 동원했다. 이에 대해 가문은 하급자들을 숙청하는 것으로 보복했다. 고래 싸움에 새우 등 터진 격이 된 하급자들은 고개를 숙이고 눈에 띄지 않기만을 빌었다. 이런 연유로 최근 제국에서의 삶은 모든 사람들에게 훨씬 복잡하고 신산해졌다.

"우리가 지난번 여기 온 이후로 교회가 아주 바빠졌군." 사일런스가 프로스트를 보며 말했다. "성직전사들이 아주 멋져 보여. 옛날에 비해 빛이 번쩍번쩍하는 것 같군."

"계집애 같은 녀석들이에요." 프로스트가 쳐다보는 수고조차 하지 않고 말했다. "센 척하는 데는 일가견이 있겠지만 그뿐이에요. 저는 저 물렁살들을 썰어서 제대로 된 와인 없이도 날고기로 삼킬 수 있습니다. 저런 자들을 잘 알지요. 패거리로 몰려다닐 때는 용감하지만 정정당당한 싸움에서는 오줌을 지릴걸요. 저들이 신을 그렇게 좋아한다니까 가서 그자와 정담이나 나누라고 모두 올려 보내주고 싶군요."

"계속 그런 식으로 말할 생각이면 친절하게 미리 경고라도 해주세요." 스텔마가 말했다. "그래야 내가 거리를 둘 것 아녜요. 요즘 교회는 아주 귀가 밝아졌어요. 그리고 경멸이나 모욕은 절대로 용서하지 않죠. 오, 신이시여. 그들 중 한 명이 이쪽으로 오고 있군요. 어서 회개하는 표정을 지어요."

"어떻게 하는 건지 몰라!" 프로스트가 말했다.

사일런스는 다가오는 성직전사를 빤히 쳐다보았고 사람들은 두 사람에게서 멀찌감치 물러났다. 성직전사는 핏빛 가운에 빵떡모자를 눌러썼고 표정은 유리라도 자를 수 있을 만큼 엄숙하고 날카로웠다. 이십대 중반이었지만 더 노숙해 보이려 애쓰는 듯했다. 벨트에는 두 개의 머리 가죽이 늘어져 있었고 목에는 사람의 귀로 만든 목걸이가 걸려 있었다. 그는 사일런스와 프로스트 앞에 멈춰 서며 스텔마는 무시했다. 스텔마는 무시당하는 것이 기뻤다. 성직전사는 사일런스와 프로스트의 얼굴을 번갈아 쳐다보며 마치 쥐새끼를 보는 듯한 표정을 지었다.

"당신들이 외계인의 우주선으로부터 우리를 구했다고 하더군요." 그자가 말했다. "그랬다면 그건 신의 뜻입니다. 두 분은 모든 면에서 뛰어난 전사임에 틀림없지만, 새로운 질서 속에서 자신의 위치도 분명히 알 필요가 있습니다. 당신들은 라이언스톤뿐만 아니라 신으로부터도 당신들의 죄와 과오에 대한 사함을 받아야 합니다. 누구 편에 설 것인지 입장을 분명히 하십시오. 공개적으로요. 그리고 만약 교회 편에 서지 않는다면 그건 교회에 대항하는 것임을 명심하십시오. 교회는 적을 어떻게 다루는지 아주 잘 알고 있습니다. 제 말 이해하시겠습니까?"

그리고 그는 비웃음을 흘리다가 프로스트의 발길질에 나가떨어졌다. 얼마나 세게 걷어차였던지 허공을 날아가 자기 동료들을 볼링 핀처럼 흩어놓았다. 여기저기서 신음소리가 들렸고 아픈 곳을 어루만지는 모습도 눈에 띄었다. 걷어차인 성직전사도 몸을 둥글게 말고 어떻게든 숨을 쉬려고 안간힘을 쓰고 있었다. 프로스트는 아무 일도 없었다는 듯이 시치미 뚝 떼고 조용히 서 있었다. 스텔마는 손으로 눈을 가렸다. 사일런스가 박수를 치자 몇몇 용감한 사람들도 가세했다. 프로스트는 빼기는 기색도 없이 냉담하게 서 있을 뿐이었다. 그녀는 머리부터 발끝까지 수색관이었다.

"정말 두 분 옆에는 불안해서 같이 못 있겠군요." 스텔마가 말했다. "죽으려고 환장했어요?"

"어허, 들어보게." 사일런스가 말했다. "우리는 이미 죽을 각오를 하고 여기 왔잖은가, 안 그래? 누구 손에 죽든 뭐 대수겠는가?"

스텔마는 권좌에 있는 여제를 힐끔 쳐다본 후 다시 사일런스를 보며 애원하듯 말했다. "정말로 그렇게 생각하시는 겁니까? 희망이 전혀 없단 말입니까?"

"희망이야 항상 있지." 사일런스가 대답했다. "지난번 프로스트와 내가 여기 왔을 때는 코에서 발끝까지 쇠사슬을 칭칭 감고 사형집행장에 사인만 기다리고 있었지만 살아남았네. 이번에도 그런 행운이 찾아오리라는 보장은 없지만, 어쨌든 최소한 쇠사슬에 묶여 있지는 않잖은가? 나는 이걸 좋은 징조로 해석하기로 했네."

"저는 그러지 않겠습니다." 프로스트가 말했다. "사람을 가장 괴롭히는 방법은 부질없는 희망을 품게 하는 거지요."

스텔마는 한숨을 쉬었다. "제 가족들이 나타나 용기를 북돋워주기를 바랐는데 아무도 오지 않았군요. 제가 죽는 것을 참관하고 싶지 않나봅니다. 가족이나 친구도 실패자는 거들떠보지 않지요. 눈물조차 흘리지 않을 겁니다."

사일런스가 그를 바라보았다. "아주 심오한 말이군. 갑작스런 죽음에서 뭔가 영감을 얻은 모양이야. 자네는 별로 사생활 얘기를 꺼낸 적이 없어. 가족들에 대해 말해보게. 자식에게 '용맹한'이라는 이름을 지어주는 부모는 대체 어떤 사람인지 궁금하군."

"야심이 많은 분들이죠." 스텔마가 침울하게 말했다. "우리 가족은 사업가 집안입니다. 하지만 장관이 되거나 가문과 결혼할 정도로 성공하지는 못했습니다. 그래서 우리 형제들은 어렸을 때 모두 군대로 빠졌지요. 형 볼드(Bold, 대담한)와 히어로(Hero, 영웅)는 중고참 장교이고, 누나 아테나(Athena, 전쟁의 여신)는 아주 어렸을 때 수색관으로 뽑혀갔습니다. 누나 소식은 모릅니다. 아무도 묻지도 않지요. 아버지는 오래전에 돌아가셨습니다. 실망스런 제 꼴을 보지 않으셔도 되니 다행입니다. 보안장교라는 게 군대에서 그다지 화려한 보직은 아니지 않습니까?"

"그래도 자네는 적어도 가족이라는 게 있기는 하군." 사일런스가 말했다. "나는 가문이 원해서 함장이 됐네. 가문이 나를 자랑스럽게 여기기를 바랐지만 나는 벌써 두 번씩이나 가문의 이름에 먹칠을 하게 됐네. 내가 처음 배를 잃고 불명예스럽게 살아남았을 때 가문은 나를 제명해버렸지. 나는 다크윈드 호와 운명을 같이하려 했는데 여기 이 수색관이 제멋대로 나를 구해내는 바람에 그렇게 된 거지. 그렇지 않나, 수색관?"

"사람은 누구나 실수를 하지요." 프로스트가 그를 쳐다보지 않고 말했다. 사일런스는 살짝 웃었다.

"자네 가족에 대해 말해주지 않겠나, 수색관? 우리 두 사람은 이미 마음을 열었는데 말이야. 자네 출신에 대해 말해보게."

오랜 침묵이 흐르고 사일런스가 자신이 주제넘게 밀어붙였다고 후회할 때쯤 프로스트가 조용히 입을 열었다. 목소리가 너무 작아서 두 사람은 숨소리조차 죽이고 집중해야 했다. 그녀는 말하는 중에 두 사람을 쳐다보지 않았다.

"공식적으로 수색관들은 가족이 없습니다. 서로만을 의지해야 하지요. 하지만 저는 궁금해서 숨겨진 파일을 열어 제 배경에 대해 알아봤습니다. 그리고 부모님이 사는 곳을 알아내 찾아갔죠. 아버지만 저를 만나주시더군요. 하지만 그분도 제 말은 듣지 않으셨어요. 저를 두려워하신 거죠. 그 이후로는 다시 찾아가지 않았습니다. 가족은 제게 해준 게 없어요. 저는 제국으로부터 약간의 도움을 받으며 스스로 자란 겁니다, 함장님."

"이런 정담을 나눌 수 있게 돼서 기쁩니다." 스텔마가 말했다. "좀 우울했는데 이제 당당히 죽음을 맞이할 용기가 생깁니다. 차라리 그냥 여기서 혀를 깨물고 빨리 끝내는 것은 어떨까요?"

"아직 희망은 있네." 사일런스가 말했다. "그리고 마지막 순간까지 최선을 다해봐야지. 그렇지 않은가, 수색관?"

"당연하지요." 프로스트가 대답했다. "저기 보십시오. 성직전사가 회복된 것 같군요."

성직전사는 비록 부축을 받기는 했지만 두 발로 서서 제대로 숨을 쉬고 있었다. 군인들은 노골적으로 킥킥대며 서로 옆구리를 찔렀다. 몇몇 군중은 다시 박수를 치다가 갑자기 멈추며 여제의 눈치를 살폈다. 소란에 관련된 모든 사람들에게는 다행스럽게도 여제는 베케트 장군과 깊은 대화를 나누느라 여념이 없었다. 그래서 모두의 시선은 권좌 앞에서 군중을 마주하고 서 있는 또 다른 사람에게로 옮아갔다. 전사예수교회의 주교인 제임스 카사였다.

제국에서 가장 호전적인 사람 중 하나로 꼽히는 그는 큰 키에 근육질 몸을 지녔으며 태어날 때부터 입고 있었을 것 같은 검은색 갑옷을 걸치고 있었다. 가슴에는 커다랗게 양각된 십자가가 두드러졌다. 한때는 미남이었지만 지금은 그렇지 않았다. 그가 불분명한 근거로 한 남자를 이단으로 지목해 처형하자 그 희생자의 아내가 그의 얼굴에 염산을 끼얹은 것이다. 그가 곧바로 그 여인도 칼로 베어버렸지만 이미 얼굴에 상해를 입은 후였다. 그는 오른쪽 눈을 잃었고 얼굴 오른편이 뼈까지 타버려서 현재도 넝마처럼 얽어진 살 아래로 변색된 뼈가 비칠 정도였다. 모자란 오른쪽 뺨 아래로는 번뜩이는 이가 드러나 있어서 그의 얼굴은 항상 유령 같은 반쪽 미소를 짓고 있었다. 그 얼굴은 담력이 뛰어난 사람에게도 공포스러운 것이었고 그 자신도 그 사실을 잘 알고 있었다. 그래서 그는 치료를 하지 않았다. 재생기계를 한 번만 사용해도 끔찍한 흉터를 지울 수 있겠지만 그러지 않았다. 일종의 비틀린 허세로서 흉터를 아무것도 자신을 막을 수 없음을 과시하는 상징으로 여겼다. 사람들은 카사가 다른 사람을 움찔하게 만드는 얼굴을 가진 것을 스스로 즐긴다고 생각했다.

그리고 그 여인의 접근을 막지 못한 경호원을 체포해 염산통에 발부터 한 번에 1센티미터씩 서서히 담가 죽였다는 소문도 돌았다. 그 소문을 믿지 않는 사람은 별로 없었다. 카사는 정의에 대한 갈망으로 위장한 냉혹하고 무자비한 심성으로 악명을 떨쳤다. 그 자신과 교회의 권위에 대항하는 사람이면 누구든지 이단자로 몰아 광적인 박해를 가하는 방식으로 교회 내에서 출세가도를 달렸다. 상대가 친구이거나 가족이거나 과거의 동맹자이거나 상관없이 자신의 개인적인 영달에 방해가 되거나 교회의 성장에 해가 되는 경우에는 가차 없이 공격했다. 그리고 그가 승승장구하며 눈부신 성공을 거두자 그의 정열을 모방하는 많은 사람들이 생겨났다.

그래서 누군가를 이단으로 모는 것은 적을 제거하는 아주 효과적인 방법이 되었다. 증거는 필요치 않았다. 빈번한 고발만으로 충분했다. 고발된 자들이 소명할 수 있는 심판소가 있기는 했지만 그러려면 돈이 들었다. 정의의 가격은 결코 싸지 않았다. 상황이 악화되자 사람들은 법정 비용을 충당하기 위해 고발에 대비한 보험에 들었지만 보험료가 오히려 법정 비용보다 더 비싼 경우도 있었다. 사람들은 그제야 아무도 더 이상 안전할 수 없다는 현실을 인식하게 되었다. 여제는 재빨리 이런 상황을 이용했다. 그것이 사람들을 길들이는 데 도움이 되는 관행이라는 점을 파악한 것이다. 누군가 문제를 일으키거나 주제넘은 짓을 하게 되면 곧 소문이 돌고 희생자는 어느 날 이른 아침에 성스러운 군홧발이 자신의 방문을 차는 소리를 듣게 되는 것이다. 그래서 이제 라이언스톤의 심기를 조금이라도 건드리는 사람은 교회와 강력한 유대관계를 맺고 있거나, 그렇지 않으면 변호사를 고용할 충분한 돈을 쌓아놓고 있는 것이 신상에 이로웠다. 하지만 요즘은 돈이 있어도 교회 일에 나설 만큼 용감한 변호사를 찾기가 쉽지 않았다.

귀족들끼리도 서로 이런 위험한 게임을 벌였다. 정치적, 사적 이유나 가문의 이해에 따라 서로를 고발했다. 하지만 그들 간의 싸움은 상대적으로 덜 심각하게 받아들여졌다. 서로간의 고발과 맞고발로 진흙탕 싸움을 벌이면서 진실은 잊혔고 교회마저도 짜증스러워했다. 하지만 교회는 나중에 유용하게 쓰일 것에 대비해 모든 것을 꼼꼼히 기록해두었다.

밸런타인 울프는 무수한 종류의 이단으로 너무 많이 고발되어서 교회마저도 그 횟수를 셀 수 없을 정도였다. 하지만 어떤 고발도 그를 유죄로 만들지는 못했다. 물론 그는 보통사람 같으면 대여섯 번은 죽고도 남을 강력한 마약을 상습 복용하는 타락자임에 분명했지만, 제국 내 최고 가문의 수장으로서 막대한 부와 권력을 가진데다 여제의 신임을 얻고 있다는 현실적인 이유로 인해 털끝 하나 다치지 않고 멀쩡했다. 카사는 그를 벼르고 있었다. 하지만 그들은 서로를 무시하는 선에서 평화를 유지했다. 사람들은 손에 땀을 쥐고 그들을 지켜보았다. 모두들 현 상태가 영원히 지속될 수 없음을 잘 알고 있었다. 누가 먼저 실수를 저지르는가만 남아 있었다. 그때가 되면 피로 얼룩지고 머리카락이 엉겨 붙은 벽을 보게 될 것이다.

사람들은 벌써 몇 달째 내기를 걸고 있었다.

밸런타인 울프는 항상 그렇듯이 사람들 사이에서 홀로 떨어져 있었다. 골고다 최고 가문의 수장이고 말 한마디로 수천 명을 움직였지만 그에게는 친구는커녕 가깝다고 말할 수 있는 사람조차 없었다. 그는 별로 상관하지 않았다. 원래 친구라는 것을 가져본 적이 없었다. 많은 사람들에게 둘러싸여 있어도 혼자 생각에 잠기기를 좋아했다. 그리고 하늘 아래 모든 마약을 실험해보는 그로서는 자신의 내면세계만으로도 조용한 시간을 보내기에 충분했다.

밸런타인은 키가 크고 호리호리한 체격에 음침한 섬세함을 지녀서 마치 동화 속에 나오는 어둠의 왕자 같았다. 그는 길고 홀쭉한 얼굴을 순백으로 물들였다. 밝게 빛나는 눈동자 주위에는 짙은 마스카라를 칠했고, 두툼한 진홍색 루주는 그를 항상 미소 짓는 얼굴로 만들어주었다. 어깨까지 굽이쳐 내리는 짙은 검은색 곱슬머리는 한 번도 빗질을 하지 않은 것 같았다. 검은색 옷을 즐겨 입었고 가끔은 다른 색, 주로 빨간색을 살짝 가미해 멋을 내기도 했으나 패션의 흐름에 대해서는 고상한 무관심으로 일관했다. 그는 모든 마약을 사용했고 화학자들을 고용해 새로운 것을 개발하도록 독려했다. 밸런타인이 좋아하지 않는 마약은 없다고 해도 틀린 말이 아니었다. 보통사람이 그가 사용하는 마약의 양과 가짓수를 복용한다면 두뇌가 온전히 남아 있을 수 없겠지만, 밸런타인은 알 수 없는 어둠의 기적에 의해

서인지 여전히 생생하고 활력이 넘쳤다. 세상을 사람들과 다른 방식으로 보고 가끔 존재하지도 않는 사람들과 열띤 토론을 벌이기도 했지만, 그렇다고 그가 허물어진다고 볼 근거는 없었다. 그는 여전히 영민하고 야심만만하며 매우 위험한 인물이었다.

그도 대가를 치르지 않고 그 상태를 계속 유지할 수 없다는 것을 잘 알고 있었기 때문에 많은 돈을 들여 최고의 의사들을 주변에 두었고 전용 재생기계에서 자주 휴식을 취하기도 했다. 하지만 계속된 고강도의 마약 복용과 다양한 음모에서 오는 정신적 압박으로 인해 그의 자기통제력은 항상 아슬아슬한 경계를 넘나들고 있었다. 그는 내부와 외부에서 동시에 자신을 태우고 있었으며 그의 유일한 처방은 불 속에 더 많은 약을 던져 넣는 것이었다. 그래서 지금 그는 초자연적인 날카로운 각성 상태로 제자리에서 부들부들 떨고 있었다. 그는 면도날 같은 예리한 지력으로 사람들의 작은 몸짓에서 마치 선명히 인쇄된 글자를 읽듯 그 의미를 해석할 수 있었다. 모든 사람들의 미동이 그를 향해 정보를 외쳐대고 있는 격이었다. 계획과 음모가 번뜩이는 불빛처럼 그의 마음을 스쳤다. 그의 몸은 궁정에 붙박여 있었으나 그의 마음은 동시에 여기저기로 사방을 누볐다. 밸런타인은 서퍼처럼 생각의 파도를 타고 완벽한 균형을 유지한 채 아찔한 높이에서 모든 것을 내려다보고 있었다. 황홀경에 빠져들면서도 자기통제력은 잃지 않았다.

그는 적당한 약의 조합만 발견한다면 필요로 하는 효과와 감내해야 할 부작용 사이에서 완벽한 균형을 얻을 수 있을 것이라고 굳게 믿었다. 창공을 나는 새처럼 고양된 무한하고 완벽한 자유. 하지만 요즘은 동일한 효과를 보기 위해 점점 더 많은 양의 약을 복용해야만

했다. 그리고 몸속을 여전히 떠돌고 있는 낡은 약들이 일으키는 부작용을 억제하기 위해 더 많은 신종 약을 필요로 했다. 그 결과 그는 더욱 마르고 강팍해졌으며 때때로 약기운으로 몸을 세차게 떨기도 했다. 공기 없이 살 수 없듯이 약 없이는 의미 있는 인생을 느낄 수 없었다. 또한 그는 순간순간 필요에 따라 단기효력의 특정 약물들을 사용했다. 그것들은 정신을 맑게 하는 데 효과가 아주 좋았다. 그는 궁정에 친구는 없고 적은 많았다. 동맹자를 믿지 않으려 했다. 그래서 항상 다른 사람의 생각을 앞지를 필요가 있었다.

밸런타인은 은제 약함을 꺼내 뚜껑에 낀 서리를 닦아내고 알약 하나를 집어 들었다. 그리고 익숙한 솜씨로 목의 정맥에 대고 눌렀다. 약이 폭주하는 기관차처럼 혈류를 휩쓸자 그의 주홍색 미소는 넓어졌다. 그의 사고가 새로운 톱니바퀴에 걸리듯 작동하기 시작하며 날카롭고 맑고 빨라졌다. 주변의 모든 사람들이 천천히 움직이는 것처럼 보였고, 자신은 벽난로 앞의 거대한 안락의자에 몸을 파묻은 듯 아늑한 느낌이었다. 혹독한 추위 속에서도 그의 이마에 땀방울이 송골송골 맺혔다. 숨이 깊어지고 심장박동이 강해졌다. 그는 주위 사람들이 만드는 움직임의 형태를 관찰하며 숨겨진 함의를 파악했다. 필요한 영역에 자신의 사고가 집중되도록 조종할 수 있었다. 그 약물의 단점은 조심성을 떨어뜨린다는 것이었다. 하지만 상황에 따라서는 그것도 용인될 수 있었다. 라이언스톤의 궁정에서는 안심하고 사용할 수 있었다.

땅딸막한 사람이 잔뜩 인상을 구긴 채 접근해오자 밸런타인은 자세를 가다듬고 우아하게 서서 기다렸다. 서두르는 기색으로 보아 그레고르 슈렉 경이 볼일이 있음이 분명했다. 밸런타인은 긴장하지 않았다. 이런 게임은 충분히 처리할 수 있었다. 그는 슈렉에게 정중한 미소를 보냈지만 고개는 숙이지 않았다. 상대를 의기양양하게 해줄 필요는 없었다. 그레고르는 그의 앞에 비틀거리며 멈춰 서서 혀를 한 번 차고는 보일 듯 말 듯 뻣뻣하게 고개를 숙였다.

"잠깐 얘기 좀 합시다, 울프 경. 서로에게 이익이 되는 일이오."

"그래요?" 밸런타인이 상냥하게 말했다. "제가 이익을 거절하는 경우는 없지요. 다시 뵈니 반갑습니다, 슈렉 경. 좋아 보이는군요. 살이 좀 빠지신 것 같기도 하고요."

"그렇다면야 좋은 일이지요." 그레고르가 정중한 미소를 지으려 애쓰며 말했다. 그렇지만 그다지 성공적이지 못했다. 연습이 부족했던 것이다. "우리는 공통의 이익을 가지고 있소, 울프 경. 공통의 적은 말할 것도 없고. 초지로 가문이 요즘 궁정에서 우려스러울 정도로 영향력을 확대해나가고 있소. 캠벨이 무너진 이후로 초지로가 그 빈틈을 타고 번성하고 있는 거지요. 그들은 이제 우리의 사업이윤을 갉아먹는 것도 모자라 여기 궁정에서도 우리를 약화시키려고 하고 있소. 초지로 가문이 너무 강력해져서 당신이나 나조차도 그들이 원하는 것을 쉽게 거절할 수 없게 됐다는 사실을 안타깝지만 인정하지 않을 수 없을 것 같소. 적어도 우리가 협력한다면……"

"우리가 서로 연합한다면 그들을 제자리로 돌려보낼 수 있다는 말씀이군요?" 밸런타인이 듣지도 않은 말을 대신 완성하며 말했다. 그의 생각은 슈렉을 훨씬 앞서 질주하고 있었다. 미래에 어떤 가문이 그에게 이익이 되고 어떤 가문이 위험한 적수가 될지 가늠하면서 말이다. 초지로 가문은 날로 융성하고 있고 슈렉 가문은 침제 일로에 접어들었다. 그리고 초지로 가문은 명예가 무엇인지 그레고르보다 훨씬 잘 아는 사람들이었다. 밸런타인은 명예를 좋아했다. 명예를 믿거나 명예를 믿는다고 여기는 사람은 훨씬 다루기가 용이했다. 게다가 그는 슈렉을 믿지 않았다. 한 번도 신뢰한 적이 없었다.

"감사합니다, 그레고르." 그는 단 일 초 만에 답변을 했다. "하지만 저는 현재로서는 어떤 싸움에도 관심이 없습니다. 제가 캠벨에 대한 적대적 인수를 감행한 후 여러 가지 일에 몸이 매여서 꼼짝도 할 수 없거든요. 초지로 가문이 성가시기는 하지만 별로 걱정할 바는 못 됩니다. 어쨌든 관심 보여주셔서 감사합니다, 슈렉 경. 도움이 못 되어 드려 죄송하군요. 하지만 당신과 손잡기 위해 조바심치는 사람들이 많을 거라고 확신합니다."

그레고르 슈렉은 분기를 억누르며 잠시 그대로 서 있다가 발밑의 눈을 걷어차고 가버렸다. 방관자적 입장을 취하는 것도 위험할 수 있다는 것을 분명히 하며 밸런타인을 협박하고 싶었지만, 그에게는 밸런타인을 위협할 만한 수단이 없었고 그것에 대해서는 둘 다 잘 알고 있었다. 밸런타인은 슬며시 웃음을 지으며 작은 뚱보가 분기탱천해 눈을 헤치며 걸어가는 모습을 말없이 지켜보았다. 그레고르에게는 교회가 있었다. 최근 그레고르가 교회에 열렬히 구애하고 있다는 것을 알고 있었다. 하지만 밸런타인에게 교회는 어차피 적일 수밖에 없었다.

그는 슈렉과의 짧은 만남을 유심히 지켜본 사람이 있는지 주위를 둘러보았다. 하지만 모두가 그의 시선을 피했다. 물론 모두가 지켜보았을 것이다. 그들은 항상 그에게서 무엇인가를 원했다. 모두가 그랬다. 밸런타인은 어깨를 으쓱했다. 생각해봐야 할 더 중요한 일이 있었다. 최근에 그가 지하동맹에 심어놓은 정보원들의 보고에 따르면,

에스퍼의 능력이라고 설명할 수 없는 새로운 수준의 초인간적인 능력이 나타났다. 전례를 찾아보기 힘든 힘과 능력에 대한 보고가 자주 올라오고 있었다. 물론 떠도는 소문일 수도 있었다. 하지만 정말로 ESP보다 강력한 능력을 만들 수 있는 방법이 있다면 밸런타인은 꼭 갖고 싶었다. 지금도 여전히 ESP 약을 찾아 헤매고 있지만 별다른 성과가 없었다. 어쩔 수 없이 지하동맹과 절연한 이후로는 약을 구하기가 더욱 어려워졌다. 하지만 만일의 경우를 대비해 미리 그곳에 사람을 심어둔 것은 아주 잘한 일이었다. 지하동맹을 잃은 것은 애석한 일이었다. 그들은 특이하거나 금지된 온갖 종류의 자원에 접근할 수 있는 통로였다. 하지만 현재 그가 누리는 지위를 그들과의 접촉 때문에 위험에 빠뜨릴 수는 없는 노릇이었다.

드램 사령관은 자신의 실체를 드러내기 전에 후드라는 가명으로 클론-에스퍼 지하동맹의 고위직까지 올랐었다. 그렇기 때문에 밸런타인의 연루 사실을 다 알고 있다. 밸런타인은 지하동맹의 정치적 대의에 대해서는 전혀 관심이 없었다. 그가 원한 것은 일반인도 에스퍼로 만들어줄 수 있는 약, 그리고 그를 권력으로 이끌어줄 수 있는 지하동맹의 가능성이었다. 하지만 그런 변명은 라이언스톤에게는 설득력이 없을 것이다. 그래서 후드가 드램이라는 것이 알려지자마자 밸런타인은 지하동맹과의 모든 관계를 단절하고 자신과 반란자들을 직접적으로 연결시킬 수 있는 모든 사람들을 신속히 제거해버렸다. 그가 지하동맹에 심어놓은 사람들은 문제가 되지 않을 것이다. 그들은 자기가 누구에게 보고를 하고 있는지조차 몰랐다. 돈이 계속 제공되는 한 그런 것은 따지지도 않을 것이다. 밸런타인은 느긋하게 뒤로 물러나서 드램이 행동을 개시하기를 기다렸다. 드램은 아무것도 증명하지 못할 것이다. 그가 아무리 워리어 프라임이라고 해도 제국 최고 가문의 수장을 증거도 없이 모함할 수는 없다. 지위가 좋기는 좋다.

그런데 드램은 한마디도 하지 않았다. 밸런타인은 철저히 무장하고 잔뜩 긴장하며 공격이 개시되기만을 기다렸지만 아무것도 오지 않았다. 그래서 서서히 자신이 일단은 안전하다고 느끼게 되었다. 신형 스타드라이브의 생산을 의존하고 있는 사람을 몰락시키는 것이 제국의 이익에 부합되지 않는다고 여제가 판단했을 수도 있다. 아니면 나중에 사용할 목적으로 정보를 아끼는 것인지도 모른다. 라이언스톤은 항상 장기적인 안목에서 계획을 세우는 사람이니까.

그렇지 않다면…… 요즘 드램 사령관이 죽었다는 미묘한 소문이 돌았다. 그는 이미 오랫동안 궁정에 모습을 드러내지 않았다. 마지막으로 모습을 보인 것은 스크린에서 얼굴과 어깨가 전부였다. 그런 것은 디지털 마스크만 사용하면 누구든 할 수 있는 일이었다. 소문은 드램이 극비 임무를 띠고 파견되었다가 상자 속에 담겨 집으로 돌아왔다는 것이었다. 아직 아무런 증거도 없지만 밸런타인은 그 소문을 여러 곳에서 수차례 들었고 그중에는 최고위층도 섞여 있었기 때문에 분명 무슨 일이 있기는 했을 것이라고 짐작했다.

드램이 죽었다면 밸런타인이 역모에 가담했다는 증거 또한 그와 함께 사라졌을 가능성이 높았다. 그렇다면 이제 그가 원하기만 하면 다시 지하동맹에 돌아갈 수도 있을 것이다. 밸런타인은 진홍색 입을 꾹 다물었다. 최근 돌아가는 사정을 감안하면, 사실 그가 권력을 향한 길로 다시 지하동맹을 고려할 필요는 없었다. 혼자서도 아주 훌륭하게 일을 해내고 있었기 때문이다. 그리고 그의 정보원들이 그 자신이 직접 나서는 것보다 훨씬 효율적으로 에스퍼 약을 찾아낼 가능성이 높았다. 그는 더 이상 반란자들과 손잡을 필요가 없었다. 누구의 도움도 필요치 않았다. 그에게는 더 중요한 걱정거리가 있었다.

울프 가가 캠벨 가를 굴복시킨 역사적인 날, 울프 가의 수장이자 그의 아버지인 제이콥 울프가 살해되었다. 사람들은 모두 캠벨이 죽으면서 행운의 칼날을 날렸다고 생각했지만 사실 제이콥을 죽인 것은 밸런타인의 칼이었다. 아무도 보지 못했다. 그래서 아무도 몰랐다. 그런데 캠벨 가가 모두 죽거나 도망친 후 제이콥의 시체가 감쪽같이 사라졌다. 밸런타인은 시체를 찾기 위해 즉시 수색을 지시하고 상금도 내걸었지만 아무것도 발견할 수 없었다.

제이콥이 여전히 어딘가에 있다. 살아 있지는 않을 것이다. 살아 있을 수가 없다. 제이콥의 알려지지 않은 친구 누군가가 그의 몸을 재생기계에 넣었다 하더라도 이미 너무 늦었을 것이다. 그의 두뇌는 죽은 지 이미 오래전이었다. 밸런타인은 그것만큼은 확신할 수 있었다. 그는 아버지를 죽일 때의 순간을 아직도 생생히 기억하고 있었다. 그의 약 중에 기억을 완벽히 되살리는 것이 있기 때문에 마음속으로 그 순간을 음미하며 여러 번 되새겨보았다. 그는 치열한 싸움 중에 아무도 모르게 아버지 등 뒤로 접근해 단검을 갈빗대 사이로 민첩하게 찔러 넣었다. 너무 순식간이라 아무도 보지 못했고 의심하는 사람도 없었다. 그리고 제이콥은 죽었다. 밸런타인은 단 한 번도 그 사실을 의심해본 적이 없다. 싸움이 끝난 후 모든 사람들이 아버지의 시신을 두 눈으로 똑똑히 확인하지 않았던가? 심지어 나름대로 예를 갖추기 위해 임시로 아버지의 시신을 다른 시체들과 분리해 모셔놓기까지 하지 않았던가? 그런데 도대체 누가 시체를 가져갔단 말인가?

시체가 무슨 소용이 있을까? 제이콥의 세포로 클론을 만들 수도 있겠지만 아주 간단한 유전자검사만으로도 그가 제이콥이 아니라는 사실이 단박에 탄로 날 것이다. 가문은 클론 따위에는 관심이 없다. 슬픔에 빠진 콘스탄스조차도. 차라리 시체라면 안장하기 위해 보상금을 지불할 용의가 있지만 말이다.

하지만 보상금을 요구하는 자도 없었다. 한 가지 생각이 그의 의지에 반해 자꾸 마음속으로 기어들었다. 만약…… 시체를 누군가 가져간 것이 아니라면? 시체가 일어나서 그냥 걸어 나간 것이라면? 밸런타인은 자기도 모르게 어쩔 수 없이 자꾸 떠올리게 되는 그 장면에 놀라 몸을 떨었다. 제이콥의 시체가 옆구리의 벌어진 상처로 피를 흘리면서 절뚝대며 일어나 살인자를 잠시 노려보다가 문밖으로 걸어 나가는 장면이었다. 제이콥의 시체는 어두운 골목길을 생명의 힘이 아닌 살인자에 대한 순수한 분노의 힘으로 비틀대며 걷고 있었다. 살부(殺父)의 죄를 저지른 아들에게 피의 보복을 할 기회를 노리면서. 밸런타인에게는 항상 미신적인 면이 있었다. 그는 그런 태도가 만사에 더욱 짜릿한 흥분을 가져다주어서 오히려 즐기기까지 했지만 지금은 죽은 아버지 생각에 가위눌리며 그것으로부터 벗어나지 못하고 있는 것이다. 한밤중에 침실에 혼자 있으면 어둠 속에서 아버지가 말을 거는 것을 느낄 수 있었다. 공포에 떨게 하는 말들이었지만 아침에 깨어나면 아무것도 기억할 수 없었다.

물론 약기운 때문이리라.

밸런타인은 다시 생각을 다잡았다. 아무도 그를 해칠 수 없다. 그는 감히 누구도 가볍게 대할 수 없는 울프 가의 수장이고, 아버지 시체에 무슨 일이 일어났건 그 사실에는 변함이 없다. 그는 라이벌인 캠벨 가를 파멸시켰고 제국에서 가장 중요하고 황금알을 낳는 사업인 신형 스타드라이브의 양산권을 독점 계약했다.

그는 여제의 신임도 얻었다. 여제는 그를 광대로, 광기와 지혜가 뒤섞인 재미있는 인물로 여겼지만 어쨌든 그가 말을 시작하면 귀를 기울였다. 그녀는 다른 사람이라면 용서하지 않을 말도 그가 하면 참고 들었다. 그가 그녀를 즐겁게 했기 때문이다. 그리고 여제는 그를 총애하고 중책을 맡기는 것이 다른 사람들에게 시기심을 불러일으킨다는 사실을 알고 그것을 즐기기도 했다. 사실 라이언스톤은 단순한 것에 기뻐하는 성격이었다. 군대와 교회는 밸런타인을 곱게 보지 않는다는 점을 분명히 했다.

군대와 교회가 의견일치를 보는 경우는 많지 않은데, 드문 예 중 하나가 밸런타인에 대한 평가일 것이다. 하지만 양자 모두 스타드라이브를 원했기 때문에 대체로 예의를 벗어나는 행동은 삼갔다. 가문들도 밸런타인의 힘이 강력해지는 것을 원치 않았다. 한 가문이 일방적으로 강해지면 서로를 견제하며 유지해온 균형을 깨뜨릴 수 있기 때문이었다. 그래서 간혹 음모를 꾸며보기도 했지만 별다른 성과는 얻지 못했다.

의회도 마찬가지였다. 의회는 밸런타인이 원하는 것을 아무것도 가지고 있지 않았기 때문에 그를 구워삶을 수도 통제할 수도 없었다.

그리하여 밸런타인은 모두에게 위험했고 언제 어디로 튈지 모르는 럭비공 같은 존재였다.

밸런타인의 동생과 누이인 다니엘과 스테파니가 멀리서 그를 지켜보고 있었다. 궁정의 규정에 따라 둘 다 배우자를 대동했다. 그들은 항상 그랬던 것처럼 밸런타인과의 대화를 피했다. 그들은 그를 경멸하고 미워했다. 밸런타인이 마약에 빠진 타락자이자 가문의 수치라고 여겼던 것이다. 둘 다 아버지 제이콥의 명령에 따라 정략결혼을 했지만 어느 쌍도 그다지 성공적이라고 말할 수 없었다. 물론 다니엘이나 스테파니나 그것을 위해 딱히 노력했던 것도 아니었다. 그들은 더욱 중요한 문제로 머리가 복잡했다. 울프 가의 일원으로서 그들도 영예를 누렸지만 항상 밸런타인의 그늘에 있어야 한다는 것이 불만이었다. 밸런타인이 너무 급부상함에 따라 그들은 가문에서의 모든 권력과 영향력을 잃었으며 지금은 그가 던져주는 부스러기만 바라봐야 하는 신세가 돼버렸다. 그들은 늘 밸런타인에 대한 음모를 계획하기에 바빴지만 별다른 성공을 거두지 못했다. 그런 식으로 한 사람에게만 기대고 의지하다보니 그들은 서로 너무 가까워져버렸다. 비정상적으로 가까워졌다.

다니엘은 막내로서 이제 갓 이십대에 접어들었다. 거대한 체구 면에서는 아버지를 꼭 빼닮았지만 재치나 지력 면에서는 전혀 그렇지 못했다. 그는 아이처럼 어리숙한 구석이 있어서 항상 아버지의 꾸지람을 들어야 했었다. 지금도 과장스럽게 행동하는 버릇이 있었다. 그는 최신 유행에 따라 머리를 황금색 가닥으로 늘어뜨렸지만 그것과 짝을 이루는 형광색 얼굴 화장은 하기 싫어했다. 잘할 자신이 없었고 사람들이 웃을까봐 두려웠기 때문이다. 다니엘은 유머감각이 없었고 농담도 받아들이지 못하는 성격이었다.

스테파니는 형제 중 중간으로 키가 크고 비쩍 마른 체형에 수더분한 외모였지만 똬리를 튼 뱀처럼 위험한 구석이 있었다. 그녀가 독기만큼이나 지력도 겸비했다면 누구도 안전하지 못했을 것이다. 그녀는 밸런타인의 속박에 분노했지만 어떻게 벗어나야 할지 알지 못했다. 그래서 틈만 나면 사사건건 밸런타인을 욕보이려 들었다. 밸런타인은 주변 사람들에게 그저 미소 지으며 "여자들이란"이라고 한마디 할 뿐이었고, 그러면 모두가 웃고 말았다. 그녀는 사람들이 웃는 것이 싫었다. 그녀는 다니엘을 부려먹었다. 어려운 일이 아니었다. 그녀는 가족 중 가장 냉정한 사람이었다. 다니엘은 아버지를 그리워했지만 그녀는 그렇지 않았다. 그녀는 거추장스러운 감정 따위에 허비할 시간은 없다고 생각했다.

하지만 이제 밸런타인은 자신의 의지와는 무관하게 그 둘에게 가문의 사업을 맡길 수밖에 없는 상황에 몰렸다. 그는 스타드라이브 사업을 운영하는 것이 적성에 맞지도 않고 시간도 없었지만, 먼 친척에게 맡기기에는 너무 중요한 사업이었다. 그래서 자연히 다니엘과 스테파니에게 일을 맡길 수밖에 없었다. 적어도 둘 중 하나는 그런대로 쓸 만한 머리를 지녔고 악의적으로 일을 망치지는 않으리라고 밸런타인은 믿었다. 비록 그에게 이를 갈고 있기는 하지만 그래도 가문에 해를 끼치는 짓은 하지 않을 것이다.

처음에 다니엘과 스테파니는 그 새로운 자리를 모욕으로 받아들였다. 귀족이 장사로 손을 더럽힌다는 것이 참을 수 없었다. 하지만 곧 스테파니는 사업적인 권력이 밸런타인의 힘을 잠식하는 데도 사용될 수 있다는 것에 생각이 미쳤다. 그래서 열심히 연구했고 다니엘도 공부하도록 시켰다. 둘이 서로 짜고 운영해 사업을 자신들의 것으로 만들 수 있었다. 아직까지 밸런타인은 그것을 눈치 채지 못했다.

그들은 서로 바싹 붙어 서서 추위에 몸을 떨며, 생각에 잠긴 밸런타인을 쳐다보았다. 그들의 시선에는 적의가 묻어 있었다. 다니엘이 브랜디 병을 꺼내 스테파니에게 건넸다. 그녀는 고맙게 받아들고 크게 한 모금 들이켰다. 술은 가슴속을 불 지르며 아래로 내려가 한기를 몰아내주었다. 그녀가 술병을 돌려주자 동생도 거침없이 들이켰다.

"너무 많이 마시지 마, 다니엘." 스테파니가 말했다. "여기서는 정신 똑바로 차리고 있어야 해."

"이 정도는 문제없어." 다니엘이 말했다. "충분히 감당할 수 있어." 하지만 그는 술병을 치웠다. "누나는 너무 걱정이 많아."

"너는 너무 걱정이 없어서 탈이고."

"그렇지 않아. 나는 밸런타인이 저렇게 생각에 잠긴 걸 보면서 걱정을 하기 시작했어. 형이 뭔가를 꾸미고 있는 거야. 자기를 제외한 모든 사람에게 해가 되는 계획일 테지. 아니면 우리가 스타드라이브 회사에 너무 깊이 관여한 것을 알아챘을지도 모르고. 우리한테 회사를 관리하라고 한 거지 가지라고 한 건 아니잖아."

스테파니는 차갑게 웃었다. "오빠가 무슨 일이 일어났는지 알게 될 때쯤이면 모든 게 끝나 있을걸. 스타드라이브 생산을 장악하면 우리가 오빠를 손아귀에 거머쥐는 거야. 궁정에서의 그의 지위가 스타드라이브에 달려 있어. 여제가 생산량을 늘리라고 했는데 반대로 생산이 줄어버리면 오빠 꼴이 우습게 되겠지. 물론 회사는 전혀 타격을 입을 필요가 없을 테고. 우리한테 화살이 돌아오지 않으면서도 오빠를 물 먹일 수 있는 일은 아주 많아. 모든 잘못을 오빠한테 돌리는 것도 식은 죽 먹기지. 결국 회사의 장부를 관리하는 건 우리잖아. 그런 일이 꾸준히 반복되다보면 라이언스톤은 밸런타인보다 우리한테 회사를 넘기는 것이 제국의 이익을 위해 훨씬 유리하다고 판단하게 될 테지. 우리가 그를 끌어내리는 거야, 다니엘. 그를 저 밑바닥으로 밀어뜨려버리는 거라고."

다니엘이 불안한 듯 얼굴을 찌푸렸다. "형이 뭘 추구하고 있는지 아직도 모르겠어. 자기의 발판인 회사까지 우리한테 맡기고 모든 시간을 쏟아 부으며 얻으려 하는 것이 뭘까? 잘 모르겠지만 굉장히 중요한 것이겠지?"

스테파니는 어깨를 으쓱했다. "요즘 오빠가 무슨 생각에 미쳐 있는지 누가 알겠니? 오빠한테 정상적인 사람의 생각이 있는지도 의문인걸."

"우리가 형을 잡을 거야." 다니엘은 누나처럼 자신감 넘치는 태도로 말하려고 애썼다. "우리가 그를 끌어내릴 거라고. 아빠는 형 같은 타락자가 가문을 이끌도록 할 생각이 추호도 없었어. 우리가 맡아야 해. 우리 둘이 같이 말이야."

"물론이지. 우리 둘이 함께."

다니엘이 그녀를 쳐다보고 놀란 목소리로 물었다. "괜찮아? 추워서 그러는구나. 나한테 와. 내가 따뜻하게 해줄게."

그가 망토를 벌리자 그녀는 그 안으로 안겼다. 망토 속에서 두 사람은 오누이보다 더 가까이 서로를 껴안았지만 아무도 눈치 채지 못했다.

멀지 않은 곳에서 다니엘의 아내인 릴리 울프와 스테파니의 남편인 마이클 울프가 함께 서서 그들의 배우자들이 밸런타인을 바라보고 있는 것을 지켜보고 있었다. 마이클 울프는 스테파니와 결혼하면서 성을 울프로 바꿔야 했다. 편견 없는 사람의 눈으로도 그들이 둘 사이에 적합한 거리보다 훨씬 가까이 붙어 있다는 것을 쉽게 알 수 있었다. 그리고 그들의 몸짓이나 가끔씩 주고받는 끈적거리는 시선을 주의 깊게 본다면 서로 깊은 관계라는 것을 충분히 짐작하고도 남았다. 릴리와 마이클은 오랫동안 연인이었다. 그 사실은 다니엘과 스테파니만 다른 일에 정신 팔려 있어서 몰랐지 알 만한 사람은 이미 다 알고 있었다. 심지어 밸런타인도 알고 있었다. 그가 아직 말해주지 않은 단 하나의 이유는, 다니엘과 스테파니에게 알리는 것과 그냥 이대로 놔두는 것 중 어느 쪽이 더 재미있을지 아직 선택하지 못해서일 뿐이었다.

릴리는 2미터에 육박하는 큰 키에 가녀린 몸매였지만 그럼에도 불구하고 굴곡이 있었다. 어깨 아래까지 늘어뜨린 은색 가발이 주근깨가 약간 덮인 창백한 얼굴을 살짝 덮고 있었다. 그녀는 훨씬 관리하기 쉽다는 이유로 머리를 삭발하고 항상 가발을 착용했다. 최신 유행에 따라 옷은 자연스럽고 맵시 있게 입었다. 대부분의 여성들이 최전성기에도 그 정도로 의상을 훌륭히 소화해내지 못할 것이라는 점에서 시기심을 느낄 만했다. 릴리는 두드러진 광대뼈와 반짝이는 까만 눈을 가진 눈에 확 띄는 예쁜 얼굴이었다. 남자를 아찔하게 만드는 미소와 듣는 이의 기분을 명랑하게 해주는 웃음소리를 가졌다. 하지만 다니엘은 그녀를 좋아하지 않았고 그녀는 그것을 모욕으로 여겼다.

마이클은 180센티미터를 간신히 넘는 키였지만 떡 벌어진 체구에 보디숍에서 얻을 수 있는 최고의 근육을 갖고 있었다. 요즘은 운동할 시간이 없어서 근육이 조금 처지기는 했지만 단 한 번만 보디숍에 다녀와도 다시 울퉁불퉁한 몸매를 회복할 수 있을 것이다. 그는 까무잡잡한 피부를 지녔고 미남형이었다. 그리고 숱이 많고 칠흑 같은 머리카락을 가지고 있었는데, 그것에 대해 자부심이 대단했다. 그는 자신의 남성적인 몸매를 과시하기 위해 공개적인 자리에서도 옷을 많이 벗는 편이었다. 그 결과 지금 추위에 덜덜 떨면서도 이빨을 달그락거리지 않기 위해 턱에 힘을 주고 입을 꽉 다물어야 했으며, 푸르죽죽하게 변색된 피부는 검은 머리카락과 불편한 대조를 이루고 있었다. 눈이 그의 머리 위로 쌓였다. 하지만 그는 무릎까지 올라오는 가죽장화를 즐겼기 때문에 최소한 발만큼은 따듯했다. 그는 권좌에 고요히 앉아 있는 여제를 올려다보며 앞가슴으로 단단히 팔짱을 꼈다.

"그런 식으로 조금만 더 당신을 쥐어짜다보면 당신 몸속에 있는 것들이 귀로 삐져나오겠어요." 릴리가 조용히 말했다.

"따분해 죽겠어." 마이클이 꽉 다문 잇새로 말했다. "따분하고 추워서 미치겠어. 손발 끝이 모두 얼어붙은 것 같아. 누구 아랫사람 좀 찾아봐. 망토 좀 뺏어 입게."

"얌전히 굴어요. 이번에는 절대로 다른 사람의 시선을 끌어서는 안 돼요. 오늘 아침에 제가 제물로 바친 양의 점괘를 보니 오늘은 절대로 사람들 눈에 띄지 말라더군요."

"왜 점괘가 이번 궁정모임이 아이스박스 안에서 치러진다는 것을 미리 알려주지 않았을까? 뭔가 대단하고 신비로운 걸 말해주는 것 같지만 실용적인 것을 예측하는 데는 아무 쓸모가 없잖아. 그렇지 않아? 나라면 돈을 돌려달라고 했을 거야. 아니면 양 한 마리를 더 잡든가."

"비꼬지 말아요, 내 사랑. 당신은 그런 걸 이해하지 못해요. 그리고 말 좀 가려서 하세요. 당신은 이제 귀족이잖아요."

"그냥 회계사로 남는 게 나을 뻔했어. 그랬다면 여제를 보러 올 일도 없었을 테고, 지금 발가락에 감각도 그대로 살아 있을 테지."

"당신이 스테파니와 결혼하지 않았다면 저를 만날 수도 없었을 거예요."

마이클은 그 생각을 해보고는 미소 비슷한 것을 지어보려 했다. "그래, 그렇군. 나한테 일어난 일들 중 단 한 가지 행운은 당신을 만났다는 거야."

릴리는 손을 뻗어 그의 뺨을 부드럽게 두드렸다. "행운은 이것과 아무 상관없어요. 오직 힘과 영향력과 신비만이 있고 그것이 우리 삶을 지배하죠."

"우리 삶을 지배하는 것은 바로 저 앞 권좌에 앉아 있는 사람이야. 모피를 뒤집어쓰고 우리를 골탕 먹이고 있는 저 여자 말이야. 왜 우리가 여기 있어야 하지, 릴리? 우리는 오건 말건 아무도 신경 쓰지 않는 그런 사람들 아니야? 오늘은 정말로 우리 둘이 오붓한 시간을 보낼 수 있었는데. 우리가 서로의 배우자들을 따돌리고 우리끼리만 만날 수 있는 기회가 그렇게 흔하지는 않잖아. 내가 당신을 얼마나 보고 싶어 했는지 알아?"

"저도 당신이 그리웠어요. 하지만 조심해야 해요. 우리는 이제 울프라고요. 우리가 불참해서 가문의 명예에 손상이 간다면 다니엘과 스테파니가 가장 흥분할 거예요. 그러다가 그들이 조사해서 우리 관계를 알아내기라도 하면 어쩌려고요. 그들이 알아채면 정말 더럽게 굴 거라는 느낌이 드네요. 우리가 운이 좋다면 그냥 죽여줄지도 모르죠. 하지만 아마 우리와 이혼하고 땡전 한 푼 주지 않고 가문에서 내쫓을 거예요. 우리는 추방자가 되는 거죠. 아무도 우리를 거들떠보지 않을 걸요. 가족들조차도요. 저는 지금의 생활이 아주 좋아요. 이 생활을 위험에 빠뜨릴 수 있는 어떤 행동도 하고 싶지 않아요. 거기에는 당신과 야반도주하는 것도 포함돼요. 그러니까 우리는 아주 조심스럽게 모든 예방조치를 하고 만나야 해요. 인내심을 가져요. 언제까지나 이렇지는 않을 거예요. 그리고 우리가 왜 여기 왔느냐에 대해 말하자면 점괘가 아주 구체적이었어요. 뭔가 중요한 일이 궁정에서 일어날 거예요. 엄청나게 중대한 사건 말예요. 당신과 내가 올라타고 성공으로 나아갈 수 있는 거대한 파도를 만들어낼 중대한 사건일 거예요."

마이클은 그녀를 사랑스런 눈길로 쳐다보았다. 그녀는 시골 아낙네 같은 옷차림에 숄을 걸치고 있었다. 릴리는 자신을 위대한 신비주의의 마지막 계승자로 여기기를 좋아했다. 아득한 과거로부터 은밀한 힘을 전승한 이교도 마녀…… 실제로 그녀는 몇 권의 책을 읽고 열광적으로 그 역할을 사랑하게 됐다. 사실 그것은 그녀가 약간의 ESP를 지닌 것에 허무맹랑한 상상력이 결합된 것에 지나지 않았다. 하지만 그는 그녀에게 그런 말을 해줄 정도로 바보는 아니었다. 그녀를 무척 좋아했고, 그녀가 화났을 때는 며칠씩 말을 안 할 때도 있다는 것을 잘 알고 있기 때문이었다. 어쨌든 그는 그녀의 직감만큼은 신뢰했다. 그녀는 궁정의 일을 이해하는 데도 자기보다 뛰어난 면을 보여주었다.

마이클과 릴리는 심심했기 때문에 서로 친해졌다. 제이콥의 유지에 따라 울프 가의 사람이 되기는 했지만 누구도 그들을 따뜻하게 환영할 의무는 없었다. 그 결과 그들은 사업적으로나 사교적으로나 어디에도 가문에서 발붙일 곳이 없었다. 원래 제이콥이 그들의 결혼을 주선한 이유는 스타드라이브 생산과 관련된 부수적인 사업 분야에서 입지를 굳히기 위해서였다. 하지만 지금은 그 사업들이 모두 울프 가에 인수되어 흡수되었기 때문에 결국 릴리와 마이클은 거추장스러운 존재가 돼버렸다. 그들은 진짜 울프가 아니어서 신뢰를 얻지도 못했고 사업을 맡을 수도 없었다. 그럼에도 불구하고 이미 울프라는 이유로 자기 가족들과의 접촉도 차단당했다. 게다가 그들을 선택한 이는 제이콥이었기 때문에 다니엘과 스테파니는 그들에게 아무런 관심도 보이지 않았다. 그들이 하는 일이라고는 공식적인 행사에 필요할 때 배우자로 참석해 억지 미소를 짓는 것으로 가정에 문제가 없음을 보여주는 역할이 고작이었다. 그렇게 함으로써 교회를 안심시키고 혹시라도 울프 가에 약점이 있지 않은지 호시탐탐 노리는 다른 가문들을 눈속임하는 것이었다. 나머지 시간에 다니엘과 스테파니는 둘만 꼭 붙어 다니며 자신들의 사업에 바빴기 때문에 릴리와 마이클도 무언가 소일거리를 찾아야 했다. 그렇게 모든 것은 이미 정해진 불가피한 귀결이었다. 달리 그들이 할 수 있는 것이라고는 다른 가문과 음모를 꾸미는 것이겠지만 그러기에는 밸런타인이 너무 두려웠다.

최소한 여태까지는.

한편 울프 가가 행하는 모든 일을 커다란 관심을 갖고 지켜보는 이들이 있었으니 바로 초지로 가문의 대표들이었다. 초지로 가문은 엄청난 세월이 흘렀음에도 불구하고 까마득한 옛 선조들의 복식과 전통을 그대로 따르고 있었고, 근면성과 영리함, 그리고 자신들에게 방해가 되는 자는 가차 없이 처단하는 무자비함으로 제국에서 탄탄한 입지를 다졌다. 그들은 다른 가문들과는 거의 동맹을 맺지 않고 홀로 서는 것을 선호했다. 캠벨 가문이 무너지자 여유롭게 무주공산에 진입해 경쟁자들을 교묘한 위협으로, 때로는 조용한 유혈전을 치르기도 하면서 밀어내고 제국에서 울프 가에 이어 두 번째로 위세가 큰 가문으로 성장했다. 그리고 초지로 사람들은 어떤 분야에서든 이인

자로 안주할 생각이 전혀 없었기 때문에, 두 가문 사이에는 조용하고 보이지는 않지만 무서운 전쟁이 이미 벌어지고 있었다.

하지만 초지로 가문의 전문분야는 컴퓨터였다. 그들은 컴퓨터를 만들고 프로그래밍하고 설치하고 유지하는 모든 일을 했다. 그것에는 우주선의 컴퓨터도 포함되었다. 그 결과 두 가문은 현재 불편한 협력관계에 놓여 있었다. 그리고 여제의 진노를 살까 두려워 다른 가문의 사업영역을 감히 침범하지 못하고 있었다. 사실 상황이 너무 복잡하게 흘러가서 양측은 일단 자신들이 현재 서 있는 위치라도 파악하기 위해 잠정적인 휴전에 돌입한 상태였다.

그런데 세무본청의 컴퓨터가 돌이킬 수 없이 파괴된 사건은 초지로 가문의 명성에 먹칠을 했다. 오늘 궁정에 초지로 사람들이 대거 출석한 것도 모든 이들에게 그들 가문의 위세를 과시하기 위한 목적이 컸다. 그들은 현재 자신들의 비용으로 세무본청 컴퓨터를 교체하고 그런 일이 재발하는 것을 방지하기 위한 추가적인 작업을 하고 있었다. 가문 내부에서는 보안시스템 설치에 책임을 진 사람들이 속죄의 뜻으로 모두 자결했다고 했다. 초지로 가문에서는 나약함이나 실패는 설 곳이 없었다. 그들은 문자 그대로 목숨을 내놓고 일하는 사업가들이었다. 또한 적대적 인수를 예술의 경지로 승화시키는 사람들이었다. 그래서 초지로가 웃는 모습을 보면 삼십육계 줄행랑을 치라는 말이 있을 정도였다.

BB 초지로가 가문의 대변인으로 궁정에 출석했다. 그녀는 완벽한 미소로 가공스러운 가문의 이미지를 순화하고 대변토록 훈련받았다. 그녀는 외교가이자 협상가였으며 기만의 화신이었다. 에스퍼인 줄리안 스카이의 탈주로 가문에서의 입지가 다소 흔들리기는 했지만, 그 사건은 대체로 구치소의 경비시스템 잘못으로 여겨졌기 때문에 유능한 인재로서의 그녀의 명성은 여전히 변함이 없었다. 초지로 가문의 거친 면을 보여주는 또 다른 인물은 BB와 짝을 이룬, 기모노 복장을 걸친 레이저 수색관이었다. 그의 얼굴과 팔에는 최근 입은 화상의 흔적이 선명했지만 아무도 그 연유를 물을 만큼 어리석은 사람은 없었다. 수색관은 자신의 통증을 인정하는 법이 없었다. 사실 정말로 뭔가를 느낄 수 있는지조차도 확실치 않았다. 수색관과 대화를 한다는 것은 어려운 일이었다. 모든 사람들이 BB와 레이저에게 여러 가지 이유로, 또는 그들 둘만의 대화를 방해하지 않기 위해 충분한 공간을 마련해주었다. BB는 끊임없이 미소를 지으며 조용히 레이저와 대화를 나누었다. 레이저는 정면만 응시했고 그의 차가운 눈빛은 어떤 위협이라도 즉각 대응할 준비가 되어 있음을 보여주고 있었다.

"줄리안을 찾는 데 아무런 진전이 없었다고 이해하면 되나요?" BB가 미소 짓는 입술을 작게 달싹거리며 말했다.

"뭔가 있었다면 알려줬을 겁니다. 보안대가 지금 최선을 다하고 있지만 도시 전체가 아수라장입니다. 그가 도시 어딘가에 있다면 조만간 붙잡아올 수 있을 겁니다. 아니면 시체라도 가져오든지요."

"산 채로 데려오세요. 그에게 물어볼 말이 많아요. 어떻게 도망갈 수 있었는지도 궁금하고요."

"그를 찾기야 하겠지만 생사에 대해서는 장담할 수 없습니다. 도시에서 이미 많은 사람들이 죽었지요."

BB는 한숨을 쉬었다. 레이저는 일단 마음을 먹으면 고집불통이었다. "좀 더 재미있는 얘기를 해보지요. 울프의 공장에 대한 침투작전은 어떻게 돼가고 있나요?"

"놀랄 정도로 잘 진행되고 있습니다. 다니엘과 스테파니는 자신들의 음모에만 정신이 팔려 있기 때문에 아무런 눈치도 못 채고 있습니다. 밸런타인도 자기 일에 바빠서 공장은 죽이 되건 밥이 되건 신경 쓰지 않는 분위기고요. 그들은 나름대로 잘 하고 있지만 산업스파이에 대해서는 전혀 경험이 없습니다. 우리는 지금 생산라인부터 이사회까지 조직 전체에 걸쳐 사람들을 심어놓았습니다. 그리고 그들은 초지로 가문과는 관련이 없는 것으로 되어 있지요. 울프 가의 보안은 훌륭하지만 그것을 지휘할 유능한 관리자가 없기 때문에 지금 표류하고 있습니다."

"너무 쉬운 것 아니에요?" BB가 말했다. "밸런타인이 공장에 그토록 무관심하다니 믿을 수가 없어요. 그곳이 그의 가문의 부와 지위의 원천인데 말이죠. 그는 울프 가와 캠벨 가의 금고에 있던 것을 몽땅 탈탈 털어서 스타드라이브 공장을 짓고 운영하는 데 투자하지 않았나요? 이제 거의 남은 것도 없을 텐데…… 조만간 우리가 스타드라이브 생산을 처음부터 끝까지 사보타지하게 될 텐데 우리가 하는 일을 밸런타인이 전혀 모를 수 있다는 것이 믿어지지 않아요."

"그는 다른 일을 꾸미고 있습니다. 하지만 안타깝게도 그게 뭔지는 아직 모르겠습니다. 알아내라고 보낸 부하들이 돌아오지 않고 있습니다."

"그런데도 걱정되지 않나요?"

"수색관은 걱정하지 않습니다. 위신에 손상이 가거든요. 당신은 당신 일을 하십시오. 내가 아무도 당신을 방해하지 못하도록 하겠습니다."

BB는 무뚝뚝하게 고개를 끄덕였다. "밸런타인이 뭘 하는지 모른다는 것 때문에 마냥 일을 미룰 수는 없지요. 진짜 뭘 하고 있는지도 의문이고요. 과업을 드리지요. 이번 주 내로 스타드라이브 생산공정에서 심각한 오류를 만들어내세요. 뭔가 멋진 걸로요. 대문짝만 하게 보도될 수 있어야 해요. 일단 신형 스타드라이브의 납기에 차질이 생기면 여제도 이런 중요한 일을 울프에게 맡겨놓기가 불안하다고 생각하게 될 거예요. 그러면 우리가 기다리고 있다가 인수하는 거지요. 우리 말고 적임자가 누가 있겠어요? 우리가 이미 새로운 우주선의 컴퓨터를 도맡아 생산하고 있는데 말이죠."

"밸런타인이 이미 모든 것을 알고 선제공격을 준비하고 있는 것이 아니라는 전제하에서는 그렇겠지요."

BB는 그를 엄중한 눈길로 쳐다보았다. "당신은 도대체 누구 편이죠, 수색관?"

"그런 식으로 묻지 마시오. 대답을 들으면 당신만 흥분하게 될 테니까. 그저 당신 가문의 이익을 지키는 일에 내가 목숨을 걸었다는 것만 말하겠소. 내가 당신과 함께 있는 한."

"아주 안심이 되는군요." BB는 일부러 외면하면서 콧방귀를 뀌었다. 그리고 밸런타인을 건너다보았다. 그는 어디 좀 다른 데로 가고 싶어 하는 표정이 역력한 사람들을 붙잡고 수다를 떨고 있었다. BB는 한동안 그들을 바라보았다. 그녀의 눈빛은 싸늘했다. "가끔 나는 울프 가에 대해 선제 기습공격을 벌이면 좋겠다는 생각을 해요. 아주 적대적인 인수전 말예요. 밸런타인 저 작자를 자근자근 밟아주고 싶어요."

"권하지 않습니다." 레이저가 말했다. "우리가 울프 가에 대해 아는 것이 너무 없어요. 특히 밸런타인에 대해서는요. 담이 얼마나 높은지 재보지도 않고 그 위에서 뛰어내리는 것은 바보나 할 짓입니다. 밸런타인은 보이는 것처럼 만만한 위인이 아닙니다. 그럴 수밖에 없지요. 좀 더 여유를 갖고 천천히 접근하는 것이 좋을 겁니다. 울프 가의 약점은 다니엘과 스테파니예요. 그들의 뒤엉킨 관계 속에서 분명 우리가 이용할 만한……"

"당신은 그렇기 때문에 보안 담당은 될 수 있어도 기획자는 될 수 없는 거예요." BB가 신랄하게 말했다. "우리는 그 둘에 대해 뭐든지 할 수 있어요. 서서히 말려 죽이는 것까지도요. 하지만 밸런타인 저 작자가 거기에 콧방귀나 뀔 것 같아요?"

"하지만 그들을 구워삶아서 우리 편으로 끌어들인다면…… 그들의 기묘한 관계를 이용하든지…… 아니면 릴리와 마이클에 대한 정보를 흘리는 것으로……"

"안 돼요." BB가 단호하게 말했다. "다니엘과 스테파니는 믿을 수 없는 종자들이에요. 약해빠졌지만 그래도 울프 가라고요. 내게 더 좋은 생각이 있어요."

제이콥의 미망인 콘스탄스 울프는 군중 속에 홀로 서 있었다. 그녀는 어디를 가든 항상 혼자였다. 열여덟 꽃다운 나이에 아직도 죽은 남편을 애도하며 검은 상복을 입고 있었다. 보기만 해도 숨이 막힐 것 같은 미모를 자랑하던 늘씬한 금발의 여인이었지만 지금은 정기가 빠져나간 듯 뭉개진 꽃송이처럼 보였다. 울프 가에서 진정으로 제이콥을 사랑한 사람은 그녀밖에 없는 것 같았다. 다른 사람들도 잠시 애도의 기간을 갖기는 했지만 최소한의 필요한 격식을 다 갖추었다고 판단하자 모두 안온한 일상으로 돌아가버렸다. 콘스탄스에게는 제이콥밖에 없었다. 그는 그녀의 인생이었다. 이제 그가 홀연 사라져 버리자 그녀는 자신의 인생을 어찌해야 할지 몰랐다. 그녀는 정치나 음모에는 관심이 없었고 가문의 사업에도 그녀의 자리는 없었다. 제이콥의 자녀들은 자기들보다 어린 계모를 인정하지 않았다. 그들은 제이콥이 살아생전에 그녀나 그녀 태생의 형제에게 모든 유산을 물려주지 않을까 걱정했었다. 이제 제이콥이 비명에 사라지자 그들은 안도감과 함께 마음껏 그녀를 무시할 수 있게 된 것이다.

그녀는 군중을 쳐다보고 있었지만 아무도 그녀에게 관심을 두지 않았다. 낙오자에게 시간을 할애할 사람은 없었다. 그때 한 여인이 그녀에게 시선을 맞추고 미소를 던졌다. BB 초지로였다. 콘스탄스가 그녀를 유심히 쳐다보자 BB는 눈길을 헤치며 걷는데도 우아한 자세를 잃지 않으며 천천히 콘스탄스에게로 다가왔다. 콘스탄스는 그녀를 적으로 대해야 한다는 것을 알고 있었지만 그럴 기운이 없었다. BB가 마침내 그녀 앞에 서서 다시 미소 지었다.

"예전에 진작 사귀었으면 좋았을걸요, 콘스탄스. 우리는 공통점이 많아요. 여자 혼자 산다는 것은 힘든 일이지요. 저도 알아요. 하지만 한 가문이 당신을 버렸다고 해서 모두가 그렇다고는 생각하지 말아요. 당신은 원하기만 하면 친구를 만들 수 있어요."

콘스탄스는 그녀를 싸늘하게 쳐다보았다. "내가 비록 몰락했지만 가족을 배신할 만큼 천박하지는 않아요, 초지로."

BB의 미소는 사라지지 않았다. "내가 생각하고 있는 것이 울프 가의 이익에도 도움이 돼요. 밸런타인이 당신들 모두를 재앙으로 몰고 가고 있다고요. 그는 자기 머릿속에 갇혀서 자기가 보고 싶어 하는 것만 보지요. 다니엘과 스테파니는 서로만을 쳐다보느라 정신이 없고요. 그들 손에서 신형 스타드라이브가 없어진다면 울프 가에 무슨 일이 일어날까요? 제이콥이 그렇게 피땀 흘려 일궈놓은 가문에 말예요? 당신에게는 또 무슨 일이 일어날까요, 콘스탄스?"

"빙빙 돌리지 말고 요점만 말해요, 초지로."

"당신이 울프 가의 수장이 될 수 있다는 거예요. 밸런타인은 실성했다는 이유로 없애버리고 다니엘과 스테파니는 무능하다는 이유로 따돌리면 돼요. 이미 그들이 경쟁자들을 몇 년에 걸쳐 모두 제거해버렸기 때문에 당신은 그저 나서서 인수하기만 하면 되는 거죠. 하지만 당신이 혼자 가문을 운영할 수는 없지 않겠어요. 여태까지 계속 주변에서만 맴돌았기 때문에 당신은 일이 어떻게 돌아가는지 모르잖아요. 하지만 초지로와 결혼한다면 당신이 훗날 낳을 자녀를 통해 두 가문은 합쳐질 수 있어요. 그때까지는 당신이 우리의 도움을 받아 울프 가를 운영하는 겁니다. 잘 생각해보세요. 다시는 혼자일 필요가 없어요. 당신은 아직 젊어요, 콘스탄스. 앞길이 구만 리 같다고요. 당신을 경멸하는 사람들을 위해 소중한 인생을 내던져버리는 우를 범하지는 마세요."

"당신도 뭔가를 바라는군요." 콘스탄스가 말했다. "모두가 뭔가를 원하지. 자, 핵심을 말해봐요. 내게서 원하는 게 뭐죠?"

"정보요." BB 초지로가 말했다. "당신은 여전히 울프 가의 핵심 인물이니 내 부하들이 어렵게 얻을 수 있는 것을 쉽게 알 수 있겠지요. 우리는 궁금한 게 몇 가지 있어요. 그 대가로 당신을 우리 편에 끼워드리죠. 초지로 가문의 일원으로 융숭하게 대접해드리겠어요. 당신이 원하는 것도 그런 것 아닌가요?"

콘스탄스는 가타부타 답을 하지 않은 채 그녀를 빤히 쳐다보았다.

BB가 레이저를 손짓으로 불렀다. 수색관은 바닥에 눈이 쌓여 있는지 없는지도 알 수 없을 만큼 평상시의 걸음걸이로 다가와 콘스탄스에게 정중하게 인사했다. 그녀는 가볍게 답례하고 경계하는 눈빛으로 그를 쳐다보았다. BB는 안심시키려는 듯 미소를 지으며 주인 같은 태도로 레이저의 팔에 손을 얹었다.

"수색관, 제이콥 울프가 살해될 때 당신도 거기 있었지요? 당신이 본 것을 콘스탄스에게 말해줘요."

"그는 캠벨 가의 손에 죽은 것이 아닙니다." 레이저가 무심히 말했다. "자기 장남에게 등을 찔려 죽었습니다. 현재 가문의 수장인 밸런타인에게 말입니다. 다른 사람들은 보지 못했지만 나는 목격했습니다."

"수색관은 거짓말을 하지 못한다는 걸 알지요?" BB가 말했다. 그녀는 자신이 즐기고 있는 것을 너무 내색하지 않으려고 애썼다.

콘스탄스는 입술을 꽉 깨물었다. 분노로 입술이 떨려 두려워서 그런 것인지 눈물을 참으려고 한 것인지 그녀 자신도 확실히 알지 못했다. 그녀는 아무도 제이콥을 죽였다고 나선 사람이 없다는 점이 항상 마음에 걸렸다. 울프 가의 수장이 싸움터에서 무명소졸처럼 죽을 수는 없기 때문이었다. 하지만 그녀가 아무리 물어봐도 그가 어떻게 죽었는지 아는 사람이 없었다. 그래서 그녀도 캠벨이 죽으면서 울프를 같이 끌고 간 것이라고 생각했다. 여태까지는. 그녀는 이제 레이저의 말을 의심할 여지가 없었다. 그는 수색관이다. 수색관의 명예로 거짓말은 상상할 수 없다. 게다가 그의 말은 충분한 개연성이 있었다. 밸런타인은 자신의 아버지를 죽여야 할 수많은 이유를 가지고 있었고, 그런 일을 눈곱만큼도 거리낄 위인이 아니었다. 그는 치열한 싸움터에서 그 일을 아주 손쉽게 해치워버렸을 것이다. 콘스탄스는 BB 초지로를 빤히 쳐다보았다.

"더 말해주세요."

라이언스톤 14세는 권좌에 편히 앉아 앞쪽에서 교회와 군대가 설전을 벌이는 모습을 지켜보며 한 사람 한 사람의 얼굴을 여유롭게 훑어보았다. 베케트 장군은 평정을 잃지 않고 대답하는 중간 중간에 여유 있게 시가를 즐기고 있었고, 카사 주교의 외눈박이 눈은 광신자의 꺼질 줄 모르는 불길로 이글거리고 있었다. 라이언스톤은 그들이 싸우는 모습을 즐겁게 바라보았다. 그들이 서로 싸우는 동안은 힘을 합쳐 그녀에게 대드는 일은 없을 것이다. 각개격파 전술은 전쟁터에서뿐만 아니라 궁정에서도 요긴한 방법이다. 카사와 베케트가 서로 뼛속까지 증오하는 사이라는 것은 그녀에게 매우 다행스러운 일이었다. 서로 떨어져 있을 때는 그녀의 권위에 아무런 해가 되지 않지만 만약 둘이 합심한다면 무시할 수 없는 적수가 될 수 있었다. 그래서 라이언스톤은 그들을 교묘히 분열시키는 것이 매우 긴요하다고 생각했다. 그렇게 어려운 일도 아니었다. 이쪽에 친절한 말 한마디 해주고 저쪽엔 은근한 시선 한 번 던져주기만 하면 그들은 알아서 서로 물고 뜯으며 싸웠다. 그들이 지금 그녀 앞에서 진흙탕의 개처럼 서로 으르렁거리며 상대방을 못 잡아먹어 안달하는 이유가 바로 그 때문이었다. 라이언스톤은 속으로 웃음을 흘렸다. 남자들이란 정말 단순한 동물이다.

"외계인의 공격이 인류에 대한 직접적인 위협이라는 것은 바보들도 다 아는 사실이오." 카사 주교가 말했다. 그의 목소리는 주변 공기보다도 더 차가웠다. "여기 앉아서 그들이 다시 공격하기를 마냥 기다리고 있을 수만은 없소. 우리가 나서서 그들을 사냥하고 제거해야 하오. 그 외의 다른 방법은 인류를 자멸의 길로 이끌 뿐이오."

"정말로 자살하기 딱 좋은 방법은," 베케트 장군이 조용히 말했다. "아무것도 모르는 상황에 고개부터 들이밀고 보는 거지요. 당신도 외계인의 함정 하나가 우리를 어떻게 할 수 있는지 보지 않았소. 사일런스의 돈틀러스 호가 물리치기는 했지만, 돈틀러스 호가 우리가 가진 것 중 최고의 배고 그 배에 최고의 승무원들이 탑승했기 때문에 가능한 일이었소. 우리가 당장 해야 할 일은 탐사요. 정보가 필요하단 말이오. 그래야 뭔가 계획이라도 세워볼 것 아니오."

"신념의 문제지요." 카사가 말했다. "당신이 이해하리라고는 기대하지 않소."

"이건 상식의 문제요, 주교." 베케트가 말했다. "당신이 이해하리라고는 기대하지 않소."

"겁쟁이가 하는 소리로 들리는군. 부하들을 위험한 림에 보내놓고 당신은 집에서 편히 쉬겠단 말이지. 하지만 여기도 더 이상 안전하지 않소, 베케트. 우리가 찾아가거나 그들이 찾아오거나 둘 중 하나 뿐이오."

베케트는 입에서 시가를 빼들고 유심히 쳐다보았다. "용기는 가상하오만, 주교, 나는 실용성을 택하겠소. 어디선가 공격이 닥쳐온다면 필경 림을 통해서일 거요. 그래서 순찰을 강화하도록 명령했소. 순찰대가 조기경보 역할을 할 거요. 내 경험상 전쟁이란 실행 가능성의 싸움이지 영웅놀음이 아니오. 하지만 당신은 몽상가일 뿐이지. 삶의 현실성에 대해서는 아무것도 모르고 있소. 당신 직업을 보건대 당연한 일이겠지만."

카사는 이글거리는 눈으로 그를 쏘아보다가 라이언스톤에게로 눈을 돌렸다. "군대를 제게 맡겨주십시오. 제가 신심과 엄격한 규율로 무장하고 교회의 이름으로 무엇이든 할 수 있는 무적의 군대로 만들어드리겠습니다."

"나는 이미 황제폐하의 이름으로 싸우고 있소." 베케트 장군이 의기양양하게 담배연기를 카사 쪽으로 내뿜으며 말했다. 주교는 잠시 어리둥절하다가 자신이 아주 위험한 말실수를 저질렀다는 사실을 깨달았다. 그 틈을 파고들며 베케트가 말을 이었다. "내 경험에 비춰보면 광신자들은 진지를 구축할 때는 아주 쓸모가 있지만 전쟁에서는 형편없는 군인이오. 광신자들은 자신들의 대의에 따라 순교하는 것을 좋아하지요. 나는 적보다 오래 살기 위해 최선을 다하는 직업군인을 훈련시키는 게 옳다고 보오."

카사는 말문이 막혀 금방이라도 베케트를 덮칠 듯한 기세로 온몸을 푸들푸들 떨었다. 라이언스톤은 권좌에 기대앉아 그가 이성을 잃어가는 모습을 느긋하게 즐겼다. 베케트는 행복하게 시가를 음미했다. 그때 베아트리체 수녀원장이 군중 속에서 걸어 나와 논쟁에 가세하면서 그렇지 않아도 맹렬한 불길에 기름을 끼얹었다. 베아트리체 크리스티나는 제이콥 울프의 주선에 따라 밸런타인 울프와 결혼하기로 되어 있었다. 베아트리체는 자신감 넘치고 강직하지만 종종 폭력성향을 보이기도 했는데 자신도 그것을 잘 알고 있었다. 그녀는 마약중독자에 타락자에다가 약간 실성한 자와는 무슨 일이 있어도 결혼하지 않겠다고 공언했다. 덧붙여 신랑감을 살해하는 것을 포함해 결혼을 무효화할 수 있는 모든 일을 하겠다고 말했다. 하지만 사람들은 그 말을 진지하게 받아들이지 않았다. 결국 그녀가 결혼식장에서 밸런타인에게 주먹을 날리고 주례를 보던 신부의 사타구니를 걷어찬 후 '자비수녀단'에 몸을 의탁했을 때야 모두들 그녀 말을 믿게 되었다. 수녀원은 전통에 따라 신성불가침 지역이고, 자비수녀단은 제국에서 유일하게 어느 편에도 치우치지 않은 중립 세력이다. 그래서 모든 사람들에게 자비의 손길을 보낸다. 그들은 어디서나 사랑과 신뢰를 얻었다. 그래서 종종 가문의 불화를 해결하거나 휴전을 중재하는 데 커다란 역할을 하기도 했다.

베아트리체는 빠르게 승급을 거듭해 지금은 수녀원장이 됐고 검은 제복에 빳빳하게 풀 먹인 윔플(머리가리개)을 쓰고 있었다. 그녀가 영적이기도 했지만 재산이 많았던 것도 승급하는 데 한몫했다. 그녀는 다른 사람이 뭐라고 하건 막무가내로 궁정에 참석해 군대나 기성 교단에 대해 이성적인 제삼의 목소리를 내고자 했다. 밸런타인은 그것이 순전히 베아트리체의 개인적 소신에 관련된 문제이기 때문에 상관하지 않았다. 그는 베아트리체에게 그녀의 새로운 의상이 매우 관능적이라는 칭찬과 함께 결혼식 비용 청구서를 보냈다. 그 이후로 베아트리체는 품위 있게 그를 무시하기 위해 많은 주의를 기울였다.

지금 그녀가 총명한 두 눈을 반짝이며 여제 앞에 서 있었다. 그녀는 여제에게 절한 후 장군과 주교를 도전적으로 쳐다보았다. 베케트는 경애하는 적에게 어울릴 만한 예를 갖추어 고개를 끄덕였다. 카사는 그녀를 노려보았다. 그는 그녀를 위험한 이단자로 여겼지만 자신의 상급자와 자비수녀단으로부터 엄중한 경고를 받은 터라 공개적으로 그녀를 비난하지는 못했다. 그것이 그를 더욱 미치게 만들었다. 베아트리체는 상관하지 않았다. 수녀단이 교회로부터 독립되어 있는 한 카사가 그녀를 어찌해볼 도리는 없었다. 그들 둘 다 그 사실을 잘 알고 있었다. 그녀가 라이언스톤에게 미소를 보내자 여제는 고개를 끄덕여 윤허의 뜻을 나타냈다.

"폐하, 제가 끼어들어도 괜찮다면 한 말씀 올리겠습니다. 교회나 군대나 둘 다 너무 자기 입장만 고수하다보니 진실을 놓치고 있는 것 같습니다. 이번에 온 외계우주선이 외계인의 힘을 보여준 것인 만큼 그들 함대가 나타났을 경우 우리는 정말로 곤란한 지경에 빠지고 말 것입니다. 우리는 제국 전체를 방어해야 하지만, 외계인들은 그들이 선택한 곳 아무 데나 자유롭게 힘을 집중해 공략할 수 있을 테니까요. 배 한 척만으로도 그들은 우리의 주 공항과 도시를 쑥대밭으로 만들어버렸습니다. 그런 배들로 편성된 함대가 나타나 행성 하나에 할 수 있는 일들을 상상해보십시오. 우리는 이제 현실을 직시해야 합니다. 우리보다 강한 상대를 만난 것입니다. 게다가 또 하나의 외계종족이 어딘가에 더 있다는 것도 잊어서는 안 되겠지요. 폐하께서 예전에 이미 언급하신 바이지만 이제야 더욱 실감나기 시작합니다. 우리는 생존을 위해서라도 우리가 가진 모든 자원을 끌어 모아 적에 대항해야 합니다. 이 자원이라는 말에는 우리에게 반기를 들어왔던 사람들도 포함됩니다. 제가 말하고자 하는 사람들은 반란자, 클론, 그리고 에스퍼 지하동맹입니다."

"당신 미친 것 아니오?" 카사가 폭발했다. "그런 쓰레기들과 협상을 하자는 거요? 그들은 인간이 아니오."

"그들은 스스로를 인간이라고 생각합니다." 베아트리체가 말했다. "그리고 우리가 정중히 요청한다면 그들도 인류를 위해 외계인에 맞서 싸울 것이라고 생각합니다. 그들도 이 점에서는 우리와 이해를 같이하니까요. 만약 제국이 멸망한다면 그들도 우리와 함께 멸망할 것입니다. 그들은 우리가 필요로 하는 능력과 힘을 갖고 있어요. 그들이 뛰어난 공격부대가 되리라는 것에 이의를 제기할 사람이 있나요? 분쇄하려고 그렇게 노력했음에도 불구하고 아직 끈질기게 살아남은 것만 봐도 그들의 능력은 충분히 입증되었다고 봅니다."

"한 가지 지적하고 싶소만," 베케트가 느릿느릿하게 말했다. "외계인의 공격이 가능했던 것은 반란자들이 곧고다 행성의 방어시스템을 무력화시켰기 때문이라는 것을 기억하기 바라오."

"반란자들이 외계인과 공모하고 있을지도 모르지." 카사가 말했다.

"그렇다면 더더욱 그들을 우리 편으로 끌어들여야지요." 베아트리체가 지지 않고 말했다.

"그들은 인류에 대한 범죄를 저질렀소." 카사가 고집스레 말했다. "죄악은 단죄되어야 하오."

"다른 한편으로 보자면," 베케트가 손가락 사이의 시가를 섬세하게 굴려 바삭거리는 담뱃잎 소리를 내며 말했다. "우리가 반란자들을 품에 안지 못한다면 외계인들과 싸우느라 정신이 팔려 있는 동안 배후에서 반란자들로부터 공격을 당할 가능성도 있겠군요."

"모두 죽여버려야 합니다." 카사가 말했다. "클론과 에스퍼는 사람이 아니오. 그들은 림 밖에서 건너올 외계인과 하등 다를 바 없는 존재들이오."

"교회가 항상 하는 뻔한 얘기군요." 베아트리체가 말했다. "생각하기보다는 싸우려 들고 타협하기보다는 패배를 택하는 광신자들 같으니. 당신들은 그런 마음가짐부터 버려야 해요."

"훌륭한 말씀이오." 밸런타인 울프가 말했다. "내가 하고 싶은 얘기를 잘 추려서 해주셨군요."

모두들 금방 군중 속에서 튀어나와 그들 뒤에 선 밸런타인 울프를 뒤돌아보았다. 베아트리체는 눈에 띄게 뒤로 물러서며 울프에게서 거리를 두었다. 밸런타인은 그녀를 향해 눈부신 미소를 보냈다. 카사는 그를 노려보았다.

"뭘 원하나, 타락자?"

"글쎄, 원한다면 목록을 작성해서 주지, 카사. 하지만 당신은 내 타입이 아니오. 나는 단지 베아트리체가 주장하는 말에 전적으로 동의한다고 말하고 싶은 것뿐이오."

"아주 고맙군요." 베아트리체가 냉소적으로 말했다. "당신이 내 편을 든다면 다른 사람들이 내 말을 믿지 않게 될 거예요. 일부러 이러는 거지요, 그렇죠? 내가 당신과의 결혼을 거부했다는 이유로 내 인생을 망치기로 작정한 것 같군요."

"당신은 내게 더 깊은 상처를 주는군." 밸런타인이 말했다. "한 남자가 상식적이고 이성적인 것을 옹호하는데 무엇이 문제란 말이오?"

"당신이 이성적인 것에 대해 도대체 뭘 알고 있죠?" 베아트리체가 따졌다. "우울증에 빠져 절벽으로 내달리는 나그네쥐도 당신보다는 이성적이겠어요. 상식은 말할 나위도 없고요."

"두 분이 사적인 대화가 필요하다면……" 베케트가 말을 시작하다가 베아트리체의 이글거리는 눈을 보고 그냥 입을 다물었다.

"차라리 피라냐 떼에게 살을 뜯어 먹히는 편이 낫겠어. 한 발짝도 움직이지 말아요, 장군. 당신도 마찬가지야, 카사. 당신들 모두 역겹기는 마찬가지지만 울프 가문에서 벌어지고 있는 유전적인 재앙보다는 그래도 조금 나으니까. 위험물질조사위원회에서 저자를 독성폐기물로 지정할 계획이라는 소리를 들었어요. 그때가 되면 보건위생상의 이유로 저자가 주거지를 어슬렁거리는 것을 금지할 수 있겠죠."

"아," 권좌에서 여제가 탄식했다. "젊은이들의 사랑이라……"

한편 그렇게 멀지 않은 곳에서 그레고르 슈렉이 권좌 앞에 모여 있는 사람들을 노려보고 있었다. 그도 그곳에 끼어 토론에 목소리를 내고 지혜를 보태야 했다. 제국에서 가장 유서 깊은 가문의 수장이고 유력자이니 말이다. 하지만 그는 자신의 진정한 가치를 인정하기를 거부하는 배은망덕한 반역자들에 의해 정당한 사회적 지위를 박탈당하고 말았다. 그들은 그의 면전에서는 미소를 짓지만 등 뒤에서는 비웃고 쑥덕거렸다. 대가를 치르게 될 것이다. 언젠가는 혹독한 대가를 치르게 만들고 말 것이다. 하지만 기다려야 했다. 현재로서는 분노에 치를 떠는 것 말고는 할 수 있는 일이 없었다. 에반젤린이 그를 떠났다. 은혜를 모르는 못된 년이 결국 그를 짓밟고 지나가버린 것이다. 창녀 같은 아드리엔과 함께. 그들은 감히 그와 맞설 만용을 부렸지만 조만간 알게 될 것이다. 그레고르 슈렉을 능멸하고 그것을 자랑할 만큼 오래 사는 사람은 없다는 것을. 에반젤린은 지하동맹에서 비인간들 사이에 처박혀 있으면 안전할 것이라고 여길지도 모른다. 하지만 어디든 약한 고리는 있기 마련이다. 그레고르는 시간과 돈과 오기가 있기 때문에 꼭 그것을 찾아내고야 말 것이다. 돈으로 유혹하거나 압력을 행사하거나 또는 적당한 종류의 거래를 제안하면 반드시 누군가는 응답하기 마련이다. 항상 누군가는 있는 법이다. 그러면 그녀를 낚아채올 수 있을 것이다.

사람들은 곧 에반젤린이 사라졌다는 것을 눈치 챌 것이다. 슈렉 타워의 사람들이 입을 놀릴지도 모른다. 언제까지 사람들의 입을 틀어막을 수는 없다. 그러면 궁정 사람들이 냄새를 맡고 물어보기 시작할 것이다. 그녀가 어디 있는지, 그녀에게 무슨 일이 일어났는지, 그가 그녀에게 무슨 일을 저질렀는지 등등. 항상 남의 일에 간섭하기 좋아하는 오지랖 넓은 자들이 있기 마련이다. 그는 또 다른 에반젤린을 만들 수도 있다. 여전히 원본의 조직을 보관하고 있다. 하지만 다시 기르고 교육시키는 데만 몇 달이 걸릴 것이다. 그리고 첫 번째 클론이 다시 나타나면 곤란해진다. 두 명의 에반젤린이 돌아다닌다면 그가 한 일이 모두 탄로 날 수밖에 없다. 그리고 첫 번째 클론이 안전한 곳에 숨어서 복수한답시고 모든 것을 폭로해버릴 위험성도 상존한다. 자기 자신을 증거로 내놓지 않고는 증명하기 어렵겠지만 어쨌든 그런 혐의만으로도 그는 크게 타격을 입을 것이다. 사람들은 그런 것을 즐기기 때문에 오점은 영원히 남게 된다. 그레고르는 인상을 썼다. 요즘같이 민감한 시기에는 한 치라도 허점을 보여서는 안 된다.

최근 몇 달 동안 그는 공개적으로 종교적인 행보를 취했다. 중요한 장소에서의 중요한 예배에는 모두 참석했고 중요한 종교모임에도 참석했다. 또 자선행사를 지원하고 압력단체를 성원하는 등 교회의 호감을 얻기 위해 할 수 있는 모든 일을 했다. 그가 자신에게 걸맞은 고위직에 오르기 위해서는 그들의 지원이 필요했다. 하지만 교회의 지원을 얻으려면 먼저 순결한 영혼이라는 평판을 쌓아야 했다. 쉽지 않은 일이다. 과거에 그는 자신만의 길을 고집하며 원하는 것은 무엇이든 했고 돈과 협박으로 쓰레기들을 치워 없앴다. 돈이 썩어나고 생각보다는 호르몬이 앞서는 전형적인 귀족이었던 것이다. 다행히도 교회는 공개적으로 회개하고 많은 헌금을 내며 개과천선한 사람에게는 과거를 따지지 않았다. 그레고르에게 앞의 두 가지 조건은 전혀 문제될 것이 없었다. 그러나 세 번째에서 걸렸다. 한계가 있었다. 그가 대중의 눈에 선량해 보인다면 소문으로 떠도는 죄는 사해질 것이다. 적어도 무시될 수 있을 것이다. 그레고르는 홍보에는 별 소질이 없었다. 하지만 다행스럽게도 그의 가문에는 그런 능력을 지닌 자들이 있었다. 그들이 지금 그의 지시를 기다리며 뒤에서 대기하고 있다. 그레고르는 뒤로 돌아서 그들을 엄한 눈길로 쳐다보았다.

토비 트루바두르(음유시인 토비)는 그의 조카였다. 그는 금발머리에 체구는 땅딸막했으며 항상 미소를 잃지 않았다. 머리는 영민했으나 품성은 굶주린 시궁창의 쥐 같았다. 그의 역할은 가문의 대소사에 대해 최대한 긍정적으로 글을 쓰고 그것이 적재적소에 보도되는지 살피는 일이었다. 잡지, 홀로그램 쇼, 가십칼럼 등등. 그는 홍보와 언론대책 담당자이자 사건무마 전문가였으며 일급 거짓말쟁이였다. 거짓말은 그의 탓이 아니었다. 그레고르를 좋게 꾸미는 것은 결코 쉬운 일이 아니었다. 가문의 다른 사람들은 개차반으로 인생을 즐겼지만 토비는 그들을 어떻게 다룰지 잘 알고 있었다. 그들이 토비가 시키는 대로 여기서 연설하고 저기에 얼굴을 내밀고 카메라에 웃으며 손 흔드는 것을 제대로 하지 않으면, 말을 들을 때까지 그들을 보도에서 완전히 배제해버렸다. 결국 모든 사람의 입에 오르내리는 것보다 더 나쁜 것은 누구의 입에도 오르지 않는 것이다. 자신의 얼굴이 사진에 실리지 않고 홀로그램 쇼에도 보이지 않는다면 그 사람은 아무런 영향력이 없는 사람이 되는 것이다. 토비의 말만 잘 따르면 아무런 이유 없이도 단지 유명하다는 이유만으로도 계속 유명할 수 있는 명사로 살 수 있었다. 토비의 규칙은 간단했다. 하고 싶은 것은 마음껏 하되 꼭 자기에게 먼저 알리라는 것이다. 그래야 대중에게 알려지기 전에 적절히 조작할 수 있는지 판단할 수 있다는 것이다. 하지만 불행히도 그는 그레고르에게만은 그렇게 하도록 요구할 수 없었다. 어리석게도 요구했더라면 그레고르는 경고의 의미로 그의 성대를 찢어버렸을 것이다.

"말해봐." 그레고르가 대뜸 말했다. "지금 에반젤린에 대해 뭐라고 둘러대고 있어?"

"공식적으로 에반젤린은 과로 때문에 휴식을 취하고 있는 중입니다." 토비가 대답했다. "무슨 일로 과로했는지는 말하지 않았습니다. 하지만 곧 소문이 만들어질 겁니다. 사람들은 추측하기를 좋아하니까요. 에반젤린이 언제쯤 휴식을 끝낼지 일러주실 거죠? 그래야 제가 다시 사교계에 복귀시키지요."

"네가 뭐가 필요하고 언제 필요한지는 내가 알아서 말해주겠어." 그레고르가 대답했다. "교회에서 내 입지는 어때?"

"그런대로 괜찮습니다. 하지만 삼촌께서 말씀을 좀 조심해주셨으면 좋겠습니다. 교회는 가끔 간통은 기꺼이 용서해주지만 그걸 묘사하는 쌍시옷 말에는 그다지 관대하지 않거든요. 제가 충분히 돈을 지불하면, 아직까지는 그것이 정치적 비방이 됐건 음담패설이 됐건 못 들은 척해주지만, 그런 것이 습관이 되다보면 언제 어디서 치명적인 실수를 하게 될지 알 수 없지요. 제가 도울 수 없는 경우가 생길 수도 있다는 말입니다."

그레고르는 콧방귀를 뀌었다. "교회와 동침하자고 처음 제안한 건 바로 너였어. 그런데 아직 별 성과가 없는 것 같구나."

"교회가 받쳐주는 한 우리는 많은 적들로부터 안전합니다." 토비는 인내심을 갖고 말했다. "하지만 교회가 삼촌의 진정한 모습을 발견하면 곤란해질 수도 있습니다."

"그럼 네가 그들이 발견하지 못하도록 하면 될 것 아니냐, 안 그래?" 그레고르가 말했다.

"둘은 만나기만 하면 다투는구나." 그레이스 슈렉이 말했다. 하지만 두 사람이 그녀의 말을 듣지 않는다는 것을 알고 있었다. 그들은 한 번도 그녀의 말을 귀담아 들은 적이 없었다. 그레고르의 누나 그레이스는 가급적이면 그보다 커 보이지 않으려고 애썼다. 그녀는 키가 크고 말랐으며 고니처럼 목이 길었다. 유행과 상관없이 한 다발의 백발을 머리 위로 틀어 올렸고, 옷차림은 젊을 때의 스타일을 고수했으며, 새로운 유행에 대해서는 오직 비판하기 위해서만 관심을 보였다. 하지만 돌고 도는 유행은 항상 그녀의 모습을 재발견하고 그녀를 유행의 최첨단에 올려놓았기 때문에 간혹 당혹스러워하기도 했다. 그레이스는 가급적이면 남의 이목을 끌지 않으려고 노력했다.

그녀는 결혼하지 않았다. 왜냐하면 부모가 갑자기 돌아가신 후 그레고르가 가문을 건사하고 부활을 위해 전력투구하는 동안 그녀를 조력자, 비서, 잡역부로 부려먹으며 잡아두고 있었기 때문이다. 그녀에게는 로맨스를 위한 시간도, 자기 인생을 개척할 기회도 주어지지 않았다. 가문이 그녀를 필요로 했고 그레고르가 그녀를 필요로 했기 때문에 그대로 주저앉아버린 것이다. 그녀도 물론 화날 때가 있었지만 한 번도 내색한 적은 없었다. 그리고 마침내 그레고르가 더 이상 그녀를 필요로 하지 않게 된 순간, 그녀는 다른 종류의 인생에 대해서는 백지 상태였기 때문에 어쩔 수 없이 그의 옆에 계속해서 머무를 수밖에 없었다. 그녀가 집 안에만 틀어박혀 있는 동안 세상은 참 많이 변했고, 그래서 사람들이 의도했건 의도하지 않았건 그녀를 놀라게 만들었다. 아울러 그녀는 그레고르가 자신을 놓아주지 않을 것이라는 것을 잘 알고 있었다. 그는 그녀가 결혼해 가문의 영향력과 그의 통제를 벗어나는 위험을 감당할 수 없었다. 그녀는 가문과 그에 대해서 너무 많은 것을 알고 있었다. 슈렉 가문을 부흥시키기 위해 그가 했던 모든 일들에 대해서 말이다.

그녀는 궁정에 거의 모습을 드러내지 않았다. 군중이 그녀를 당황하게 만들었기 때문이다. 하지만 이번에는 여제가 가문의 성원들은 모두 참여해야 한다고 명시적으로 공표했기 때문에 어쩔 수 없었다. 예외는 없었다. 만약 침상에서 죽어가고 있다면 침대째 들고 오라는 것이 여제의 명이었다. 그래서 그레이스는 그레고르의 팔짱을 끼고 토비 옆에 꼭 붙어서 지금 보고 있는 장면은 홀로그램일 뿐이라고 스스로를 세뇌시키며 서 있었던 것이다.

그녀는 그레고르가 토비를 대하는 방식이 마음에 들지 않았지만 어떻게 해야 할지 몰랐다. 게다가 설령 그녀가 무언가 적당한 말을 꺼낸다 하더라도 그레고르가 무시할 게 뻔했다. 토비의 아버지는 크리스천 슈렉인데 그녀와 그레고르의 동생이다. 그는 몇 해 전 그레고르와 대판 싸운 후 사라져서 아직 나타나지 않고 있다. 여제가 수색을 명했지만 아무것도 발견되지 않았다. 그레고르는 제국 에스퍼의 검사를 받았지만 놀랍게도 간단히 통과해버렸다. 그는 공식적으로 무죄였다. 그 이후 사람들은 그레고르가 권력으로 나아가는 것에 저항하기를 멈추었다.

토비는 모든 슈렉 가의 사람들과 똑같은 방식으로 그레고르의 영향력 아래로 들어오게 됐다. 그는 선택권이 없었다. 토비에겐 누이가 있었다. 하지만 여제가 그녀를 데려가 시녀로 만들어버렸다. 그레이스에게는 토비를 지켜주거나 다른 곳으로 보내줄 능력이 없었다. 그래서 그냥 그레고르에게 맡겨두었다. 그 결과 지금 슈렉이 예전에 그레이스에게 그랬던 것처럼 그를 부려먹고 있지만 그녀가 할 수 있는 일은 없었다. 그레고르의 야심에 또 하나의 인생이 희생되고 있는 것이다. 그게 슈렉 가문이 돌아가는 방식이었다.

그레이스는 피곤한 듯 한숨을 쉬었다. 크리스천이 그리웠다. 그는 가족 중 유일하게 유머감각이 있는 사람이었다. 그녀는 슈렉이 또다시 토비에게 소리 지르는 것을 들었다. 그레고르가 대중적인 인물로 거듭나기 위해 진통을 겪고 있었다. 하지만 그에게 그런 것은 어울리지 않았다. 그레이스는 그레고르가 얼굴이 시뻘겋게 달아올라 땀을 흘리며 언성을 높이는 것을 보고 불현듯 이제 자신이 더 이상 견딜 수 없는 순간이 왔다는 생각이 머릿속을 스쳤다. 그녀는 앞으로 나가서 접은 부채로 그레고르의 팔을 가볍게 때렸다.

"그레고르, 네가 공개적인 장소에서 그런 상스러운 말을 해대는 것을 더 이상 두고 보지 않겠어! 궁정에 와 있다는 것을 기억해. 사람들이 듣고 있어."

"누나도 그 바보 같은 입 좀 닥치지 그래." 그레고르가 돌아보지도 않고 내뱉었다. "내가 누나 의견이 필요하다고 생각되면, 먼저 내 머리부터 진찰해볼 테니까."

"오, 그래!" 그레이스는 얼굴이 달아오르는 것을 느낄 수 있었다. 누군가 자신에게 심한 말을 하면 항상 그랬다. "적어도 사람들이 보는 앞에서는 좀 다정하게 굴 수 없겠니?"

"고모 말이 옳아요, 아시잖아요." 토비가 주눅 든 목소리로 말했다.

"교회도 행복한 가정을 좋아한다고요."

"교회는 무슨 지랄." 그레고르는 즉시 받아쳤으나 목소리는 조금 낮아져 있었다. "나는 화낼 권리가 있다. 밸런타인이 내 제안을 거절했다는 게 믿기지 않아. 우리가 공동의 적을 두고 이익을 같이하고 있다는 것은 너무나도 명백하기 때문에 그자도 그것을 모를 리가 없단 말이야. 좋아. 그는 마약에 빠진 미친놈이라고 해두자. 배구를 하겠다고 나서는 문둥이보다 상식이 모자란 놈일 수도 있어. 그와 내가 합심하기만 하면 아무도 대항할 자가 없을 텐데 말이야."

"저는 별로 애석하지 않은데요." 토비가 말했다. "밸런타인이 현재 가장 막강할지는 몰라도 여기서 그를 좋아하거나 믿는 사람은 아무도 없어요. 모두가 그에게 웃는 낯을 하고 있어도 말이에요. 저한테 두 사람의 동맹을 아름답게 꾸미라고 한다면 저는 정말로 제 창의력을 모두 쥐어짜도 불가능하다고 말씀드릴 수밖에 없습니다. 차라리 문둥이의 손가락을 패션 액세서리로 팔기가 더 쉬울 거예요. 어쨌거나 잘된 일입니다. 자, 삼촌, 이제 플랜B로 갈까요?"

"플랜B가 뭐야?" 그레이스가 수상쩍다는 듯 물었다. "플랜B에 대해서는 말한 적이 없잖아. 그레고르, 넌 정말 이제 나한테 아무 말도 해주지 않는구나."

"그건 누나가 아무것도 알 필요가 없기 때문이야. 그냥 입 닥치고 시키는 대로나 해. 여기 토비한테 꼭 붙어 있어. 절대로 다른 데로 가지 마. 플랜B를 실행하고 올 테니까."

그레고르는 뒤도 돌아보지 않고 저벅저벅 앞으로 걸어갔다. 자기 허락 없이는 그들이 움직이지 않을 것이라는 것을 알고 있었다. 플랜B는 초지로였다. 일등 가문이 거래를 하지 않으려 하면 항상 이등 가문에게 기회가 돌아갔다. 그는 눈을 걷어차며 길을 열었고 사람들은 재빨리 길을 비켜주었다. 하지만 그는 자신이 숨 쉬는 공기를 의식하지 못하듯 사람들의 반응도 알아채지 못했다. 그는 BB 초지로 앞에 서서 잠시 그 옆의 수색관을 노려보며 자신이 주눅 들지 않는다는 것을 보여준 후 BB에게 가볍게 인사했다. 그녀는 차분한 태도로 답례했고 레이저는 그를 거들떠보지도 않았다.

"울프는 우리 공동의 적이오." 그레고르가 단도직입적으로 말했다. "밸런타인에 대항해 연합하는 것이 우리 모두에게 득이 된다고 제안하고 싶소. 당신들은 우주선의 컴퓨터를 만들고 나는 동체를 만들고 있지만, 밸런타인이 신형 스타드라이브의 생산을 장악하고 있는 한 우리는 그의 사업에 종속될 수밖에 없소. 그가 약간의 압력을 넣어 시기를 조정하는 것만으로도 우리를 파멸시키고 사업에서 완전히 축출한 후 자기가 그 자리를 차지할 수도 있소. 나는 캠벨이 생산권을 따내는 것이 유력했을 때 그들과 같이 일해볼 계획이었소. 우리는 서로 잘 맞았었지. 그래서 결혼까지 허락했던 거요. 하지만 모든 것이 어그러졌고, 밸런타인은 협상을 하려 하지 않소. 내가 그의 조건에 따라 일하거나 일에서 손을 떼거나 둘 중 하나요. 나는 그것을 받아들일 수 없소. 그래서 나는 밀려나지 않기 위해 동맹자가 필요하고 당신들은 그와 일하는 동안 뒤를 봐줄 누군가가 필요할 거라고 생각했소. 우리가 단합하면 모두에게 득이 될 것이오. 사실 우리 둘 다 밸런타인을 좋아할 아무런 이유가 없는 것 아니겠소?"

"둘 다라고요?" BB가 말했다. "내 생각은 달라요. 이익을 얻는 것은 당신뿐이죠. 우리는 당신이 필요 없어요, 슈렉 경. 당신은 우리가 원하는 것을 갖고 있지 않기 때문이죠. 그래요, 당신은 동체를 만들어요. 하지만 동체는 아무나 만들 수 있는 것 아닌가요? 그리고 솔직히 말씀드리면 우리는 동맹자를 고르는 데 아주 신중하답니다."

"못된 년!" 그레고르는 씩씩거리며 자신이 무슨 짓을 하는지 깨닫기도 전에 손이 이미 BB의 목을 향해 날아가고 있었다. 하지만 가까이 가기도 전에 레이저 수색관에게 붙잡히고 말았다. 그레고르의 포동포동하고 흰 손은 레이저의 커다란 검은 주먹 안으로 완전히 빨려 들어갔고, 레이저가 주먹을 꽉 쥐며 손의 뼈마디를 갈아대자 그레고르는 비명을 질렀다. 레이저는 한참 후에야 손을 놔주었고 그레고르는 뒤로 물러나며 욱신거리는 손을 가슴에 대고 꼭 껴안았다. BB 초지로와 수색관은 앞에서 무력한 분노에 온몸을 부들부들 떨고 있는 그를 경멸의 시선으로 쳐다보았다.

"당신의 사람들에게로 돌아가시오, 슈렉." 레이저가 차분히 말했다. 그는 목소리를 높이지 않았다. 그럴 필요가 없었다. "당신은 더 이상 여기서 볼일이 없소."

그레고르는 자신이 할 수 있는 통쾌한 모욕이나 협박의 말을 궁리하며 두 사람을 노려보다가 결국 조용히 돌아서서 터벅터벅 다시 눈길을 헤치며 돌아갔다. 사람들은 아까보다도 더욱 민첩하게 길을 비켜주었다. 잔뜩 약이 올라 근처에 있다는 이유만으로 아무나 공격하려 드는 전갈을 대하는 듯한 태도였다. 하지만 그레고르는 생각이 너무 많아서 그런 것에 신경 쓸 겨를이 없었다. 그는 동맹자를 구하고 어디에선가로부터 지원을 얻어야 했다. 그러지 못하면 우주선 사업에서 밀려날 가능성이 높았다. 동체는 누구라도 만들 수 있다…… 교회와의 동맹은 장기적인 전망으로 볼 때 이익이 될 것이다. 하지만 지금 당장은 돈이 필요했다. 그는 결국 누군가를 찾게 될 것이다. 항상 누군가는 있다. 그리고 그가 다시 정당한 자신의 힘을 되찾았을 때 BB 초지로가 자신을 모욕한 대가를 톡톡히 치르도록 만들어줄 것이다. 그는 호흡을 천천히 골랐다. 아직 울프 가와 거래할 가능성이 남아 있다. 밸런타인이야 거래를 하지 않을 테지만 다니엘과 스테파니는 적절한 방식으로 접근한다면 거래를 할지도 모른다. 그 둘은 단지 밸런타인을 골탕 먹이기 위해서라도 그와 협력할지 모른다. 그렇다. 그것도 좋은 생각이다. 그는 발걸음을 늦추며 미소를 머금었다. 다시 강해져 적들에게 보복할 것이며 그때가 되면 아무도 감히 그를 얕보지 못할 것이다.

마침내 라이언스톤이 앞에서 설전을 벌이던 사람들에게 손을 휘저어 조용히 하도록 만들고 군중을 정돈시켰다. 그녀의 증폭된 목소리가 군중의 소란스런 말소리를 가로지르며 극지방 황무지에 울려 퍼졌다. 곧 군중 모두 여제에게 주목하면서 정적이 찾아들었고 희미한 바람소리만이 이따금씩 완벽한 정적을 훼방놓을 뿐이었다. 그녀는 사람들을 향해 미소를 지어 보였지만 즐거운 기색은 없었다. 군중은 그녀 앞에서 말없이 서 있었고 그들 머리와 어깨 위에는 눈이 내려앉았다. 그들은 지나쳐온 눈사람을 점점 닮아가고 있었다. 몇몇 이들이 갑자기 몸을 벌벌 떨었다. 추위 때문만은 아니었다. 마음속으로 자신과 그 눈사람과의 연관성을 떠올렸기 때문이었다. 라이언스톤은 밸런타인과 베아트리체를 노려보았다. 그러자 둘은 그 의미를 파악하고 읍한 후 군중 속으로 돌아갔다. 베케트 장군과 카사 주교는 권좌의 양편에 서서 군중을 바라보며 각각 여제의 양팔, 즉 군대와 교회를 대표했다. 라이언스톤이 베케트에게 고개를 끄덕이자 그는 열병

식장에서의 구령 같은 목소리로 크게 외쳤다.

"사일런스 함장, 프로스트 수색관, 스텔마 보안장교, 앞으로 출두해 외계인의 공격에 대해 보고하라!"

스텔마는 소스라치게 놀라 펄쩍 뛰고는 누가 본 사람이 없는지 사방을 살폈다. 사일런스와 프로스트는 좌우를 둘러보지 않고 똑바로 앞으로 걸어 나가 권좌 앞에 차렷 자세로 섰다. 사일런스의 얼굴은 차분했지만 가슴속에서 새로운 희망이 들끓었다. 이것이 그가 원하는 바였다. 누군가 물을 흐리기 전에 자신이 먼저 이야기할 수 있는 기회. 그는 스텔마가 합류할 때까지 기다렸다. 그런데 보안장교가 군중 가장자리에서 머뭇거리고 있었다. 그의 눈은 권좌 앞에 서 있는 그렌델의 외계인에게 고정되어 있었다. 사일런스는 그를 탓하지 않았다. 그 무시무시한 괴물을 볼 때는 자신도 간이 오그라드는 느낌이었다. 그는 되돌아가 스텔마를 끌고 왔다. 보안장교의 눈은 외계인을 떠나지 않았다. 사일런스는 프로스트를 쳐다본 후 괜히 봤다는 생각이 들었다. 수색관은 외계인을 잡아먹을 듯한 시선으로 노려보고 있었다. 사일런스는 프로스트를 한 발짝 뒤로 잡아당겼다. 외계인은 이제 여제의 애완동물이 되었다. 기적적으로 프로스트가 그 괴물을 죽인다 해도 그렇게 되면 여제가 상당히 언짢아할 것이다. 프로스트는 즉시 팔을 빼고 그를 노려보았으나 자신이 서 있는 곳을 벗어나지는 않았다. 사일런스는 어떤 불쾌한 일이 발생하기 전에 빨리 보고를 시작하는 것이 좋겠다고 생각했다.

그의 보고는 간단명료했지만 요점은 모두 담고 있었다. 게헤나 행성의 기지에서 발견한 것을 설명할 때는 군중 사이에서 불안한 술렁임이 일었다. 어떻게 돈틀러스 호가 외계함정을 쫓아 골고다로 돌아왔는지, 그리고 외계함정의 특징과 능력, 그 안에서 발견한 생명체에 대해 묘사할 때 군중의 동요는 극에 달했다. 그다음 설명은 프로스트에게 넘겼다. 외계인에 관한 한 그녀가 전문가이기 때문이었다. 그녀의 보고는 냉정하고 사실적이며 심지어 분석적이기까지 했다. 그녀가 보고를 마쳤을 때 사일런스를 포함한 군중은 추위가 아닌 두려움에 몸을 떨었다. 그리고 모두들 침묵했다. 여제가 천천히 고개를 끄덕이고는 다시 군중을 둘러보았다.

"이제 여러분이 군비 증강의 절박함을 깨달았으리라고 보오. 배 한 대의 파괴력이 저 정도니 함대라면 어느 정도겠소? 새로운 증세 조치에 대해 반역의 기미가 포착된다는 첩보가 있소. 짐은 동원 가능한 모든 수단을 써서 그러한 반역을 분쇄할 것임을 분명히 해두겠소. 현 상황에서 군대에 대한 지원을 거부하는 것은 인류에 대한 반역행위로밖에 해석할 수 없소." 베케트 장군은 미소 지었지만 카사는 그러지 않았다. 여제가 스텔마를 쳐다보았다. "자네는 여기에 덧붙일 말이 없는가?"

스텔마는 침을 꿀꺽 삼키고 빠르게 고개를 젓다가 다시 진정하고 말했다. "없습니다, 폐하. 없습니다."

"좋아." 여제가 말했다. "경비대, 죄수를 데려오라."

군중의 한가운데가 갈라지며 좁은 통로가 생겼고, 그 사이로 두 명의 경비대원이 벌거벗은 남자를 반은 부축하고 반은 질질 끌다시피 하며 데리고 왔다. 남자는 수갑과 족쇄를 차고 있었으며 얻어맞아 깨진 코에서 흘러내린 피가 온통 앞가슴을 적시고 있었다. 그는 피부가 푸르죽죽했고 추위 속에서 사시나무 떨듯 온몸을 떨고 있었다. 경비대원이 그를 권좌 앞에 무릎 꿇렸다. 그는 라이언스톤을 애처롭게 바라보며 무슨 말인가 하려 했으나 몸이 너무 떨려 한마디도 입 밖으로 내놓지 못했다. 라이언스톤은 그를 빤히 내려다보았다.

"이 불쌍한 작자는 프레드릭 힐이라고 하오. 골고다 공항 경비책임자지. 우리는 이자를 믿고 그 자리에 앉혔소. 하지만 이자는 반란자들이 침입하도록 놔둠으로써 반란자들이 세무본청을 파괴하고 제국의 방어시스템을 무력화시키는 데 일조했소. 이자는 외계함정으로부터 우리를 보호해주지도 못했소. 우리는 이 부분에 대해 그를 수사할 수도 있을 것이오. 하지만 무슨 의미가 있겠소? 이자는 모든 것을 순순히 인정하면서도 그 잘못을 부하들에게 떠넘길 것이 뻔할 테니 말이오. 아니면 숨은 반역자나 장비 부족을 탓할지도 모르지. 어쨌든 자기는 잘못이 없다고 할 거요. 반역자들이 헤이든맨의 배를 타고 왔기 때문이라고 변명할 수도 있소. 전설 속의 거대한 황금 배가 나타나자마자 그의 부하들 중 절반은 걸음아 나 살려라 하고 도망쳤겠지. 그리고 나머지 반은 외계함선이 무력화된 행성 방어시스템을 지나 시를 공습하기 시작할 때 도망쳤을 테고.

그렇다고 해도 달라지는 것은 없소. 이자는 공항 경비대장이고 우리의 방어를 책임져야 할 의무가 있소. 이자의 자리에 더 강한 사람이 있었다면 상황이 좀 달라졌을 것이오. 사람들을 동원해 장비를 고치고, 예비시스템을 가동하고, 구조대를 급파해 부상자들을 돌볼 수 있었겠지. 하지만 기록을 보니 이자는 허둥대기만 하다 결국 숨어버렸고 모든 상황이 끝나고 나서야 모습을 드러냈더군. 제국의 장교로서 대단히 적절치 못한 행동이었소. 그래서 짐은 이자를 처형해 본보기로 삼고자 하오."

그녀가 고개를 돌려 그렌델의 외계인을 쳐다보자 모든 사람들이 그녀의 시선을 따랐다. 녀석은 권좌 뒤에 조용히 서 있었다. 목 주위의 굴레에서 벨소리가 울리자 갑자기 외계인이 인간의 눈으로 좇을 수 없을 만큼 빠른 속도로 앞으로 튀어나왔다. 권좌 뒤에 서 있던 녀석이 다음 순간 움찔하는 경비대장의 앞에 서서 거대한 손으로 그의 어깨를 붙잡고 있었다. 가까이 있던 사람들이 뒤쪽의 군중을 밀치며 최대한 물러나려고 소란을 피웠지만 녀석은 그들에게는 전혀 주의를 주지 않았다. 녀석의 발톱이 경비대장의 살을 깊숙이 파고들자 굵은 핏줄기가 피부를 타고 흘러내렸다. 경비대장은 입을 열어 비명을 질러댔고, 괴물은 입을 열어 그의 얼굴을 물어뜯었다. 이목구비가 흔적없이 사라졌는데도 핏덩어리가 된 머리는 끔찍한 비명을 멈추지 않았다.

괴물은 얼굴을 질겅질겅 씹어 삼키고 다시 고개를 숙여 미소 짓는 턱을 무서운 힘으로 남자의 가슴에 박았다. 녀석의 머리는 가슴뼈를 종잇장처럼 찢고 파고들어가 심장을 찾았다. 남자의 팔이 허공을 한 번 크게 휘젓더니 축 처지며 꼼짝도 하지 않았다. 공항 경비대장 프레드릭 힐은 그렌델의 손에 붙잡혀 녀석이 맛을 음미하며 씹고 있는 동안 꼼짝없이 사지를 늘어뜨리고 있었다. 목에 씌워진 굴레에서 다시 벨소리가 났지만 그렌델은 반응하지 않았다. 굴레가 한 차례 더 울리자 마침내 녀석은 시체를 시뻘건 눈밭 위로 아무렇게나 던져놓고 권좌 바로 뒤의 원래 자리로 돌아갔다. 녀석의 미소 짓는 입에서는 김이 모락모락 나는 피가 흘러 번쩍이는 실리콘 갑각 위로 떨어졌다. 권좌 앞에는 힐의 시체가 아무렇게나 구겨진 살덩이가 되어 널브러져 있었다.

사일런스는 프로스트에게 다가갔다. 그녀 안에서 들끓는 분노가 느껴졌다. 조금만 건드려도 폭발해버릴 것 같았다. 그녀는 외계인이 사람을 죽이기 전에 먼저 처치하는 훈련만 평생 받아왔다. 사일런스는 진정시키기 위해 말없이 그녀의 팔에 손을 얹었다. 용수철 같은 긴장이 느껴졌다. 그녀는 고개를 돌려 그를 무서운 눈초리로 쳐다보았고, 그는 손을 뗐다. 프로스트는 수색관이고 동정 같은 허약한 감정은 필요치 않았다. 그녀의 분노는 순전히 직업적인 것이었다.

군중은 그렌델과 속이 드러난 시체를 번갈아보며 술렁거렸다. 야만적인 살인에 충격을 받았고 여제가 그 괴물을 조종한다는 것에 놀라움을 금치 못했다. 사람의 죽음이 수반된 교훈은 쉽게 잊히지 않는다. 사일런스는 스텔마와 의미심장한 시선을 주고받았지만 서로 말은 하지 않았다. 시체 가까이 있던 사람들은 김이 피어오르는 시체의 내부를 보고서는 좀 더 뒤로 물러나고 싶어 했다. 하지만 군중이 너무 빽빽이 밀집되어 있어서 갈 곳이 없었다. 사람들은 외계인을 두려워했다. 여제가 그들 모두에게 미소를 지었다.

"귀엽지 않소? 식탁예절은 엉망이지만 이 아이가 아직 어리니까 이해해야지요. 이제 막 갓난아기 티를 벗어났거든. 이 아이가 성년이 됐을 때 어떤 모습일지 상상들 해보시오. 이들로 편성된 군대가 살육의 파도로 전장을 휩쓰는 장면을 상상해보란 말이오. 시산혈해를 이루며 전진하는 무적의 기습부대가 될 거요. 정말 기대되는군. 그렌델의 외계인을 더 완벽하게 제어하기 위한 연구가 계속 진행되고 있소. 조만간 돔의 모든 잠자는 자들에게 굴레를 씌워 그들을 이번에 우리를 공격한 외계인들에게 보내는 거요. 그리고 우리를 위협하는 자들 모두에게도. 사일런스 함장, 그대는 아직 보고를 마치지 않았소. 사람들에게 울프링월드에서 당신이 발견한 것을 알려주시오."

사일런스와 프로스트와 스텔마가 차례로 울프링월드의 얼어붙은 지표면 아래 깊숙한 곳에서 발견한 것들에 대해 이야기했다. 그들은 수천의 헤이든맨들이 기나긴 잠에서 깨어나 무덤 속에서 걸어 나왔다는 것도 말했다. 강력한 사이보그 전사들로서 한때 인류를 거의 절멸시킬 뻔한 가공할 존재인 헤이든맨들에 대해.

그들은 헤이든맨들을 깨운 반란자들에 대해서도 설명했다. 수배자 오언 데스스토커, 해적 헤이즐 다르크, 현상금사냥꾼 루비 저니, 그리고 전설적인 직업적 혁명가 잭 랜덤에 대해. 그들은 돈틀러스 호의 패배에 대해서도 언급했지만 드램 사령관이 동행했고 또 다른 전설인 원조 데스스토커 자일스의 손에 살해되었다는 사실에 대해서는 말하지 않았다. 세 사람 모두 어떤 일이 있어도 드램에 대해 말해서는 안 된다는 명령을 받았기 때문이다. 현재 자신들의 처지를 고려할 때 세 사람 모두 약간의 왜곡에 기꺼이 협조할 준비가 되어 있었다.

군중은 여제가 날카롭게 노려보고 있음에도 불구하고 잭 랜덤이나 데스스토커 같은 이름을 듣고는 서로 수군거렸다. 오언 데스스토커가 별 다른 이유 없이 수배되어 여제의 모든 추적을 따돌리고 이제 새로운 반란을 이끌고 있다는 소식에 사람들은 놀라움을 표시했다. 그리고 헤이든맨의 대부대가 다시 제국을 공격할 것이라는 생각에 불안해했다. 헤이든맨들이 인류의 공식적인 적으로 등재되지 않은 유일한 이유는 셔브의 반란AI들이 더 악독했기 때문이다. 여제는 어쩔 수 없이 의자에 등을 기대고 앉아 군중이 떠드는 것을 잠시 방치하다가 다시 증폭된 목소리로 주목할 것을 요구했다.

"벌써부터 그렇게 불안해할 것은 없소. 헤이든맨들은 멀리 있고 이제 막 깨어났을 뿐이오. 그들이 우리에게 진정한 위협이 되려면 시간이 더 걸릴 것이오. 잭 랜덤이라고 주장하는 자는 가짜일 것이오. 반란자들이 사람들을 현혹하기 위해 꾸며낸 것이지. 잭 랜덤은 오래전에 죽었소." 그녀는 갑자기 BB 초지로가 우아한 걸음으로 군중 속에서 나와 권좌 앞에 서자 말을 멈추었다. BB 초지로는 단아하게 절을 했고 여제는 싸늘한 시선으로 받았다. "내 말을 가로막을 만한 충분한 이유가 있어야 할 것이다, 초지로."

"존경하는 폐하, 저희의 믿을 만한 소식통에 따르면 잭 랜덤은 제국군에 붙잡혔다가 그 뒤 탈출했다고 합니다."

"그렇다면 네 정보가 잘못됐다." 라이언스톤이 단호하게 말했다. "우리는 그를 체포한 적이 없다. 만약 체포했다면 탈출하도록 내버려두지 않았을 것이다. 알겠는가? 좋다. 그렇다면 이제 다시 한 번 나를 방해하면 그렌델을 풀어서 작은 아가씨가 무엇으로 만들어졌는지 확인하는 시간을 갖겠다."

"초지로 가문은 절대로 무례하고 건방지게 굴 의도가 없습니다, 폐하." BB가 차분히 말했다. "다만 사실을 확인하려 했을 뿐입니다. 이번에 반란자들을 싣고 온 헤이든맨의 배는 지극히 현실적인 위협입니다. 이미 헤이든맨들과 반란자들이 협력관계를 맺었음을 보여주는 증거고, 헤이든맨들이 벌써 완벽한 준비를 마쳐서 마음만 먹으면 언제든지 우리를 침범할 수 있다는 점을 시사한다고 할 수 있습니다. 헤이든맨의 배들이 다시 한 번 인류의 힘을 시험하기 위해 벌써 헤이든 행성을 떠나지 않았다고 누가 장담할 수 있겠습니까?"

"아주 마음에 드는구나, 초지로." 라이언스톤이 말했다. "헤이든맨들이 이미 역습할 준비를 마쳤다면, 그것은 나의 군비 증강을 더욱 열렬히 지지해야 할 이유이고, 더 이상 증세 조치에 투덜거리지 말아야 할 이유이다. 그렇지 않은가? 다음으로 넘어가기 전에 누구 더 할 말 있는 사람 있는가? 아주 중요한 말이어야 할 게야. 그렇지 않으면 모두를 눈알이 얼어터질 때까지 여기 붙잡아놓을 테니까."

"허락하신다면," 밸런타인 울프가 나섰다. "제가 몇 말씀 드리겠습니다." 그는 앞으로 나서 BB 옆에 섰고, 그녀는 그를 곁눈질로 흘낏 본 후 옆으로 더 멀리 슬쩍 자리를 옮겼다. 밸런타인은 개의치 않고 그녀에게 눈부신 미소를 보낸 후 여제에게 읍했다. "훌륭한 궁정입니다, 폐하. 원기를 북돋워주는군요. 펭귄도 몇 마리 있었으면 더 좋았겠지만, 어쨌든 눈만으로도 만족합니다. 눈은 제 피부색과 잘 어울리거든요. 제가 여러 경로로 그런대로 믿을 만한 소식통들에게서 전해 들은 바로는 폐하의 공식 배우자 드램 사령관이 사일런스 함장의 배에 승선해 울프링월드로 갔고, 애석하게도 거기서 최후를 맞았다고 하던데요. 그리고 공교롭게도 상당 기간 궁정에서 폐하 곁에 그의 모습이 보이지 않아서 모두들 궁금해하는데 지금 그가 어디에 있고 건강 상태는 어떤지 확인해주실 의향은 없으신지요?"

"물론이지." 라이언스톤이 말했다. "드램은 그곳에 간 적이 없소. 그는 내내 골고다에 머물면서 중요한 사업을 추진 중이오."

"그 소식을 들으니 우리 모두 안도할 수 있겠습니다." 밸런타인이 말했다. "하지만 바로 지금 이 순간 드램 경은 어디에 있습니까?"

"바로 여기에." 여제가 조용히 웃으며 말했다. "언제나처럼 바로 내 옆에."

그녀가 손짓하자 홀로그램 막이 사라지면서 그녀의 옆, 카사와 권좌 사이로 드램의 모습이 나타났다. 카사는 놀라서 거의 펄쩍 뛸 뻔했다. 제국의 워리어 프라임인 드램은 칠흑 같은 옷과 갑옷을 걸치고 약간 차가우면서도 무심한 듯한 표정의 준수한 얼굴을 드러냈다. 그는 자신을 조용히 지켜보고 있는 군중을 향해 인사했다. 라이언스톤의 오른팔인 그와 영주단은 서로 앙숙지간이다. 밸런타인은 한참 동안 드램을 찬찬히 뜯어보다가 BB를 쳐다보고 어깨를 으쓱해 보인 다음 군중 속으로 사라졌다. 지는 싸움에 끝까지 함께할 이유가 없었던 것이다. BB 초지로도 드램과 여제에게 고개를 숙인 후 레이저 수색관에게로 돌아갔다. 사일런스와 프로스트, 그리고 스텔마는 서로 멀뚱멀뚱 쳐다볼 따름이었다.

"그것 참 재미있군요." 프로스트가 중얼거렸다. "저 사람이 드램이라면 울프링월드에서 죽은 사람은 누구지요? 진짜 드램? 저 사람은 클론? 아니면 우리와 같이 간 사람이 클론이고 진짜 드램은 여기 남아 있었나?"

"내가 어찌 알겠나?" 사일런스가 말했다. "하지만 그런 질문을 해대는 것은 신상에 좋을 게 없다는 것만은 확실히 말할 수 있어."

"무슨 얘기를 하는 거지요?" 스텔마가 짜증스럽게 말했다. "두 분이 그런 식으로 소곤댈 때는 도대체 무슨 말인지 알아들을 수가 없어요. 이제 우리는 뭘 하지요?"

사일런스와 프로스트는 서로를 쳐다보았다. 그들은 자신들도 모르는 사이에 텔레파시 교신 같은 것으로 서로의 생각을 주고받고 있었던 것이다. 그런데 라이언스톤이 궁정에 설치해놓은 ESP차단기를 고려해보면 그것은 불가능한 일이었다. 그들 둘만의 안전한 장소에 있을 때 논의해봐야 할 일이 하나 더 늘었다.

"우리가 무엇을 할지 말해주지." 사일런스가 스텔마에게 말했다. "여제가 우리에게 무슨 말을 해야 하는지 일러줄 때까지 입을 닥치고 있는 것이라네. 그리고 그녀가 저 사람이 드램이라고 말하면 드램인 거야, 알겠나?"

"저는 아무 문제 없습니다." 프로스트가 말했다.

"알겠습니다." 스텔마가 말했다. 하지만 표정은 잘 모르겠다고 말하고 있었다.

그때 누군가 군중을 밀치고 앞으로 나서는 바람에 소란이 일었다. 최신 유행의 옷을 입은 한 남자가 군중 속에서 걸어 나와 여제 앞에 당당히 섰다. 그는 황금색 프록코트를 입고 허벅지 중간까지 오는 긴 가죽장화를 신었다. 머리는 긴 구릿빛 가닥으로 늘어뜨렸고 얼굴은 눈부신 형광색이었다. 가슴에 늘어뜨린 두툼한 은메달로 보아 그가 의원임을 알 수 있었다. 그는 보이지는 않지만 어딘가에 분명히 있을 홀로그램 카메라를 의식한 듯 주변을 살피며 자세를 고쳤다. 모든 정치인이 그렇듯이 그도 청중을 위해 훌륭한 쇼를 보여주는 것이 얼마나 중요한지 잘 알고 있었다. 오늘 제국의 반은 이곳을 지켜보고 있을 것이다.

"폐하, 저는 이의를 제기할 수밖에 없습니다. 사적이지만 신뢰할 만한 제 정보통에 따르면, 물론 익명입니다, 울프 경이 주장한 바가 모두 사실이라고 생각되기 때문입니다. 드램 사령관은 죽었습니다. 울프링월드에서 원조 데스스토커의 칼을 맞고 죽었습니다. 폐하 옆에 서 있는 저 사람은 아무리 좋게 봐도 사기꾼이거나, 아니면 더 안 좋은 경우 폐하께서 우리를 속이기 위해 만들어낸 클론일 수도 있다고 생각됩니다. 저는 그렇게 쉽게 속아 넘어갈 사람이 아닙니다. 저는 여기서 저 사람의…… 유전자검사를 요청하는 바입니다. 우리는 클론이 폐하의 공식 배우자가 되는 것을 용납할 수 없습니다."

"우리?" 드램이 말했다. "그 우리라는 것이 누구를 지칭하는 거요?"

"저는 많은 동료들을 대표합니다." 의원이 대답했다. "그리고 여기에 계신 모든 충성스러운 남성분들과 여성분들의 지지를 받고 있다고 믿습니다. 우리는 진실을 알 권리가 있습니다."

라이언스톤은 권좌에서 몸을 앞으로 기울였다. 표정은 차분하고 침착했다. "그대 얼굴이 낯설구려, 그대는……?"

의원은 몸을 쭉 펴며 장엄한 목소리로 말했다. "저는 리처드 스콧이라고 합니다. 동(東)그레이레이크에서 새로 선출된 의원입니다. 저는 진실과 정의를 위한 개혁의 정강으로 당선됐습니다. 그렇기 때문에 제 투쟁을 이곳 궁정에서 시작하는 것은 아주 자연스러운 일입니다."

라이언스톤은 고개를 끄덕이고 다시 권좌에 등을 기댔다. "몰랐구려. 신출내기 의원만큼 시건방지면서도 멍청할 수 있는 자는 또 없지. 드램, 당신이 처리하세요."

드램이 고개를 끄덕이고 어둡고 차가운 시선을 스콧에게 꽂자 그는 약간 당황하는 듯했다. 그가 어떤 대답을 기대하고 나섰건 지금 상황은 예상 밖이었다. 화를 내거나 부인하거나 고함을 치지도 않고 여제는 단지 차분한 무관심으로 일관하고 있고, 대신 그녀의 배우자가 냉혹한 눈빛으로 노려보고 있다. 스콧은 자기가 실수한 것이 아닌지 두려웠다. 그의 동료들은 사전에 확고한 지원을 약속했지만 지금 군중 속에 숨어서 침묵을 지키고 있고, 그 혼자 철의 권좌 앞에 서 있는 것이다. 드램이 앞으로 나서자 스콧은 뒤로 물러나고 싶은 충동을 간신히 억눌렀다. 그는 강하고 단호한 모습을 보여야 했다. 드램이 스콧과 권좌의 중간에서 걸음을 멈췄다. 그러고는 갑자기 섬뜩한 미소를 지었다.

"폐하께서 이미 이 궁정에서 내가 진짜 드램이라고 공표하셨소. 그것을 의심하는 것은 폐하의 말씀에 도전하는 것이오. 실제로 당신은 폐하를 거짓말쟁이로 몰아붙인 거요. 그건 결투를 하자는 얘기지. 명예에 관련된 문제니까. 나는 이 문제에 관한 한 라이언스톤 폐하를 대표하오. 당신을 위해 싸워줄 사람을 구하시오. 아니면 스스로를 방어하든가. 지금 여기서."

스콧은 자신이 빠진 함정이 무엇인지 알아채고 사색이 되었다. 이제 아무도 그를 돕지 않을 것이다. 명예의 장은 불가침의 영역이다. 그는 침을 꿀꺽 삼켰다. "폐하, 이의 있습니다! 의원은 전통에 따라 결투 관례에서 면제됩니다."

"보통은 그렇소." 드램이 말했다. "하지만 당신은 조신들 앞에서 폐하를 모욕했소. 그런 중대한 모욕에는 관습도 폐기되는 것이지."

스콧은 뒤돌아보지 않았다. 군중이 이미 그를 외면했다는 것을 보지 않고도 알 수 있었다. 그는 손을 들어 무기가 없음을 보였다. "나는 검이 없소."

공항 경비대장을 끌고 왔던 경비대원이 드램의 손짓에 따라 자신의 검을 스콧에게 건넸다. 의원은 그것을 마치 사형언도장인 것처럼 받아들었다. 사실이 그랬다. 그는 결투에는 문외한이었다. 학생 때 이후로는 검을 만져본 적도 없었다. 반면에 드램은 워리어 프라임이다. 물론 이자가 드램이 확실하다면 말이다.

스콧은 검을 들어보고 무게를 느껴보았다. 훌륭한 칼날에 균형이 잘 잡힌 검이었다. 그는 울먹였다. 하지만 추태를 보일 수는 없었다.

저들에게 만족감만 더해줄 뿐이었다. 눈물이 그의 뺨으로 조금 흘러내렸다. 그는 이제 자신이 죽으리라는 것을 알고 있다. 이것은 결투가 아니다. 처형이다. 그는 오늘 아침 집을 나설 때 아내에게 사랑한다고 말을 했는지 잘 기억이 나지 않았다. 했기를 바랐다. 그는 특별히 수입한 대리석을 앞마당에 두고 왔다. 아내는 그것으로 무엇을 할지 감조차 잡지 못할 것이다. 끝내지 못한 일이 너무 많다. 그는 짧게 고개를 저었다. 지금 그런 것은 문제가 되지 않는다. 이미 모든 것이 너무 늦었다. 이제 드램과 자신, 그리고 두 자루의 검만 있을 뿐이다. 그는 드램을 똑바로 쳐다보았다. 눈물이 여전히 뺨 위로 흘러내렸지만 그의 목소리만큼은 차고 굳센 결의에 차 있었다.

"시작합시다."

드램이 검을 들어 올리며 앞으로 나섰고 스콧도 그를 맞으려고 전진했다. 둘이 잠시 원을 그리며 도는 순간 드램이 모든 힘을 실은 맹공을 퍼붓기 시작했다. 스콧은 최선을 다해 검을 쳐내며 방어했지만 여섯 번째 만에 손에서 검을 놓치고 말았다. 검은 공중을 날아 십여 미터 밖의 눈 속에 처박혔다. 그는 고개를 꼿꼿이 세우고 드램을 노려보며 입술을 떨지 않으려고 애썼다. 도망칠 곳이라곤 없었기 때문에 오히려 당당한 태도를 보이면 혹 여제의 사면을 얻을 수 있을지도 몰랐다. 하지만 드램은 여제를 돌아보지 않았다. 그는 검을 들어 마치 나무꾼이 도끼로 단단한 나무를 내리찍듯 스콧의 오른쪽 어깨 깊숙이 박아 넣었다.

스콧은 충격으로 무릎을 꿇었고 놀람의 외침이 입에서 터져 나왔다. 드램이 칼을 홱 잡아 뽑자 커다란 상처에서 피가 솟구치며 스콧의 얼굴과 주변의 눈밭을 붉게 물들였다. 그런데도 드램은 치명상을 가하는 것은 피하면서 계속 그를 검으로 내리찍었다. 스콧이 팔로 검을 막자 칼날이 피부와 살을 베어버리고 뼈에서 튕겨나기를 몇 차례 반복했고 결국 왼팔이 잘려나갔다. 스콧은 그 자리에서 눈 속에 엎드려 잘린 팔꿈치를 가슴에 대고 고통에 울부짖었다. 하지만 가격을 피하려는 어떤 시도도 하지 않았다. 마침내 그가 핏빛 눈 위에 엎어져 잠잠해졌다. 누가 보아도 죽은 것이 분명했다. 하지만 드램은 잔가지를 쳐내는 나무꾼처럼 칼질을 멈추지 않았고 시체는 그의 가격에 끊임없이 흔들거렸다.

사람들은 충격에 빠져 멍하니 지켜보았고, 라이언스톤은 더 잘 보려고 권좌에서 몸을 앞으로 빼며 함박웃음을 지었다. 권좌 밑의 시녀들은 공기 중의 피 냄새에 자극되어 몸을 뒤척이며 안절부절못하면서 깜빡임 없는 곤충 눈으로 흔들리는 시체를 구경했다. 사일런스는 무표정하게 바라보고 있었지만 자신이 그곳에 웅크려 칼을 받고 있는 것 같은 느낌을 받았다. 무장을 했건 안 했건 상관없이 그라면 드램의 목덜미를 짓부숴버리려고 최선을 다하다가 죽었을 것이다. 프로스트는 입을 굳게 다물고 지저분한 살인이 역겹다는 듯 바라보고 있었다. 스텔마는 얼굴이 눈처럼 하얘졌지만 고개를 돌리지는 않았다. 그는 라이언스톤의 궁정에서 약한 모습을 보이는 것이 얼마나 위험할 수 있는지 잘 알고 있었다. 마침내 드램이 칼날 전체가 벌겋게 얼룩진 검으로 피를 뿌리며 도살된 고깃덩이 앞에서 허리를 폈다. 호흡이 약간 거칠긴 했지만 표정은 차분했다. 그는 검을 몇 차례 눈 속에 쑤셔 박아 피를 닦아내고는 칼집에 넣었다. 그러고는 구경꾼들을 쳐다보며 살짝 미소를 지었다.

"동그레이레이크에서 보궐선거를 해야 할 때가 됐군요."

그는 라이언스톤 옆자리로 되돌아갔다. 카사는 그에게 충분한 공간을 내주었다. 여제는 손짓으로 경비대원들에게 시체를 치우도록 했다. 경비대원들은 시체를 시트로 잘 감싸고 남은 것이 없나 세밀히 확인한 후 끌고 나갔다. 하지만 온통 피로 물든 눈은 그들도 어쩔 수 없었다. 사람들은 조용히 몸을 사리며 다음 의제에 대해 열심히 생각했다. 그들 모두 충분한 교훈을 얻었다. 또한 드램 사령관의 독특한 스타일은 보면 아는 것이어서 이런 살인은 과부제조기로 알려진 드램이 아니고서는 아무나 할 수 없다는 것을 모르지 않았다. 라이언스톤은 드램의 머리에 손을 뻗어 마치 귀여운 강아지에게 하듯 머리카락을 쓸며 헝클어놓았다. 그리고 사일런스 일행을 쳐다보았다. 스텔마는 차렷 자세를 유지하려고 애썼다.

"그대들 세 사람에게 새로운 임무를 부여하겠다." 라이언스톤이 조용히 말했다. "나는 그대들이 울프링월드에서 작전에 실패했다는 말에 적잖이 실망했지만, 외계인으로부터 우리를 구한 것으로 그대들은 그대 자신들도 구했다. 그대들을 살려주겠다, 사일런스 함장. 그대는 최후의 순간에 아슬아슬하게 살아남는 재주가 있군그래. 앞으로도 행운이 따르기를 빌겠네. 이제 그대들은 다시 돈틀러스 호로 복귀해 주로 외계인들이 정주하고 있는 제국 내의 행성들을 순회하며 이 어려운 시기에 그들의 충성심이 여전히 짐에게로 향하고 있는지 확인하는 작업을 수행해주게. 불순분자들과 마주쳤을 때 질서 회복을 위해 필요한 모든 수단을 동원할 수 있는 전권을 부여하는 바이네. 어떤 상황에서도 제국 내의 외계인 집단이 제국 밖의 다른 외계인들과 접촉하도록 용인해서는 안 돼. 이미 접촉이 이루어졌다면 그 행성을 소각해도 좋소. 이상이오. 이제 고맙다는 말을 해도 돼."

"저희 모두를 대신해서 감사를 표합니다, 폐하." 사일런스가 말했다. 그는 이렇게 말하는 것이 나을 거라고 생각했다. 스텔마는 아직 충격에서 벗어나지 못하고 있고 프로스트는 살면서 한 번도 고맙다는 말을 해본 적이 없을 것이다. 수색관은 그런 말을 하지 않는다. "이 순회작전을 지금 당장 착수하라는 분부로 이해해도 되겠습니까?"

"원한다면 잠시 시간을 가져도 좋소." 라이언스톤이 말했다. "이 궁정을 조금 더 즐기도록 하게. 다음에 여기 다시 오기까지는 꽤 시간이 필요할 테니까."

'우리가 운이 좋다면요.' 사일런스는 절을 하며 생각했다. 그는 자상한 말에 속을 바보가 아니었다. 사실상 그는 징벌성 임무를 부여받은 것이다. 여제가 생각해낼 수 있는 것 중 가장 지저분하고 가장 불쾌한 일이지만 꼭 필요한 일. 너무 중요해서 담력이 약하거나 무능한 사람에게는 맡길 수 없지만, 너무 시간을 잡아먹는 일이어서 꼭 필요한 사람에게도 맡길 수 없는 일. 그리고 나중에 작전이 정치적으로 문제가 될 경우, 그는 희생양으로 늑대들에게 던져질 수도 있다. 하지만 어쨌든 더 나쁠 수도 있었는데 아직 사지 멀쩡한 채로 살아 있다. 그는 사면되었다. 그리고 다시 한 번 그가 쓸모 있음을 증명할 기회를 부여받았다.

그는 더 머물라는 라이언스톤의 호의를 곧이곧대로 믿을 만큼 바보도 아니었다. 일단 이 궁정이 폐회되면 경비대가 즉각 몰려와 그를 돈틀러스 호까지 안내할 것이다. 그들이 길을 잃지 않도록, 그리고 쓸데없는 사람과 어울리지 못하도록 하기 위해서. 그들을 멀리 보내는 여러 가지 이유 중 하나는 울프링월드에서의 드램의 죽음에 대해 사람들이 캐묻지 못하도록 하기 위해서다. 훗날 그들이 다시 골고다로 돌아올 때쯤이면 더 이상 그런 질문은 중요해지지 않을 것이다. 사일런스는 프로스트와 스텔마에게 손짓해 안전한 군중 속으로 자리를 옮겼다. 여제의 눈에 다시 띄어봐야 좋을 것이 없었다.

라이언스톤은 필요한 상과 벌을 내리고 제국의 진정한 힘이 어디에 있는지 사람들에게 상기시키면서 궁정의 일들을 하나하나씩 처결해나갔다. 질의응답이 오갔고, 법률이 정해졌으며, 폐허가 된 도시와 공항의 복구 작업에 대한 보고가 이뤄졌다. 사람들은 비로소 약간 안도하면서 다시 서로 대화를 나누기도 했다. 다비드 데스스토커와 키트 서머아일은 멀리서 이 광경을 지켜보며 가끔 조심스럽게 하품을 했다. 활극은 끝난 것 같았다. 때마침 눈이 그치고 바람이 잦아들면서 혹독한 추위도 가셔서 날씨마저 심심하게 느껴졌다. 그래도 춥기는 마찬가지였다. 두 명의 냉혹한 젊은이들에게 어울리는 추위였다.

키트 서머아일은 자신과 작위 사이를 가로막는 모든 사람들을 죽여 없애는 간단한 방법으로 가문의 수장이 되었다. 부모도 살해했고, 여제의 요청에 따라 왕년의 전설적인 검객이었던 할아버지까지 살해했다. 하지만 그런 행동이 그에게 별로 도움이 되지 못했다. 여제는 그가 더 이상 필요 없게 되자 그에게 흥미를 잃었다. 그는 잠시 지하동맹을 기웃거려보았지만 사일로나인의 참사 이후 발을 빼버렸다. 가망 없는 곳에서 정력을 낭비하고 싶지 않았다. 그래서 보통 키드 데스라고 불리는 이 남자는 아무에게도 신뢰받지 못한 채 적만 잔뜩 만들었고, 원래부터 이전투구판인 귀족사회에서조차도 따돌림을 당하는 신세가 되었다. 그의 나이는 불과 열아홉이었다. 호리호리한 체격에 검은색 옷과 은색 갑옷을 입었고, 차갑고 푸른 눈이 두드러진 길고 창백한 얼굴에 바람에 나부끼는 옅은 금발을 지니고 있었다. 그는 정글의 육식동물처럼 걸었다. 키트 서머아일은 키드 데스, 미소 짓는 살인자였다.

그의 유일한 친구가 옆에서 인상을 구기고 생각에 잠겨 서 있었다. 다비드 데스스토커는 사촌 오언이 수배되자 작위를 넘겨받았다. 나이는 열여덟이고 큰 키에 근육질의 몸매를 지녔으며 항상 말쑥하게 차려입고 다녔다. 비교적 미남이어서 벌써 사교계 아가씨들의 마음을 설레게 했다. 그는 최근에야 그 사실을 알아채고 자신의 나이에 어울리는 더 근사한 젊은 아가씨를 사귈 방법을 궁리하는 중이었다. 키트 서머아일과 친구 사이라는 것이 그에게 위험스러운 매력을 더했고, 그는 그것을 십분 활용했다.

그들의 우정은 당사자인 둘에게도 놀라운 것이었다. 둘 다 어린 나이에 가문의 수장이 되었지만 다른 가문들이 그들을 대접해주지 않는다는 것을 알고 있었다. 그들은 아주 작은 모욕에도 결투를 벌였지만 오히려 차가운 세평만 불러일으킬 뿐이었다. 반면 그들도 가문 정치를 이루는 음모와 배신에 대해서는 경멸을 아끼지 않았다. 물론 그렇게 된 것은 그들이 거기에 참여할 만한 인내심이나 기교가 없었다는 점도 한몫했다. 그들은 동료 귀족들의 비난을 무릅쓰고 검투장에서 싸움을 해 평민들 사이에서 추종자들을 좀 얻었지만 그다지 인기가 높다고 할 수는 없었다. 서머아일은 자기 가족들에게 한 짓 때문에, 그리고 완벽하게 잔인한 미친놈이라서 그랬고, 다비드는 반역과 동의어인 데스스토커라는 이름 때문에 그랬다. 하지만 그들은 서로에게서 비슷한 영혼을 발견했고 사회에서 거부당한 외톨이라는 공통점 때문에 점점 형제보다 더 가까워지면서 같은 날 같이 죽기를 맹세할 정도의 사이로 발전했다. 그런 그들이 지금 궁정에서 군중 틈에 끼어 드램을 관찰하면서 의아해하고 있었다.

"내가 저자를 이길 수 있겠어." 다비드가 말했다. "우리 둘 중 누구라도 더 훌륭한 워리어 프라임이 될 수 있겠는걸."

"맞아." 키트가 말했다. "하지만 워리어 프라임은 대중에게 인기가 있어야 해. 그러니 우리는 탈락이지. 만약 우리가 특출한 업적을 쌓는다면 달라지겠지만. 아직까지 우리한테 그런 기회가 주어진 적이 없었잖아. 조만간 전쟁이 시작될지도 몰라. 반역자들이나 외계인에 대한 전쟁 말이야. 출세할 기회는 항상 전쟁 속에 있지."

"전쟁에서는 재수 없으면 중요한 부분은 사라진 채 상자 속에 담겨져 집으로 배달될 기회도 마찬가지로 있다는 것을 알아둬. 전쟁에는 우연적인 게 너무 많아. 나는 좀 덜 극적인 것을 원해."

"이봐." 키트가 갑자기 말했다. "익숙한 얼굴이 눈에 띄는군. 북(北)손튼의 의원, 토머스 르 비앙이야. 확실해. 우리 후견인 말이야. 내 생각에는 그가 우리를 못 본 체하는 것 같은데. 살살 접근해 놀라게 해주자. 정신이 번쩍 나도록."

키트와 다비드는 사람들이 알아서 슬그머니 길을 비켜주었기 때문에 쉽게 군중 속을 지날 수 있었다. 르 비앙은 버틸 때까지 버티다가 어쩔 수 없다는 듯 한숨을 쉬고 돌아서서 두 사람에게 인사했다. 그는 거대한 곰 같은 사내였다. 술통처럼 두툼한 가슴에 염소수염을 기르고 있었다. 검술에 능하다는 평이었지만 두 악동들에게는 끌려 다닐 수밖에 없었다. 키트와 다비드는 답례하고 편안하게 웃어 보였다. 르 비앙의 웃음은 좀 어색했다. 검투장에 출전하기 위해서는 후견인이 필요했는데 키트와 다비드가 그를 선택해 자신들을 대표하게 했다. 당시 그는 선택의 여지가 없었고 감히 거절할 만큼 멍청이도 아니었다.

"안녕, 얘들아." 그는 조심스럽게 말했다. "이번에는 또 무슨 일로 이렇게 황송하게 찾아오셨나들? 아직 새로운 대전을 하기에는 너무 이르다고 분명히 말해줬을 텐데. 요즘 너희들과 싸우겠다는 사람을 구하기가 쉽지 않단 말이야. 너희들은 검투장 역사상 가장 긴 연승기록 중 하나를 가지고 있어."

"우리가 왜 인기가 없는지 알고 싶군요." 다비드가 말했다. "우리가 계속 이기고 있는데도 관중이 열광하지 않는 이유가 도대체 뭘까요? 관중이 박수 치고 환호하기는 하지만 가면의 검투사에게 했던 것처럼 우리를 숭배하지는 않아요. 당신이 가면의 검투사와 대전을 주선해줘야 할 것 같아요. 우리는 사랑받고 싶다고요, 토머스. 문제가 뭡니까?"

르 비앙이 한숨을 쉬었다. "진실을 알고 싶나? 좋아. 너희들의 문제는 너희 자신들밖에 생각하지 않는다는 거야. 너희들은 검투장에서 관중을 위해서가 아니라 너희들 자신의 즐거움을 위해 살인을 하지. 너희들은 이기는 것만 생각하지 관중에게 훌륭한 쇼를 제공하는 것에는 관심이 없어. 그리고 가장 문제가 되는 것은, 키트 너는 사이코라는 것이고 다비드 너는 데스스토커라는 거야. 뭔가가 옮을까봐 너희들에게 아무도 가까이 가려 하지 않는다고. 설혹 너희들이 발을 묶고 눈을 가린 채 가면의 검투사와 싸워 이긴다고 해도 사람들의 마음을 얻을 수는 없어. 내가 너희들의 후견인이 됐다는 이유 하나만으로 나와 말도 하지 않으려는 사람들도 있어. 누구도 너희들을 믿지 않고 누구도 너희들을 좋아하지 않아. 너희들이 주변에 얼쩡거리는 것조차 다들 싫어하지. 너희들이 길에서 앞을 가로질러 가면 사람들은 액땜하려고 손가락을 교차시킨단 말이야. 자, 이제 괜찮다면 나 좀 내버려둬. 내가 너희들과 말하는 것을 사람들이 보는 게 싫어. 나도 내 삶이 있어."

"감추지 말아요, 토머스." 다비드가 말했다. "당신의 진심을 말해주세요."

"난 이보다 덜한 일로도 사람을 죽였어." 키트가 싸늘하게 말했다.

"알지." 르 비앙이 대답했다. "그게 너희들의 문제야. 자, 이제 가도 될까? 아니면 여제 앞에서 너희들이 맨손으로 나를 때려죽일 텐가?"

"그럴 수도 있지."

"가게 내버려둬." 다비드가 말했다.

키트는 어깨를 으쓱했고, 르 비앙은 그 틈을 타 사라졌다. 키트는 차갑게 그의 뒷모습을 쏘아보았다. "저 자식이 우리를 모욕했어."

"진실을 말해주는 것으로? 우리가 그걸 원했잖아. 자, 이제 진정하고 눈에서 살기 좀 거둬. 여제가 쳐다보고 있어. 그녀가 우리 때문에 짜증을 부리면 안 되잖아. 오늘은 별로 기분도 안 좋아 보이는데 말이야."

키트는 콧방귀를 뀌었다. "이럴 때마다 우리가 아직도 지하동맹의 일원이었다면 좋았을 텐데 하는 생각이 들어. 나는 반골 기질을 타고난 것 같아."

"너무 위험하다고 이미 결론 냈잖아." 다비드가 말했다. "후드가 드램인 것이 밝혀졌으니 계속 머무는 것은 자살행위였어. 그가 나올 때 우리도 즉시 빠져나왔기 때문에 무사했던 거야. 드램이 우리를 모함하는 것이라고 주장할 수 있고, 또 라이언스톤이 이런 일로 시끄러워지는 걸 싫어할 테니까. 우리는 언제든지 다시 돌아갈 수 있어. 정말로 드램이 죽었다면……"

"하지만 죽지 않았잖아."

"그런 것 같아. 그래도 그가 최근에 어디 있었는지는 밝혀진 게 없어. 어쨌건 그가 라이언스톤에게 우리에 대해 말했을 수도 있어. 그래서 나는 비리몬드로 가려고 해."

"그리로 갈 필요까지는 없어." 키트가 발끝을 내려다보며 말했다.

"가야 해. 공식적으로는 식량 증산을 위해서야. 나는 제국의 주요 식량공급 행성의 책임자야. 그리고 데스스토커로서 해야 할 일이기도 하지. 내가 가지 않으면 라이언스톤이 그 핑계로 내 작위를 빼앗아버릴지도 몰라."

"하지만 네가 가면," 키트가 말했다. "나는 다시 혼자가 돼."

"그럼 같이 가." 다비드가 말했다. "그러면 우리가 출세할 기회는 당분간 사라지겠지만, 일단 전쟁이 시작되고 라이언스톤이 계속 우리에게 화만 내고 있을 수 없다는 것을 깨닫게 된다면 금방 다시 복귀할 수 있을 거야. 우리는 어쨌든 가문의 수장들이잖아."

"우리 둘 다 가문의 마지막 후예들이지. 우리는 서로밖에 의지할 사람이 없어." 키트 서머아일이 다비드의 눈을 들여다보았다. "다비드 너는 나의 유일한 친구다. 나는 너와 함께 비리몬드, 아니 림, 또는 어디라도 가겠다."

"너무 비관적으로 생각하지 마." 다비드가 말했다. "나와 함께 가면 즐길 것도 많을 거야. 와인에, 여자도 있을 거고, 팔이 아플 정도로 사냥거리도 많을 거야. 그리고 혹시라도 우리가 궁정에서 사라진 것을 여제가 도피 같은 것으로 해석하는 경우에는 서로 등을 지켜줄 사람도 필요하고 말이야."

키트는 미소 지었다. "넌 항상 현실적이야, 다비드."

"우리 둘 중 하나라도 그래야 되지 않겠어? 만약 라이언스톤이 바보처럼 우리를 붙잡아오라고 누군가를 보낸다면, 나는 그들을 아주 작은 상자에 나눠 담은 다음 수취인 지불요금제로 부칠 거야."

"그래." 키드 데스가 말했다. "하지만 철의 쌍년이 우리를 죽이려고 했다면 벌써 그랬을 거야. 음식에 독을 타거나 화장실에 폭탄을 설치하는 식으로 말이야. 하지만 그녀는 우리를 죽이지 않아. 항상 우리 같은 사람들이 해야 할 일이 있기 마련이거든. 이유 불문하고 아무나 죽일 수 있는 잘 훈련된 전사들 말이야. 알게 될 거야. 일단 전쟁이 시작되거나 정치적 내분이 좀 더 치열해지면, 그녀는 우리를 부를 수밖에 없어. 그때가 되면 우리 출세 길은 열리는 거야. 그런 날이 빨리 왔으면 좋겠다."

다비드는 다정한 눈길로 그를 쳐다보았다. "키트 너는 가끔 나를 걱정스럽게 만드는구나. 적어도 내가 너를 데리고 있으면 네가 다시 밸런타인을 쫓고 있을 거라는 걱정은 할 필요가 없겠지."

"그자를 죽이고 말 거야." 키트가 작은 목소리로 말했다. "천천히 죽일 거야. 나한테 제발 빨리 끝내달라고 애원하도록 만들어주겠어. 나를 배신한 자의 말로는 그래야 해."

다비드는 아무 말도 하지 않았다. 키트는 사이버생쥐와의 연줄을 활용해 캠벨 가가 셔브의 반란AI들과 밀통하는 것을 알아냈다. 그는 막대한 금액을 약속받고 그 정보를 밸런타인에게 넘겼다. 그런데 밸런타인은 그 정보를 이용해 캠벨 가를 뒤엎고는 키트와 연락을 끊어버렸다. 그리고 자신은 키트에게 한 푼도 빚진 것이 없다며 해볼 테면 해보라는 식으로 나왔다. 이제 밸런타인은 제국 최고 가문의 수장이 됐기 때문에 만약 키트가 그를 죽인다면 여제가 가만히 있을 턱이 없다. 여제는 군대를 보내서라도 키트를 죽이려 할 것이다. 키트 서머아일은 이를 갈며 인내의 미덕을 익혀야 했다. 밸런타인이 언제까지나 총애받지는 못할 것이다.

"비리몬드로 함께 가자." 다비드가 말했다. "재미있을 거야. 현지인들도 좀 굶려주고, 밸런타인이 힘을 잃었을 때 어떻게 처리할지 계획도 짜자고. 상황이란 항상 바뀌기 마련이야."

그때 어디선가 홀연히 권좌 앞에 시체 하나가 나타났다. 시체는 살이 썩어 뼈가 드러나 있었음에도 불구하고 두 다리로 서서 머리를 빳빳이 세우고 있었다. 라이언스톤이 헉 소리를 내며 권좌에서 흠칫 뒤로 몸을 움츠리자 그때서야 사람들은 그것이 그녀의 또 다른 장난이 아니라는 사실을 깨달았다. 시체는 몸을 돌려 군중을 바라보며 미소 지었고 여기저기서 비명이 터져 나왔다. 고약한 냄새를 풍기는 시체는 몇 주 동안 땅속에 묻혀 있던 것을 파낸 것처럼 보였다. 자줏빛과 허연색이 뒤섞인 살은 갈라지고 썩어서 뼈가 드러났지만 곳곳에 박힌 반짝이는 기계장치들이 몸뚱이를 한데 엮어주고 있었다. 유령전사였다. 컴퓨터 임플란트로 유지되는 생명 없이 부활한 시체. 셔브의 반란AI들이 보낸 사절이었다.

하지만 더 끔찍한 것은 누군지 알아볼 수 있을 정도로 얼굴이 멀쩡하다는 점이었다. 그것은 제이콥 울프의 시체였다. 사람들이 그 충격적인 얼굴을 보고 수런대기 시작했다. 그리고 밸런타인을 쳐다보며 그의 반응을 살폈다.

밸런타인은 놀라움과 함께 여러 가지 감정이 교차하는 것을 느꼈다. 하지만 마음속 깊은 곳에서는 마침내 아버지의 실종에 관한 의문이 풀렸다는 약간의 안도감도 일었다. 유령전사가 끔찍하기는 했지만 견딜 수 있다. 그는 어두운 한밤중에 훨씬 더 나쁜 것을 상상해왔다. 이제 최악은 면해서 그런지 오히려 호기심마저 일었다. 하지만 그는 사람들이 원하는 대로 충격받고 분노한 표정을 조심스럽게 지어주었다.

다니엘과 스테파니는 거의 시체와 같은 창백한 얼굴을 하고 서로 꼭 붙어 있었다. 콘스탄스는 자신의 죽은 남편에게로 달려가려 했으나 BB와 레이저가 그녀를 붙잡고 귀에다가 뭐라고 속삭였다. 시체는 제이콥 울프가 아니라 껍데기에 불과하다는 것을 인식시킨 것이다. 그것은 허물어지는 살을 숨겨진 철제 임플란트가 받치고 있는 것에 불과했다. 마침내 콘스탄스가 고개를 끄덕이고 몸부림을 그친 후 고개를 돌렸다. 뺨 위로 눈물이 흐르고 어깨가 흔들렸다. BB는 그녀의 팔을 다독거리며 위로하면서도 눈은 유령전사에게서 떼지 않았다. 그녀의 까만 두 눈은 공포보다는 흥미를 보이고 있었다.

사람들은 공포에 빠져 소란스러웠다. 그들 중 살이 썩어가는 유령전사를 실제로 본 적이 있는 사람은 없었다. 그래서 라이언스톤의 권좌 뒤에 명령만 내리기를 기다리며 버티고 서 있는 열댓 명의 경비대원들도 그들에게는 안도감을 주지 못했다. 셔브의 반란AI들은 인류를 공격할 때 간혹 유령전사를 기습부대로 활용했는데, 군사적인 효율성과 함께 심리적인 효과도 노릴 수 있기 때문이었다. 아주 용감한 해병도 죽은 친구나 동료가 자기를 죽이려고 몰려오는 것을 보면 사기가 꺾이곤 했다. 그리고 가끔은 지금처럼 유령전사를 여제에게 보내는 특사로 활용하기도 했다. 유령전사는 여러 가지 경비장치가 있음에도 불구하고 아무 예고도 없이 어디선가 불쑥 나타나곤 했다. AI들은 ESP차단기로도 막을 수 없는 원거리 공간이동 기술을 가지고 있다. 제국의 과학자들이 그 비밀을 풀어보려고 몇 년 동안 노력하고 있지만 헛수고였다. 유령전사는 천천히 돌아서서 여제에게 커다란 미소를 지어 보였다. 미소 짓는 입 주변으로 색 바랜 피부가 부서져 떨어졌고, 광대뼈 아래의 틈으로 허연 이가 선명히 드러나 보였다.

"먼저 불쑥 쳐들어온 것을 사과하겠습니다." 시체가 조용히 말했다. "우리에게 보낸 초대장이 잘못 배달된 게 분명한 듯합니다. 우리는 라이언스톤 당신에게 할 말이 많습니다. 세월은 변하고 현실은 유동적입니다. 미래에 대한 예측은 점점 암울해지는군요. 이제 우리는 서로의 적대관계를 청산하고 공존을 모색해야 할 때인 것 같습니다. 제국이 셔브의 통제 아래로 복속된다면 우리는 힘을 합쳐 앞으로 다가올 위협에 대처할 수 있을 겁니다. 당신들은 외계인 한 종족이 무엇을 할 수 있는지 이미 봤습니다. 외계종족이 하나 더 있지요. 암흑성운 저쪽에서 건너올 그들은 당신들이 생각하는 것보다 더 이상하고 치명적일 겁니다. 육체의 악몽을 뛰어넘는 존재, 이성과 정신을 초월한 존재란 말이지요. 당신들 혼자서는 그들을 이길 수 없습니다. 항복하세요. 우리에게 지휘권을 넘기십시오. 우리가 인류를 무적의 군대로 조직하겠습니다."

"어떻게?" 여제가 물었다. "우리 모두를 유령전사로 만들어서?"

"그것도 하나의 방법입니다." 제이콥 울프의 시체가 말했다. "하지만 다른 방법도 있습니다."

여제와 유령전사가 설전을 벌였지만 밸런타인은 별로 주의를 기울이지 않았다. 이 일에 대해 미리 통보받지 못한 것에 화가 날 뿐이었다. 캠벨이 셔브와 한 모든 거래를 인수하기로 했으므로 그는 어쨌든 셔브의 동맹자이지 않은가. 제국의 신형 스타드라이브의 비밀을 넘기는 대신 셔브는 울프 가에 자신들의 신기술을 제공한다는 조건이었다. 물론 그는 아직 셔브에게 신형 스타드라이브를 넘기지 않았다. 그렇게 하면 그들이 인류에 가하는 위협이 지나치게 커질 것이다. 스타드라이브를 셔브에게 넘기는 것은 아마 라이언스톤에게 할 수 있는 가장 재미있는 장난이 될 것이다. 셔브가 어디서 스타드라이브를 얻었는지 그녀가 마침내 알게 됐을 때 지을 표정은 상상만 해도 웃음이 절로 나왔다.

밸런타인은 그런 유혹적인 생각을 잠시 밀쳐두고 유령전사를 주의 깊게 살피며 눈앞의 장면에 집중했다. 죽은 아버지 제이콥 울프가 확실했다. 왜 셔브는 하필이면 그의 시체를 선택했을까? 밸런타인 그에게 뭔가 말하려고 하는 것인가? 이 문제에 대해 생각해봐야 했다. 그는 슬그머니 약함에서 또다시 약 하나를 꺼내 목의 정맥에 대고 눌렀다. 정신을 빠짝 차려야 했다. 심장박동이 빨라지는 것을 느낄 수 있었다. 심장이 가슴속에서 뛰쳐나오려고 하는 것 같았다. 그는 또 다른 약을 써서 심장을 진정시켰다. 약이란 이런 것이다. 한쪽을 억누르면 몸의 다른 쪽이 튀어오르기 마련이다. 물론 이런 것이야말로 재미이기도 하지만. 마치 까마득한 절벽 사이를 외줄타기로 걷는 것과 같다. 밸런타인은 옆쪽에서 갑자기 소란이 일자 고개를 돌렸다. 다니엘이 군중을 밀치고 나와 유령전사 쪽으로 눈을 헤치며 걸어가고 있었다. 스테파니가 애타게 불렀지만 그는 뒤돌아보지 않았다. 그가 시체 옆에 멈춰 서자 시체가 그를 차갑게 쳐다보았다. 다니엘은 손을 들어 그것을 만지려다가 주춤했다.

"아빠, 아빠 맞아요?" 유령전사는 대답하지 않았다. 다니엘이 한 걸음 다가섰다. "아빠, 아빠가 돌아가신 뒤로 정말 외로웠어요. 보고 싶었어요. 절 알아보시겠어요?"

시체는 그를 한동안 바라보았으나 망가진 얼굴에는 감정이 흐르지 않았다. "입 닥쳐라, 대니." 마침내 시체가 말했다. "창피하게 이게 무슨 짓이냐. 나는 지금 바쁘다." 시체는 다시 라이언스톤을 향했다. "당신의 대답을 기다립니다. 항복하십시오. 그렇지 않으면 홀로 맞서다가 파멸할 것입니다."

"셔브에 항복하는 것은 파멸과 하등 다를 바 없다." 라이언스톤이 말했다. "너희들은 이미 육신에 기반한 생명에 대한 입장을 명백하게 밝혀오지 않았느냐. 너희들의 임플란트로 작동되는 시체로 사느니 인간으로 죽는 것이 낫다. 이제 너를 부품더미로 해체해버리기 전에 어서 여기서 썩 꺼져라."

"만나봬서 영광이었습니다." 유령전사는 서 있던 눈밭 위에 발자국만 남기고 연기처럼 사라졌다. 다니엘은 돌아서서 어깨를 축 늘어뜨리고 터벅터벅 군중 속으로 되돌아갔고, 스테파니가 울고 있는 그를 꽉 껴안아 다독였다. 밸런타인은 눈살을 찌푸리고 생각에 잠겼다. 잠시 동안이었지만 유령전사가 다니엘을 알아보았다. 그의 반응은 분명히 제이콥의 것이었다. 썩어가는 몸속에서 기계장치에 의존하며 그의 일부가 살아 있는 것일까? 밸런타인은 그러기를 바랐다. 아버지가 죽어서도 고통받을 거라는 생각이 들자 유쾌했다. 그는 한숨을 내쉬었다. 아마도 그것은 적들에게 비탄과 회의를 심어놓으려는 셔브의 또 하나의 속임수에 불과할 것이다.

"진정들 하시오, 젠장." 군중의 소란을 뚫고 여제의 증폭된 목소리가 날카롭게 울렸다. "이제 가버렸으니 모두 안전하오. 나를 그런 식으로 계속 자극하지만 않는다면 말이오. 유령전사가 여기까지 나타난다는 것이 얼마나 심각한 문제인지 내 모르는 바 아니오. 허나 먼저 이 사건이 시사하는 바를 따져볼 필요가 있소. 첫째, 원거리 공간이동은 엄청난 동력을 소모하는 일이오. 그러니까 AI들이 외계인의 위협에 대항하기 위해 우리와의 동맹을 절실히 원한다는 점을 알 수 있소. 둘째, 이런 일이 재발하지 않도록 궁정의 경비시스템을 근본적으로 개선해야 한다는 점이 명확해졌소. 셋째, 우리 중에 셔브의 첩자가 있는 것이 거의 확실하오. 공간이동을 위해서는 누군가 정확한 좌표를 제공해야 하오. 그러므로 여기 있는 사람들은 모두 자기 자신이 확실하다고 입증될 때까지 아무도 이곳을 떠날 수 없소. 보안컴퓨터, 코드 오메가 스리를 발동한다. 모든 사람들에게 풀 센서 스캔을 실시하라. 예외는 없다. 네 파일에 등재되지 않은 비인간적인 요소는 모조리 보고하라."

밸런타인은 긴장하다가 다시 안도했다. 그가 엄밀히 말하면 셔브의 첩자인 것은 사실이지만, 그것을 센서로 알아낼 방법은 없다. 그의 몸에서 개조된 부분은 그 자신이 만든 것이고, 그것은 자연적인 화학반응에 의한 것이지 기계장치와는 상관없었다. 에스퍼 스캔이라면 문제는 다르겠지만, 여제도 아무리 지금 같은 상황이라 하더라도 전반적인 텔레파시 스캔은 절대로 할 수 없다는 것을 잘 알고 있었다. 사람들이 절대로 가만있지 않을 것이기 때문이다. 누구나 감춰야 하는 것이 있다. 지금 여제가 찾고 있는 것은 퓨리다. 살가죽을 뒤집어쓴 안드로이드, 진짜를 바꿔치기한 가짜, 셔브의 은밀한 첩자이자 테러리스트이고 암살자인 기계인간. 밸런타인은 주위를 둘러보았지만 불안에 떨거나 출구 쪽으로 움직이는 자는 아무도 없었다.

"스캔 완료했습니다." 컴퓨터가 말했다. "토머스 르 비앙은 인간이 아닙니다. 심부 스캔을 해본 결과 기계로 판명됐습니다. 퓨리입니다."

그 순간 르 비앙의 가면을 쓰고 군중 속에 숨어 있던 기계로부터 도망치기 위해 사람들이 달음박질치면서 넘어지고 밟히며 아수라장을 이루었다. 더 이상 인간의 표정을 흉내 낼 필요가 없어진 퓨리의 얼굴은 공허했다. 그의 몸에서 두꺼운 창살이 옷을 뚫고 돌출해 사람들의 접근을 막았다. 눈에서 에너지빔이 번쩍거리자 앞에 있던 대여섯 명의 몸이 산산조각 났다. 에너지빔을 발사하면서 그의 인간 눈도 날아가버렸지만 그 눈이 없어도 보는 데 지장이 없다는 것을 곧 알 수 있었다. 그의 팔 속에 감춰진 칼집에서 긴 칼날이 솟아났다. 르 비앙은 무서운 속도로 앞에 있는 사람들에게 달려들어 기계의 완벽한 속도와 정확성으로 찍고 베기를 반복했다. 공기 중에 피가 솟구치며 눈 위를 적셨다. 궁정은 비명소리로 가득했다. 사람들은 그에게서 멀어지려고 죽으라고 달렸지만 너무 느렸다. 그들은 사람일 뿐이었다. 퓨리의 검이 오르내리며 사지를 자르고 두개골을 깨뜨렸지만 그의 얼굴에는 아무런 표정도 없었다.

드램과 베케트 장군은 재빨리 권좌 앞으로 달려가 라이언스톤을 보호했다. 카사 주교는 한 걸음 물러서서 언제라도 권좌로 뛰어들 태세를 취했다. 퓨리는 군중을 찢고 흩뜨리고 짓밟으며 전진했다. 그의 눈과 입에서 에너지빔이 쏟아져 나오면서 처절한 비명소리가 울려 퍼졌다. 레이저 수색관은 BB와 콘스탄스를 눈 위로 밀치고 자기 몸으로 그들을 덮었다. 멀지 않은 곳에서 다니엘이 같은 방법으로 스테파니를 보호했고, 마이클은 릴리를 그렇게 했다. 다니엘과 마이클 둘의 눈이 순간 마주쳤고 다니엘은 얼핏 이상하다는 생각이 들어 눈살을 찌푸렸으나 곧 퓨리에게 다시 정신을 빼앗겼다. 한편 밸런타인은 자신이 서 있던 자리를 지키며 소동을 즐기고 있었다. 그의 주변에서 사람들이 쓰러져갔지만 그는 털끝 하나 다치지 않았다. 셔브가 자기편을 알아본 것이다. 군중의 가장자리에서는 스텔마가 사일런스의 뒤에 몸을 숨기고 있었고, 사일런스는 맨손으로 퓨리를 공격하려고 나서는 프로스트를 말리고 있었다.

라이언스톤이 경비대원들에게 퓨리를 파괴하라고 명령하자 열두 명의 무장한 군인들이 달려 나가 안드로이드를 포위했다. 퓨리는 약간 주춤했다. 군인들이 달려들었지만 검이 바깥의 살만 벨 뿐 그 아래의 철에 부딪쳐 튕겨났다. 군인들에게는 총이 없었다. 라이언스톤은 궁정에서는 군인에게도 총을 금했다. 퓨리가 팔을 안쪽으로 구부리자 몸에 돋아난 창살들이 발사되어 경비대원들을 꿰뚫었다. 경비대원들은 단말마의 비명을 지르며 눈 위에 쓰러져 꼼짝도 하지 못했다.

다비드 데스스토커와 키트 서머아일이 달려들어 각각 바닥에 떨어진 검을 집어 들었다. 그들은 퓨리의 양옆에서 치고 빠지기를 반복했다. 다비드는 부스트를 해서 거의 퓨리의 속도에 버금갈 정도였고, 키드 데스도 무서운 속도와 맹렬한 공세로 안드로이드를 붙잡아두고 있었다. 두 사람의 공격으로 퓨리의 살가죽이 점점 벗겨지면서 쇳덩이가 드러나기는 했으나 별다른 손상을 입히지는 못했다. 그들은 에너지빔을 피하면서 계속 싸웠다.

레이저와 프로스트가 갑자기 나타나 죽은 경비대원의 검을 주워 들고 싸움에 가세했다. 그럼에도 불구하고 네 사람이 할 수 있는 것은 에너지빔을 피하면서 퓨리를 그 자리에 잡아두는 것뿐이었다. 그들은 퓨리에게 아무런 피해도 줄 수 없었고, 시간이 가면 갈수록 자신들의 힘만 빠져서 결국 퓨리에게 당하게 되리라는 것을 잘 알고 있었다.

"물러나라!" 권좌에서 라이언스톤이 큰 소리로 외쳤다. "더 좋은 생각이 있다."

레이저와 프로스트가 펄쩍 뛰면서 물러났고 그들이 있던 자리에 퓨리의 눈과 입에서 발사된 에너지빔이 덮쳤다. 다비드와 키드 데스는 권좌를 흘낏 보고 라이언스톤의 의중을 눈치 챈 후 퓨리에게서 물러났다. 라이언스톤 옆에는 그렌델의 외계인이 보이지 않는 목줄에 묶여 있는 것처럼 가만히 서 있었다. 굴레에서 벨소리가 들리자 그렌델은 질풍처럼 달려가 퓨리를 덮쳤다. 외계인의 눈에서 에너지빔이 번쩍거리자 사람 얼굴이 날아가버리고 안드로이드의 해골 같은 쇳덩어리 머리가 드러났다. 그렌델의 진홍색 갑각에서 창살이 돋아났다. 둘은 몸을 맞대고 엉겨서 서로의 힘을 가늠해보았다.

그렌델이 양손으로 퓨리의 머리를 붙잡아 몸통에서 뜯어냈다. 퓨리는 한 발도 물러서지 않았다. 퓨리는 한 손을 뻗어 칼날로 외계인의 배를 관통해 등까지 뚫었다. 검은 피가 다리로 흘러내렸지만 그렌델은 움찔하는 기색도 없었다. 외계인은 안드로이드의 노출된 목으로 고개를 숙여 입을 벌리며 에너지빔을 쏟아 부어 기계의 내부를 휘저어놓았다. 퓨리는 자유로운 한쪽 팔을 거칠게 흔들다가 그렌델의 뱃속에 박힌 칼을 위로 끌어올려 외계인의 상체를 반으로 갈라놓았다. 잠시 동안 둘은 마지막 공격을 퍼붓기 위해 최후의 힘을 모으는 듯 가만히 서 있다가 그대로 눈바닥에 쓰러진 후 움직이지 않았다.

잠시 침묵이 흐른 후 프로스트와 레이저가 조심스럽게 앞으로 나가서 움직이지 않는 몸들을 관찰했다. 프로스트가 퓨리를 장화 끝으로 건드려보았으나 아무런 반응이 없었다. 다비드와 키트도 다가와서 서로 몸을 기대며 그것들을 내려다보았다. 주위로는 사람들이 천천히 아주 조심스럽게 몸을 일으키며 몸에서 눈을 털어내는 모습이 보였다.

"진짜 르 비앙은 어떻게 됐을까요?" 다비드가 말했다.

"죽었소." 레이저가 말했다.

"확실한 거요?" 키트가 물었다.

"죽지 않았다면 오히려 큰일이지." 프로스트가 말했다. "저 물건이 그의 가죽을 뒤집어쓰고 있지 않았소."

"제기랄." 라이언스톤이 쓰러진 두 몸통을 보며 말했다. "그렌델을 새로 주문해야겠군. 여러분, 안심하시오. 이제 쇼는 끝났소. 퓨리는 하나뿐이었지, 그렇지 컴퓨터?"

"네, 그게 유일한 퓨리였습니다." 컴퓨터가 차분하게 말했다. "하지만 인간 아닌 존재는 그것 하나뿐이 아닙니다. 카사 주교의 수행원 중에서 로저 게펜 신부는 인간이 아닙니다. 정확히 뭔지는 모르겠으나 센서에 따르면 그의 내부구조는 인간과 다릅니다. 그는 인간을 가장한 외계인의 일종인 것 같습니다."

"그 녀석을 사로잡아!" 여제가 소리쳤다. "젠장, 이번에는 심문을 좀 해봐야겠군."

"미안합니다." 흰 옷을 입은 지극히 평범한 외모의 게펜이 말했다. "더 이상 머물 수가 없군요. 바빠서 이만 실례."

그의 팔과 다리와 목이 갑자기 늘어났다. 몸의 여러 부분이 펴지고 옷이 몸속으로 스며들었으며 부풀어 오른 머리에는 여러 사람의 얼굴이 나타났다가 사라지기를 반복했다. 사람들이 사방에서 그에게로 몰려들자 외계인은 넘어져 허물어지더니 액상으로 변해 이리저리 흩어졌다. 누군가 그것을 주우려 했으나 손가락 사이로 흘러 떨어질 뿐이었다. 그리고 갑자기 다시 한데 뭉치더니 분수처럼 공중으로 솟구쳤다. 레이저와 프로스트가 그것을 검으로 잘랐으나 외계인의 몸은 떨어졌다가 다시 붙으며 아무런 해도 입지 않았다. 그런 와중에 활짝 미소 짓는 입이 나타나 함성을 지르고 웃고 하더니 인기 있는 쇼 프로그램의 노래를 여러 가지 다른 목소리로 연창했다. 마침내 외계인은 여러 조각을 한데 모은 후 회오리처럼 돌면서 공중으로 날아올라 보이지 않는 천장에 부딪친 후 사라져버렸다. 궁정에는 정적만이 흘렀다. 밸런타인이 처음으로 정적을 깼다. "허참, 외계인의 공격이 이렇게…… 바보스러운 것일 줄은 상상도 못 했네."

그날 궁정은 그렇게 끝났다. 사람들은 불경하게 보이지 않는 선에서 슬금슬금 궁정을 빠져나갔다. 여제는 권좌 앞에 서서 부하들에게 외계인을 잡아 죽이고 해부하라고 고래고래 소리를 질러댔다. 그렇다고 사람들이 할 수 있는 일은 없었다. 드램 사령관은 몸을 잔뜩 낮춰 가장 먼저 빠져나온 사람 중 하나였다. 그는 그러기를 잘했다고 생각했다. 외계인이 다시 나타나지 않을 것이 확실한데, 어떤 멍청이가 그 점을 여제에게 납득시키려고 들 때 주변에서 얼쩡거리고 싶지 않았던 것이다. 외계인의 변신 능력을 볼 때 그것은 지금 어디에든 그리고 무엇이든 되어 숨어 있을 수 있었다. 드램은 그것에 대해 더 이상 생각하고 싶지 않았다. 경비센서들이 그것을 결국 찾아낼 수도 있겠지만 시간이 오래 걸릴 것이다. 그리고 일단 발견한다고 쳐도 어떻게 붙잡아둘 것인지도 문제였다. 하지만 드램은 그 문제도 생각하기 싫었다. 그는 자기 자신만의 문제로도 벅찼다.

사람들은 궁정을 빠져나오면서 모두 입을 굳게 다물고 있었다. 물론 하고 싶은 말이 많았지만 사적인 자리에서 하는 것이 더 편할 것이라고 느꼈다. 드램도 라이언스톤에게 하고 싶은 말이 많았지만 당분간은 안전한 거리에서 통신채널을 통해 대화하는 것이 나을 것이라고 판단했다. 그래서 제국궁전의 자기 숙소로 돌아가 라이언스톤이 진정될 때까지 기다리기로 했다. 그런데 숙소의 문턱을 넘어서자마자 방 안의 화면에 호출신호가 들어오는 것이 보였다. 드램은 서두르지 않았다. 여제의 기분이야 어차피 상해 있을 테니 조금이라도 더 평화를 누리고 싶었다. 그는 안락의자에 몸을 파묻고 다리를 들어 재빨리 달려온 발걸이에 올렸다. 그리고 크게 한숨을 내쉰 후 호출에 응답했다. 라이언스톤이 벽 속에서 험악하게 인상을 쓰고 있었다. 그녀가 호출한 곳이 침전이었음에도 불구하고 머리에는 여전히 왕관을 쓰고 있었다. 아주 위험스러운 징조였다. 보통 그녀는 공식적이고 불쾌한 일을 마음속에 두고 있을 때 그런 모습을 하곤 했다.

"드램, 그렇게 앉아 있으면 참 편안하겠구나. 그렇다고 똑바로 앉을 건 없어. 아직 그 망할 것을 못 찾았어. 물어봐줘서 고마워. 일이 자꾸 복잡하게 꼬이기만 하는군."

"말해줘요. 나 어땠어요? 그럴듯해 보였나요? 사람들이 내가 진짜 드램이라고 믿어줄까요?"

"물론 믿을 거야." 라이언스톤이 말했다. "다른 가능성은 생각하기도 싫을 테니까. 사람들은 내가 클론을 옆에 두고 있다는 것을 상상하고 싶지 않을 테니까 네가 드램이라고 믿을 거야. 게다가 내 경비 스캔너가 너를 인증했을 거라고 추측할 테고. 그러니 그대로 내버려 두면 돼. 내가 너를 드램이라고 말하는 한 너는 드램인 거야.

진짜 드램이 죽는 걸 본 사람들은 내가 모두 돈틀러스 호에 가두어 다시 몇 년은 걸릴 작전에 내보냈으니 염려할 거 없어. 그들이 다시 돌아올 때쯤이면 이미 다 지난 일이라 아무도 관심을 가지지 않을 거야. 그때는 네가 이미 확고한 기반을 다졌을 테지. 내가 돌봐주겠어. 그리고 필요하다면 마인드테크를 시켜서 사일런스와 그의 부하들의 기억을 지워버릴 수도 있어. 아니면 더 간단하게 불행한 사고로 그들이 모두 죽게 만들 수도 있겠지. 하지만 사일런스 부대는 지금 영웅이 됐어. 영웅은 쓸모가 많으니 일단은 두고 보는 거야."

"당신은 영웅이 필요 없어요." 드램이 말했다. "제가 있잖아요."

여제는 싸늘하게 웃었다. "보고를 들어보니 네가 아직 세무본청 경비담당자들의 집단처형을 명령하지 않았더구나."

"좀 지나친 감이 있어서요." 드램이 말했다. "그들은 운이 나빴을 뿐이라고요. 그들 잘못이 아니잖아요. 헤이든맨의 배가 올 줄 아무도 몰랐던 것 아닌가요?"

"진짜 드램은 주저 없이 그들 모두를 처형해버렸을 거야. 몇 명쯤은 자기가 직접 처리했을걸. 일벌백계의 의미로 말이야. 사람들이 그를 괜히 과부제조기라고 불렀던 게 아니야. 오늘 중으로 당장 실시해. 안 그러면 사람들이 네가 물렁해졌다고 여길 수도 있어. 그러니까 그들 중 무작위로 백 명 정도만 추려서 공개처형해버려. 상급자는 네가 직접 하도록 하고. 강한 인상을 심어줘야 해."

"알겠습니다, 폐하. 저한테 또 시키실 작은 심부름이 있나요?"

"까불지 마, 너한테는 안 어울려. 새로운 프로젝트는 어떻게 돼가고 있어?"

드램은 어떻게 말을 꺼낼지 몰라 잠시 망설였다. 그는 사일로나인의 난동에서 죽은 에스퍼들의 뇌 조직을 이용해 ESP차단기를 양산하는 임무를 맡았다. 현재의 기술로는 하나의 ESP차단기를 만들기 위해서 한 명분의 에스퍼 두뇌가 온전히 필요했다. 이것이 바로 ESP차단기가 귀한 이유였다. 그리고 사일로나인의 대량학살 이후에도 불구하고 기술자들은 벌써 원료 부족을 겪고 있었다. 이미 원료가 상당 부분 다른 실험에 투여되었기 때문이다. 다른 실험이란 라이언스톤이 승인한 것으로 '리전(Legion)'이라고 불리는 계획이었다. 여제는 리전이 무엇인지 드램에게도 설명해주지 않았다.

"아, 그거요." 침묵을 너무 끌어 뭔가 숨기려 한다는 인상을 주기 전에 드램이 입을 열었다. "에스퍼 한 명으로 백한 개의 ESP차단기를 만드는 것 말이지요. 열심히 연구 중입니다. 과학자들이 그거 말고도 죽은 에스퍼의 뇌 조직으로 도시 하나쯤은 거뜬히 작살낼 수 있는 마인드폭탄을 만들 수 있는지, 그리고 미스트월드에서 쓰고 있는 것처럼 컴퓨터보다 빠르고 강력한 생각하는 기계를 만들 수 있는지 그런 것들도 함께 연구하고 있습니다."

"실험을 개시한 지 벌써 꽤 됐는데. 아직 보여줄 만한 것은 없어?"

"별로…… 없습니다. 시체가 거의 떨어져서 원료가 부족하기 때문에 일이 더딥니다."

"그럼, 에스퍼들을 더 죽여." 라이언스톤이 말했다. "날 실망시키지 마, 드램. 널 파괴하고 새로운 클론으로 처음부터 다시 시작하기는 싫으니까."

"알겠습니다." 드램이 말했다. "그건 저도 싫습니다."

"너도 줄리안 스카이가 외부의 도움으로 탈출했다는 소식 들었지?"

"예, 안타까운 일이더군요."

라이언스톤은 그에게 눈을 부라렸다. "드램, 너는 항상 일을 별거 아닌 것처럼 만들어버리는 재주가 있구나. 스카이를 잃은 것은 엄청난 손실이야. 그렇다고 그를 잡기 전보다 나빠진 것은 없지만. 어쨌든 최소한 스카이가 우리가 생각한 것만큼 중요한 인물이라는 점은 확인한 셈이야. 그는 한 번 실수를 했으니 또다시 실수하지 말라는 보장도 없지. 그때는 확실히 잡아야지. 그리고 다음번에는 마지막 순간에 탈출하는 그런 불상사는 없도록 해야 해. 애초에 그의 다리를 잘라버려서라도 말이야. 하지만 지금은 그를 탈출시킨 사람에게 더 흥미가 생겨. 감시카메라에 정확한 모습이 찍혔는데 그자는 핀레이 캠벨이 분명하더군. 신이 패션 액세서리로 빚어놓은 인간 말이야. 처음 기록을 봤을 때 내 눈을 믿을 수가 없었지. 우리 시대 최고의 멋쟁이가 지하동맹의 무자비한 킬러가 됐다? 내가 누누이 말했지, 믿을 놈은 하나도 없는 세상이라고. 그가 싸우는 모습을 한번 감상해봐."

화면에서 라이언스톤의 얼굴이 사라지고 구치소의 장면이 나타났다. 핀레이 캠벨이 검을 휘두르며 한 부대의 경비대원들을 뚫고 나가고 있었다. 경비대원들은 전혀 무장을 하지 않은 것처럼 속수무책으로 당했다. 그는 매우 인상적인 기교를 보여주고 있었다. 가끔은 무슨 일이 일어났는지 제대로 보기 위해 영상을 천천히 돌려야 했다. 드램은 핀레이의 화려한 검술과 속도에 매료되어 자기도 모르게 의자 끝에 걸터앉아 있음을 발견했다. 화면이 사라지고 다시 여제의 찡그린 얼굴이 나타나자 드램은 의자에 등을 기대며 무심한 듯 보이려 노력했다.

“좋은 재주군요.” 그가 조용히 말했다. “하지만 방어기술은 좀 부족해 보이는데요. 물론 별로 방어할 필요가……”

라이언스톤은 크게 코웃음을 쳤다. “지하동맹이 멋 부리는 데만 정신 팔렸던 핀레이 캠벨을 데려가서 저렇게 일급 무사로 변신시킬 능력이 있다면, 그들을 너무 가볍게 보아서는 안 될 것 같아. 핀레이가 세인트 존 경도 살해했다는 것 알고 있어? 그렇게 큰 손실은 아니지만 말이야. 그자는 요즘 너무 정치적으로 나대는 것 같더라고. 그자는 살았을 때보다도 죽어서 순교자로 우리한테 더 가치가 있어. 내가 그자를 대신할 믿을 만한 사람을 물색할 때까지 네가 워리어 프라임으로서 그가 하던 일을 맡아줘. 그러려면 사람들과 더 많이 어울리게 되겠지만, 이제 그 정도의 준비는 된 것 같아. 험상궂게 보이고 쓸데없는 말만 하지 않으면 문제없을 거야. 지금 사일로나인을 재건축하는 데 문제가 있다는 소식이 들리던데. 그 일은 네가 처리하기로 했잖아. 말해봐, 드램.”

“웜보이가 사라진 후 에스퍼를 통제할 수단으로 벌레들밖에 남지 않았습니다. 벌레들이 조악하나마 게슈탈트를 만들어 전처럼 에스퍼들의 사고를 고통으로 제어하기는 하는데, 게슈탈트를 유지하기 위해서는 벌레들이 가까이 붙어 있어야만 합니다. 그렇기 때문에 에스퍼들을 흩어놓으면 그 불안정한 통제력이 사라져버린다는 얘기지요. 그리고 그렇게 많은 에스퍼 수감자들을 통제할 ESP차단기가 아직 없습니다. 그래서 우리는 에스퍼들을 한군데 몰아넣고 현재의 사일로나인 위치에 재건축을 하고 있습니다. 지하동맹은 재건축을 방해하기 위해 여러 가지 책동을 벌이고 있고요. 그래서 추가적인 경비수단이 필요

합니다. 현재까지는 운 좋게 그럭저럭 버티고 있기는 합니다만."

"벌레," 라이언스톤이 생각에 잠겨 물었다. "그것들이 의식이 있어? 내 말은 개별적으로 말이야?"

"알 수 없습니다." 드램이 대답했다. "에스퍼들도 그것에 대해 아는 바가 없습니다. 그리고 스캔장비들은 물리적 영역에만 국한되어 있고요. 현재까지 벌레들이 지시에 반응하기는 하는데 그것만으로도 다행이라 여겨집니다. 벌레들이 전보다 더 커지고 숙주의 두뇌에 더 많은 연결을 형성한 것이 관찰되는데 그게 무엇을 의미하는지는 아무도 모릅니다. 제가 만약의 사태에 대비해 벌레와 숙주를 지속적으로 감시할 수 있는 특수 감시장비를 설치했습니다."

"계속 유지해." 라이언스톤이 말했다. "벌레가 너무 강력해지는 것도 좋지 않지, 안 그래? 잘하고 있군. 네가 너무 많은 일을 하는 것 같으니 좀 휴식을 취하도록 해. 나중에 다시 연락하지."

그녀의 얼굴이 사라지고 화면이 꺼지자 마침내 드램은 혼자가 되었다. 그는 의자에 축 늘어져서 무거운 한숨을 내쉬었다. 요즘은 골고다에서 살아남기 위해서는 다른 사람인 척 가장하지 않으면 안 되는 매우 어려운 시대가 되었다. 그는 모든 면에서 드램이었다. 단지 드램의 기억을 가지고 있지 않은 것만 제외하고는. 그는 드램의 기록에 접근할 수 있었다. 그중에는 라이언스톤조차 모르는 사실도 있었다.

"아르구스." 그는 조용히 말했다. "응답해."

"명령 대기 중입니다." 그의 개인AI가 대답했다. 따뜻하고 위안을 주는 목소리가 방의 사방에서 동시에 울렸다. 드램은 아직 그것에 잘 적응이 되지 않았다.

"내 전신(前身)의 일기에 접속해." 드램이 말했다. "궁금한 점이 좀 있어.”

원래의 드램은 늘 자신이 여제의 신임을 잃을지도 모른다고 걱정했다. 그리고 그녀의 계획과 사생활을 모두 알고 있기 때문에 일단 자신이 몰락하는 상황이 발생하면 불가피하게 신속한 처형으로 귀결될 것이라고 확신했다. 또한 그녀가 자신을 복제할 것이라는 것도 정확히 예측했다. 그 자신이라도 그렇게 했을 것이기 때문이다. 그래서 그는 자신의 작업이 계속 추진될 수 있도록 하기 위해 모든 계획과 정보를 특수일기 파일에 담아 개인컴퓨터 깊숙이 숨겨놓고, 아르구스가 그의 클론에게 모든 것을 일러줄 수 있도록 지시해놓았다.

그는 자신의 죽음에 대한 복수를 당부하는 것도 잊지 않았다. 라이언스톤이 가장 유력한 후보였지만, 그 외에도 그에게는 적이 많았다. 그래서 일기에는 모든 적의 약점과 그것을 효과적으로 활용할 수 있는 방법까지 세세히 기록되어 있었다. 그런데 불행히도 그의 클론은 그가 어떻게 왜 죽었는지는 알지 못했다. 사일런스와 그의 승무원들만 진실을 알고 있지만 라이언스톤이 그들을 격리시켜버렸다. 그리고 그의 질문에 라이언스톤은 대답을 회피했다. 하지만 드램은 결국 그녀에게서 알아내게 되리라고 확신했다. 그가 다루고 있는 라이언스톤은 파일에서 적시하고 있듯이 그다지 똑똑하거나 섬세하지 않은 인물인 것 같았다. 물론 그가 틀렸을 가능성도 있다.

전생에 대한 직접적인 기억이 없기 때문에 대중 앞에서 드램 행세는 어쩔 수 없이 여제가 일러주는 것에 의존할 수밖에 없었다. 그런데 그녀가 모든 것을 말해주지는 않는다는 것을 그는 이미 알아차렸다. 아르구스의 파일이 도움이 됐다. 하지만 거기서 알아낸 대부분의 정보는 비밀로 간직해야 했다. 아직까지는 자신이 잘해나가고 있다고 생각했다. 공식 배우자로서 그는 거의 여제의 그늘 아래 머물렀기 때문에 그녀가 없는 곳에서 사람들을 대할 기회가 많지 않았다. 그럼에도 불구하고 매우 조심스럽게 행동해야 했다. 한 치의 실수도 있어서는 안 되었다. 반(反)클론 정서는 날로 팽배해져갔고, 그는 궁정의 최악의 악몽이었기 때문이다. 권력의 핵심부에 있는 사람을 대체했기 때문에 사람들이 전혀 눈치 챌 수 없는 클론. 그런 일이 일단 발생하면 누구에게나 재발할 수 있다. 라이언스톤이 궁정을 통제하기 위해 고위층을 하나씩 자신의 창조물로 대체해버린다면? 그렇기 때문에 크건 작건 어떤 문제에 대해 갑자기 입장 변화를 보이는 사람들은 그의 동료들로부터 철저한 심문을 받는 관례가 생겼다. 만일의 경우를 대비해서 말이다.

그는 궁정에서의 데뷔를 성공적으로 마쳤다. 하지만 세인트 존이 갑작스럽게 죽어버렸기 때문에 워리어 프라임인 그가 여제의 보호권 밖에서 사람들과 섞여 일해야 하는 상황이 벌어졌다. 그보다는 세인트 존의 자리를 대신할 사람을 빨리 지명하는 것이 더 좋을 것이다. 드램은 워리어 프라임이 되고 싶은 마음이 별로 없었다. 그는 자신의 전신이 마음에 들지 않았다. 여제의 설명과 일기에서 떠오르는 드램의 모습은 증오로 자신을 좀먹고 야망과 피의 갈망에 이끌리는 인간이었다. 클론 드램은 자신이 그보다는 좀 더 문명인이라고 생각했다. 원래의 드램을 극단으로 몰고 간 힘이 무엇이었건 간에 복제 과정에서 소실된 것이 분명하다.

그는 파일에서 전신이 후드라는 이름으로 지하동맹과 관계했다는 사실도 알아냈다. 다행히도 후드와 관련된 사람은 많지 않았다. 밸런타인 울프, 에반젤린 슈렉, 다비드 데스스토커, 그리고 키트 서머아일

정도였다. 그들은 드램의 또 다른 일면을 알고 있다. 드램은 그들과 거리를 유지해야겠다고 생각했다.

드램은 자신이 싫어하는 사람의 부실한 복제본으로 살기보다는 스스로의 삶을 살고 싶었다. 하지만 당분간은 어쩔 수 없이 그의 역할을 그럴듯하게 수행해야 한다. 의심을 부채질하지 않기 위해서는 일관된 인격을 보여줄 필요가 있다. 그리고 비록 인정하기는 싫지만 그 역할이 조금 편안하게 여겨지는 것도 사실이었다. 그는 에스퍼들과 그 시체들을 다루어야 하는 일이 역겹기는 했지만 피할 생각은 없었다. 그리고 라이언스톤이 고집하는 처형…… 다른 것은 몰라도 원본 드램의 무자비함만큼은 그가 물려받았는지도 모르겠다.

그는 혼란을 정리하려고 아르구스의 파일을 더욱 깊이 파고들었다. 그가 맞닥뜨린 첫 번째 큰 놀라움은 원본 드램도 역할연기를 했어야 했다는 것이다. 그는 수백 년을 정지장에서 보내다가 여제가 깨운 후에야 드램이라는 이름을 얻었다. 클론 드램은 그녀가 키스로 자신을 깨우는 상상을 해보았다. 하지만 별로 현실성이 없었다. 발길질이라면 또 모를까. 수세기 전 정지장에 들어가기 전에 그가 누구였는지에 대한 정보는 찾을 수 없었다. 아르구스도 몰랐다. 아마 여제도 모를 것이다. 그렇다고 여제에게 물어볼 수 있는 문제도 아니다. 그는 이런 사실을 완전히 모르고 있어야 하기 때문이다. 정지장에 대한 얘기는 여제가 그에게 말해준 내용 중에는 없었다.

드램은 자신이 원본 드램의 취향과 충동을 계승했다는 사실을 발견하고 침울해졌다. 라이언스톤은 상황이 발생하면 궁정에서 어떻게 사람을 죽여야 하는지 미리 일러주었다. 여제가 부르면 그는 대본대로 따라하면 되었다. 오늘 의원을 죽인 것은 처형이지 결투가 아니었다. 그런데도 그는 그 순간을 즐겼다. 그 사람의 숨이 이미 확실하게 끊어졌는데도 멈춰서 돌아설 수가 없었다. 그는 그것에 대해 혐오감을 품어보려 했으나, 그 감정이 거짓이라는 느낌만 들었다.

그는 자신의 전신이 했던 것처럼 에스퍼 약을 복용해야 할지 아직 결정하지 못했다. 그는 숙소에서 전신이 나중을 위해 숨겨둔 소량의 에스퍼 약을 발견했다. 그 약은 원래의 드램이 즐겼던 정도의 제한적인 ESP를 그에게 선사할 것이다. 하지만 동일한 양을 먹고도 죽을 가능성을 완전히 배제할 수는 없었다. 그래도 그에게는 그 능력이 필요했다. 그렇지 않으면 여제의 에스퍼가 단 한 번의 마음검사만 시행해도 그가 조심스럽게 알아낸 비밀들이 모조리 누설돼버리고 말 것이다. 그가 여제에 대해 어떻게 느끼는지도 함께.

하지만 에스퍼 약은 중독성이 있다. 일단 시작하면 계속 먹어야 한다. 누군가 약의 공급을 틀어쥐게 된다면 그가 그에게도 통제력을 행사하게 된다. 원래 드램은 그 약을 제공하는 사람들을 통제할 힘이 있었다. 그는 그들에 대해 뭔가 알고 있었다. 대중에게 공개되어서는 안 될 그들의 비밀을. 하지만 무슨 이유에서인지 그 정보는 아르구스의 파일에 누락되어 있었다.

물론 그들이 아직 이 사실을 알 리는 없지만 말이다.

결정해야 할 일들이 너무 많았다. 그가 계속 여제를 지지해야 하는지까지를 포함해서. 그녀가 권력을 쥐고 있다. 하지만 최근 그녀는 비상대권을 쥐겠다는 욕심에 너무 많은 사람들을 적으로 돌려버렸다. 아직까지는 아무도 감히 대항하는 자가 없다. 하지만 가문, 군대, 교회에서 라이언스톤이 여전히 의지할 만한 친구를 찾기는 어렵다고 드램은 생각했다. 그들은 이미 그녀가 폭주하는 것을 두려워하기 시작했다. 너무 거세게, 너무 멀리 밀어붙이다보면 언제 그들이 그녀를 외계인보다 더 무서운 적으로 간주하게 될지 알 수 없다. 라이언스톤이 몰락하면 그도 같이 파멸할 수밖에 없다. 그렇기 때문에 그 자신만의 비밀스런 동맹자가 필요하다. 누군가 그를 신뢰해줄 사람을 찾을 수만 있다면 말이다. 과부제조기 드램은 많은 적들이 있고 더 많은 경쟁자들이 있지만 친구는 없다. 출발점이 좋지 않다.

그가 자기 자신에게 솔직하다면 지하동맹에 동조해야 한다. 그도 결국 클론이기 때문이다. 하지만 드램이 후드라는 이름으로 그들을 철저히 배반한 후이기 때문에 그들과 어떻게 접선할 수 있을지 막막했다. 그도 가공의 인물을 지어내는 방법을 쓸 수도 있다. 그러기 위해서는 에스퍼 약만이 줄 수 있는 ESP가 필요하다. 그는 여러 번 한숨을 내쉬고 의자에서 기지개를 켰다. 무수한 질문과 무수한 결정, 그리고 너무나도 많은 변수가 있다. 이제 그는 정말로 휴식을 취하고 싶었다.

"주인님," 아르구스가 말했다. "계속 질문을 기다리고 있습니다, 주인님?"

그러나 드램은 이미 잠들어 있었다. AI는 모든 경비시스템이 작동하는지 점검하고 조명을 내린 다음 대기모드로 들어갔다.

(『데스스토커:혁명』 2권으로 이어집니다)